衔玉

我收着你的信了，就叫我念你，
我听二哥的名，大家都念了，
只是不知道二哥想我？

我求妻妻，妻妻怜我，

衔玉

长青长白 著

四川文艺出版社

目录

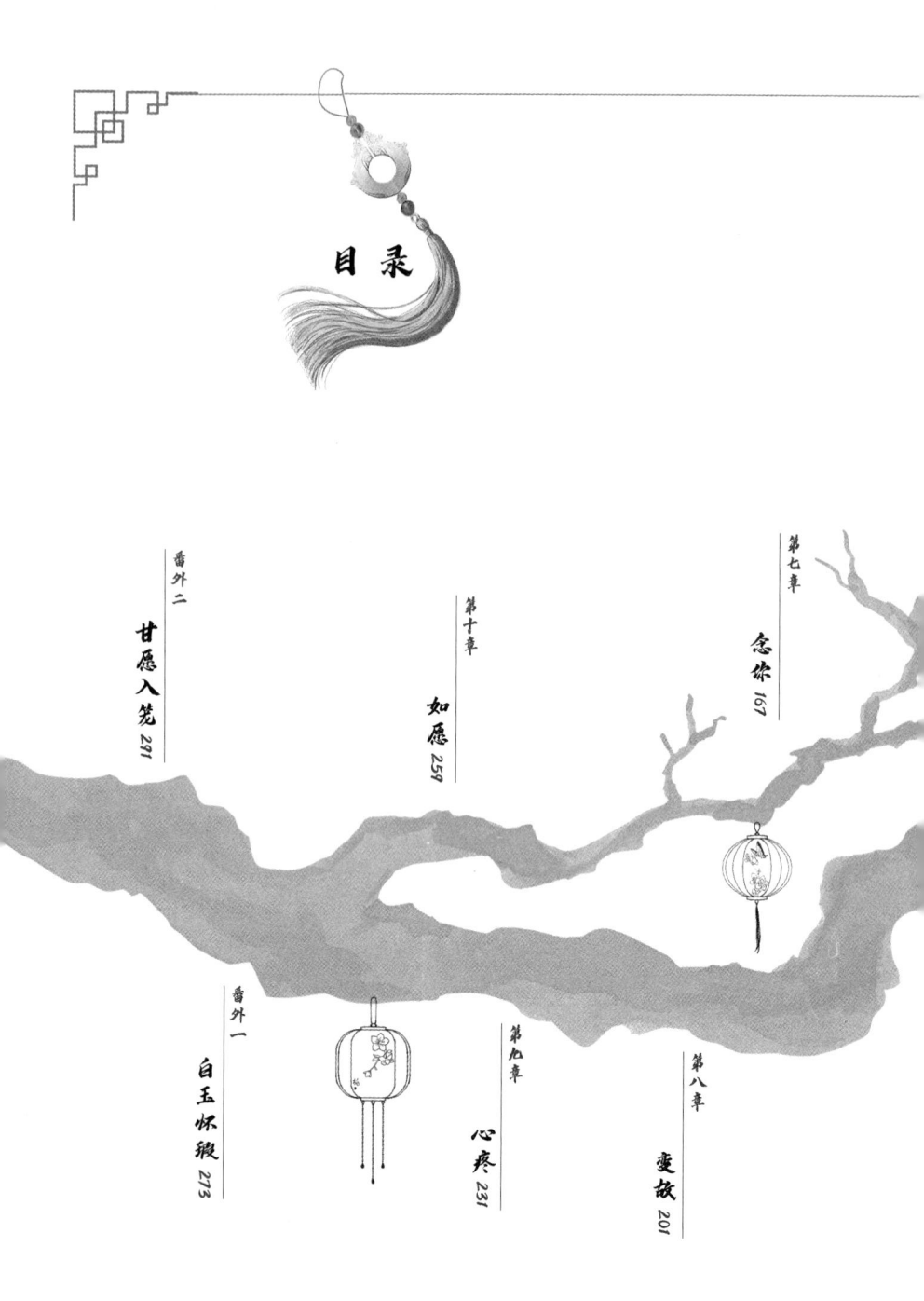

第七章 念你 167

第八章 变故 201

第九章 心疼 231

第十章 如愿 259

番外一 白玉怀瑕 273

番外二 甘愿入笼 291

第二章 姻缘 031

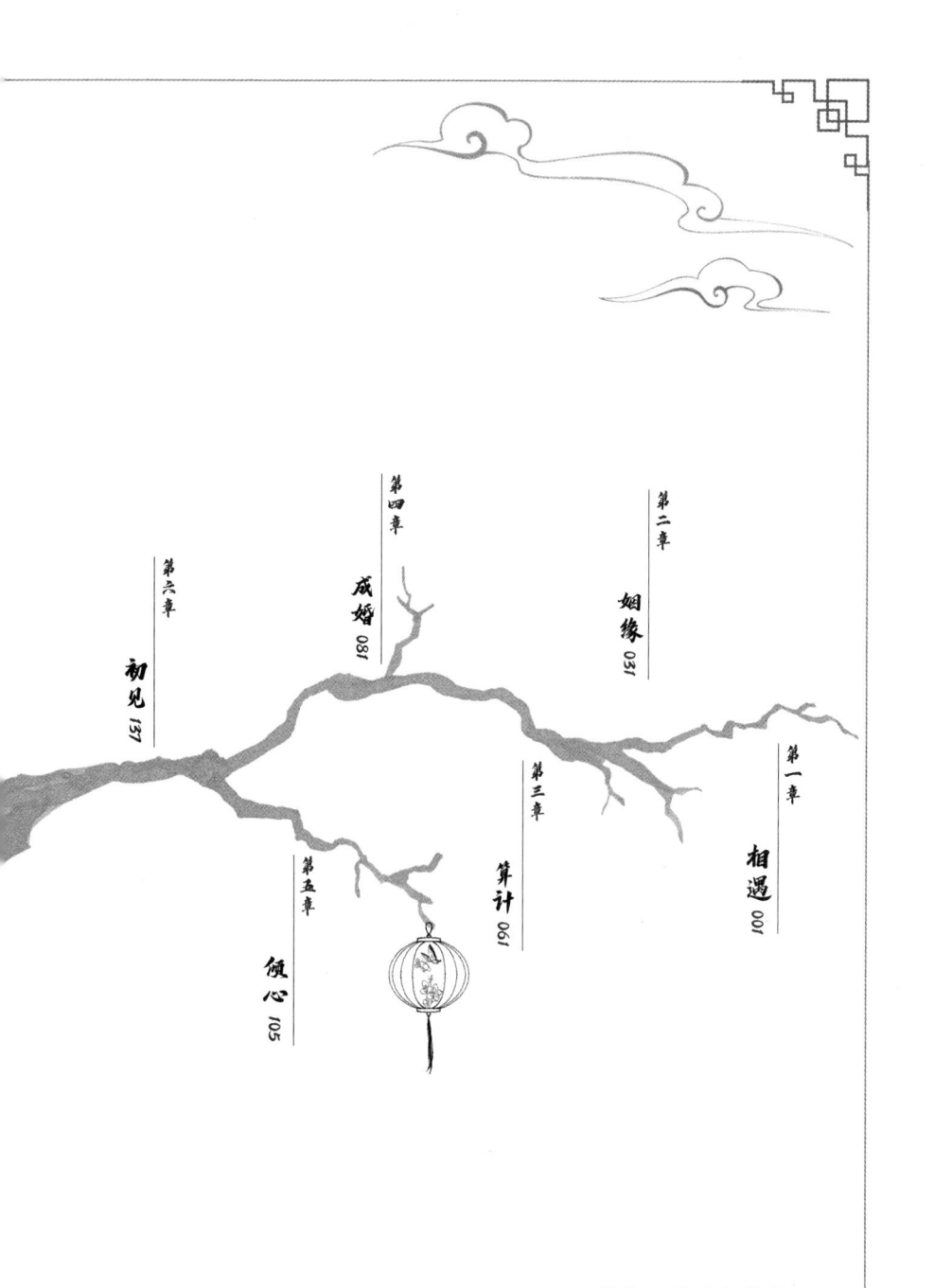

第四章 成婚 081

第六章 初见 137

第一章 相遇 001

第三章 算计 061

第五章 倾心 105

林钰，是我做的主。
我选的人，我择的妻，是我要娶你。

第一章

相遇

浓秋午后，天清日晴。

东大街上人来人往，正是热闹的时候。

北镇抚使李鹤鸣领着一队锦衣卫骑马自鼓楼前过时，恰看见林家二小姐林钰从留芳书坊里款步而出。

她的左右各跟着一名小厮和侍女，小厮怀里满当当地抱着摞半臂高的书，侍女一只手拎着用油纸布包着的脂粉、口脂等姑娘家的玩意儿，看来主仆几人已是在街上逛了好一会儿。

为敛财聚气，书坊门口的木地树修得高，气运也聚得差不离，门内的客人比旁边的两家店多了近一倍。

上书坊的姑娘少，对于林家二小姐这病秧子而言，这地树似乎高得有点过头了。

她微垂着脑袋，提着裙裾小心地跨出门。

地树被来往不知多少书客的衣鞋蹭得油亮，裙摆擦过，留下一抹淡香。

贵家小姐素来注重仪态，她出了门，又伸手顺了顺腰上挂着的环佩，理清了穗子，才继续迈步往前走。

门外有几级石阶，那侍女伸出手，想扶林钰一把。她抬手轻轻推开，摇头示意不必。

世家养出的女儿身娇体贵，少走一步是一步，多搀一把是一把，倒少有她这般性情的。

还没入冬，林钰已披上了薄氅，氅上绣着一簇绿竹。

她肤白发浓，仪容端庄，云鬟雾鬓间，簪着支精致的碧玉簪。螓首蛾眉，娉娉袅袅，在这都城里，生得是一等一的好样貌。

李鹤鸣看了林钰一眼就瞥过了头，好似不甚在意，但这一眼却把她从头到脚看了个遍。

002

李鹤鸣生了一双探不见底的黑眸，阴冷无情，犹如鹰目。

听说在诏狱里审讯罪臣时，这双眼能一眼从罪臣的血衣烂肉里看出其还能受得住几分刑，流得了多少血。

这流言自然不可能是在夸他。

自李鹤鸣升任北镇抚使以来，大大小小死在他手里的官吏不知几何，少有人能从他手里活着出来。

即便活了下来，诏狱里走过一遭，那落在身上的伤也要烙下数道跟着入棺的疤。

平民百姓，高官权贵，少有不避着他的。

是以此时他带人从这东街经过，十数双铁蹄踏过石街，蹄声犹如催命咒，行人莫不快步让路，以避其锋芒。

林钰身边的侍女泽兰听这马蹄声，下意识抬眼看去。她看见马上众人醒目的飞鱼服，又朝着为首之人看去。

只瞧见个侧脸，剑眉星目，高鼻薄唇，生得不俗。但一张脸上却满是冷意，神色凉薄，辨不出情绪。

泽兰神色微怔，压低了声音对林钰道："小姐，那好像是锦衣卫的李大人。"

林钰听她说完，头也没抬，轻声道："我知道。"

她自书坊出来，压根儿没往那马蹄声的方向看过，泽兰也没听见街上有谁提起李大人的名号，不知道她如何知晓的。

泽兰本想出声问一句，但想起她家小姐和李大人之间的那些旧事，又忍住了好奇。

一旁的小厮文竹见她一脸迷茫，摇头叹气，怎么这么痴。

在这都城的闹市上纵马狂奔的，十个里有八个便是奉诏拿人的锦衣卫，有什么难猜的。

林家的马车就停在书坊前，泽兰扶着林钰上了马车，又将买来的零碎东西一一放在了车上。

她正准备叫车夫出发，文竹忽而朝她使了个眼色。

泽兰愣了一下，随后又反应过来，开口问车内的林钰："小姐，李大人带人往西街去了，我们要绕过他们吗？"

003

马车里，林钰正从小食盒里挑起一颗肉满皮亮的蜜饯，她沉默了片刻："为何要绕路？"

这就是不用避的意思了。

泽兰点头："奴婢知道了。"

车夫闻言，不等泽兰催促，便驾马朝着西街去了。

车轮滚动，林钰把那千挑万选的蜜饯放进口中，咬了一口尝到味，蹙了蹙眉心，立马掏出手帕将蜜饯吐了出来。

她用手帕包着蜜饯放在小桌上，润红的唇瓣轻轻抿着，腹诽道：哪家做的零嘴，这般苦，莫不是生了虫不成？

李鹤鸣今日的确是奉诏拿人，拿的是户部左侍郎王常中。

十几匹高头大马停在王府前，锦衣卫翻身而下，拿人的拿人，搜家的搜家。

王常中的妻子李氏眼含热泪，搂着一双儿女站在庭中，看着自己的夫君披枷戴锁被押出门，却连声情都不敢求。

儿女哭着喊着叫"爹爹"，却又被李氏捂住嘴，只能听见几道"呜呜"的含糊哭声。

李鹤鸣没入府，他高坐马上，冷漠地看着王常中被人带出来。反倒王常中见了他，理了理衣袖，神色自若地对着这带人搜查自己家门的豺狼行了一礼："李大人。"

他似清楚自己今日逃无可逃，并未求饶。

手上的锁链在牵动碰撞中发出响声，李鹤鸣淡淡看了他一眼，抬手示意将人押回诏狱。

林钰体弱，马夫驾着车照例行得慢。可即便如此，行过王府前，一行人还是撞上了锦衣卫的人马。

这也罢了，偏偏锦衣卫停在街上的几匹马挡在大路上，拦住了去路。

那马和普通拉车载货的马不同，见过死人踏过人血，和他们的主人一样一身血腥气。

逼得林家的马停了下来，任由车夫怎么招呼都不肯往前。

车夫有些急了，抽着竹条甩在马腹上，低声骂道："畜生，别停着，继续走啊！"

马吃痛，甩头喷着鼻息，还往后退了几步。马车里林钰被摇得左右晃，忙扶着车壁坐稳："泽兰，怎么了？"

马车旁，李鹤鸣手持缰绳高坐马上，正低头盯着林钰的马车。

泽兰快速看了他一眼，跟那受惊的马一样有些怵。她对着车内小声道："小姐，前面有马拦住了路，怕得等会儿才能过。"

"马？"林钰从车内用白玉似的细指掀开窗帘，恰见一匹毛皮油亮的黑马立在窗外，马上坐着的人穿着一身醒目的飞鱼服。

她愣了一下，下意识抬头看去，一双剪水秋瞳恰对上那人漆黑的深眸。

马上之人面冷如冰，不是李鹤鸣又是谁。

说起来，林钰和李鹤鸣之间的旧事在这都城内不算秘密，至少正值婚配的儿女人家都一清二楚。

不因其他，只因半年前，在林钰将满十八时，林家突然退了林钰与李鹤鸣定了好些年的亲事。

据说，退亲一事还是出自林钰的意。

林钰自幼身子骨便不好，每日膳后必服汤药，随身佩着香缨也遮不住那浸入骨中的清苦药味。

这些年一日三餐的药食进补下来，身体虽养好了许多，可比起寻常女子仍旧显得柔弱。

腰细骨软，肤白眉淡，怎么看都不是好生养的模样。

林家二小姐体弱多病在都城里不是秘密，是以在林钰快到谈婚论嫁的年纪时，就有人在坊间议论以后有谁会上林家说亲。

世家大族顾虑林钰这身子今后难享儿女之福，不愿将她娶进门做正室；小门小户又不敢奢望攀附林家的门第，且林家也断然不会将女儿嫁入寒门受苦。

所以这林钰以后的夫家会是谁，倒惹人在茶前饭后猜了好一段时间。

　　叫人意想不到的是，林钰刚满十四岁，李鹤鸣的母亲便迫不及待地上门与林钰的母亲定下了林钰和李鹤鸣的婚事。

　　林家长女林琬入宫为妃，倍受皇帝恩宠，林钰父兄在朝中皆官居要职。

　　而李鹤鸣出自将门，父兄战死疆场，李家只剩他一独子。

　　定亲时，李鹤鸣不过十九岁的年纪，但已是锦衣卫千户，前途无量，与林钰乃门当户对，是以这亲两家皆定得爽快。

　　但不知是否因为李鹤鸣的母亲见李鹤鸣婚姻大事已定，了却了心愿，不到一年李母便追着李鹤鸣的父兄去了。至此家中除了他，就只剩一位寡嫂。

　　之后李鹤鸣戴孝三年，被皇帝派往各地办差，搅得各地官员惶惶不安，今年三月才归，回都城不久便升任了北镇抚使。

　　孝也戴了，职也升了，众人都当李鹤鸣该迎林钰过门了，哪想李鹤鸣等来的却是倚福之祸。

　　没几日，林家便上门退了林钰与他的亲事，私下的托词是林钰体弱，无福做他李鹤鸣的正妻。

　　林琬在宫中为妃，林家便是皇亲国戚，林钰又谈何做得做不得。林家这话好似李鹤鸣头天娶了林钰，第二日便要纳几名张扬跋扈、来历不明的女人为妾来冲撞她。

　　林家话说得不明不白，扫的是李鹤鸣的脸面。坊间有传言说李鹤鸣是天煞孤星，不然为何李家如今除了个嫁进门的寡嫂便只剩他一人。

　　他身披飞鱼服满手朝官血，一身煞气阎罗难挡。旁人都言林家是担心林钰嫁入李家门府指不定能活几年，所以才退了亲。

　　但具体如何，只有两家的人知情。

　　退亲总不是什么光彩事，如今林钰和李鹤鸣见了面，免不了一阵尴尬。

　　西街，王府前。

沉默的气氛蔓延在长街上,泽兰与文竹相视一眼,皆是一副有话难言的神色。

林钰与李鹤鸣对视片刻,最终还是她先低下头来,垂眉轻轻道了一声:"李大人。"

林钰鲜少出门,今日是她第一次与刚回京的李鹤鸣正儿八经打照面。

相比从前,林钰觉得如今的李鹤鸣周身戾气太重,搅得她呼吸都有些不畅。

李鹤鸣没应声,林钰也不在意,她轻声道:"我的马胆小,不敢过这路,劳烦李大人叫手下的人将马牵至一旁,将路留出来。"

她说话时并没有看他,李鹤鸣盯着她低垂的眉眼看了好一会儿,抬手对一旁一名与他一样同坐马上的锦衣卫道:"何三,清路。"

声音沉而冷,那名叫何三的男人听得心头一颤,快速瞥了李鹤鸣一眼,腹诽道:这是谁惹他了?

然而何三也只敢在心中瞎猜,不敢多话。他动作飞快地翻身下马,拽着十数匹马的缰绳,一会儿便清出了路。

他站在路的另一侧,扬声对林钰道:"好了,路已经清出来了,林小姐请吧。"

林钰隔窗看他,微微点头,浅浅露出一个笑:"多谢。"

她抬手正要关上车窗,可忽听"砰"的一声,李鹤鸣竟握着绣春刀,反转刀身将刀柄往前一送,牢牢顶住了车窗。

林钰一怔,抬头看向他,不知他这是要做什么。

他坐在马上,手握刀鞘,刀柄斜向下顶着窗户。林钰若松了车窗,面前的刀便会直接掉进她的马车里来,于是她只好掌着车窗不动。

她眉心轻蹙:"李大人这是何意?"

李鹤鸣盯着她的眼:"没别的要说的了?"

林钰听他语气不善,第一反应便是他要为退亲的事找她麻烦。

退亲并非小事,无论错在谁,在外人看来,都是她林家驳了他李鹤鸣的面子。李鹤鸣能坐上北镇抚使的位置,自然不是什么善茬,想来不会轻易罢休。

可林钰觉得他人如何猜想是他人的事，退亲的原委他李鹤鸣该是最清楚不过，应当没脸皮因这事找她麻烦。

于是林钰看他半晌，并没提当初退亲的事。她想了想，低头冲他道了句："多谢李大人让路。"

只是那脸上却不见对何三说话时的笑意。

她这谢道得不诚，李鹤鸣也没见得高兴几分。

搜查完的锦衣卫从王府里鱼贯而出，李鹤鸣见此，从林钰轻抿着的唇瓣上挪开视线，冷着脸一声不吭地收回刀，双腿一夹马腹："回诏狱！"

锦衣卫纷纷上马，押着王常中扬长而去。泥尘飞扬溅上马车，林钰皱眉，心道：当初就不该定这亲事。

林钰到家后不久，她的兄长林靖也眉心紧皱地大步进了门。

林家这一辈就三个孩子。林婉入了宫，家中便只剩林靖和林钰。林靖今年二十有五，比林钰长上七岁，看顾她比林父还尽心。

林父相貌平平，但好在三个儿女样貌更似林母，皆生得出众。不过林靖虽长得仪表堂堂，高大挺拔，却没多少好名声，因他的脾气在这都城里是出了名的暴躁。

两年前林靖在朝堂之上与其他朝臣起了争执，吵着吵着险些动起手来，被皇帝叫司礼监的人拉下去，险些当众杖板子。若非同在朝为官的林父为他求情，他就得脱了裤子趴在午门前丢光脸面。

林靖脚底生风，快步进院。庭中清扫落叶的小厮见了他那拧紧的眉心，忙躬身躲得远远的。

房中林钰正和阿嫂秦湄安吃茶闲谈，林靖一进门，一撩衣袍不顾形象地坐在椅子里，一脸不快地盯着庭中掉了一院子枯叶的古槐。

他表情烦躁，若手里有把斧子，怕会拎着去将庭中的树砍了。

林靖若在朝中与人吵了架，回来一贯是这副闷声不说话的德行，秦湄安已经习惯了。

她与林钰对视一眼，斟了杯热茶起身递到林靖的手中，柔声道："怎么了？谁惹你生气了？"

林靖接过茶正要一口饮了，秦湄安又拉住他的手："慢点喝，还烫着。"

说着她弯腰靠近，替他吹了吹茶水，握着他的手将茶送到他嘴边："好了。"

秦湄安和林靖多年夫妻，她性柔心细，刚好抚顺林靖的暴脾气。

手贴细掌，鼻闻软香，两句话的工夫，林靖难看的脸色便和缓了不少。

清香的热茶顺平了心气，林靖放下茶盏，开口道："皇上下旨命锦衣卫拿王常中入狱审讯一事你们可听说了？"

秦湄安点头："今日小妹回来时，恰巧在王府外撞见了北镇抚司的李大人，我们方才正聊起此事。"

林靖冷笑一声："他手脚倒快，皇上的旨才下没一个时辰，人就入了他锦衣卫的诏狱，眼下怕已经招呼上鞭子了。"

林靖看李鹤鸣是百般不顺眼，不只因锦衣卫权势过盛、刑罚严苛，还因林钰和李鹤鸣退了的亲事。

秦湄安担心道："王常中与你同在户部共事，他此番因何事入狱，对你可有影响？"

林靖听得这话，刚平息两分的怒气又烧起来："正是和我没干系才叫人恼恨！王常中的事牵扯深远，眼下不能和你们细说。但我调任户部才多久？可礼部的竟然跳出来说我与他各为左右侍郎，该一起审！"

他一拍桌子，怒道："真是笑话！锦衣卫那诏狱一进去，不流半身血我出得来？落下病根怎么办，我儿女都还没生呢！"

秦湄安听他说着说着就开始不着调，从桌上拿了一块点心堵他的口："小妹还在呢，尽说胡话。"

林靖就着她的手两口把点心嚼了，秦湄安又倒了杯茶给他润喉。

林靖填了肚子，见林钰自他回来便没怎么说过话，关心道："怎么了？看着似有些心绪不宁。"

他想起秦湄安方才说林钰回来时碰见李鹤鸣的事，忙问："莫不是姓李的欺负你了？"

林钰没细说她今日被锦衣卫的马拦了路的事，摇头道："没有，我又不在朝中做官，他能如何欺负我。只是母亲与王常中的妻子李氏素来交好，我担心她知道此事后难过。"

林靖皱眉："这事闹得大，怕是瞒她不住。这段时日母亲如要出门，你看着她点，别露了悲说些糊涂话，叫人拿住把柄。"

林钰点头："好。"

知母莫若子，第二日，林母王月英便在饭后说后日要上山拜佛。

林靖一听，当场就要出声阻拦。王月英似乎知道他要阻拦，又道："灵云寺的净墟大师前日云游归来，过段时间又要离京远游。难得的机会，我带你小妹去算算姻缘。她已经十八了，再拖着怕嫁不出去。"

这些年她何时急过林钰的婚事，还专门上山算姻缘？

林靖知这是借口，但一时又挑不出错来，因林钰多待字闺中一日，外界有关她和李鹤鸣的流言蜚语就多传一日。如若那净墟老和尚算得准，特地去一趟也不是什么坏事。

想到这儿林靖又心烦起来，林钰这半年未说亲是因身体不好，但想嫁给他李鹤鸣做妻做妾的女人在都城里排都排不过来。他都二十三四的年纪了，不找个女人成婚是想干什么？

想到这儿，林靖扭头看了他这如花似玉的妹妹一眼，心头直嘀咕：那小子该不会还惦记着妹妹吧？

林父林郑清不在家中，没有人说得动王月英。林钰看林靖面色难看，放下手中药食，开口道："母亲，我不急的。"

"我急。"王月英叹了口气，也不瞒着自己的孩子，"故人有难，有些事不拜拜神佛求个心安，我夜不能寐，你就当陪母亲散散心。"

林钰听罢，只能点头应下："是。"

王月英每次上山入寺庙没有三五日下不来。听经拜佛，求神问卦，她年纪大了能静下心，但林钰却不行。她不信鬼神，嘴也馋，吃不来山中清淡寡味的斋食。

上山前一日，林钰领着泽兰上街置办了些或许会用到的杂物，又买了些解馋的零嘴，打算藏在行李中偷偷带上山去。

东西没买完，银钱却不够了。林钰途经宫门，遇上百官下朝，见午门外朝臣鱼贯而出，便令马车停在路边。她下了马车，站在马车旁往朝官里看，打算等林靖出来，找他取些银子。

朝臣官服相似，她有些看不过来，好不容易看清林靖混在朝官中的身影后，正准备开口唤他，身边却突然压下来一道黑影。

她一怔，扭头看去，见李鹤鸣不知何时来到了她的身旁。

他握着缰绳，高坐马上，腰挂绣春刀，眼神凌厉，居高临下地看着她。

林钰没想到会在宫门外碰见李鹤鸣。

都城这么大，她却在短短数日里碰见他两回，当真是流年不利。

林钰心中有些烦懑，脸上却不能表现出来，她轻轻抿了下唇，开口道："李大人。"

远处与林靖同行的一名官员眼尖，瞧见了林钰，抬手遥遥指向她："林大人，那马车旁站着的可是令妹？"

林靖转头看去，第一眼先将黑马上一身飞鱼服的李鹤鸣看了个清楚，之后才看见骏马前身细若柳的林钰。

他见此，狠狠皱了下眉心。李鹤鸣往哪走不行，在他小妹面前做什么，是嫌这都城里的难听话还不够多吗？

林靖立马告别了同行的官员，大步走向林钰，提声唤道："萋萋，过来！"

"萋萋"是林钰的小名。幼时抓周，她放着满桌经书笔墨不碰，扭头要奶妈抱着往院里走，伸手抓了把青绿茂盛的梧桐叶，林父便为其取了"萋萋"这小名。

草木萋萋，有女如华，寓意希望她平安健康。

林钰听见林靖唤她，借此就要与李鹤鸣告别，可话未出口，反倒听见李鹤鸣语气平平地念了一声："萋萋？"

这亲昵的小名哪是旁人可以随意唤的，除了爹娘兄姐，从没别人叫过林钰"萋萋"二字。

林靖也是一时急了，才在大庭广众之下脱口唤了这么一声。

林钰蓦然一怔，耳根子立即红了个透。她没想李鹤鸣这般不知礼节，顿时羞恼至极，想也没想便出声斥道："放肆！"

林家二小姐显然没怎么训斥过外男，语气生硬，像是在训家中奴仆。

可李鹤鸣官居北镇抚使，执掌血迹斑斑的诏狱，从来是他语气严厉地问责罪人，这都城里找不到几人敢厉声训他的。

自李鹤鸣任北镇抚使以来，死于他手底的官员不知几何，若得罪了他，一不小心被他拿住把柄，诏狱里脱皮去骨地走一遭都算轻的，就怕被他北镇抚司查出什么肮脏事来，届时落得个斩首的重罪。

林钰骂完后立马意识到了这一点，有些后悔似的，垂眸避开了他冷厉的视线。

李鹤鸣显然没想到自己不过喊了一声她的小名便要被她在这宫门口毫不留情地厉声训斥，他本是有话要问她，此刻也没了心思，低眸睨着她，提唇冷笑了一声。

这声笑落在林钰耳中，叫她有些后怕。

李鹤鸣看见林靖走过来，没不知趣地留在这儿碍他们兄妹二人的眼，双腿轻夹马肚，一拽缰绳，径直离开了。

林靖快步走到林钰跟前，林钰唤道："阿兄。"

林靖拧眉看着李鹤鸣往宫里去的背影，问道："他找你说了什么话？"

林钰摇头："没说什么。"

林靖不信："没说什么他怎么缠着你？"

"当真没说什么，只是……"林钰顿了顿，担忧道，"只是他方才听见你唤我小名，莫名其妙跟着念了一遍。我一时情急，斥了他一句，担心他会记恨在心。"

唤了小名也不是什么大错，只是二人关系尴尬，叫人听见怕又要惹出闲话，林钰这才失礼训责了一声。

然而林靖护短护得厉害，不分青红皂白便道："他唤你小名？他李鹤鸣怎么敢！非亲非故，薹薹也是他能叫的？"

林钰急得抬手捂他的嘴："阿兄！你小声些，这京城皆是他的耳目。"

林靖满不在乎地轻嗤了一声，模糊的声音从林钰掌心传出："听见又如何，我林家世代清白，还怕他北镇抚司查不成！"

林钰无奈："都城没有，那别地的旁支呢？"

林靖一听，这才止了声，但神色依旧对李鹤鸣这孟浪行径十分不满。

林钰见林靖稍安静下来，放下了手，心里却想着要不要请人上李府赔礼致歉，好彻底将这事清算过去。

林靖一看她那表情就知她在想什么，他道："你若敢要为此事在他面前伏低做小，你看我揍不揍你！"

林钰叹气："你又吓我。除了君王天地，我何时在别人面前折腰，阿兄你也太看不起我。"

她做事向来重礼，林靖瞥她一眼，不太信，却没拆穿。他抚了抚袖子："不提他了，你今日怎么想起在这儿等我？"

林钰有些不好意思地笑笑："我方才在一家玉铺里瞧上了一支簪子，样式新颖，但钱没带够，那店家又不让赊账……"

林靖挑了下眉："我就知道，无事献殷勤准没好事。"

林钰笑盈盈地看他："阿兄，陪我去买吧。"

林靖见只有马夫在，左右看了一圈，问道："侍女呢？你该不会是一人出的门罢？"

林钰摸摸鼻子："泽兰去排队帮我买糖糕了。"

林靖听得这话，撩起马车帘往里看了一眼，看见那堆积成山的零嘴，"啧"了一声："难怪钱不够。"

可林靖上朝也不爱揣钱，今早出门钱袋子都没拿。他在身上摸了几把，半粒子儿没摸出来。

林钰见此，些许失望地看着他，林靖无奈地摊手："没法子，没带。"

两人正说着话，被皇帝拉去议事的林郑清这时也迟迟从午门里出来了。

他缓步行至自己这面面相觑的儿女跟前，徐徐开口："你二人不回家，在这儿做什么？"

他话音一落，就见自己那一双孝顺的儿女立马齐齐转过头看向他。

但那目光只在他脸上停了一瞬，随后往下一挪，盯向了他腰间的钱袋。

林郑清："……"

灵云寺位处灵云山上，坡多路陡马车难行，王月英带着林钰行了半日才到。

等林钰一行人在寺中安顿好，天色已暗了下来。山间升起薄雾，乌云凝聚顶空，沉甸甸的浓云似要压塌这宏伟古朴的寺庙。

王月英与林钰未住同一间屋，泽兰收拾完床铺，出门打水净手时抬头看了眼天，对廊前同样望着天的林钰道："小姐，看样子要下雨了。"

林钰"嗯"了一声，有些担忧道："若湿了路，这几日便下不了山了。"

但天晴还是下雨不是林钰能左右的，收拾完，林钰便去寻王月英了。

她随王月英用了顿寡淡无味的斋饭，和一群僧人斋客跪坐在殿中听净墟老和尚讲佛。

净墟须眉银白，看人时眼睛都睁不大开，林钰不晓得他这样的年纪如何有精力云游四方。

寺内熏着温和的檀香，烛火幽微，伴随着老和尚低缓沙哑的嗓音，很是催困。林钰跪坐殿中，眼角瞥见一位年纪不大的小和尚听着听着就开始歪脑袋，眼皮子粘了米浆似的睁不开，但没一会儿，又被他师兄一把扶正了。

寒凉的秋风涌入殿中，门外雨声渐起，淅淅沥沥拍打在窗棂高檐。

寺中修行讲"苦心志、劳筋骨"，是以未备炭火。林钰身体比常人弱些，跪了小半个时辰便开始受不住。她膝下枕着蒲团，却挡不住寒气入体，很快手脚就凉了下来。

王月英本想等净墟大师讲完，请他帮林钰看骨相，但见林钰脸色不大好，放低声音问："是不是身体不舒服？不舒服就叫泽兰陪你回房休息,不要强撑。"

王月英说着去握她的手,察觉到一片凉意后,心疼道:"萋萋,回去休息。"

王月英的两名侍女就在殿外候着,林钰点了点头,没出声打扰殿中听讲的他人,轻声起身离开了。殿外没见到泽兰,问过王月英的侍女才知晓泽兰跑回去替她取薄氅了,马上回来。

林钰没等,拿了靠在墙边的伞,自己一个人慢慢往回走。

山中清净,便是没有佛音,伴着雨声也叫人心宁。

林钰行至她母亲的侍女看不见的地方,伸出手来接了把凉雨。林钰活到现在,很少淋雨,像这样接一捧雨水都要避着人,免得被念好一阵。

她上一次淋雨已是小时候的事了。

说起来,还和李鹤鸣有关。

李鹤鸣虽出身将门,但据林钰所知,他幼年过得并不好。

当时北方部落猖獗,李鹤鸣的父亲奉命领兵降服,不料却中箭落马。主帅落马,军心大乱,便吃了败仗。他父亲乃当朝猛将,军功赫赫,没人想到他会身死落败。一时无数阴暗揣测和恶毒骂名全压在了李府之上,连带着在学堂里读书的李鹤鸣也遭了不少欺辱。

林钰还记得那日也是这样一个下雨天,她估摸着自己那时也就八九岁,在侍女的陪同下给在学堂念书的林靖送伞。

她走进学堂,没瞧见林靖,反倒看见了被众人连书带人推倒在庭院中的李鹤鸣。欺辱他的人也不过与他一般大的年纪,连圣贤书都没读明白,却已经懂得了如何向战败将军的儿子泄兵败之愤。

李鹤鸣那时候就已经是一张冷脸,不怎么笑,也不爱哭,狼狈地摔倒在院子里沾了一身湿泥,也只是沉默地爬起来,在大雨里一本一本捡起自己被雨泥弄脏的书册。

学堂里其他学生骂他"无用""孬种",但具体如何"无用"、如何"孬种",也说不出口,总不能说"虽然你父亲为国战亡,却未能降服北方部落,你身为其子,故也无用"。

先生讲过的圣贤书总还在他们心里埋下了一颗明智的种子,知道将军为国战死虽然称不上绝对的荣耀,但也定非耻辱。

只是在那时那刻,这显而易见的道理都被战败的怨气淹没了。

林钰当时不晓得发生了什么,家里人也不会将打仗的事说给她一个小姑娘听。她撑着伞站在门口看着庭中捡书的李鹤鸣,只觉得他一人孤零零地受欺负实在可怜,便跑过去将手里的伞撑在了他头上。

她衣上佩着块胭脂玉,大体净白,唯独中间有抹胭脂红,坠在穗子上的小玉珠相撞,跑起来叮当作响。

李鹤鸣蹲在地上,听见那鸣佩声停在自己身后,回头看过来。他的脸被雨水打得湿透,一双眼黑如深潭,已经有了少年初成的俊逸模样。

林钰人小,力气也轻,两只手握着伞,垂着眼,有些担心地看着李鹤鸣。

雨水落在头顶的油纸伞上,哗哗作响。

李鹤鸣似乎没想到会有人帮自己,还是这么一位小姑娘。幽深的目光凝在她脸上好一会儿,他才出声:"走开。"

说罢他就转过了身。

他语气冷硬,说的话也不好听。林钰分明在帮他,却被他如此对待,一时间难免有些无措,但又听他背对她低声道:"我如今是过街臭鼠,你若帮我,他们会连同你一起欺辱。"

那是李鹤鸣与林钰见的第一面,也是他与她说的第一句话,语气平静得不像个十几岁的少年。或许正因如此,那句平淡得近乎冷漠的"过街臭鼠"叫林钰记忆深刻,直至今日也没能忘记。

李鹤鸣不是第一次在学堂被人欺负,他对自己在旁人眼中的厌恨形象看得十分清楚。

他话音刚落,就有一人急急从廊下冲过来,像要迫不及待地印证他的话似的,将林钰遮在李鹤鸣头顶的伞用力拂开,愤恨道:"你知不知道他是谁的儿子!竟还帮着他!"

那人和李鹤鸣差不多大,说的话却咄咄逼人。林钰尚不及他肩膀高,手里的油纸伞被他大力拂去,脚下连带着没站稳,踉跄几步惊呼着往旁边摔去。

意料之中的疼痛却没到来，而是倒进了一个并不宽厚的湿冷怀抱里。

原是李鹤鸣反应迅速地转身接住了她。但李鹤鸣却没能顾得上自己，整个人倒在泥水里，背脊"咔"一声重重砸在一块尖锐的石头上。

剧痛传来，他眉头一拧，喉咙里发出一声痛苦的闷哼。

林钰腰间环佩的细绳脱落，胭脂玉掉进泥水中，沉入小小一方雨水泥潭里消失不见。

变故发生得太快，林钰的侍女起初没来得及反应，见林钰和李鹤鸣一起摔倒在地，才快步上前，将林钰从李鹤鸣身上扶起来。

侍女捡起伞撑在她头顶，挡在了她与推她那人之间，关心道："小姐！可伤着了？！"

可这场雨下得急，林钰几息间已经被雨淋了个透。地上的李鹤鸣更是衣裳脏乱，林钰隐隐看见他背下的泥水里浸出了血。

她冲侍女摇摇头："我没事。"而后又不顾侍女劝阻，蹲下去扶李鹤鸣："你可还好？"

学堂的学生也并非全是是非不分之徒，有人看不下去，跑去将院里发生的事情告诉了先生。

林靖在室内帮先生整理学生的文章，听说院中来了个粉雕玉琢的小姑娘，扔下腿脚不便的老先生便率先冲了出来。看见院子里的林钰后，林靖愣了一下，大步跑向她："小妹！"

林钰抬起头，无助又委屈地看着他："阿兄……"

林靖脱下外袍罩在被雨淋湿的林钰身上，愤愤道："谁将你弄成这样的？"

他说着，目光从一旁比林钰更加狼狈的李鹤鸣身上扫过，又扭头看了眼一旁好端端站着的、将林钰推倒的罪魁祸首。

他握着拳，目光不善地盯着男孩，问林钰："是他吗？"

林钰一看林靖那模样就知道他要揍人，没有贸然回答，而是指了指李鹤鸣背上渗出血的衣裳，小声道："阿兄，他方才为了护着我，好像摔伤了。"

那推倒林钰的人没想到她是林靖的妹妹。林钰有意饶他，他自己

017

却没憋住，非得给林靖揍他一顿的机会，又蠢又急地开口求饶："抱歉，林兄，刚刚我并不……"

林靖听见"抱歉"二字，压根儿没听他后面的话，直接一拳朝他脸上用力挥了过去。

拳头狠狠打在那人的鼻梁上，伴随着一声惨叫，那人仿佛受不住这一拳的力道，踉跄着往后退了几步。他松开捂着鼻子的手，一看，竟被林靖一拳打流了血。

林靖也不多话，一拳打完，站起来还要揍他。

"阿兄！"林钰有些急地叫了林靖一声。

她知道他不饶人的脾气，想上去拦他。那人的朋友看林靖不肯罢休，也纷纷从廊下冲过来阻拦。

李鹤鸣看了看娇娇小小往前冲的林钰，顾不得背上的伤，伸手拉了她一把，把她推向侍女，然后自己冲上前帮林靖。

大雨瓢泼的庭院里，几人扭打在一起。最后还是拖着老腿的老先生迟迟前来喝止，才终止了这场闹剧。

回去的马车上，林靖与林钰相对而坐。两人身上都湿了，林钰披着林靖的外衫，低头看了眼自己空荡荡的腰间。

林靖见她像在找什么，问道："怎么了？"

林钰摇头："没事，只是掉了点东西。"

一块玉罢了，她还有许多。她仰头看向林靖嘴角的瘀青，关心道："阿兄，疼不疼啊？"

她问完又仿佛觉得自己这话太蠢，有些自责地抿了抿嘴唇。都肿起来了，怎么会不疼。

林钰缓缓道："我今日是不是做错了？若我不多管闲事，你便不会受伤了。"

林靖伸手擦去她脸上的雨水，宽慰道："他们合起伙来欺辱李鹤鸣，你侠肝义胆出手相助怎会是错？你做得很好，很勇敢，阿兄很高兴。只是下次遇到此种状况，若对方人太多，你又打不过，要记得先来找阿兄帮忙，知道吗？你若受了伤，阿兄会心疼，爹娘和在宫中的阿姐都会心疼。"

林靖为了她伤成这样，林钰自然对他的话百般应承。就算林靖此刻说夜里长太阳，白日升星辰，她都能乖乖应下。她毫不犹豫地点头："嗯，我记下了。"

兄妹俩自认侠肝义胆，但结果却不尽如人意。

回家后，动手揍人的林靖被罚跪祠堂，受了凉的林钰发了热，裹着被子躺在床上养病。半个月两人都没出得了门。

忆起往事，林钰似觉得有些趣儿，勾起了嘴角。

忽然，只听"咯吱——"一声，一道刺耳的开门声打断了林钰的思绪。

她抬高伞檐，看向左边传出声音的院落。一名穿着灰袍的僧人偷偷摸摸从院中出来，一边往怀里塞什么东西，一边闷头快步顺着墙根往外走。

林钰看着他比寺中其他闲适的僧人迅捷不少的步伐，心道：这莫不是个武僧？怎么瞧着像个贼似的。

她如此想着，就见那僧人若有所思地转过头，隔着朦胧雨幕看向了林钰。

两人相距不远，仅仅十数步的距离，林钰在看见那僧人的脸后，愣了一瞬，随后立马变了脸色。

去年李氏大寿，林钰曾在王常中的府上见过此人一面。这人是王府的侍卫。可王常中入狱，王府的人怎么会在这儿？还是这般装扮？

不等林钰想清楚，那名假僧人已经注意到了林钰不寻常的反应。他看出林钰认出了他的脸，面色惊变，大步朝她冲了过来。

林钰察觉到危险，本能地扔了伞，拔腿就往回跑，开口大喊道："救命——"

可此处幽静，呼救声被雨声淹没，并无人听见。

而她的速度又哪里快得过身高八尺的男人，脚步声迅速自身后逼近。僧人扬起手刀，林钰只察觉脖颈折断似的疼，随后便失去了意识。

皇宫，议事殿。

受圣上宣召，林靖到殿外时恰巧撞见候在门外等内侍通报的李鹤鸣。

林靖虽对他诸多不满,但李鹤鸣掌管北镇抚司,也并非一无是处,见了面该有的礼节还是要做足。林靖站定,抬手朝他行了个礼:"李大人。"

李鹤鸣偏头看他,也正正经经回了个礼:"林大人。"

接着两人便没了下言。

好在没等多久,内侍便从殿中出来,垂首恭敬道:"二位大人请一并进来吧,皇上正等着呢。"

当今皇上崇安帝登位登得名不正言不顺,说得好听些是因先帝削藩自知终得一死,不得不领兵打回都城,说得难听些便是起兵造反的贼子,名不正言不顺地登上了帝位。而先帝明文帝溃逃离宫,至今下落不明。

当年崇安帝带兵入城,杀了一批誓死效忠先帝的文臣武将,也饶恕了一批愿意归顺的臣子。

王常中就在这被饶恕的前朝文臣之列。食君禄,受君恩。王常中安分了这么多年,一步步走到户部侍郎之位,哪想却被锦衣卫查出贪污之罪。

贪污历来是不可轻饶的重罪,王常中又牵扯前朝,崇安帝难免多疑,是以直接下令命李鹤鸣押王常中入北镇抚司的诏狱审讯。而李鹤鸣今日也是为此事而来。

殿中,崇安帝正在案前批阅奏疏,李鹤鸣与林靖一同进门,一撩衣摆就要跪地行礼。

崇安帝头也不抬:"行了,别跪了,说正事。"

李鹤鸣与林靖听罢又直起身,垂首拜道:"谢皇上。"

崇安帝放下毛笔,扔了奏疏,看了两人一眼,问李鹤鸣:"王常中的案子?"

李鹤鸣应道:"是。"

"招了?"

"招了。"

崇安帝看他一眼:"属马?抽一鞭子跑一步。直接说,恰巧林侍郎也在这儿，免得户部的人一头雾水，整天提心吊胆地派人来烦朕。"

李鹤鸣在别人面前寡言少语，哪想在皇上面前也是这副德行。林靖听李鹤鸣挨骂，不动声色地瞥了他一眼。

李鹤鸣还是顶着张棺材脸，从善如流道："微臣知罪。"

崇安帝疑心王常中贪污一事牵扯前朝，实际猜得半点不差。

半个时辰前，王常中在锦衣卫的严刑审讯下招供了赃款的去向，竟是用来暗中养了一批兵马。

崇安帝听李鹤鸣说到此处，出声问道："兵马？是之前锦衣卫探查到的那帮秘密入城的人？"

"是。"

崇安帝笑了一声，了然道："当初我还在想那些人是从哪来的，原是这么回事。他王常中放着好好的户部侍郎不做，拿我的钱养兵，想做什么？难道还想指望那帮废物杀了我，再迎躲在暗处的明文回来登位吗？"

林靖与李鹤鸣听得这话，不约而同又要下跪。崇安帝抬手示意不必："起来，继续说。"

于是李鹤鸣又道："据王常中的供词，养这帮兵马的确是为了刺杀王驾……如今这些人没了他做接应，无处可去，大多都藏匿在灵云山中——"

林靖听得这话，猛地扭头看他："什么？！"

崇安帝见林靖失态，淡淡瞥他一眼："林侍郎因何惊惶？"

林靖急急跪下："昨日家母与小妹一同上山拜佛，现今正在灵云寺中！"

李鹤鸣听见这话，剑眉一拧，倏然扭头看向林靖。

林靖继续道："微臣一时情急，这才圣前失仪，望皇上恕罪。还请皇上准许微臣此刻上山，接回家母与小妹！"

"你忧心家人，何罪之有？"崇安帝道，"但此时你如果贸然上山，怕会打草惊蛇。"

他话音刚落，李鹤鸣忽而一撩衣袍利落跪下，沉声道："臣自愿请旨，即刻带人上山清剿反贼。"

追拿贼子本就是锦衣卫的职责。崇文帝点头:"既如此,务必确保林侍郎家人的安危。"

林靖虽不喜李鹤鸣,此刻却也松了口气。他伏地跪拜:"谢皇上隆恩——"

寒冷中,林钰从昏迷中悠悠转醒。她徐徐睁开眼,发现自己躺在一间破窄寒冷的石屋中。

屋内不见窗户,只有一扇破旧的褐木门。微弱的光从门缝里透出来,模糊照亮了她所处的环境。屋内没有床,地上铺有一层枯黄杂乱的茅草,她就睡在这团脏污的茅草上。

此处仿佛是一处关押犯人的牢狱,但比起监狱又粗略得过头。

林钰坐起身,有些慌乱地看了看四周。眼前的石屋三面为石墙,背后一面却为石山,似依山而建,凭此,她猜测自己应当还在灵云山上。

是那名假僧人将她掳至此处?他将她关着做什么?求财还是索命?

林钰想不明白,抱臂搓了搓凉得发僵的手臂,轻轻咳嗽了一声。

身上的衣服半湿半干,寒气侵入身体,她觉得自己凉得像冰窖里捞出来的冰,就连脑袋都因发冷而昏昏沉沉。除此外,喉渴腹饿,被劈了一记手刀的后颈也疼得厉害,全身上下哪里都不舒服。

林钰撑着地缓慢站起来,一动才发现左侧膝盖钝痛难忍,似是在无意识时磕伤了,站都站不稳当。她撩起裙摆,准备看一眼伤势,就在这时,面前的房门忽然被人从外面打开了。

明亮的光线涌入石屋,林钰快速放下裙角,但腿上一小片白皙细腻的皮肤却还是被来人看了个清楚。

来者是一个模样普通的陌生男人,并非之前见过的那名假僧人。

林钰心中更加慌乱,这说明对方并非一个人。她防备地看着走进来的男人,左脚虚点在地上,右腿用力勉强靠墙站着。

一袭青绸对襟褙子因湿润贴着窈窕身姿,她这般靠在墙上时,似秆被雨打过却依旧亭亭玉立的荷叶茎。

脆弱却也动人。

进门的男人做贼似的小心，似是怕外面的人发现。他点燃墙上一盏油灯，掩上门，眯着眼上下扫了一眼林钰，兴奋道："老子还以为听错了，原来还真醒了！"

男人一身粗布麻衣装扮，瞧起来像山中的樵夫，但林钰却不会蠢到真将他当樵夫看。

她蹙眉盯着他，因干渴，开口时声音有些沙哑："你是王侍郎的人？"

男人没答话，只是用淫邪的目光盯着她，一边解腰带一边迫不及待地走向她。

林钰顿时面容失色，扶着墙壁，惊得忙往墙角缩："你、你想做什么？！"

"你觉得老子想做什么？"男人的视线扫过林钰饱满的胸口，伸手就去扯她的衣襟。

好似做惯了恶，毫无迟疑与怜悯之心。

林钰第一次遇见这种事，又刚醒来，头脑顿时乱作了一团。她下意识握住衣襟，声音发颤地道："你知道我是谁吗？！"

男人拉开她的手，又去拽扯她的裙子，满不在乎地哼了一声："我管你是谁！你就算是皇帝老儿的女人，老子今天也要尝尝味！"

林钰慌得唇色发白，却还强装镇定："我父亲乃当朝太保，阿兄乃户部侍郎！你若动我，他们必然不会放过你！"

男人压根儿不理会她的威胁，反而变态地道："叫吧！叫大点声！让那群没碰过女人的孬种知道你醒了……"

林钰听得这话，脑袋吓得几乎一片空白。然而就在男人继续拉扯她的裙子时，她忽然于危急中冷静了下来，急急道："你不怕死吗？！"

这话似刺到了男人的痛处。

自王常中入狱，这一窝子反贼逃至深山，困境挣扎，每日提心吊胆就是怕这个"死"字。男人顿时横眉怒目："你说什么？！"

林钰不知道他的身份，但能猜到他和那寺中的假僧人一样，多半与王常中有关。

023

她忍着惧意："想来是怕的，天下不惧生死之士寥寥无几，万不可能是尔等之辈。"

"你个贱人！"男人气急，当即就掏出了刀，抵在了林钰的脖子上。"你再给老子说一遍！"

林钰仰头避开刀刃，忍住颤抖，继续道："你想清楚了！你若被擒，横竖一个死字；但你若伤我，我保你受尽千刀万剐也不能绝气！"

她一个手无缚鸡之力的女人，气势汹汹说出这般狠话，叫男人怔了一瞬。

林钰趁他愣神，用力一把推开他，一瘸一拐跑向墙角。

男人不怕她跑，这石屋就巴掌大的地方，她也跑不出去。

林钰也没想过逃，她要做的就是尽量拖延时间，等着她的母亲发现她不见，派人来寻她。

她定了定心神，迫使自己冷静，直直看向男人的眼睛："我知道你们是谁的人，大明锦衣卫无处不在，你们逃不出这城墙，注定会被擒，总要下狱受审，我家人一旦寻来……"

她说到这里顿了一瞬，忽然想起方才自己提起父兄时男人并不畏惧，于是话音一转，改口道："想必你听说过北镇抚司李鹤鸣的名号。"

林钰从没想过要抬出"李鹤鸣"这个名字护她安稳，但此刻她却顾不得其他，只管张嘴胡乱道："北镇抚司的李大人素来钦慕于我，其母曾上门替他向我家提亲。我、我与他情投意合，已定下姻亲，是他未过门的妻子。"

这话说得有些羞耻却也慌急，但林钰不敢停下来，接着道："他手段狠辣，在他手底下的罪奴曾有一人挨了七百多刀也未能死得了。你大可辱我，甚至杀了我，只是他必然会将这笔账算到你头上，待你被擒，你受得了那凌迟之痛吗？！"

锦衣卫北镇抚司的名号在这些罪臣反贼的耳里总叫人望而生畏，李鹤鸣三个字就如一把快刀，只是听见就好似要从他们身上剐下一层血淋淋的皮肉。

男人听罢，竟然当真有所顾忌地收回了匕首。

但很快他又清醒了过来："横竖都要死，难道此刻放了你就逃得过阎王了？！"

林钰放轻了语气，商量道："你若饶了我，甚至从你的同伙手中护着我，待我的家人或是李、李郎寻上门来，我自会请他们宽恕你一命。"

男人冷笑一声："你当我没脑子吗？信你这鬼话！等他们找上门，我怕是头一个血流干的人！"

"当然要信！"林钰提声道，"女子名节最为重要，我已定下姻亲，这失踪的期间必然要有人为我作证我并未遭到欺辱，你若在这时护我不受外人辱没，做那迷途知返的证人岂不最可信！届时大功一件，我当然要请求父兄救你一命！"

她语速极快，男人思绪都有些没转过来，可林钰此刻就是要他转不过来。

她继续道："你无须怀疑我在骗你，之后我若不保你，岂不证实你的话不可信，那又有何人来证我清白？我林家名声显赫，难道我会拿我的名声和林家的声望与你开玩笑吗？"

林钰尽可能地拖延着时间："你大可以仔细想想。你也说了，这门外还有你的弟兄，若无人护我，以我之力，我定然无法安然无恙地活着出去。你想活，我也想，这是一个两全其美的法子。"

林钰的话乍一听合情合理，可仔细思索却是漏洞百出。然而求生保命的机会足够令男人的内心动摇，他定定地看着林钰的神色，似在判断她的话究竟有几分可信。

屋外雨声渐起，二人僵持了片刻，谁都没有说话。

就在这时，门外忽然传来了几声动响。

男人立马警觉地回过头，掏出匕首，对林钰低声道："给我老实待着！"

说罢，他便蹑手蹑脚地朝门口走去。就在他行至门口时，只听一声巨响，面前的木门竟被人从外面猛地踹开了！这一脚用足了力气，男人躲闪不及，跟随倒下的门板一起被撞飞在地上！

门口，何三手持染血的绣春刀，目色凌厉地望向门内。看见墙边狼狈的林钰后，何三愣了一瞬，随后面色一喜，回过头，提声冲着朦胧雨幕里的人大喊道："镇抚使！林小姐找到了！"

看见何三时，林钰完全是恍惚的。而听见那声"镇抚使"时，她竟一瞬间松了强撑着的勇气，无力又庆幸地靠在了墙上。

锦衣卫的名号叫乱臣贼子恐惧，却在此刻给了她莫大的心安。

沉稳的脚步声踏着密雨停在门口，林钰靠在破败的墙上，抬眸朝着门口的人看去，直直撞进了一双被雨水洗透的乌黑深眸里。

李鹤鸣手中提着绣春刀，站在门口看着她。秋雨将他浑身淋得湿透，雨水顺着飞鱼服不住往下落。

不似旁人被雨淋湿后略显狼狈的模样，他的肩背依旧笔挺，神色仍旧淡漠，就如他手中那柄被血喂饱的钢刀般，气势凛然地立在门口。

两名锦衣卫快步进了石屋，将那被何三隔门一脚踹得站不起身的反贼用绳索捆了，押出了门。

反贼被两名锦衣卫粗暴地扣着双肩，直不起腰，只得脚步踉跄地走出石屋。他出门时，回头看了林钰一眼，不知道是在后悔听信了她的话，还是在希冀她能如她所说的那般救他一命。

林钰没有理会他。

男人白着脸收回了视线。他似乎认得李鹤鸣这张阎罗面，与李鹤鸣擦肩而过时，双股战战，面如死灰地抬头看了李鹤鸣一眼，终于知道害怕起来。

李鹤鸣定定看了眼屋中衣衫有些凌乱的林钰，随即凌厉的目光一转，又扫过男人身上的衣裳。

看见男人已经解开的腰带，李鹤鸣瞬间沉了脸色，猛然抬刀抵上了男人的脖颈。

锋利刀刃割破皮肉，压出一道猩红的血线，刺痛自脖颈传来，男人身体僵住，不受控制地抖起来。一句透着森森寒气的话在他头顶响起："你碰她了？"

李鹤鸣这话问得林钰面色一白，有些难堪地抿了抿唇。门外何三和其他锦衣卫听见这话也愣了一瞬。

话哪是能这么问的，若传了出去，林姑娘还如何在都城自立。

刀剑架颈，猩热的鲜血顺着冰凉的刀刃流过，顺着刀尖滴落在地。男人被吓得一动也不敢动。

李鹤鸣的声音似从齿间挤出，毫不遮掩的杀气直冲他而来，他知道自己若说错了一个字，怕是连门都出不了便得人头落地。

林钰说得不错，他这种人贪生怕死，生死之际，除了求生的本能什么也想不起来。

男人想起林钰说过的话，唇瓣嗫嚅着，半晌，才声线颤抖地憋出来一句："没、没有，我没动她，你……你可以问她……"

可这半分迟疑在李鹤鸣耳中和招供没什么区别。他面无表情地扫过男人脸上冒出的冷汗："没想动，还是没来得及动？"

男人一怔，还没反应过来，李鹤鸣已经从他喉间收回了刀，随即手腕一转，刀光自男人身下闪过，下一瞬，二两浊肉就已落了地。

片刻的寂静后，一声凄厉的惨叫骤然响彻山间。宫刑之痛非常人能忍，男人疼得站不住，不受控制地屈膝跪下去，却又因被身侧两名锦衣卫架着肩，瘫成了一块软棉被。

鲜血从他身下喷流而出，李鹤鸣淡淡道："看好了，嘴捂实，别让阎王收了。"

说罢他又扫过门外的几名锦衣卫，肃声道："今日之事若传出去损了林家的名声，这笔账我算你们头上。"

几名锦衣卫垂首应是，无人敢多言。

林钰何时亲眼见人动过刀剑，她脸色苍白，待男人被拖走后，下意识朝地上那摊血污看去，但不等她看清，李鹤鸣脚尖一踢，已撩起一团茅草将那脏物遮了个严实。

林钰顺着他的黑靴看上去，又不受控制地将视线落到了他的绣春刀上。

见她神色害怕，李鹤鸣看了她一眼，转身出门，将刀送入雨中。凉雨冲刷过刀身，将那血迹一点一点冲洗得一干二净。他收回刀，利落地挽了个剑花，甩去刀身上的雨水，而后收刀入鞘。他回过身，提步朝林钰走来。

李鹤鸣生得高大，立在她面前时，林钰需仰头才能看见他的脸。

她从来端庄妍丽，可此刻瞧着却实在狼狈。衣裳乱而湿，往昔柔顺如绸缎的乌丝也变得松散。几根散下的长发垂落脸侧，发间还夹着一根茅草。她唇色苍白,眼睛也润,像是含着泪。虽是一副柔弱无依的可怜模样,却没哭,连那微微发颤的手都藏在了袖中,不肯叫外人窥见。

林钰甚至率先开口,问李鹤鸣:"李大人如何知道我在这儿?"

李鹤鸣没答她的话,而是伸出手抽去她发间那根枯草。林钰看向他指间的茅草,呆了一瞬,复又抬起水灵灵的眼看他。

李鹤鸣低头望着她的眼眸,开口道:"林家的女儿都似你这般坚强吗?到这种地步了也不会哭一声。"

林钰没想到他会这么说,愣了愣,不知如何回答。

李鹤鸣也没追问,低头看向她不自然弯曲着的左腿,忽然一撩衣袍,屈膝在她面前蹲了下来。

林钰下意识便要收回腿,却被李鹤鸣拦住了:"别动。"

林钰一怔,放松了下来。

李鹤鸣轻轻握住她的左膝,长指一动,在她受伤的膝上捏了几下。

林钰吃痛,咬着唇,喉中发出了一声猫叫似的痛吟,很柔,还有点哑,听得人心紧。

李鹤鸣本就没用什么力,听她痛哼出声,便立马收回了手。

他仰头看她,见她眼都红了,缓缓道:"没伤及骨头,将养数月便能痊愈。"

林钰抬手轻轻擦去眼中疼出的泪花,抿了下唇:"多谢李大人。"

李鹤鸣起身,将刀挂回腰间,二指探入口中,朝着门外吹了个响哨。

少顷,一匹黑马从远处奔来,停在门外的雨中,晃头甩了甩鬃毛吸透的雨水。

林钰这样定然走不了路,李鹤鸣伸手去扶她,但林钰却轻轻拂开了他的手:"我自己可以。"

说着她便扶着墙,单腿蹦着往外跳。李鹤鸣救了她,她该谢谢他,但旧事隔在中间,该保持的距离林钰也放在心上,并不过界。

李鹤鸣皱眉看着她的背影,忽而两步上前,一言不发地将她整个人稳稳打横抱了起来。

林钰惊呼一声,下意识揽住了他的脖颈,想叫他放她下来,可抬眸瞧见他那阴沉的脸色,到口的话又咽了回去。

李鹤鸣大步出门，直将她抱上了马。门外的何三看李鹤鸣抱着林钰，摇头连连称奇。

　　林钰坐在马上，李鹤鸣单手扶着她的腰，朝身后伸出手："伞！"

　　何三见此，忙把备下的油纸伞递了过去。

　　锦衣卫出差，日晒雨淋是家常便饭，何时带过这些个东西。

　　这伞还是李鹤鸣自寺庙来时顺手取了一把，没想路上当真下起了急雨，眼下给用上了。

　　李鹤鸣把伞撑开，递进林钰手中，不容拒绝道："拿着！"

　　林钰没怎么骑过马，她握着伞柄，有些无措地侧坐在马鞍上。

　　她高坐马上，李鹤鸣站在马下，此刻倒成了李鹤鸣需得仰首看她。

　　雨声噼里啪啦打在伞面，剔透寒凉的细小水珠顺着伞檐滴在他手臂上。他立在这细密冻人的寒雨中，倏尔抬起黑眸，望进林钰眉下那双总不肯在他身上多停的眼睛。他看了很久，眼神和那日在午门前一样，凌厉又好似带着疑问，似要将她心中所知所想尽数看透。

　　直到盯得林钰不自在起来，他才沉声问了她一句话："当初为何退亲？"

　　李鹤鸣神色平静，好似就只是随口问一句，想从林钰口中讨个能说得过去的理由。

　　可北镇抚使那张嘴是用来审钦犯的，出口的话有哪句是随便问的。林钰不敢轻易回答，也压根儿不明白他为何这样问，仿佛退亲之事是她任意妄为，是她辜负了他，而他并不知情一般。

　　当初在杨家的席宴上，林钰遇到他家中寡嫂徐青引。徐青引"提点"她的每一个字她至今都记得清清楚楚。那话中藏的针她不想重提，但左一句右一句都离不开她身子骨娇弱，今后怕是难生养，对她的羞辱之意几乎摆在了明面上。

　　说什么李家如今只剩二郎孤苦一人，她定要养好身体，若无子嗣之福，以后二郎要如何面见李家的列祖列宗。

　　除此之外，还有一事林钰也在意得很。

　　徐青引那日还与她说："这话我本不该提，说来都是多嘴，可林小姐出身高门，必然不是愿意屈身逢迎之人，但不说我心头实在难安。"

她支支吾吾东拉西扯了半天，最后仿佛迫不得已似的，压低了声与林钰道："二郎心尖上像是装着个别家的姑娘。我无意间瞧见过他脖子上挂着块东西，红绳所系，似是姑娘家的东西……"

这些话林钰现今想起来都烦闷得很。

徐青引一个寡嫂，说得难听些，李鹤鸣的兄长死后，她全仰仗着李鹤鸣过活。若非李鹤鸣授意，徐青引哪敢伸长了舌头到她面前嚼这些个舌根。

退一百步，纵然不是出自李鹤鸣的意，他家里供着这么一位乱嚼舌根的寡嫂，林钰真嫁给他怕也没什么安生日子。

林钰用力握紧了伞，垂着沾着细密雨水的眼睫看李鹤鸣，有些羞恼地道："李大人这么问，好似不知道缘由，让旁人听了，还以为是我林家的不是。"

李鹤鸣目不转睛地盯着她，见她生气，倏然拧了下眉，竟然当真没脸没皮地答了一句："我的确不知缘由。"

他眸色深沉，直直盯着她看时叫林钰有些心慌。

她将视线从他被雨淋湿的脸上挪开，恼道："不知就不知吧，横竖这事都已经过去半年了，无须再提。"

"过去？说好的亲事说毁就毁，如何过去？"李鹤鸣的声线沉下去，"林小姐莫不是已经找好了下家？谁？杨家的杨今明？"

这是什么话！林钰惊于他如此无礼，恼得眼都红了："又关杨家什么事？！我与你先前的亲是令堂定下，如今令堂仙逝，姻缘已断，李大人何必如此、如此——"

她面对歹徒时的伶牙俐齿此时仿佛生了锈，憋了半晌憋出一句："何必如此斤斤计较！"

李鹤鸣盯着她："谁和你说这亲事是家母定下的？"

林钰蹙眉："若非你母亲定下，难道还能是你自己做的主不成？"

李鹤鸣道："是我做的主。"

林钰心头一颤，望着李鹤鸣的眸，听他一字一顿地清晰道："我选的人，我择的妻，是我要娶你。"

第二章 姻缘

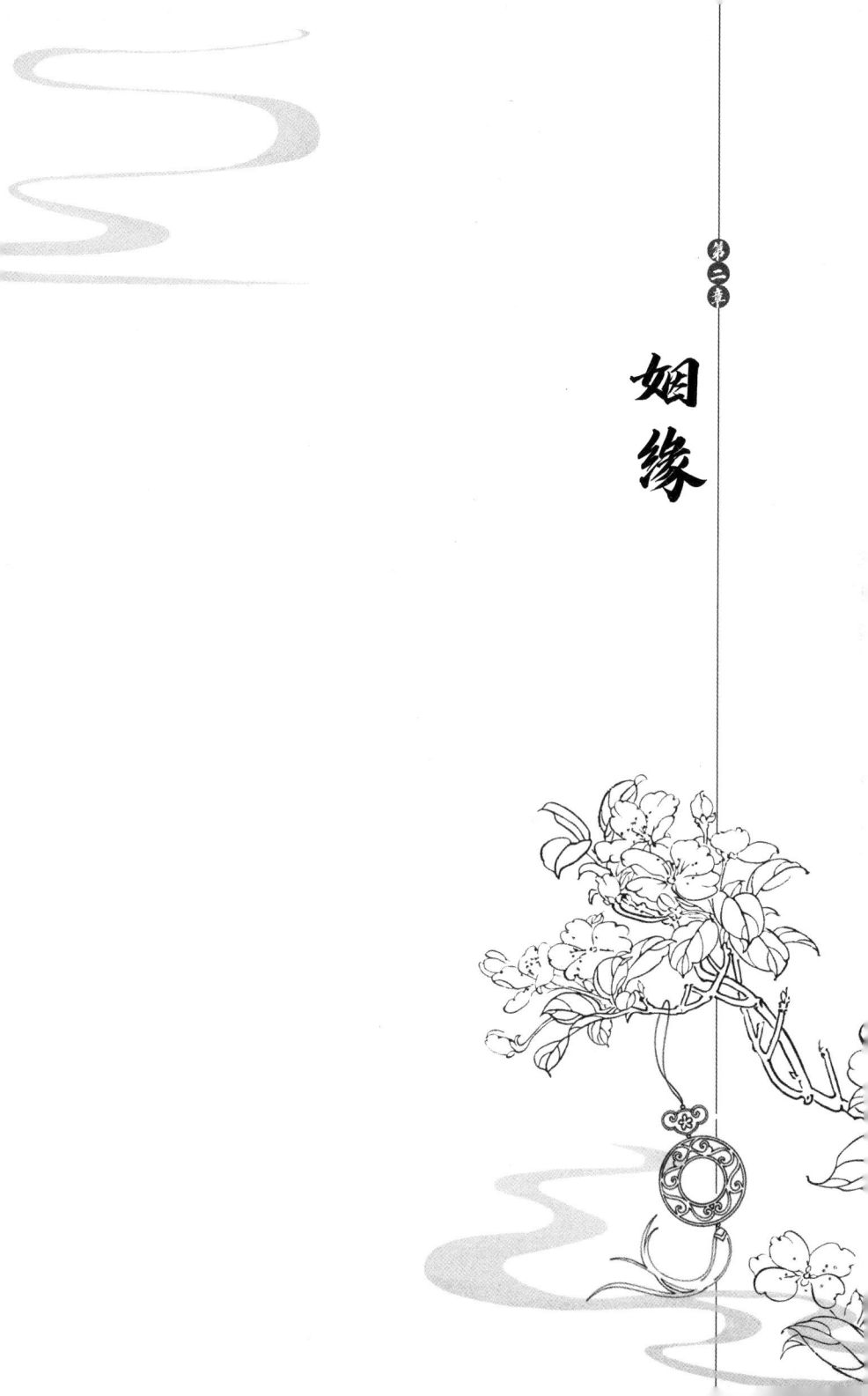

李鹤鸣背后的何三听得这话,眼睛都瞪圆了。

不单因为李鹤鸣的话,还因他那语气冷得像是要把人姑娘活生生给吃了。他不禁腹诽:谁教镇抚使如此向姑娘表达心意,林小姐能答应他才怪了。

何三猜得不错,林钰听得这话,第一反应不是惊喜,而是后怕,这说明她林家违背的并非他母亲之意,而是他这北镇抚使的意。

从前婚事定下时他不过一名千户,她林家倒也不惧,可现今他是皇上的亲信,随口一句话便能叫官员下狱。

今时不同往日,他如此计较前尘往事,莫不是当真要找她林家算账不成?

林钰看他半晌,不知该作何言,最后咬了咬下唇:"事情已成定局,李大人多说无益。我就当你的确不知我林家为何退亲,可这事终究错不在我林家,我对你更是问心无愧。你若想知道,不如回去问问你那阿嫂与我说了什么。"

李鹤鸣皱眉:"徐青引?"

林钰不是徐青引,并不喜在人背后嚼舌根,是以没有应声。

她偏过头,看着一旁的湿地,放缓语气道:"今日还要多谢李大人相救,等回了林府,我必会备厚礼遣人登门致谢。"

她这样说,显然是不愿欠他的人情债,要把两人间的事一笔一笔算得清清楚楚。

这话说完,林钰不知道还能说些什么,于是两人间就这么沉默下来。

山间的雨渐渐浇平了她烦乱的心绪,可李鹤鸣的神色却越来越冷。

忽然,一阵凌乱的脚步声打破了沉默。

一名锦衣卫持刀从山下雾蒙蒙的荒寨奔来，快步上前附在李鹤鸣耳侧说了什么，随后识趣地退开候在了一旁。

李鹤鸣并非为儿女私情耽误大事的人，他从林钰身上收回视线，往后撤了一步，但在转身离开前，又问了林钰一句："你有没有悔？"

他长身挺立，侧对着她，漆黑的双目直视前方，眼角余光都未看向她。

这话问得不清不楚，但林钰知道他问的是她有没有后悔退了两人的亲事。林钰望着他的侧脸，不知为何动了动剔透的眼珠往他脖颈处看了一眼。衣襟遮着，看不见他脖子上是否如徐青引所说挂着东西。

平缓的心绪好似又生烦意，林钰收回目光，声音轻如泉音："没有。"

声音落下，李鹤鸣握紧了刀。他不再停留，径直转身往山下寨中而去，语气冰冷地扔给原地站着的何三一句："把人看住了，少一根头发，自己提着人头去林府谢罪！"

何三不敢大意，忙挺直了身，目送李鹤鸣远去的背影，中气十足道："属下领命！"

锦衣卫追查的反贼藏身于灵云山中一处废弃的山寨，地址荒僻，道路难行。

尤其这两日里大雨一浇，山路湿滑不堪，稍有不慎便会滚了满身泥，若手脚不利索，滚下山去摔死在山中也不是没有可能。

锦衣卫此番共拿了三十多名反贼，三十来人齐齐被绑了手脚，串成了数串干苞谷串，被锦衣卫催赶着押下山。

那名林钰在寺中撞见的假僧人也在其中。

林钰些许局促地坐在李鹤鸣的马上，一手举伞，一手小心扶着缰绳。

林钰见众人一个接一个沿着山道而去，后知后觉地意识到一件事：待会儿她要如何下山？

何三受李鹤鸣的意看护林钰，他见她紧张地拽着缰绳，以为她害怕，上前拉住李鹤鸣的马，关心道："林小姐是不是没怎么骑过马？"

033

李鹤鸣这马是皇上赏赐的战马，比寻常马高挑不少，脾气也怪，李鹤鸣驯了小半月才收服，没想到眼下倒异常乖顺，不闹不跑，乖乖驮着林钰。

林钰听何三和她说话，轻轻点了下头，回道："只骑过一两次。幼时阿兄教我骑小马驹，我力气不够没把住缰绳，险些坠马，此后家里人就没再让我碰过了。"

何三今年三十有二，父母走得早，小时候在军中吃军粮养活的，打小在马上长大。他听林钰这么说，下意识往她纤细的手腕上看了一眼。

肤白胜雪，腕骨细瘦，的确不是一双能驯服烈马的手。

他听林钰语气有些遗憾，安慰道："不会骑也无妨，这城里有几个姑娘精通骑术的？林小姐出门坐马车便是。"

不远处李鹤鸣正吩咐手底下的人待会儿的下山事宜，听见何三和林钰聊得欢，侧目往这边看了一眼，而后两句说完就走了过来。

何三眯眼看向下山的队伍，嘟囔道："这么大的雨，可别冲塌了路。"

林钰道："上灵云寺求佛问道的人多，山路年年修，应当不会出事。"

何三随口问："林小姐信佛？"

林钰微笑着摇头："不信。"

"那真是可惜了。"何三眉毛飞舞，精神道，"我听人说，向灵云寺里那棵百年梧桐树求姻缘灵得很。"

李鹤鸣腿长，三两步就到了两人跟前。他听得这话，没什么表情地瞥了何三一眼。

何三见他过来，忙正了神色："镇抚使。"

李鹤鸣道："去跟着队伍，山中有雾，眼放利点。"

何三应下，跑去解了他绑在树上的马，准备跟着队伍走。

但要上马时，何三又忽然觉得有点不对劲。

灵云寺在山腰，这山寨的位置比灵云寺还高一截。为避免打草惊蛇，搜查本不该骑马，但来时听说林钰失踪，顾不得别的，镇抚使与他二人骑马先行，悄声摸透了反贼的位置，他再折返回去领的人。

也就是说，从这儿到灵云寺这段山路，只有他和镇抚使手里这两匹马。

他骑走一匹，那只剩一匹两人怎么骑？

何三想到这儿，回头看了过去。

蒙蒙雨幕中，林家的二小姐举着油纸伞，正低头望着他们人人畏惧的头儿，一副不知所措的模样，显然也在忧心这个问题。

何三看了看林钰，又望向神色如常的李鹤鸣，而后灵台陡然一清，明白过来李鹤鸣打的算盘。

他不敢多留，扰李鹤鸣的好事，忙骑上马先一步走了。

山间雨小，却下得密。雨水仿佛溅开的油，细细密密往伞面打。

林钰看着李鹤鸣，思来想去，还是忍不住主动开口问他："李大人，我们……我同你要如何回去？"

李鹤鸣听她话说一半改了口，淡淡看了她一眼，道："先回寺中，送你与你母亲会合。"

雨水顺着他的脸廓滑下来，林钰眼睁睁见一滴雨滴进他眼中，却没见他眨下眼。他似被雨淋惯了，只抬手随意抹了把脸，看着比伞下半湿不干的林钰还洒脱几分。

李鹤鸣的确生得不俗，剑眉星目，气宇轩昂，但此刻林钰却没心思欣赏。

她从他脸上收回目光，手指扣了下缰绳，蹙眉道："我并非问的这个，眼下只一匹马，我与你总不能、总不能共骑而行。"

李鹤鸣语气淡漠："那林小姐是想让李某做你的马夫？"

林钰心道：就是知道你不会屈尊当个马夫才问。

她若非伤了腿，何苦问他这些，与先行的队伍一同走便是，可如今她却连下马都得求他帮忙。她正思索着，身下的玄马忽然动了动，她吓得忙拉住缰绳，险些摔了手里的伞。

李鹤鸣伸手扶上她的腰，林钰一愣，身子顿时僵得像块石头。

但他并没乱动，待她坐稳，从她手里拉过缰绳，直接抬腿踩上马镫翻身上了马。

035

他动作利落,林钰一时没反应过来。头顶的伞被撞得往前一歪,又被身后伸出来的手扶正了。带着寒气的高大身躯松松贴上她的背,并不紧,但也足够她板正了身子不敢动弹。

李鹤鸣垂眸睨着她,道:"这是李某的马,林小姐若不愿意同乘,自己下马走回去。"

他虽这么说,却压根儿没给林钰选择的机会,说着轻拽缰绳,一夹马肚往前行去。

马儿动起来,林钰怕摔,下意识扶住了自身前横过的手臂,才掌稳,又察觉另一只手忽然一松,李鹤鸣从她手里接过了伞,替她挡在了她头顶。

林钰动了动嘴唇,面色羞得发红,却说不出拒绝的话来。李鹤鸣说得不错,这是他的马,没道理他要白白让给她。说得直白些,便是他此刻肯载她一程,她都该好声谢他。

林钰想着,没再说话。

往灵云寺行的这一段路,李鹤鸣撑了一路的伞,也淋了一路的雨。

他手里的伞往前倾,半截宽背都在雨里泡着,反将林钰挡得严实,身上没再沾半滴水。

只是天寒地冻,她衣裳又湿着,瞧着病恹恹的,好几次都险些靠在他身上睡着。纤细的手掌从李鹤鸣的臂上缓缓滑下去,他察觉到后,垂眸看她,松开缰绳探了下她的额头。

热烫的温度传至掌心,他皱了下眉,有点烧。

林钰被他的触碰弄醒,慢慢坐直了身。她有些迟钝地眨了下眼,抬头看他,见他拧眉看着自己,脑子瞬间醒了大半。

山路崎岖,马上颠簸。林钰醒后,下意识就想去扶李鹤鸣的手,但见他手臂垂在身侧,就又只好将伸出的手收了回来。

李鹤鸣觑了她一眼,抬手拽住了缰绳,结实的臂膀扶栏似的稳稳横在她身前。

林钰一愣,抬手握了上去,轻声道:"多谢。"

李鹤鸣没应声,只轻踢了下马肚,叫它加快了步子。

林钰脑子昏沉得厉害,她被抓已有一日,昨天湿着衣裳在石屋中睡了一夜，此时才发烧已算侥幸。她怕自己昏睡过去，只好说些什么来分散注意力。

她低头看向沿路被雨淋得憔悴的杂草，想起之前在石屋时李鹤鸣没有回答她的那个问题，又问道："李大人还没告诉我，是如何知道我在这儿的，又恰好在今日上山缉拿反贼。"

李鹤鸣道："并非恰好。"

他没瞒着她，解释道："王常中入了狱，这事你知道。今早他没受住刑，招供了反贼藏身之处，我入宫述职，遇到了你兄长。"

林钰听得这话，震悚于他轻飘飘的一句"没受住刑"，却不知得在酷刑下流多少血、嘶叫多少声才能担得住这短短四个字。

但北镇抚司受皇帝亲令，不是她能过问的。

林钰问道："阿兄入宫做什么？"

"不清楚，我离开时他还留在宫中。"

李鹤鸣想起林靖跪在崇安帝面前恳请皇上允诺他上山时的担忧之色，略去了自己请旨上山剿拿反贼的事，开口道："他听说反贼藏匿灵云山上后忧心你与令慈，皇上便派我即刻上山清剿反贼。一到灵云寺，便听说了你失踪的消息。"

林钰在家中听林郑清与林靖谈多了朝堂之事，比寻常人在这事上多一分敏锐。她蹙眉问道："李大人汇报王常中一案时，皇上留了阿兄旁听吗？他同为户部侍郎，此时理应避嫌才对。"

便是朝中官吏遇到此种状况，怕也不会多思。但林钰却瞬间就察觉出了皇上此举别有他意，这份机敏实在难得。但李鹤鸣却并不意外，好似知道她本就聪慧。

他提醒道："皇上不避讳林侍郎，不是什么好事。"

林钰明白，这其中怕是敲打之意居多，既有敲打，那便是皇上起了猜疑之心，只是尚不知这猜疑有几分。林钰看向李鹤鸣，担忧道："李大人负责审查此案，若生了误会牵扯到阿兄，能否私下知会一声？"

士族名门教养出的女儿将家族看得比什么都重，她话音难得诚恳，带着股请求之意，可李鹤鸣听罢却丝毫不为所动，反倒问了一句：

037

"凭什么？"

林钰没想到两人聊得好好的，却会换来他这么冰冷一句话，愣了一瞬，接着又听他没什么情绪地道："我与林大人非亲非故，为何要犯险帮他？"

他话中有话，尤其"非亲非故"几个字，落进林钰耳中总觉有股凉意，她一时竟不知作何回答。

她脑子似被这漫天的雨灌傻了，竟然吐出一句："若是沾亲带故，李大人便愿意涉险徇私吗？"

李鹤鸣盯了她须臾，从她身上挪开视线，意有所指道："那要看沾的什么亲，带的什么故了。"

林钰想起自己与他这半路退了的亲事，抿了下唇，没再吭声了。

一路上在林钰面前不少做恶人，到了灵云寺前，李鹤鸣又发起善心，还知道提前下马，顾及起她的名声。他将伞还给林钰，竟然当真牵着缰绳在前头当起了马夫。

他踩着山泥往寺中去，才进门，就见王月英泪眼婆娑地候在院中，一副忧心如焚的模样。

下山时，李鹤鸣已提前派人告知王月英林钰无碍，是以眼下王月英虽担忧，但也还勉强维持着冷静，没有失态。

林钰见自己母亲如此，也红了眼眶。李鹤鸣朝马上的她伸出手，林钰难得没推辞，攀着他的肩任他将自己抱了下来。

泽兰年纪小，忍不住哭声，哽咽着上来扶她："小姐……"

王月英脸上亦透着几分藏不住的悲意，面色担忧，上下打量着自己的女儿，似有千言万语要讲，最后也只是握着林钰的手道出一句："无事便好，无事便好……"

林钰懂得她母亲脸上这份悲从何而来，她一个姑娘，被反贼掳走一夜未归，此事只需透露出一句，从今往后她便再难有清白之名。

但事情已成定局，多思也无益。好在锦衣卫来得及时，她未真正受辱，已经是大幸。

林钰想到这儿，思起被冷落在一旁的李鹤鸣。

她偏头看去，却见李鹤鸣如来时那般行走于青天密雨下，已经背对她们往别处走远了。

灵云寺里的那棵姻缘树据说是百年梧桐,实际怕不止百年。

此树树干粗壮,有壮年男子展臂之宽,高不见顶,仿若一棵通天巨树立在天地间。枝叶繁茂,树冠似一把巨大的伞盖,上面缀满了写着名姓的红木牌,一眼望去,诉不尽的人间相思意。

梧桐树种在寺中一方宽院里,院中有一小禅房,一名小沙弥被派来禅房中看护姻缘树。

禅房外的屋檐下摆了一张方木桌,桌上摆有笔墨和与树上挂着的相同的木牌,想来是为香客提供。

李鹤鸣踩着雨走到院中时,何三正背对他弯腰趴在桌上,拿起笔,偷摸着在一块木牌上写不知哪家姑娘的名字。

他人长得五大三粗,字也识得不多,写个名字真是要为难死他。

小沙弥看过许多来求姻缘的香客,羞涩腼腆的有,百般纠结的有,见何三提着笔迟迟落不下去,也只是在房中微笑望着他,并不出声打扰。

踯躅煎熬,都是姻缘连成的一环。

男人当建功立业,来求姻缘这等囿于儿女情长之事说出去都要惹人笑话。是以何三刻意撇开一众兄弟偷偷摸摸独自来,没想却被李鹤鸣撞见了。

何三皱着眉头,在木牌上小心翼翼写下歪歪扭扭一个白字,但后边那个"蓁"字死活想不起来该怎么写,于是只好和木牌面面相觑。

他没了辙,想着干脆在牌上画个姑娘的小像,天上管姻缘的神佛仙子想来都聪颖无双,必然知道他所属意的是哪位动人的姑娘。

在他纠结之际,李鹤鸣已经提步走了过来。

高大的身形挡去自厚重云层透落下的暗淡光线,何三下意识捂住木牌,不耐烦地转头看去,瞧见是李鹤鸣那张冷脸后,立马收起木牌,面色严肃地站直了身:"镇抚使。"

其他兄弟们已经马不停蹄押着反贼下了山,只有何三听李鹤鸣的令带了一小队人留守寺中听候安排。两人在此处碰上,何三半点没想过李鹤鸣也是来求姻缘的可能性，只慌张自己玩忽职守被撞见，许是要遭一顿数落，或许那点子塞不满口袋的俸禄也得扣下十之一二。

但李鹤鸣压根儿没看他，语气平平应了一声，而后从桌上的木盒里码得整整齐齐的木牌子中挑了块干净的出来。

何三见此，愣了一瞬，但他在李鹤鸣手底下当惯了差，遇事时有时候手脚比脑子反应更快。

他下意识让开位置，把手里的笔递给了李鹤鸣。

李鹤鸣也不扭捏，伸手接过，将木牌放在桌上，微弯着腰，提笔大大方方在牌面上写下"林钰"两个字。

他不似何三一般遮遮掩掩，神色坦然得不像是在写姑娘家的名字，而像是在给他已经离世的母亲祈阴福。

这木牌和墨是特制的，墨一沾上去就浸入了木纹，无须风干，日晒雨淋也难掉色。

李鹤鸣写完把笔递给何三，淋着雨走到树下，将木牌往上一抛，木牌上拴好的红绳便稳稳挂在了一根伸出来的结实枝头上。

看似随手一抛，但牌却挂得高。

何三那儿名字还没写完，他这已经算求完了姻缘，也不对着树念叨几句，挂完牌子就走，一刻都不多留，拜姻缘拜得随性得很，看得何三震惊不已。

小沙弥也觉得新奇。旁人在这求姻缘，没有一刻钟是走不出这院子的，好似不扭捏一番都对不起这满树的木牌子。

何三见李鹤鸣快走出院子，提声唤道："镇抚使！"

李鹤鸣回过头看他："何事？"

何三抬手挠了挠头发，不太好意思地道："那什么，您知道白姑娘的名字怎么写吗？"

李鹤鸣通晓朝堂上下几乎所有官员名姓，知道的姓白的人家没有二十也有十家，他问："哪位白姑娘？"

何三道："白蓁！教坊司的那位，您上次见过的。"

李鹤鸣思索了片刻，问："逃之夭夭，其叶蓁蓁的蓁？"

"对！"何三傻笑道，"是这个蓁字。"

"草头，下面一个秦。"李鹤鸣道，他说着看了何三一眼，"秦字会写吗？"

何三咧开嘴角："会！多谢大人！"

泽兰受王月英的意来请李鹤鸣时，恰听见两人这番谈话。

她没听见开头，也没看见李鹤鸣往树上抛了她家小姐的姻缘牌，就从"教坊司那位，您上次见过"这句叫人误会的话听起。

她心中顿时只一个念头：李大人平日里瞧着正儿八经不苟言笑，怎么也是个喜欢上秦楼楚馆的主；幸亏当初小姐退了他的亲，不然嫁过去不知要受多少委屈。

泽兰年纪和林钰差不多大，却不比林钰藏得住事，那表情落在李鹤鸣眼里，几乎是将心里话摆在了脸上。

泽兰见李鹤鸣看过来，背上寒毛一立，忙垂下脑袋，开口道："李大人，我家夫人请您过去，想当面谢谢您救回小姐。"

李鹤鸣知她可能生了误会，但并没解释，平静道："带路。"

泽兰应道："是。"

寺里不比在自己的府宅方便，王月英只能找僧人借了一间简朴的禅房见李鹤鸣。

房中不见林钰的身影，想来是梳妆换衣去了。

王月英正在案前煮茶，见泽兰领着李鹤鸣进门，起身笑道："李大人，请坐。"

李鹤鸣的官职在这掉片叶子能砸死个二品大官的都城里算不得多厉害，至少比起官至正一品的林郑清而言不算什么，但王月英还是尊重地唤了声"李大人"。

不只是因为他官职特殊，还因为他及时上山救下了林钰。

李鹤鸣看了眼那干净的木椅，出声谢过，却没落座："李某衣裳湿透了，这椅凳不似能碰水的料子，就不添麻烦了。"

王月英没想到他心细至此，有些意外地看了他一眼，没有勉强。

林家退了李鹤鸣的亲，是以此刻王月英与李鹤鸣相见，场面有些说不出的尴尬。

但王月英身为母亲不得不为林钰考虑,有些话必须要说清楚。

她从炉上提起烧得滚烫的茶壶,将冒着白雾的热茶倒入茶盏,端起来亲自奉给李鹤鸣:"刚煮的热茶,天冷祛寒,望李大人不嫌弃。"

李鹤鸣没急着接,他看了眼面前两鬓霜白的王月英,又望向她手里盛了八分满的茶盏。

茶是上好的岕茶,但寺里清寒,盛茶的茶盏便有些不入眼了。

一只普通的青瓷盏,街头摊贩最常见的茶具,连盏托也没有。

茶水滚沸,透过茶盏烫红了王月英的手,但她却没放下,也没露出痛色,只是耐心地等李鹤鸣接过。虽说他的身份不容她轻视,但也尊敬得过头了。

李鹤鸣见此,隐隐察觉出几分王月英请他来的用意。他道了声谢,将茶从她手里接了过来。

手上一松,王月英心里亦松了口气。她扶着桌子缓缓坐下,徐徐开口:"小女已将山中发生之事告诉我,事出险急,听之叫人心颤。若李大人没能及时救下小女,之后的事我……"

后面的话她一个做母亲的实在难以平静地说出口,顿了片刻,敛了泪意,才继续道:"总之要多谢李大人相救之恩,此恩情无以为报,待下了山,必定遣人登门致谢。"

她言语真挚,可李鹤鸣却没有应下:"不必,李某也只是奉皇上之命,谈不上恩情。林夫人信佛念经,令媛许是得了神佛庇佑,才躲过此劫。"

他这位置,与官员多一分牵扯,在圣前便多一分猜忌。

李鹤鸣能做帝王爪牙,缘由之一便是他这人从不与人私交,今日之事也不能例外。

王月英听他拒绝,也想明白过来这一层,便没有坚持。

她迟疑了片晌,又道:"其实请李大人来,除了想要当面答谢,还有一个不情之请。"

"林夫人请讲。"

接下来的话于她而言似乎有些难以启齿,她撕破了假面,言语有些激切地道:"小女失踪一事若传出去必然会损害小女名声,小女尚未婚嫁，还望李大人不计前嫌将此事保密，勿要与任何人提起。"

她一说林钰尚未婚嫁，二又不得不请曾与林钰有过亲事的李鹤鸣守密，对于王月英而言，心中惭愧难言，已算是放下了面子在恳求他。

但对于李鹤鸣而言，何尝不是另一种折辱。

林钰为何未婚嫁，是因她林家退了与他的亲事，还是她王月英亲自上门退的亲。李鹤鸣因此事在城中闹作笑柄，背后更是听了不知多少嗤笑。

王月英这话，无异于将当初林家打在李鹤鸣脸上的巴掌的响又拿出来在他面前听了一遍，更好似怀疑他李鹤鸣要刻意将林钰所受之难拿去坊间传上几遍，以洗前耻。

有些话不能讲，一旦出口，便如将对方看作了小人。而此刻，王月英口中的小人，便是她面前的李鹤鸣。

李鹤鸣拧紧眉心看着王月英，显然不敢信她竟如此直言。

王月英见他变了神色，不得已再次出声相求："李大人……"

"够了。"李鹤鸣面色冷硬地打断她，"退亲一事我未曾提过，林夫人便当我李鹤鸣是什么能供人戏耍嘲笑的东西吗？"

他说罢不再多言半句，沉着脸色将那尚未饮下的茶掷于桌上，径直转身离开了。

王月英看着他的背影，想出声挽留，可最后也只是扶着桌子坐下，颇为无奈地叹了口气。

寺庙乃清修之地，衣食住行，样样都不适合林钰养伤，当日她便跟着锦衣卫下了山。然而山路湿滑，马车难行，王月英年事又高，便只好留在寺中，等过些日天晴了再做打算。

王月英与李鹤鸣相谈之事林钰并不知情，她见了李鹤鸣，仍是恭恭敬敬唤一声"李大人"，道一句"有劳"。

她下山时依旧骑的马，但这回没与李鹤鸣同骑，而是由泽兰牵的马。

林钰体弱，做她的贴身侍女，少不了使力气的时候，是以泽兰与寻常侍女不同，是习过武的练家子。拳脚功夫学得半精，勉强能入眼，不过身体结实，便是一般的男人都没她四肢强健。

下山时，何三在最前方领着锦衣卫开路，后面泽兰一手撑伞、一手牵着马与林钰并行，李鹤鸣骑马落在最后，恰好将前方正悄声说密话的主仆收入眼底。

林钰披着雪白的薄绒氅，一双浅碧色绣鞋自裙下露出个尖，整个人裹得严严实实，怀里还抱着只小手炉。

雨声响，主仆二人的声音压得低，饶是耳尖的李鹤鸣也听不太清两人在说什么。

两人说了一会儿，雨声渐渐弱下去，李鹤鸣听见林钰小声问了一句："莫不是听错了？"

泽兰正说及兴起，压根儿没注意到这逐渐低弱的雨声，笃定道："文竹都说我生了双了不得的狗耳朵，我怎会听错？！那位锦衣卫大人当时定然在和李大人聊教坊司的姑娘！还说上次见过！"

林钰听罢，蹙着眉心，将信将疑地抬高伞檐，扭过头悄悄看了看身后的李鹤鸣。她记得，徐青引说他有位心爱的姑娘，莫不是教坊司里哪位罪臣之女？

她这一眼完全是下意识的举动，却不料恰对上李鹤鸣看向她的视线。

他双目如鹰，好似听见了她们在说什么似的。

泽兰见此，忙伸手将林钰拉回了头，急道："您别看啊小姐，您这样看李大人都知道我们在提他了！"

林钰的身体被暖炉焐得发热，脑子却昏得厉害，一时没反应过来。

她抿了下唇，微微弯下腰小声问泽兰："那怎么办？"

泽兰呆呆摇头："不知道。"

她有些后怕地道："李大人如果猜到了我们在说他坏话，会找小姐的麻烦吗？"

林钰听见这话半分不乐意，她坐直身与泽兰拉开距离，一副井水不犯河水的模样，认真道："分明是你要拉着我说他坏话，为何是找我麻烦？"

泽兰被林钰哽得说不出话，瞪直了眼，不可置信地看着她："是小姐您说想听小秘密的！"

林钰不肯认，她将手背贴上暖炉，轻声道："你若告诉我是他的小秘密，我就不听了。"

身后的李鹤鸣听见这话，撩起眼皮凉凉看了林钰的背影一眼，不知在想什么。

日色渐晚，等一行人行至山脚，雨也停了下来。

当李鹤鸣远远见到山下来接林钰的人，才明白王月英为何那般情急地请求他保密林钰失踪之事。

山脚除了面色焦急等着的林靖，还有一个身姿颀长、容貌俊逸的少年——礼部侍郎家的三子，杨今明，正是此前李鹤鸣在山中质问是否是林钰找好的下家。

杨今明年纪轻，比林钰还小两岁，今年才十六。

当年林郑清大寿，林钰隔着屏风抚了一曲《良宵引》为林郑清贺寿，屏风后身影曼妙绰约，十四岁的少年一见倾心，当时心头便种下了情根。可惜少年情窦初开得太晚，那时的林钰已和李鹤鸣定了亲事，杨今明只能将这份情意珍藏于心。

两年过去，少年的情根不仅没枯死，反而在听说林家退了与李鹤鸣的亲事后，枯木逢春般活了过来。清隽面容瞧起来精神抖擞，比起李鹤鸣这棺材脸朝气了不是一星半点。

晚秋天寒，林靖已在这山底站了快两个时辰，他出门出得急，酒囊水袋一律未拿，眼下焦得口干舌燥，看着身边杵着个杨今明就心闷。

尤其这小子还明晃晃地打着他妹妹的主意。

杨今明在大理寺拜了大理寺卿秦老为师，每日除了办案就是办案，许是在大理寺待久了，杨今明的性格比同龄人要稳重些。但十六岁的年纪，能稳到哪儿去？

林靖并不喜欢杨今明，倒不是因为别的，只因他太年轻。年轻气就浮，沉不住心，不适合林钰。林钰身子骨弱，得找个年长几岁、会疼人的来照顾她。杨今明这样的做朋友可以，但若当妹夫，是万般入不了林靖的眼。

045

可父母之命，媒妁之言，林钰的婚事林靖说了不算，得由林郑清和王月英做主。

王月英倒很属意杨今明，有意与杨家结亲。杨家家世不敌林家，杨今明又一心爱慕林钰，林钰若下嫁过去，有娘家撑腰，总不会受累。

但在这事儿上，林靖不管王月英怎么想，他瞥了眼目不转睛盯着山路的杨今明一眼，道："天都快黑了，杨公子再不归家，令堂可要着急了。"

这话说得杨今明像是个七八岁的小孩，赶人之意溢于言表。

但杨今明并不生气，他双手抱臂站在马前，信口胡诌："今日山间雾气浓郁，山上怕是在下雨，难得美景，我多看几眼，等雾散了就走。"

山间白茫茫一片，压得满山绿林抬不起头，就是等到明早，这雾怕都散不了。他借口倒找得好，连陪着林靖在这儿过夜等人的理由都有了，是铁了心要见林钰一眼。

林靖心烦地背过身，只恨此前在街上撞见杨今明那会儿他问自己去哪儿时，自己怎么就脱口答了他"去灵云山脚接家母与小妹"。若口严些，此刻也不必看他在这儿碍眼。

正烦着，几道若隐若现的人影渐渐出现在山脚的雾气中。

杨今明放下手臂眯眼看去，嘴角扬起一抹笑，道："来了！"

林靖忙回过头，就见一身飞鱼服的何三骑着马带头从雾中行了出来。

山间雾气如烟，道路湿滑，寻常人莫说下山，便是路怕都会走岔。杨今明赞叹道："听闻锦衣卫追踪觅影之术出神入化，今日倒是长了见识。我还以为他们得迷上一阵呢。"

林靖没理会，直接撇下他大步迎了上去。

杨今明看见马上披着白绒氅的林钰，脚下动了动，也想跟着上前，但最终还是留在了原地。

"小妹！"林靖见只林钰一人，问道，"怎么就你一人，母亲呢？"

他说着，还看了林钰身后的李鹤鸣一眼。

林钰回道："山路难行，母亲又不便骑马，等雨停了，母亲再乘马车下山。"

"如此也好。"林靖说着，伸手去扶林钰，"来，阿兄赶了马车，马颠着难受，乘车回去。"

李鹤鸣见林靖大大咧咧就要把人从马上薅下来，出声提醒了句："林大人当心，她伤了腿。"

林靖一愣，林钰怕他担心，忙道："不碍事，只是磕伤了膝盖，没伤到骨头，将养一阵便好了。"

她倒把李鹤鸣说的话字字都记在了心上，李鹤鸣听罢，抬眸多看了她一眼。

林靖没注意到这一眼，林钰也没注意，只有不远处的杨今明将这一眼看了个清楚。少年皱了下眉，敏锐地察觉到李鹤鸣这眼神有些不对劲。

林钰还在编谎向林靖解释这伤是如何摔的，她柔声道："这两日山上落了雨，我回禅房时不小心踩空了台阶，便摔了一跤，不妨事的。"

她话说得慢，像是怕自己说快了，遗漏了什么叫人听出不对劲来。

她在人前哄骗自己的亲哥哥不心虚，但身后跟着个知她在撒谎的李鹤鸣却叫她有些紧张，是以她说着说着，下意识回头看了他一眼。

漆黑的眼眸对上她的视线，李鹤鸣沉默着，并没出声拆穿她。

林钰怪自己多想，他那性子，显然并非爱嚼口舌之人。

林靖不知二人间发生了什么，但这莫名的对视落在他眼里却有点变味。

他皱了下眉，看了二人一眼，心道：瞧李鹤鸣干什么？难不成又和他牵扯上了？

他压低声音在林钰耳边道："好马不吃回头草，可记清了。"

林钰在他肩上不轻不重拍了一掌："阿兄你又胡猜！"

林靖摸摸鼻子，不说话了。

李鹤鸣从灵云寺带回了林钰，林靖不是忘恩负义之徒，必然不会在这时候找李鹤鸣的不快。他拱手朝李鹤鸣认真地拜了一礼："多谢李大人护送小妹下山，林某感激不尽，必让人登门致谢。"

李鹤鸣对他的态度依旧没什么变化，淡淡道："举手之劳，不必言谢。"

他说着一拉缰绳:"李某尚有要务在身,先行一步。"

说着直接打马离开了,行过杨今明身旁时,李鹤鸣居高临下看了他一眼。杨今明也没什么表情地抬眸看着他。

四目相对,杨今明站直身,道了声:"李大人。"

李鹤鸣的目光从他年轻稍带稚气的面容上扫过,没应声,直接骑马经过了他。

杨今明的心思李鹤鸣不会看不清楚,但他并没把杨今明放在眼里,理由和林靖心中所想的一样。

杨今明太年轻。

大明男子十八才可婚配,杨今明若想娶林钰,便得白白让她再蹉跎两年。女子年华何其珍贵,春花一般的年纪,哪能就这么守着新树结果似的等他慢慢长大。

况且李鹤鸣心里很清楚,林钰并不喜欢乳臭未干的少年人。

当初林家退亲之后,李鹤鸣并没有坐以待毙,背地里找人仔细查过缘由。他心高气傲,断不能忍受林家无缘无故废了这门亲事,有好一阵子都派锦衣卫的人手日夜盯着林府。林家接见了什么客人,拜访了哪位官员,手下的人都事无巨细地汇报给了他。而林钰出门在外的一举一动他更是知晓得清清楚楚。

林钰那时爱上看话本,每回出门都会偷偷摸摸买好些话本子回去读。有时候她亲自去,有时候让她的侍女去。

她上午买,下午那些情情爱爱的本子便会呈至李鹤鸣的桌案上。他公务繁忙,没时间细看这些东西,翻看了几页,便把书扔给了手下的人。

从前罪臣勾结,有过以坊间书本传递讯息的事例,是以他手下的锦衣卫误以为这些看似由酸儒书生写成的话本里实则藏了不为人知的讯息,读得尤为认真,阅后还提炼出书中内容写作呈文递了上来。有几个想巴结他的甚至多花了几分工夫将坊间传阅甚广的话本一并集纳了送到他案前。

话本里,男女身份千变万化,人鬼妖怪样样俱全。但林钰买回去的书却有一点从未变过，那便是书中的男人大都过了正常婚配的年纪，多是成熟稳重之辈，没几个十六七八岁的少年人。

李鹤鸣难得以权谋私一回，却没查出林家退亲的头绪，只查到这点没用的东西。查案查成这样，真是难为他这个北镇抚使。

后来公务忙起来，他也就撤了监视林府的人。只是那些书现在还用箱子装好了，放在他的书房中，足足装了大半箱。

每看一眼，都好似在诉说他的无能。

亲也退了，缘由也查不明。

与林家兄妹告别后，李鹤鸣进宫禀奏反贼一事，又紧赶慢赶着去了诏狱办公，忙到亥时才回府。

李鹤鸣的兄长战死疆场时，兄弟俩还没分家，如今他嫂嫂徐青引仍住在李府。

李鹤鸣每日事忙，府中事很少理会，徐青引便主动接过了管家一责。

只是她这家管得有些束手束脚，因李鹤鸣并未将财权放给她，她若需用大钱，还得从李鹤鸣手里支。不过她要钱，李鹤鸣从来不会拒绝，甚至鲜少过问，素来是直接叫管事老陈领着她去账房拿银票。就连她娘家的弟弟开口借去一千两的巨额本金经商，李鹤鸣也是痛快答应。

有钱，日子怎么都好过。时日一长，徐青引便不自觉将自己当作了这偌大李府的女主人，日子过得舒舒服服。但她也明白，若李鹤鸣某日成了亲，她便得放权给他娶进门的妻子。

也是因此，徐青引才会背地里使软刀子，搅黄李鹤鸣的婚事。

夜色昏暗，李府门前高挂着两只引路的黄灯笼。

李鹤鸣行过庭院，便见徐青引站在月洞门前等他。侍女手中提着明灯，明黄色的灯光透过灯笼纸照在她身前的青石路上，显出一道朦胧的影。

徐青引看见李鹤鸣的身影，笑着迎上来，热络道："二郎回来了。"

徐青引今年二十有九，容貌妩媚，身段丰腴，都城里不少人对她有意,她娘家也劝她趁着年轻早日改嫁。奈何徐青引心气高,她宁愿在这李府里做个掌家的寡嫂,也不愿嫁到他家去做看人脸色的妻妾。

徐青引打完招呼,却见李鹤鸣不似从前那般问她一句"阿嫂找我有事",而是手架在刀柄上,表情冷淡地看着她,语气也是不咸不淡:"阿嫂来得正好,我正有事想问你。"

林钰在山上说的话李鹤鸣记得清楚,他本想等明日再问徐青引,可不料她自己深夜撞上门来。

两人到了大堂,李鹤鸣将刀放在桌上,一撩衣袍坐下,也不等徐青引落座,径直道:"我今日上灵云山办差,见到了林家的二小姐。提及当初退亲一事,她让我来问问阿嫂,曾私下和她说过什么。"

徐青引没想到李鹤鸣会突然说起这事,她愣了一瞬,很快便想起当初在宴上同林钰说过的那番话。

这话若被李鹤鸣知道,以他的性格,她怕没有好果子吃。徐青引轻轻抬眸,小心瞥了一眼李鹤鸣的神色,看他面色淡然,想来他并不清楚谈话的内容。

徐青引心中有些慌乱,面上却不显,笑着道:"我与林家二小姐鲜少见面,二郎为何忽然这般问?"

她给沏茶的侍女使了个眼色,侍女立马识趣地退了出去。

徐青引接过侍女手里的活,倒了杯热茶放在李鹤鸣手边,李鹤鸣没动。

他屈指敲响桌面,一双眼直盯着徐青引的面容:"阿嫂不记得了,不妨我帮你回忆回忆。林家与我退婚前,阿嫂曾在杨家的席宴上见过林家二小姐一面。那日你们说了什么?"

他问个话像是在诏狱审罪犯,徐青引察觉到他态度冷硬,蹙眉道:"二郎这是将我当犯人审了吗?"

李鹤鸣端起茶抿了一口,语气冷淡:"若是将阿嫂当犯人,眼下已经招呼上刑鞭了。"

李鹤鸣刚从诏狱回来,身上还萦绕着一股似有似无的血腥味,浅淡如雾却久绕不散。

徐青引听他这话,寒毛顿时一竖。她忙背过身去,敷衍道:"时间太久了,我哪还记得。左右不过是说些女人家的话,谈谈这家的胭脂水粉,说说那家的茶糕酥点之类。"

李鹤鸣在狱中听过太多谎言,徐青引语气里的慌乱逃不过他的耳朵。

他知道她在撒谎,但她并非罪臣,而是兄长明媒正娶迎过门的妻子,李鹤鸣没法逼问。

他站起身:"既如此,那没什么好说的。"

徐青引心中一喜,以为此事已经翻篇,却又听李鹤鸣道:"兄长曾为阿嫂在东街置办了一处宅邸,阿嫂这月便搬出去吧。"

徐青引脑子一空,茫然道:"二郎这是何意?"

李鹤鸣哪是好糊弄的人,他冷冷地看向她:"我李鹤鸣身边不留背后捅刀的人。"

徐青引难以置信地看着他,做出一副无辜模样:"你不信我,却信林家的二小姐吗?她都与你退亲了啊二郎!"

李鹤鸣面无表情地睨着她:"既然你提起此事,那你敢说林家退亲之事与你无关吗?"

"有何不敢!此事就是与我无关!"徐青引扬高了声,好似连自己都骗了过去。

她说罢,又放柔了声音,一双眼可怜地看着他:"二郎,你当真忍心不管我了吗?"

这话语暧昧,李鹤鸣紧拧着眉,往后退开一步:"阿嫂,你知道自己在说什么吗?"

徐青引看着他与自己死去的丈夫三分相像的脸庞:"二郎,你将府中事交予我管,钱财之上对我从不吝啬,我不信你当真这般无情无义。"

李鹤鸣似觉得她这话荒唐可笑,沉下声音:"我待你的情义皆因兄长,那些钱除开兄长生前留给你的,就是朝廷发放的抚恤银。除此外,何来情义一说。"

若徐青引没生别的心思,安安分分做李鹤鸣的阿嫂,看在兄长李风临的分上,李鹤鸣自然会庇佑她一辈子。

怪只怪她心思不正，坏他心心念念的姻缘。

徐青引听得李鹤鸣的话，愣了好片刻："你支钱给我时为何不说？"

北镇抚使的头衔听来风光，权力也的确不可估摸，可说到底，不过一个从四品的官职。李鹤鸣不屑做以职搂财之事，俸禄也微薄得可怜，哪来那么多钱给她。

他看着她，反问道："若非如此，阿嫂觉得我为何会无条件把银钱予你？大大方方地让你拿去给那素未谋面的兄弟经商。"

徐青引听得这冷血无情的话，摇头道："我不信！我也不搬！我生是李家人，死做李家鬼。我无幸再侍奉你哥哥，也愿、也愿……"

她像是忽然找到留下的理由，眼神一亮，朝李鹤鸣迈近两步，柔声道："我愿做二郎的妻，受你管束，样样依你。"

世道多战乱，多的是死了丈夫无依无靠的女人，弟娶兄嫂之事在百姓间屡见不鲜，李家有何不可效仿。

李鹤鸣听见这话，抬刀抵在她胸口将她推开，如看疯子般看着她。

徐青引没有在意他的眼神，她抬手抚上刀鞘，有些着急道："二郎，这么多年，我们之间也该有几分情意……"

那眼里与其说含着的是情，倒不如说是将他看作救命稻草，不肯轻易放手。

"住口！"李鹤鸣冷喝一声，他一转刀身，将鞘底抵上徐青引胸口，用力一顶，瞬间令她面色痛苦地往后退去。

他神色难看地看着狼狈摔倒在地的徐青引，语气冰寒："此种龌龊心思，你何以对得起我兄长！"

徐青引面色苍白地抚着钝痛的胸口，也不知是觉得难堪，还是疼痛难言，一时间没有说话。

门外的侍女听见争执声，担心出事，慌张跑进门来，看见屋中情景后，又吓得立马跪了下去。

外人面前，李鹤鸣留徐青引三分薄面。他压着怒气："念在兄长的面上，阿嫂这话我今日就当未听见过。我限你三日内搬出李府，否则休怪我无情！"

说罢他不再多言，面色冷硬地转身离开了此地。

徐青引抬头看着李鹤鸣离去的背影，面上神色复杂，不知是恨是悔。

李鹤鸣将徐青引的事交代给老陈后，当夜便回了北镇抚司。在徐青引搬离之前，他不打算再回府。

夜里，李鹤鸣在北镇抚司的榻上将就歇息；白日，他便下诏狱办公审人；到了饭点，他只能上街随便找个地方吃点热食，有家不能回，不可谓不凄惨。

这日午时，李鹤鸣从诏狱出来，在街边的一处馄饨摊上点了碗馄饨。

李鹤鸣穿着飞鱼服在馄饨摊的一张空桌边坐下，随手将刀往桌上一放，本来生意兴隆的馄饨摊很快就只剩两三个客人。

摊主有苦难言，又不敢赶人，只好颓丧着脸连忙煮了一碗馄饨给他，心里求着这阎罗王早点吃完早点走，不然他摊子上剩下的馄饨怕是要卖到明日。

半个时辰前李鹤鸣才在诏狱里动过刑，眼下袖口还沾着血，诏狱中血气重，铁锈般的腥气仿佛浸入了衣裳的料子里。

他没碰桌，端着馄饨坐在矮凳上吃。

手肘撑在膝上，宽背微微佝偻，看起来和卖完力气坐在街边台阶上吃烙饼的老百姓没什么两样。

馄饨皮薄，煮熟后透过皮儿能瞧见里面粉色的肉馅，和着汤一口咬下去，汤鲜肉香，将空了一上午的冷胃熨帖得舒服至极。

李鹤鸣忙起来大多时候顾不上口腹之欲，从早上到现在他就喝了口凉茶，还是昨日留在诏狱里的隔夜茶，眼下饿猛了，一口气便吃了大半碗馄饨。

也不知道是他身上的腥味浓还是碗里的馄饨香，不多时，竟引来了一条模样凶猛的黑犬，脖子上套着项圈，铁制的牵引绳拖在身后，朝他跑来时一路叮当响。

李鹤鸣被声音吸引，抬眼望它。不知道是谁家的畜生，一身皮毛养得顺亮。

狗看着凶，却不怎么吵闹，就蹲在李鹤鸣跟前眼巴巴看着他手里的碗，漆黑的眼珠子咕噜咕噜随着他筷子尖上的馄饨转。它鼻子动了动，似闻到了香味，伸出舌头舔了舔嘴巴，张开嘴喘着气，哈喇子流了一地。

李鹤鸣和它对视片刻，吞下口中的馄饨，慢吞吞夹起一个递到它面前，也不放地上，就将馄饨杵在它黑亮的双目前，明晃晃地勾着它。

这狗养得放肆，见李鹤鸣不放下来，张嘴就要去咬他筷子上的馄饨。可它的速度哪里比得过李鹤鸣，他手腕微微一抬，狗嘴就咬了个空。

李鹤鸣看着它，把馄饨放回自己的碗里，蘸足了熬得发白的浓香骨汤，扔进了自己嘴里。吞之前，腮帮子还嚼了两下。

那狗见此，前肢烦躁地动了动。它讨食不成，本性暴露，鼻子里喷出热气，喉咙中发出威胁的低吼声，嘴边松垮柔软的嘴皮也跟着颤动。

若是旁人被这么条猛犬盯着，怕是早心惊胆战地放下碗，趁着它享用时手脚发软地躲开了。丢半碗馄饨和被咬下一口肉，这笔账再好算不过。

可李鹤鸣在真龙手下做事，气正胆硬，世间少有令他畏惧的东西。他见这狗气急败坏似要发狂，脸色都没变一下。

这两日窝在诏狱里，终于把几名反贼被硬铁锁着的嘴撬开条缝，李鹤鸣心情不错。他难得有兴致，是以故技重施，又夹起一只鲜香的馄饨开始逗狗，但也只是逗，仍不赏它一口吃的，那馄饨最终还是进了他自己的肚子。

来来回回几次，这黑犬肉眼可见地躁怒起来，龇牙咧嘴地冲着李鹤鸣低鸣。一旁的摊主看得心惊胆战，生怕这位官爷在他的小摊上出事。

摊主认得这狗，来头不小，林府养的猛犬，爱他这小摊上一口馄饨，林家的小姐和家仆时不时会带着它来买一碗热馄饨吃。今天这狗许是跑脱了手，人估计还在后边追。

摊主看着生生把一条好脾气的狗逗得气急败坏的李鹤鸣，思索着要不要提醒他一句这狗主人的身份,还没等开口,就见那狗猛地站了起来。

所谓怕什么来什么,这狗也不知道从哪儿习的鬣狗手段,张开嘴一口就朝李鹤鸣的腿间咬了过去。若非李鹤鸣反应快,连人带凳子往后撤了一步,今儿怕就得去司礼监报到了。

而这一幕,恰被前来寻狗的林钰瞧见。

林钰那日淋了雨,在家又是发烧又是发寒,足足躺了两日才终于好转,见今日日头好,牵着"三哥"出来晒晒太阳,没承想路上一时松了手,三哥便瞬间不见踪影。

眼下一寻到,就撞见它不知死活地咬人,咬的还是林钰不大惹得起的人。

林钰吓得一颤,远远地提声唤道:"三哥,回来!"

李鹤鸣听见这声,抬眸看向快步朝他走近的林钰。

她风寒尚未痊愈,吹不得风,衣襟上围了一圈柔软的白狐毛,白皙的脸颊贴着软毛,发间簪着两支碧玉簪,衬得肤色白皙,远胜冬雪。

李鹤鸣一年四季也就这身官服换来换去的穿,冷极了不过在内里加件袄子,外边再披件大氅。眼下还没到十二月,林钰就穿上了御寒的皮毛,李鹤鸣看着她被狐毛围着的小脸,不由得想:等到了隆冬最冷的时日,她又该如何过活?

难不成学冬日里长一身厚毛的猫,用皮毛把自己裹成个球抱着炉子过吗?

李鹤鸣盯着林钰,林钰却只顾着瞧自己那不知天高地厚的狗。她着急地唤了好几声三哥,那狗分明听见了,却没回头看她一眼。

它眼下正又怒又馋,李鹤鸣的肉和他碗里的肉,它总要吃到一口。

林钰捡起地上的牵引绳往回收,可她力气小,压根儿拽不动它。她隔着一步远站在李鹤鸣面前,目光瞥见他衣摆上的点点血迹,顿了顿,又挪开了视线。

方才这狗张着血盆大口去咬李鹤鸣,林钰看得清清楚楚,她低声赔罪道:"是我没看住这狗,冒犯了李大人,还望李大人不要怪罪。"

李鹤鸣似乎知道这狗是林府养的,眼下听见林钰认下这狗,并不吃惊。

他手里端着的馄饨也不吃了,就这么坐在凳子上瞧她,那表情活似在看什么稀罕东西。

林钰追狗追了一路,误以为自己弄乱了发髻,下意识伸手往发间的玉钗摸去,手落下来时,指尖又轻轻碰了碰耳上戴着的南海粉珍珠。

李鹤鸣的视线追着她的手,在她粉润薄透的耳垂定了一瞬,才慢慢转回到她脸上。

他目光锐利,带着一抹强烈的攻击性。林钰有些不自在地蹙了下眉,不知道他在看什么,好半晌,才听他问了句:"林小姐管一只畜生叫三哥?"

这话多少带了点轻视之意,可三哥是林家悉心养了十年的爱犬,在林钰心中的地位非同一般,她有些不满地呛了一句:"李大人若想,我也可叫李大人一声二哥。"

这是把他和她的狗比的意思了。

不料李鹤鸣不气也不恼,他放下碗,抬眸看着林钰,大方道:"叫吧。"

林钰一愣,呆看着他。李鹤鸣语气淡淡:"叫啊,不是要叫二哥吗?"

他那模样不像在开玩笑,似打算真从她嘴里听见一声"二哥"才罢休。

林钰实在没想到李鹤鸣会一本正经地接她的话,怔怔看着他,嘴唇嗫嚅半晌,也没能吐出一个字来。

李鹤鸣耐心等着,深潭似的一双眼眨也不眨地盯着她,直看得林钰脸上泛起一抹透粉的红晕。

什么二哥,这人分明出身将门,怎么学了身登徒子的作风!

林钰叫不出口,她也没那胆量当真将李鹤鸣和她的狗比作兄弟,只能装聋子当没听见。

她搬起石头砸自己的脚,一时犯了难。但三哥却没脑子看不懂局势,也不管自己的主人正被眼前这男人一句话堵得落了下风,只顾盯着桌上飘着肉香的碗。它哈着粗气,迫不及待地将前肢搭上桌子,伸长了嘴想去吃李鹤鸣没吃完的馄饨。

可李鹤鸣自己不吃，也不赏给它，手一动，就把碗推开了。

也不远，恰在三哥爪子勉强勾得着但又吃不到的地方。

三哥见此，紧皱着鼻头盯着李鹤鸣，喉中发出怒鸣，再度气急败坏地冲他狂吠了两声。

若非林钰在后面拽着，怕是又要一口冲他咬过去。

"三哥！"林钰斥道，她埋怨它贪吃，又觉得李鹤鸣是故意在碗里留了两只馄饨勾它。

三哥不听，还在用爪子锲而不舍地薅桌上的碗。

林钰见吼不住它，火气上头，结结实实一巴掌冲它脑门拍了上去。

"啪"的一声钝响，扇得三哥脑子发蒙，狗眼却一瞬清明了。

林钰一把提起它的项圈，勒着它的粗脖子训道："再不听话就将你炖了煲狗肉汤！"

它显然不是头一次被林钰训，挨完揍便立马安分了下来。三哥下了桌，扭头偷觑着黑了脸的林钰，有些心虚地舔了舔嘴巴，讨好地贴着她的小腿蹭了蹭。

李鹤鸣见此，莫名想起自己当初在午门外唤了她一声"萋萋"后，也是被她此般厉声训了一句。

他倒是不知，她脾气原来这么大。

林钰伤寒本就没好，此刻被气得额角一跳一跳地疼。她牵着这丢人现眼的狗，对李鹤鸣行了一礼："我还有事，先走一步，便不打扰李大人了。"

说着她也不等李鹤鸣回应，牵着狗绳把三哥拽走了。可怜的狗一口馄饨没吃到，还挨了顿揍，回去的路上尾巴都垂了下来。

李鹤鸣看着林钰离开，从怀里掏出块碎银放在桌上，打算回诏狱继续办案。

可还没上马，忽然听到走出十来步远的林钰小声驯狗："平日在家里好吃耍懒就罢了，在外面还什么脏东西都咬！"

李鹤鸣听这话，以为林钰说的"脏东西"是他碗里没吃完的馄饨，但下一秒又听她道："下次再去咬男人腿间那东西，我叫人拔了你的牙！"

　　街头吵闹，她声音刻意压得低，以为李鹤鸣听不见，可不知李鹤鸣一双狼耳，在她背后一字不落地听得清清楚楚。

　　他转过身，眯眼盯着林钰的背影，凉飕飕地笑了一声。

　　呵，脏东西？

　　李鹤鸣刚回到诏狱，何三便拿着刚审出来的供词急匆匆找了过来。

　　狱里湿寒，踩在地面上仿佛能感受到长年累月积下的血腻子。

　　诏狱里多的是罪臣乱贼，刑罚不断，哀号惨叫亦是日夜不绝，没几分胆量的人在这儿怕是连一个时辰都挺不过去。

　　李鹤鸣接过供词都没写满的薄薄四张纸，大致扫了几眼，问何三："都招了？"

　　"招是招了……"何三面色古怪，"但没招出什么东西来。先前兄弟们以为这窝子反贼嘴严，捂着身后的人不肯说，可用完刑还是一问三不知，一个个厥得脑子流脓，根本不像是有胆识的刺王杀驾之辈。"

　　李鹤鸣仿佛早已知道这结果，他往关押王常中的牢狱走去，道："掩人耳目之徒罢了。"

　　何三没听懂，思索了片刻，还是不明白，问道："什么意思？"

　　李鹤鸣解释道："锦衣卫拿了无数谋逆之徒，你何时见过纪律散漫至此的反贼？他们不过是王常中编造的借口，好一日东窗事发，让贪污的赃款有个合理的去处，实际养这帮人用不了你两年俸禄。"

　　何三算了算自己每年到手那点钱，和王常中贪污的巨款一对比，怔了一瞬："那户部贪下的几百万两雪花银岂不是不翼而飞？"

　　李鹤鸣把供词递给何三："总不会凭空消失。"

　　何三将供词卷了收好，忙问："那这供词还往上边呈吗？"

　　"先压着。"

　　"好。"何三应下，随后他又想起什么，"对了，还有一事。"

　　"说。"

　　何三谈起正事口齿伶俐，这下忽然犹豫不决起来："那日在山上被您断了根的人，刚才没受住刑，嘴里吐了点东西，和……和林小姐有关。"

李鹤鸣脚步一顿，侧目看他："继续说。"

何三一见李鹤鸣这神色就有点虚，心头一紧张，有点不知如何说起，支支吾吾道："说是林小姐那日在石屋里同他说，说什么您对她，呃……对她情根深种……"

李鹤鸣听罢沉默了两秒，盯着何三把这四个字重复念了一遍："我对林钰情根深种？"

何三喉结滚了滚，赶忙把方才审处的话回忆了一遍，确认道："是，他是说您对林小姐情根深种。"

李鹤鸣不置可否，屈指敲了下刀柄，若无其事继续往前走："还说什么了？"

何三瞥着李鹤鸣的神色，接着道："还说林小姐称您与她，呃，两情相悦……"

严刑下的供词一般不会有假，这话听着不靠谱，但十有八九确有其事。

李鹤鸣甚至能猜到林钰和那反贼说这话的原因，无非是她不得已用来拖延时间的保命之策。

平日见了他恨不得退避三舍，背后倒学会借他的恶官名声保命。真是好一个情根深种，两情相悦。

何三见李鹤鸣不作声，斟酌着问他："镇抚使，这话我没让人记，要写进供词里吗？"

话音落下，换来一道看蠢货似的眼神："你想让人知道林二小姐被贼子拿去了？"

何三见此，立马了然地闭了嘴。

看来是不必了。

第三章 算计

入冬，寒气卷过长街，满城梅花渐渐露了花苞。

杨今明的母亲这日借了个赠花的由头来拜访王月英，有意无意地提起杨今明属意林钰的事。

王月英满意杨今明这个女婿，林钰却觉得他年纪太轻，是以她借病躲在院中，并未去大堂见客。

杨母赠的是一棵檀香梅，说是走水路从襄阳远远运来都城的，费了不少人力物力。

檀香梅是蜡梅上品，开花早，蜜香浓，用来赠人，算得上出手阔绰。

文竹遣人将花搬进林钰的院里时，这棵檀香梅已开得黄花满枝。

浓郁香气随风涌入室内，林钰从书中抬起头，朝窗外看了一眼，问泽兰："哪里来的花香？"

泽兰放下手里绣得七歪八扭、不知是鸳鸯是水鸭的荷包出去询问，片刻后拎着文竹的耳朵火气冲冲地进来："小姐！这小子擅作主张，将杨夫人送的花给您搬进来了！"

"松开，松开！疼呢泽兰！"文竹捂着耳朵直叫唤，他狼狈地歪着脑袋，向椅中端坐的林钰解释道，"小姐，是夫人让奴才把花放您院子里的。"

林钰闻言叹了口气，同泽兰道："松开吧，待会儿文竹的耳朵要被你揪掉了。"

泽兰这才松手，还瞪了文竹一眼。泽兰手劲重，文竹可怜巴巴地揉着被揪得通红的耳朵，不敢多话。

林钰起身往屋外去，问道："什么花？闻着是蜡梅香。"

文竹回道："是蜡梅，说是叫什么檀香梅还是什么磬口梅的，我也不识得，听着倒很名贵。"

林钰站在门口看着院中那棵一人多高的蜡梅树，摇头道："不能要，叫母亲退回去吧。"

文竹一时聪明一时笨，不解道："为何啊小姐？闻着好香呢，比一般的蜡梅香气都浓郁。放咱们这院子里，各个屋都是花香气。"

泽兰气得踹他："你听夫人的还是听小姐的，你明日去夫人院里侍奉算了。"

这话说得重，都骂上他不忠了。文竹一听立马止了声，半句没再多问，忙叫人把树又抬了出去。

文竹走了没一会儿，林府看门的司阍又匆匆将一封信送到了林钰跟前。

今日难得热闹，半刻不得清净。刚坐下喝了口茶的林钰将书收了起来，心道今日怕是看不成了。她问司阍："谁的信？"

司阍回道："不知，是一个小孩送来的，说是一名非亲非故之人。"

非亲非故？林钰一怔，低头看了眼信上封口完好的漆，松了口气，对司阍道："有劳。"

她说着看了泽兰一眼，泽兰见此，从荷包里掏出两块碎银打赏给司阍，司阍一喜，接过银钱退下了。

待人离开，林钰拆开信件读起来，越看她面色越凝重，读至最后，面色已有些发白。

泽兰见她脸色不对，关切道："怎么了小姐？信中说什么？"

林钰没答。她起身，将信扔进屋中火炉烧透了，道："快去叫人备马车。"

泽兰茫然道："去哪儿？"

林钰抿唇："……李府。"

寻常人拜访，按礼数该是要提前呈上拜帖。但当林钰敲响李府紧闭的侧门时，开门的仆从像是知道她要来，直接将她请了进去。

比起寻常高官名门，李府可谓门可罗雀，冷清至极。府中山水俱全，却静得连鸟鸣都听不见一声。

林钰头顶帷帽，帽檐薄纱垂落，遮住了她的面容。她一路上沉默地随着引路的仆从绕过山水往深处走，最后，领路的老陈停在了一扇月洞门前，恭敬道："姑娘，到了。"

林钰抬眼看去，门后是一弯透彻的清湖，围着一座静谧的院子，湖上铺了一条石板小径，小径尽头便是院门。

林钰头一次来李府，不识得路，也不知这儿通往何处，但看这院前布局，显然这不是一般人住的地方。她出声谢过老陈，在月洞门前立了一会儿，才孤身往里去，瞧着有些以身伺虎的味道。

林钰还未进院，先闻到了一股浅淡的梅香，抬头一看，一棵三人多高的梅树从院墙支出一道苍劲粗壮的褐枝，枝上点着几只深红的梅花花蕾，因还没开，香气也浅。

此梅与蜡梅相似，却非同一品种。

林钰出门出得急，离开时杨夫人还在府中，她此刻见了这梅树，不由得想起杨夫人赠来的那株蜡梅，也不知母亲还回去没有。

她正想着，身后忽然传来一道男人的声音："听说杨家往林府搬了一株名贵的檀香梅，比起我这梅如何？"

林钰思索得入神，猝不及防听见旁人的声音，被吓了一跳，险些叫出声来。她转身，透过帽前薄纱看去，说话者着飞鱼服挎绣春刀，身高腿长，面相俊冷，不是李鹤鸣又是谁。

自那日街上一别，林钰已有半月未与他见过，只偶尔在家里会从父兄口中听说他的名字，大多时都与王常中的案子联系在一起。

王常中一案未结，李鹤鸣该是忙得不可开交的时候，今日林钰登门也是存了侥幸，没想他当真在府中。她敲门时本都做好了如若他不在，再跑一趟北镇抚司的打算了。

林钰有求而来，被吓了一跳也未多言，咽下胸口震得厉害的心跳，屈身行礼："李大人。"

她面前垂着白纱，李鹤鸣透过白纱看去，只觉得她皮肤白得不见血色，唇倒是润，透着抹惹眼的润红色，像那含苞未放的梅花。

他绕过她往院中走去："林小姐不在家赏花，跑到我这李府来做什么？"

林钰看着他的背影，忙抬腿跟了上去。

李鹤鸣步子大，走一步她得迈两步，他也不等，进了院子在梅树下的石桌坐下，拎起旁边炉上温着的热茶给自己倒了一杯。

林钰听他说起杨夫人，心中难免有些震惊，她道："锦衣卫当真是耳聪目明，杨夫人尚在林府，李大人这儿就得到了消息。"

李鹤鸣也不谦虚："吃这碗饭，耳目不利，锦衣卫早该废了。"

他从茶盘里翻出一只倒扣着的茶杯，问她："喝吗？"

林钰想了想，轻"嗯"了一声。

她慢慢坐下，取下帷帽放在桌上，从李鹤鸣手里接过热茶："多谢。"

刚烧沸的水，入口火烫，林钰饮得慢，吹上好一会儿才抿上一小口。

李鹤鸣也不催她，等她润够了嗓子放下茶杯，才出声问："林小姐还没答今日上门是要做什么？"

林钰觉得他是故意的，她登门时老陈一句不问便将她领进了门，显然是知道她要来。

她道："李大人不知吗？那为何你家中仆从径直便将我领到了这院前。"

李鹤鸣瞥她一眼："登我的府门，来的哪方客都会领到这院子来。"

林钰不解："都不问问来人身份吗？若是来者不善，难道也迎进来吗？"

李鹤鸣淡淡道："锦衣卫一身恶名，谁敢来我府上寻不痛快？"

的确，林钰心道：做官的若不是活腻了，有哪个敢惹他。

林钰问："那若是来见你家中阿嫂的呢？李大人也代为相迎吗？"

李鹤鸣饮了口茶："她已经搬了出去。"

林钰听得这话愣了一瞬，这才想起这一路感受到的静谧感是从何而来。

若这府门里有个女人，大抵是不会清冷成这样的。

她几番话都被李鹤鸣轻飘飘打了回来，林钰这才意识到是自己自作多情，误以为李鹤鸣专门在等她拜访。

她正欲赔礼，却见李鹤鸣像是忽然明白过来这一层，抬眸看向她，问道："林小姐难不成是觉得李某刻意在府中等你登门？"

心思被拆穿，林钰面色一红，有些不自在地眨了下眼，她垂首道："是我唐突。"

天底下大抵没有比这更尴尬的事，林钰一时耳根子都红了，可没想她承认下来，却又听李鹤鸣道："算不得唐突，我的确是在等你。"

李鹤鸣几句话逗猫似的逗林钰，绕得她脑子一时没能反应过来。

她抬头愣愣看向李鹤鸣，他面色浅淡，好似不觉得自己说了句多暧昧的话，神色如常地提着茶壶往她面前的杯里添满了热茶。

林钰说不过北镇抚使这张审犯人的嘴，也不敢再瞎猜他话里的含义，免得又闹笑话。她肃了神色，提起正事："李大人托人送来的信我看了，信中说王常中在审讯时提起了家中父兄的名字，今日来，是想请大人告知细节。"

这要求太冒失，若被人知晓李鹤鸣泄露案情，他的人头怕来日便要血淋淋地挂在城门楼上。林钰也深知这一点，忙道："不敢连累大人，只求李大人挑些不紧要的讲。"

林钰心中惶然，李鹤鸣以权谋私却谋得比她还坦荡，他的目光在林钰焦急的面色上停了一瞬，开口道："多的不能透露，你只需知道，王常中口中出现过的名字，少不了要往诏狱走一遭。"

林钰听见这话，胸口一紧，斟酌着问道："听大人这话，王常中似乎不只提起过家父与家兄的名字。"

李鹤鸣道："的确如此。"

听他坦然回答，林钰反倒更不懂了。她蹙眉问："那若王常中故意拉人下马搅乱案情，难不成所有官员都得跟着下狱吗？"

话音落下，一道锐利的视线直射向她双眸，林钰放在膝上的手握紧了拳："我……说错什么了吗？"

李鹤鸣看了她一会儿，道："没有。只是林小姐聪慧过人，叫李某钦佩。"

林钰一怔，随即有些不自在地抿了抿唇。

什么钦佩不钦佩的……

林钰猜得不错，王常中此番不仅仅提起了林家父子，而是一口乱咬了两京十三省大大小小四十多名官员，其中多的是清白臣子，总不能全部关进诏狱。

不过……李鹤鸣转了转手中的茶杯,问林钰:"林小姐要赌吗?"

他没告诉林钰当朝三公的名字皆在王常中的供词之中,也没说林家父子在这四十多人中并不起眼,而是道:"那供词上官员的名姓无数,林公与林侍郎的名字可以清清白白,也可用朱笔圈了呈到圣上案前。"

林钰听罢一惊,忽地站起了身,惶然道:"李大人这是何意?"

李鹤鸣神色淡淡:"没别的意思,秉公办案罢了。"

他面色坦然,可这话落进林钰耳中,分明有威胁之意。

北镇抚使的权力有多大林钰并非不知,可却是今日才体会到权势压顶的胆寒。她慌了神,放软了语气:"既然这中间有转圜的余地,李大人能否……"

李鹤鸣似知道她要问什么,他抬眸看向她,直接打断她的话:"凭什么?"

凭什么。

他不是第一次问林钰这话,此前两人在灵云山上,他也这样问过她。林钰仍记得他话语的后半句:我与林家非亲非故,为何要涉险帮你?

冷风吹过庭院,茶盏白雾忽而散去,林钰看着李鹤鸣那张从来冷傲无情的脸,明悟了他的话中之意,也忽然明白过来他今日为何送信与她。

北镇抚司受皇上差遣,他李鹤鸣身为真龙爪牙,向来心冷如铁,怎会突发善心?林钰收到信时,还当真以为是他在好意提醒她。

林钰自知今日慌张进了狼窝,防备地看着李鹤鸣:"我原当李大人好心,原来是另有筹谋。"

李鹤鸣被她拆穿心思,也不恼,反问道:"世间人,或求权求财,李某若好心,能得到什么?"

林钰不愿伸手乞白食,也不是那不要脸皮的人,她道:"自然是尽我林家之权财,涌泉为报。"

李鹤鸣轻笑了一声:"权财?李某哪样没有。即是没有,也自会自己去挣，无须从旁人手中求得。"

林钰捏紧了袖口："那李大人要什么？"

李鹤鸣抬起眼睫，漆黑的双眼直直盯向林钰，深眸映照出她的面容，他缓缓道："林小姐当知道李某要什么，这天底下，李某要的东西，也只有林小姐能给。"

他气势迫人，逼得林钰几乎喘不上气来。她不敢看他，索性避开眼，盯着地上被鸟啄下的梅花苞，语气惊急："李大人官至北镇抚使，乃帝王鹰犬，要哪家的女子没有，为何……为何总是执着于过去呢？"

她这句"帝王鹰犬"必然不是在夸他，李鹤鸣没什么情绪地勾了下嘴角："那林小姐想清楚了再来找李某吧。"

他道："不过林小姐最好快些做决定，迟了，可就不是这个价了。"

他不慌不忙，胸有成竹，好似知道林钰必然会再来找他。

热茶渐渐在冷风里凉下去，林钰从未想过自己会变成谈判桌上的筹码，可单单凭王常中几句供词，显然还没有危急到林钰将自己押下做赌注的程度。

她无话可说，也不想再说，拿起桌上的帷帽，羞恼地离开了此地。

等林钰回去后，林府依旧安适如常，林郑清与林靖说起朝堂之事时，朝中也似乎并无任何异变。好似一切都只是李鹤鸣故意恐吓林钰，好逼她上当就范的把戏而已。

可李鹤鸣不是赌徒，不会做毫无把握之事。

林钰不安又侥幸地度过了数日，五日之后，她终于明白过来李鹤鸣那句"迟了"是何意。

在一个安然如故的午后，锦衣卫突然奉旨拿了杨今明的父亲杨侍郎入狱。

而后不足三日，锦衣卫千户卫凛带人抄了杨家阖府。

一直以来风平浪静的京都，终于在这梅香漫天的日子里，迎来了百官畏怯的寒冬。

时隔数日，林钰再次拜访李鹤鸣，俨然已是另一番心境。

她还记得那日杨夫人与母亲在林府饮茶畅谈，言笑晏晏，对即将临头的祸难毫不知情。而不过几日,杨家就已物是人非。

今早母亲与她说杨今明也在昨日被锦衣卫从大理寺押回了诏狱,杨家大大小小无一幸免,府邸都已被搬空了。

如今朝中上下人人自危,谁又说得清昨日的杨家,不会是明日的林府。

此次登门,老陈仍将林钰领到了那座清冷的院子。

天气一日比一日严寒,这座湖水环绕的院子倒似比外头温暖几分,上回来时那棵露了花苞的梅树,如今已绽开了一树艳润馥郁的梅花。

李鹤鸣尚未回府,林钰便只好孤身在这儿等。老陈替她烹了壶热茶,烧起了火炉,便离开了。

林钰心里装满了杨家的事,没半点心思饮茶。她取了帷帽,坐在石凳上看壶嘴缕缕钻起的白雾。林钰来得匆忙,出门时连袖炉也没带,手脚在来的路上冻得发僵,此刻在炭炉旁烤了好一会儿才渐渐暖过来。

院中梅香扑鼻,茶香清雅。若不是身处下风,以求人的心境前来,林钰倒很愿意在这儿静静地饮一杯茶,赏一赏花。

冬日的天,阴得不见日头,数不清时辰。林钰算不清自己等了多久,只知道面前的茶冷尽了,才终于听见院门处传来了声响。

步伐沉稳、快而不急,是李鹤鸣的脚步声。

林钰听出来时,自己都有些惊讶。她站起身来,回过头,低头恭敬又忐忑地行了一礼:"李大人。"

李鹤鸣似刚从诏狱回来,身上一股子阴冷的血腥气。

二人上次不欢而散,李鹤鸣似乎也未记仇。

他见林钰的目光在他染血的靴上停留了一瞬,直接道:"若是想问杨家的事,便问吧。"

林钰没想他会这么说,她握了握拳,又缓缓松开,低声问:"杨家……是因王常中一案入的诏狱吗?"

李鹤鸣应道:"是。"

他没坐下,而是蹲在炉子旁,取下茶壶,用火钳拨了拨烧透的炭,火星蹿出，险些烧了林钰的裙子。

她急急往后小退了半步，站定后望着李鹤鸣被火光映红的俊逸侧脸，顿了顿，又问："杨家入狱，与你有关吗？"

这话令李鹤鸣动作倏尔停了下来。他半蹲在地上，回过头，双眼冷冷地看着林钰："杨家结党营私，以职权之便从水务捞银，该是他杨家的错，你怪在我头上？"

他分明在仰望她，可气势却分毫不弱。锦衣卫总归是打杀惯了的，只一眼也看得林钰心头发紧，她不自觉往后退了退。

李鹤鸣从她身上收回视线，从一旁的炭筐里拣起几块果木炭扔进炉中，将茶壶放回去，站了起来。细细想来，李鹤鸣说得好似有理，可林钰也并非无缘无故这么问。

她抬头看他："阿兄说过，杨家犯的案是好几年前的事，且仅是杨侍郎的过错，如今杨家却是阖府落难。杨家当时逃过一劫，却偏偏在此刻出事，若与李大人无关，难道是上面……"

李鹤鸣打断她，朝着皇城的方位一拱手："北镇抚司尊陛下令，一言一行皆由圣意定夺，林小姐当心祸从口出。"

他将"圣意"二字咬得重，几乎把答案明明白白递给了她。

林钰越是为杨家不平，李鹤鸣嘴里越没个舒心话，他道："李某不过一介冷血无心的鹰犬，这话可是林小姐上次来亲口骂的。李某谨记于心，夜夜回味，半字不敢忘。林小姐认定李某小人无耻，要将这事算到李某头上，也不是不可，只是……"

他直直看着她的眼，缓缓道："只是李某心气小。林小姐要想好了，今日来究竟是要做什么，若做错了事、说错了话，别让李某找着时机讨回来。"

还能如何讨回来？林钰今日入他这院门，就已是矮了半截身的人。她今日有求而来，自然要懂得知进退，李鹤鸣此刻吓了她几句，她便立马偃旗息鼓了，撇开视线望向别处，妥协道："……我不问杨家的事就是了。"

李鹤鸣盯着她看了片刻，似在判断她是不是当真放下了，半晌后，他才开口："不问最好。"

林钰太聪明，杨家之事她竟敢猜到皇帝身上去，且猜得不错。

灵云山上抓到的反贼叛党不过一群乌合之众，是用来迷惑锦衣卫的幌子，王常中招供的官员也同样是幌子。

后来锦衣卫细查之下，才终于将目光投向了一个不能动的地方：皇室。

皇帝廉洁，众多皇子皇孙却未必，王常中贪的钱财大多都流进了皇家子孙的钱袋子里。

查到这里，李鹤鸣已经是一脚踏进了无常地狱。

而皇上为遮天下人的眼，盖此乱局，说不定当真会对官员下手。杨家好些年前的脏事再次被翻出来便是因此。

这些事李鹤鸣不能明明白白告诉林钰，但她得知道，若林家刀架颈侧，她该来求谁。

冬日严寒，林钰今日着了一件方领长袖披袄，下身一条马面裙。她肩薄，穿衣裳不喜厚，穿得重了，一日下来肩膀疲累，骨头发疼。

眼下她立在李鹤鸣这冷风四透的院子里，难免觉得冻人，只是同他站着说了一会儿话，发凉的手都缩进了狐绒袖口。

李鹤鸣倒不怕冷，身上还是林钰常见的那身飞鱼服，束腰将腰身掐得紧窄，好似里面就薄薄套了件贴身的里衣。

两人争了几句，又静下来。李鹤鸣垂眸扫过林钰袖口露出的一小截指尖，忽而问道："冷？"

"嗯？"林钰正斟酌词句，思索着该如何询问他王常中一案与林府的关系，免得又惹他不快，此刻忽然听见他关心地问了这么一句，稍愣了下神。

她捏住袖子，否认道："不冷。"

她抬头看李鹤鸣，见他低头盯着自己的袖口，下意识也往他的左袖看了一眼。

他人高、手也长，此时手架在刀柄上，手背青筋凸显，五指修长，瞧着极其有力。

林钰曾听说他这双手在诏狱里生生拧断过罪奴的脑袋，此话真假暂且不论，但既然有这般传言，那便说明诏狱的刑罚不是寻常人受得住的。

便是案中审死了人,只要皇帝不过问,死了也就是死了。

林钰低声问:"李大人先前说王常中的供词里提起过我父兄的名字,我父亲忠君爱民,从来清廉,如此也会下诏狱吗?"

李鹤鸣没急着回答,而是反问了句:"不担心你兄长?"

"嗯?"林钰没明白他为何这么问,好不容易归拢的思绪被他拆乱,她讷讷道,"阿兄他……他还年轻,若不慎入狱,应当受得住。"

林靖想来不知道他这妹妹在外边这么看得起他。李鹤鸣盯着林钰看了一会儿,林钰被他盯得莫名,还没反应过来自己这句话无异于把软肋暴露在了面前这人的眼里。

李鹤鸣明了林郑清和林靖在林钰心中孰轻孰重,缓缓道:"林大人为官数十载,便是耻与贪官污吏为伍,涅而不缁,林小姐敢断定令尊一定清白吗?"

林钰被他问住,又听他继续道:"朝中党争激烈,或为自保,或为求全,总能从陈年旧事中挖出点东西来,便是什么也挖不出,也有旁人抓住这个机会造一笔不干净的污点。"

他这话听似威胁,更像是提醒,显然北镇抚司已经查到了点什么不干净的东西他才会这么说。如果林钰方才问起的是林靖,李鹤鸣此刻或许便会提起林靖的前途。他审犯人审惯了,开口便下意识朝着对方心软之处刺过去。

虽是无心之举,但不料他这一下刺得有点狠了,林钰担忧得眼里竟起了雾。

她蹙起眉,开口问他:"那李大人呢?难道就一直干干净净吗?"

李鹤鸣显然也没料到自己几句话就让她掉泪珠子,目光扫过她眼中薄泪,他拧了下眉,握紧刀柄偏头望向别处,放冷了语气:"锦衣卫本就为百官所不容,北镇抚司听圣上旨意,又何来干净脏污之说。"

他忽而疏离,叫林钰以为自己出言不逊惹恼了他,她忍下泪意,不得不相求道:"那父亲的污点,李大人能替他洗干净吗?"

李鹤鸣沉默不言,似在思索要不要帮她。

林钰见他如此，着急地朝他迈进了一步，绣鞋踩在地上好似无声，裙摆轻晃，似有似无地扫过他的黑靴。她仰着头，澄澈的双眸望着他，声线发颤："李大人……"

李鹤鸣看着靠近的林钰，低头迎上她恳求的目光，只沉声说了四个字："全在于你。"

声音落下，一阵寒风适时拂来，扬起了林钰的裙摆。红如胭脂的梅花自头顶纷纷扬扬落下，林钰头上的珠钗也晃起来。

她忽然想起了那日李鹤鸣在这方院子里同她说过的话：林小姐当知道李某要什么，这天底下，李某要的东西，也只有林小姐能给。

那时的他也是这般沉沉盯着她，只是没离得这样近。近到此刻在一院子的梅香中，林钰能嗅到李鹤鸣的衣裳上混着血腥气的皂荚香。

他似乎不知道自己在林钰眼中是个权势逼人的权臣，令她望而生畏不敢靠近，否则他不会一身血气未除就来见她。

炭火在炉子里爆开一声轻响，李鹤鸣垂眸盯着林钰润红的唇，如同被她身上的香气所蛊惑，忽而动了起来。

林钰呼吸一颤，他却仿佛没发觉她不自在似的，低头越靠越近。

他脸上没什么表情，不像是要吻她，可灼热的难以忽视的气息却如密不透气的蚕丝将她紧紧缠覆。他的唇几乎就要碰到她的，但就在此刻，林钰忽然面色难堪地偏头躲开了。

李鹤鸣骤然停下，漆黑的瞳孔微转，扫过她泛红的耳郭，徐徐站直了身。

林钰不敢看李鹤鸣的脸色，想来他的神色也定然不会好看。

她猜得不错，李鹤鸣的脸色冷得仿佛冬日的寒冰，几乎和林家退亲那日一样。但他什么也没说，只是定定看了林钰一眼，转身便要离开，并无逼迫她之意。

然而他脚下只动了半步，衣裳又被人轻轻扯住了。

这已经是林钰第二次拒绝他，她知道，如果今日让他离开，日后若想再求他施以援手，不必说是绝不可能之事，但起码也得让她或整个林家付出巨大的代价。

她手上没用多大的力气，但李鹤鸣就这么停了下来。他回头看向拉着自己衣袖的手，指节纤细白皙，柔得仿佛一碰即折。

林钰有些无措地看了他一眼，瞥见他淡漠的神色后，立马又垂下了脑袋。她神情犹豫，唇瓣轻轻抿着，思虑良久，松开了他的衣袖。

这般一来二去，似在玩弄他，李鹤鸣见此，神色瞬间又冷了下去。但下一刻，却又见那只手转而扶上了他的手臂。

发颤的指尖落在他小臂上，林钰踮起脚，忐忑又生涩地亲在了他唇上。

短暂之间，天地的风好似瞬间静止，李鹤鸣犹如失去了五感，除了唇上的触感，别的什么也感觉不到。

林钰不会亲人，她会做的仅是这样用唇贴着他的。柔软的唇瓣覆在唇上，李鹤鸣看着近在咫尺的、紧闭的双眼，忽而抬手揽住林钰的腰身，脚下逼近一步，启唇吻了回去。

天地间的风再次活过来，纷纷扰扰卷过这一方院子，拂过梅树苍劲的枝丫，艳润馥郁的红梅从头顶落下，掉落在两人身旁。

林钰从小到大，连外男的手也没碰过，何时被人这般亲过，一时羞得手指都蜷紧了。

她身躯在抖，睫毛也在颤，双脚几乎站不住，可却没推开李鹤鸣，而是抓紧了他的手臂，任他含着她的唇用牙齿咬。

"唔……"不知是被咬疼了还是怎么，她有些受不住地嘤咛了一声。

李鹤鸣本想吻得更深些，可瞧见她闭着的双眼浸出的清泪后，又克制地停了下来。

他低低喘了口气，垂眸看着她："不愿意？"

他想吻她却被拒绝的时候他不问这话，林钰拽着他的衣袖忐忑不安时他也不问，唯独到了此刻，林钰主动攀着他的手臂吻上他后，他才出声假心假意地问了这样一句，也不看看林钰唇上那一抹晶亮的水色是谁弄出来的，口脂都被他亲下一层。

林钰低头不看他，只是摇了摇头，剔透的泪珠从眼眶落下，摔碎在李鹤鸣的靴面。

虽在摇头,但意思却很明确。一个姑娘迫于形势讨好地去亲一个位高权重的男人,必然是不愿意的。

李鹤鸣盯着她看了片刻,竟然往后退了一步:"林小姐若是不愿意……"

他话没说完,林钰猛地抬起了头来,她睁着湿润的眼,有些难堪地盯着他的下半张脸,泄恨般用力咬上了他的唇。

王八蛋。她在心里骂道。

她像是不知道自己牙有多利,一口下来,直接将李鹤鸣的唇咬出了血,血腥味自唇间蔓延,触及两人舌尖,一股子温热的腥甜气。

她当真是用了狠力,刺痛感袭来,李鹤鸣狠狠皱了下眉。

他低眸盯着林钰恼恨又羞耻的神色,动了动唇想将伤处从她齿间扯出来,却又被她用力咬了下来。

还咬的是破口的伤处。

李鹤鸣痛嘶了一声,却没躲。他停了动作,安静地站着,甚至微微低下了头,任林钰咬够,泄足了恨。待林钰松开他,他伸出舌头,缓缓舔干净唇角的血,尝到了一点她留下的口脂香。

他看着她眼里的泪,心道:现下便哭成这样,日后若设法逼她和他成了亲,不得恨死他。

但路要一步步走,这些打算,李鹤鸣暂且不打算让她知道。

"哭什么?"李鹤鸣看着林钰,摸了摸被她咬伤的唇,"是你咬了我,明日又无须你顶着这张嘴见人。"

林钰耳根子已经红透了,羞得像是要烧起来,心里更是委屈得很。

她自认做到这份上已经足够,实在不想理他,低头轻轻拭去眼里的泪,开口时声音有点哑:"李大人不要忘了答应过我的事。"

李鹤鸣抚了下刀锷:"知道。"

林钰得了他的允诺,不愿再留,她羞恼不已,又怨李鹤鸣,弯腰拿起桌上的帷帽,连礼数也不顾,有些孩子气地自顾自道:"我要回去了。"

李鹤鸣叫住她:"等会儿。"

林钰抬眸从薄纱下看他,压着脾气:"还要做什么?"

075

李鹤鸣没答，扬声冲着院外唤道："陈叔。"

月洞门前候立的老陈听见这中气十足的声音，迈着一双老腿小跑着进了院，躬身道："家主。"

李鹤鸣看了眼林钰缩在袖中的手，道："去找只手炉给林小姐。"

老陈愣了一下，林钰也怔了一下，她转过身负气道："我不要。"

说罢她便快步离开了，当真是一刻都不愿意多待。

林钰出了李府，扮作小厮的泽兰正在马车前坐着等她。马车停得偏，离李府的侧门有几步路，冬日冷寒，朔风萧萧，路上没什么人。

林钰怕帷帽被风扬起来，伸手轻拽着薄纱，低头闷声往前走。她来见李鹤鸣的事，除了泽兰，再无旁人知晓。泽兰见她走近，直接就要上马车，突然轻咳了一声。

林钰在李鹤鸣面前是随时随刻提着一百颗心，此刻听见这咳嗽声，立马警惕地转过头看向泽兰："怎么了？"

泽兰有口难言，拼命给林钰打眼色："没事，小姐，就是嗓子有点不舒服。"

可惜林钰没注意到她的视线，暗道自己多心，而后又难免自责让泽兰露天在风里等了这样长的时间："是我不好，回去我让厨房做一碗热梨羹给你暖暖脾胃，可千万别生了风寒。"

泽兰苦着脸点头应下："谢小姐。"

林钰今日在李府那院子里出了格，丢了魂，心思也乱了。

如果她稍稍细心些，就会发现泽兰自见到她起，就睁大了眼盯着她，一副有话要说但又不敢明说的样子。

林钰心神不宁地推开车门，取下帷帽弯腰往里进，才钻进去，一双踩在车内铺着的地毯上的灰面竹纹锦靴就进入了她的视野。

竹纹飘逸，针线细密，在这都城里少有这般精巧的绣工。林钰一眼就看出这鞋出自谁手：这是她去年亲手做的。

她身体猛地僵住，惊慌地抬头一看，见林靖大马金刀地坐在马车里，低着头面无表情地盯着她，不晓得在这马车里等她从李府出来等了多久。

林靖好似已经气过了头，从面上看不出半点怒不可遏的模样，然而林钰却几乎在这一瞬间望见了自己接下来难踏出房门一步的凄凉日子。

林靖见到林钰后，先是从头到脚将她打量了个遍，目光扫过她红润有些肿的嘴唇，脸色瞬间寒了下去。

林靖娶妻多年，夫妻和睦，有什么看不明白。他冷笑了一声，声音几乎是从牙齿里挤出来："我当你这些日为何郁郁寡欢、心神不定，老是偷摸着往外头跑，原来是跑去和男人厮混！"

这话说得刺耳，但林钰却无从辩驳，她今日在李府做的事，无论放在哪名女子身上，都称得上是孟浪之举。

车外泽兰赶马回府，马车动起来，林钰不敢答话。

她偷瞥了眼林靖的脸色，放下帷帽，惴惴不安地贴着车壁坐在垫脚的织毯上，然后臀才沾着地面，又听见林靖怒道："谁让你坐了，跪着！"

林钰身体不好，从小即便犯了错也没怎么跪过，但打小是见林靖惹祸跪惯了祠堂的。

她被林靖气势十足的低吼吓得缩了下脖子，忙撑着桌子学着林靖以前跪地思过的模样，肩背挺直地跪了下去。

然而她膝盖软，嘴却硬，也不知道是怎么想的，竟然开口道了一句："为何要跪？阿嫂说了，当初她未与你定下婚事前，阿兄你也常翻秦府的院墙的。"

林靖听得这话，气得直接抄起了马车角落里靠着的油纸伞，作势要往林钰身上抽："你当自己是我？！"

林钰心头一颤，吓得忙拿起桌上的帷帽去挡："你要教训就教训，为何要弄刀动剑，难道我说错了？"

"帽子放下！"

林钰死死抓着帷帽："我不！"

"好！好！你长大了，和男人鬼混也说不得了。"林靖气得发笑，"可你见谁不行，非得回头去啃李鹤鸣这头烂草！他身上是镶了金，还是嵌了玉，叫你没脸没皮地几次三番上他李府与他私会！你可还记得，当初可是你亲口当着母亲的面说要退他的亲！"

林钰无言以对，抬眸偷偷瞥着林靖的脸色，声音也弱了下去，辩驳道："我没与他鬼混，阿兄你说话不要这么难听……"

林靖拿伞指着她的嘴，气得声线发抖："那你这嘴是让狗给啃了？"

林钰抬手摸了下些许肿痛的唇，不敢答这话，心道：我啃他还重些呢，都见血了……

林钰不晓得林靖是如何发现她去李府的，她也没敢问。

林靖压平了怒气，好言好语道："你若想嫁，阿兄能将城里所有好儿郎的画像给你搜寻来，任着你慢慢挑，可你为何非要去找那姓李的？"

林钰实属有口难言。她大可将自己去找李鹤鸣的原因告诉林靖，但她不能这么做。李鹤鸣向她透露王常中的案情已万分冒险，多一人知晓，李鹤鸣便多一分危险。她林家的家训未叫她做那以德报怨之人，除此外，她也相信李鹤鸣不会骗她。

再者，林靖若知道她是为了他和父亲放低身份去求李鹤鸣，怕当真是宁肯入狱都要护着她。林钰不愿他们涉险，半点都不愿。

可林靖也不是蠢货，他思索片刻后，问林钰："你是不是因什么事受制于他？你告诉阿兄，阿兄替你做主。"

林钰看他猜到，矢口否认道："没有。我就是，就是鬼迷心窍……"

林靖听得两眼一黑，长吸一口气："跪着吧，跪直了！"

回到府里后，林靖直接命人将林钰看管了起来。出院门是不要想了，林钰每日给父母请安都省下了。

林郑清和王月英十分不解，但林钰自小是被林靖看顾着长大的，他们做父母的倒管得少，是以没多加干预。

不过王月英多问了林靖一句："小妹做了什么，惹得你这般生气？"

林靖大冬天气得灌凉茶，摆手道："此事母亲勿管，我怕你知道后气伤了身。"

当初可是王月英去退的亲，如今若得知林钰起了悔心，怕是要气昏过去。

好在她倒听劝,听林靖这么一说,立马甩手不管了,横竖林靖这个做兄长的不会无缘无故欺负妹妹。

第四章 成婚

有了李鹤鸣相助，林家在王常中一案中安然度过，然而林家虽无恙，杨家却是身陷囹圄。

这日，杨今明的师父大理寺卿秦正上门拜访，求林郑清设法救下杨今明。秦正乃是秦湄安的祖父，和林家乃是姻亲。秦老德高望重，亲自上门相求，林家不可能不管。

秦湄安做了点心来看林钰时，随口将此事告知了林钰，林钰问道："父亲与秦爷爷想出法子了吗？"

秦湄安见祖父如此年纪还在为晚辈奔走，也是一脸忧色："想出了，简单，却万分难办。"

林钰不解："如何难办？"

秦湄安望着院中凋谢零落的老树，叹了口气："如今杨家已是道尽途穷，若要救杨今明，上策只有一计，这计难处就在需得求一求负责此案的北镇抚使。"

林钰没有接话，不过当晚她便书信一封，第二日趁着晨时浓雾，叫人送入了李府。这话该是林钰亲口与他说为好，但她被林靖关在府中，出不得门，便只好以信传话。

信送出去后，林钰便一直等着答复。但不知是李鹤鸣故意拖着不回还是其他缘由，分明是早上送去的信，林钰却等到日暮时分才得到回音。

回信仍是由一个小孩送来，信纸上只用朱墨落了一个字：哼。

林钰看不明白，也不知道这算是答应了还是没有。

无论林钰是出于对杨今明的情意求李鹤鸣还是别的什么原因，在李鹤鸣看来都没什么区别，横竖是为了姓杨的那少年说情。

何三不知道李鹤鸣和林钰之间的事，只觉得今日的镇抚使比起往日更难相处，一整日下来，那张脸如同戴了面具，一直冷着，没见笑过。

放值之后，李鹤鸣孤身来到了关押杨今明的狱房前。

入夜前这段时间若无人受审，诏狱里便难得有一段"清闲"的时辰。罪臣奴犯仿佛死了赦免的心，沉寂地待在一间间狭窄的狱房里，连呼吸声都难听见。

狱房里，杨今明坐在薄薄一张用旧草席铺盖的窄床上，靠着墙壁，闭着眼，像是在休憩。

李鹤鸣知道他醒着，隔着铁门以不大不小的声音道了一句："想活吗？"

杨今明没抬头，也没有回答这话，而是声音嘶哑地问了一句："我母亲还好吗？"

李鹤鸣没应，又问了一遍："你想活吗？"

除了杨侍郎，杨家其他人大多都未动刑，只是在这鬼地方关了几日，即便未受刑脸色也好看不到哪里去。昔日意气风发的少年郎如今仿佛一夜成长，沉稳之姿看起来竟有几分李鹤鸣几年前的影子。

少年长大的经历总是相似，当初李鹤鸣父亲战死，他也是突然间一落千丈，陷入泥潭，从此独当一面。

杨今明睁开眼，看向门外持刀而立的李鹤鸣。他看了好一会儿，都没能从李鹤鸣那张神色寡淡的脸上看出什么。

杨今明有些奇怪："你想救我？"

李鹤鸣没打哑谜，也不会告诉他是林钰替他说的情，只道："有人想救你。"

如今的杨家人人避之不及，又谁能请得动李鹤鸣施以援手，杨今明嘲弄地笑了一声："如今谁敢搅我杨家这摊烂泥浆……"

他说着，脑子里又突然浮现出一个和蔼年迈的身影。他的老师，秦正。

杨今明止了声，防备地看着李鹤鸣，仿佛李鹤鸣此举是来套他的话，要将更多无辜之人牵连进这冷酷无情的诏狱。

李鹤鸣没多言，只将一卷纸、一方墨以及一支毛笔递进了牢狱："我给你一夜的时间写一封信，明日替你带到皇上面前，你杨家能活几口人,就看你这封信能揣透几分帝王意。"

墙上烛火轻晃,随时将熄,仿佛杨家如今飘忽不定的希望。杨今明定定看了李鹤鸣好一会儿,终是下床走近接过了这些东西。

崇安帝的生母晚年不受先帝宠爱,死于冷宫,崇安帝彼时在北方忙着和元人打仗,连母亲最后一面也没见到。若要帝王动恻隐之心,除了普天之下世人尊崇的孝,怕也没别的东西。

第二日,李鹤鸣连着王常中一案的详情与杨今明的信送入了宫中。

数日后,杨今明及杨母与府中一众女眷无罪开释。王常中贪污一案终于以西市王杨两家二十多颗人头齐齐落地结案。

这场沸沸扬扬持续数月的大案,带着无限的冤屈与阴私在喜庆欢盛的年前落下了黑暗的帷幕。

林家得知杨今明出狱的消息时,皆万分不解是谁说动了北镇抚使,只有林靖立马猜到了是林钰向李鹤鸣说的情。

林家除了林靖,其余人皆不知林钰与李鹤鸣往来之事,便是秦湄安也不知情。她问起林靖,林靖便将林钰去找过李鹤鸣的事告诉了她。

秦湄安扬手轻轻打他:"你怎么说话如此不着调,什么私会,或是北镇抚使以某种手段强迫小妹呢?"

林靖说起这事就气不打一处来:"我问过她,她不认。且我细细看过,她衣裳齐整,丝发未乱,就这儿——"

林靖指着秦湄安的唇:"就这儿让人啃了!你当姓李的是什么良善之辈?若他生坏心胁迫薆薆,怎会就只做这些?"

这倒也是,林靖当初偷偷翻秦府院墙的时候,没一次是衣裳整洁从她家出去的。

林钰出面说动李鹤鸣,解了她祖父一桩心事,秦湄安心怀感激,自然向着林钰说话:"便是如此,你也该向着小妹。若她受了委屈该如何是好?"

林靖摇了下头:"林家教养出来的女儿,不会轻易受人胁迫。我了解她,薆薆看着温和柔顺,实则性子倔强,不肯轻易折腰。姐姐在宫为妃，父亲身居高位，她若半点不愿，李鹤鸣逼不了她。"

他说罢，又沉默片刻，担忧道："但他姓李的何时做过善事，如此简单便愿意帮这大忙，我就怕他肚子里憋着坏主意。"

林靖身为男人，将同为男人的李鹤鸣的心思猜得半点不错。

武英殿内，憋着坏主意的李鹤鸣因王常中一案办事得力，刚从崇安帝口中讨得了一份难得的赏赐。

何三听说皇上御赐李鹤鸣与林钰的婚事后，第一反应便是灵云山上那姻缘树果然灵，自己和白蓁姑娘的好事说不定也近了。

今年俸禄一发，赏赐一领，加上他这些年林林总总存的钱，足够他上下打点妥当，把人从教坊司赎出来了。

合计清楚人生大事，何三又盘算着该从荷包里支多少钱出来给李鹤鸣和林钰送礼。他想着想着，忽然想起有件关于林小姐的事，他一直没来得及告诉自家指挥使。他之前本想说来着，后来忙得脚不沾地，就把事儿给忘了。不过现在两人婚事已定，何三想着也不必再多此一举告诉李鹤鸣。

但何三不知道，这事若他不说，李鹤鸣怕这辈子都不会有机会知晓。

那日在灵云寺，李鹤鸣去见王月英时，林钰梳洗更衣之后去看过何三口中百求百灵的姻缘树。

那天雨雾朦胧，林钰的腿伤也没好全，按理该静静在房中休息，等着和李鹤鸣一行人一道稳妥下山。

此番随母亲上山，不幸遇险，已在她心里留下深深阴霾。她估摸着自己今日下山后再不会来此地求神拜佛，便撑着伞小步挪去了那方种着姻缘树的院子。

那树的树冠亭亭如华，挂满了写着心上人名姓的木牌子，遮天蔽日的确叫人心生敬畏。除却在宫中见过，林钰还是第一次见这般伟岸的梧桐树。

她去时，院中只有何三一人。他一身湿衣立在雨中，背对她虔诚地站在树前，双手合十，低头对着树神叨叨地念着什么。好似念上一念，这树便能将他的情意传至天上红鸾星的耳中。

林钰没想到这里有人，她怕自己出声打扰何三，便撑着伞循着院墙往里小步走。

脚步踏着雨声，几近无声。但许是做锦衣卫的耳目皆敏锐，何三还是听见了她一走一停的缓慢脚步声。

何三转头看来，见是林钰，愣了一下，似觉得自己一个大男人被林钰撞见拜姻缘太奇怪，粗犷的面容上竟浮现出一抹羞红。

林钰少见男人脸红，意识到自己打搅到他，露出一个歉意的笑："抱歉，需要我回避一下吗？"

"没事，不用。"何三忙道。

因为自己没读过什么书，何三一向不太会应对温柔知礼的人，他挠了挠头发，有些腼腆地道："我已经求完了。"

林钰浅浅笑了笑："站在这样大的雨里求姻缘，想来你心中装着的一定是位极好的姑娘。"

何三咧嘴露出一个笑："她是很好。"

他见林钰一瘸一拐地往树下走来，快步走近，伸出小臂横在她身侧："您要是不介意，扶着我，我给您搭把力。"

林钰将手搭上去："多谢。"

何三扶着林钰慢慢走到枝繁叶茂的梧桐树下，树干下围着一圈结实的木栅栏，林钰扶着栅栏站稳后，何三才松开手。

他见林钰没带侍女，随口问道："林小姐您来这儿是来找镇抚使吗，还是也来求姻缘？若是来寻镇抚使的话，您来得不巧，他刚走。"

林钰听见李鹤鸣方才也来了这儿，愣了一瞬，不过并没多问。

她想着徐青引曾说他心里藏着个姑娘，想来他是来求与那姑娘的姻缘。

何三也没说李鹤鸣到此处是来求和林钰的姻缘，他心里还是觉得男人求姻缘这事儿有几分臊脸，他自己丢人就行了，犯不着把自家大人带上。

林钰回道："我不找李大人，只是之前听你将这树说得神乎其神，我心生好奇，便想来看看。"

她说着，抬高伞檐，站在树下仰头看去。

面前的巨树仿佛有攀天之高，满满一树的姻缘牌藏在枝叶中，随风雨轻晃，林钰在心里估摸算了算，起码有半千之多。

大雨敲打着枝叶，风声穿行之中，声音悦耳，仿佛有情人在低喃。

正看着，忽然，头顶一根枝丫忽然传来一声"咔嚓"的异响。

何三反应快，抬头一看，随即变了脸色，喊道："林小姐当心！"

他顾不得礼数，伸手一把抓着林钰的手臂，将她往后拽了一步。

下一刻，林钰头上那根枝丫仿佛承受不住重量，猛然断裂，连带着挂在上面的十数张姻缘牌噼里啪啦摔在了林钰面前。

何三扶着林钰："您没事吧？"

林钰惊魂未定，摇了摇头："多谢，我没事。"

屋内打盹的小沙弥听见外面的声响，着急忙慌地撑着伞从禅房里跑了出来。

他看见院中的狼藉，一边喊着"阿弥陀佛"一边将地上的姻缘牌一个个捡了起来。

昨夜断断续续下了一夜的雨，这里的大多姻缘牌都已经被雨淋湿了，牌子上的红绳也早在日月变换中褪去了鲜亮之色。但林钰看见其中有一块倒扣在地上的姻缘牌像是才挂上去不久，红绳如新，木纹干燥，只在摔在地上时沾了些雨水。

何三也瞧见了这块牌子，心道不会那么巧吧，结果弯腰拾起来，翻过来一看，上面赫然写着"林钰"两个字。

他叹道："还真是镇抚使的牌子！"

林钰听见这话，偏头朝何三手里看了过去，她也想看看李鹤鸣心里那位求而不得的姑娘究竟是什么人。

李鹤鸣的字不凡，行云流水，笔锋锋锐，是一手极好的字。然而林钰瞧见牌子上写着的名字后，却实打实地愣住了。她有些不可置信地眨了眨眼，问何三："这是李大人的牌子？"

何三瞧得出林钰对李鹤鸣没什么意，眼下自己一时不小心说漏了嘴，讪笑道："是，镇抚使才挂上去的。"

他说着，像是觉得这牌子不该由自己拿着，伸手就递给了林钰。

林钰看着上面自己的名字，下意识接了过来。

一旁的小沙弥捡起其余姻缘牌，也顾不得木牌会不会打湿衣裳，将湿透的牌子一股脑抱在了怀里。

他看了看自己抱着的牌子，又看了看林钰手里的牌子，叹了口气："可惜了。"

何三对李鹤鸣忠心耿耿，一听这话不满意了，手搭在刀柄上，气势汹汹地问："小师傅这话何意？"

小沙弥并不怕他，耐心解释道："既是向上天求姻缘，牌子落了地，自是说明没求成，成不了了。"

何三一皱眉："再挂回去不就成了。"

小沙弥摇头，念念有词道："师父说过，掉下来的姻缘牌不能再挂回树上，若挂回去便是强求天意了。"

何三反驳道："我觉得你师父是怕挂太多压死了树，才和你这么说。"

小沙弥听罢似觉得有些道理，点了点头："好像师父也这么说过。"

一大一小两人说着话，一旁的林钰蹙着眉，看了掌中烫手的牌子好一会儿，像是不知道要拿它该怎么办。

她怎么都没想到李鹤鸣会在牌子上写下自己的名字。

林钰吐了口气，抬头看了看附近几根树枝，放下伞，伸手拉下就近的一根低枝，把李鹤鸣的姻缘牌挂回了树上。

何三见此愣了一下，不知道林钰这是什么意思，林钰也没解释。她伸手拨了一下那张姻缘牌，见其不会再轻易掉下来，就与两人道别，先一步执伞离开了。

林钰其实也不知道自己为何会帮李鹤鸣将牌子挂回树上，而不是交给小和尚。

只是随心而动，顺手便挂回去了。

不过她那时候还没听泽兰说起李鹤鸣上教坊司找姑娘的事，不然非把李鹤鸣的姻缘牌扔火炉里烧了不可。

林家没人想到李鹤鸣会直接请崇安帝赐婚，当李家成箱的彩礼随着圣旨一起送入林府的大门时，林家人脸色最沉的，当属千防万防也没防住李贼的林靖,好似要嫁给李鹤鸣的是他而非林钰。

就连林钰都表现得比他得体。

然而圣命不可违,林靖虽万般不满,也只得与众人一起跪地叩谢皇恩,且脸上还不能表现出不满来。

宫里来的人笑容满面地接过林家送来的打赏,一步一声喜地出了府,林靖的脸色立马垮了下去。

李鹤鸣今日并没来,是李府的管家老陈领着下人送来的彩礼。

他喜眉笑眼地将彩礼名册交给王月英:"林夫人,这是礼单,您瞧瞧。"

这彩礼是老陈好几年前就拟出的单子,虽迟了一年半载,好在还是派上了用场。

老陈在李家做了几十年的工,算是看着李鹤鸣长大,比起旁人更清楚李鹤鸣的心思。上次林钰去李府,李鹤鸣要他给林钰找暖身的手炉,他就已经看出了李鹤鸣求娶林钰的心思未消。说来就连那院子里烧的果木炭,都还是因为林钰要来,李鹤鸣才让他匆匆备下的。

往常过冬,哪见李鹤鸣用过那些个烦琐的东西,身强体壮随便挨一挨,冬天就过去了。

老陈想着,往门前廊内站着的林钰看去。仪态端凝,身姿娉婷,贵气不说,模样也是一等一的好,当真是玉做的妙人,难怪家主怎么也忘不掉。

李家喜,林家却忧。王月英心中更说不上是何感受。当初是她与李鹤鸣的母亲定下小辈的婚事,后来林钰受辱,也是由她出面退的亲。可如今兜兜转转,圣旨一下,两人却还是绑在了一起。

她想着,回头望向看着院中彩礼不知在想什么的林钰,无声叹了口气。罢了,既然事成定局,多思无益,李鹤鸣既然一心想娶自己的女儿,总不能欺负了她。

比起王月英,林郑清这个做父亲的倒十分坦然,好像早料到有这一天,更不担心林钰嫁给李鹤鸣后会吃苦头。他在朝数十年,如今朝中年轻一辈的官员皆是他看着一步步升上来的,为人秉性他大多都清楚。

089

李鹤鸣在短短几年里升任北镇抚使，虽在官员中名声不好，但在他看来，却是难得的青年才俊。林钰嫁给他，不算坏事。

林郑清和王月英做爹娘的都认下了婚事，林靖却依旧怒气难消。

他皱着眉头来到林钰身边，问她："妻妻，你想不想嫁他？"

他问得认真，显然不赞同这门婚事，大有林钰不肯他立马拿着圣旨入宫请皇上收回成命的架势。

林钰握着圣旨，偏头看向这个自幼便一直护着她的兄长，竟然笑了笑："我若嫁给他，阿兄觉得不好吗？"

林靖只当她强颜欢笑，不满道："他有什么好？"

他说着，似想起什么，低声问林钰："是不是因为上次灵云山之事，那日是不是发生了什么，你没有告诉我？他是不是欺负你了？又或者他拿了你什么把柄？"

林钰没想到他会猜到那事去，她不打算让林靖为过去之事担心，摇头道："不是的，阿兄。"

"那是为何？"

林钰道："权势。阿兄在朝为官，应该最是清楚，这百官里无人有他那般煊赫的权势。"

林靖怔了一瞬，显然没想到会是这个原因。

林钰又道："我不喜欢以权压人，但我既然出身林家，阿兄你觉得哪个寻常人家我瞧得上？"

林靖不信："可当初定亲时，李鹤鸣也不过锦衣卫千户。你这个理由，未免有些勉强。"

林钰解释道："他与旁人有些不同，他父兄已故，娘亲也已不在，千户是他自己一步步爬上去的，我当初虽退了他的亲，可也不得不承认他年少功成。有他这般才干的青年，人才济济的都城里再难找出第二人。"

她说着，转头看向林靖："便是阿兄，若没有父亲和阿姐的帮扶，也难胜过他。"

林靖闻言沉默了片刻，勉强听信了这个理由。但他又不免为林钰担心，叹气道："我倒不知你是因权势才青睐于他，但其实你大可追随本心，寻一个自己喜欢的。"

林钰笑了笑："不是谁都如阿兄这般幸运。我记得阿姐入宫前，也有一位心上人，可阿姐最后还是入宫做了皇上的妃子。况且我生于权贵，便不能不追权逐势，阿兄难道希望林家教出来的女儿只知追随情爱不顾家族兴衰吗？"

林靖不赞同这话，他拧眉道："可至少阿姐深得皇上喜爱，李鹤鸣对你有真心吗？"

林钰想起灵云寺中那块写着她名字的木牌子，想应个"是"，但她又想起下山时泽兰与她说李鹤鸣上过教坊司，不确定道："应当……有一点吧……"

"他有个屁！"林靖指着院里的彩礼，气道，"他若是真心，今日这样大的事会连面都不露？你看看他送来的礼，迎娶我林家的女儿就只用这些东西，你若嫁给他能有什么好日子？"

林靖这话声大，半点没压，是当着老陈的面说的，看样子是有意要把这话传到李鹤鸣的耳朵里，叫他知晓林钰不是他李鹤鸣欺负得了的。

无怪乎林靖瞧不起这几箱子彩礼，因这院子的东西看上去是单薄了点，至少林靖娶秦湄安时可远不止这几个破箱子。

手持礼单的王月英听见这话后，看了林靖一眼，咳了一声："靖儿无礼。"

林靖止了话，拉着脸冷哼了一声。

老陈不紧不慢地向林靖鞠了一礼，解释道："李府人情往来也少，库房里的金石玉器也少，几件顶好的物件都挑着送来了。府中书画古籍倒是多，只是冬日湿寒，家主担心搬运伤了书籍，也没让我带来，所以今日送来的这些彩礼拢共看起来糙略了些。家主思来想去，便让老奴送些俗气东西来弥补。"

他说着，叫人打开了一只看似平平无奇的箱子。林靖皱眉看去，见里面装着满满一箱子的银票和田契、房契。

当真是俗气，但俗得叫人说不出半句不是来。

林靖被这一箱子俗物堵得没半句话可说，愤愤回过头，甩袖回屋去了。

林钰对老陈笑了笑:"阿兄性直,见笑了。"

老陈望着眼前李府未来的女主人,笑眯了眼,恭敬道:"不敢。"

他说着,忽然想起什么,在一院子箱子里绕了几圈,从其中翻出了一个沉木制的小长盒交给林钰,他道:"这东西家主特意吩咐是给林小姐的,请林小姐私下看。"

林钰伸手接过:"这是什么?"

老陈摇头:"老奴不知,家主只让我转交给林小姐。"

林钰好奇,等老陈离开后,回房打开了那只盒子。

盒上没锁,只一个活扣,里面用白绸包着一件似用玉石制成的东西,除此外还有一张折起来的信纸。

林钰先看了看纸上的内容,莫名其妙地写着一句话。

林钰见过李鹤鸣写的姻缘牌,也与他有过书信来往,认出是李鹤鸣的字,意思却看不明白。

她不解地取出那物件,剥开白绸,瞧清里面那是个什么玩意儿后,面色瞬间僵住了,随即变得又恼又羞,耳朵与脸颊霎时红了个透。她将盒子一扣,抓起来气急败坏地用力砸在了面前的墙壁上。

玉做之物,脆得很,盒盖翻开,里面的东西掉出来,立马碎成了两段。

林钰咬唇,在心里恨恨骂道:李鹤鸣这个坏东西!

林家本打算留林钰在家中过个年,将婚期定在年后,但李鹤鸣却等不及,欲在年前完婚。

婚前男女双方不能相见,老陈便带着李鹤鸣的意思来与林郑清与王月英商议日子,最后将大婚之日定在腊月廿七,林钰回宁之日便是除夕,也算在家里过了年。

婚期定下,时间却紧,林钰的婚服当初做了一半又废了,如今得重做,怕得找几家绣坊一起赶工才来得及。

然而没想第二日,老陈就带人将林钰的婚服送了过来。绣鞋罗袜,凤冠霞帔,从里到外一应俱全。

李府近来忙着置办府邸喜迎林钰,老陈忙得脚不沾地,他送来婚服后没久留,问过这婚服是否合林钰心意,得了肯定的回答后喝了口茶便走了。

等人走后,王月英忽然回过神来:"哎呀,若是尺寸不合婆婆的身该如何是好啊。"

秦湄安笑着道:"娘,您就别担心了,家中又不是没有绣娘,若是哪儿紧了,哪儿又长一截,叫绣娘改就是了。"

王月英摇头:"是我糊涂,是我糊涂。"

夜里林钰沐浴后,王月英忙催着林钰将婚服从里到外上身试了试,令人惊喜的是件件都合身,仿佛量身而制。

王月英欣喜又不解,连连感叹:"真是巧了,怎会如此合身,就是府中每年为你做的新衣有时候也要拿下去再改一改才恰好。"

秦湄安唇边噙着笑没出声,等王月英去了一边忙别的事,才凑到林钰耳畔小声道:"李大人真是神通,连小妹肩颈腰身的尺寸都知晓得一清二楚。"

林钰听出来她在打趣自己,却不知要如何解释。她并未与李鹤鸣有过什么,最多也不过是亲了一亲,心里只比旁人更不解为何这婚服会这般合身。

李鹤鸣行事素来不喜张扬,但成婚这日接亲的队伍却奢华得令人艳羡。锣鼓响了一路,十里红妆绕着都城转了半圈,才将林钰风风光光接回李府。

从前坊间那些个对两家莫须有的猜想与诋毁,也通通在这欢绕了半座城的喜庆声里烟消云散。

林钰盖着红盖头坐在马车里,不晓得外面是个什么场面,只从一句句传入马车的恭贺之声能猜想到有多热闹。她有些说不上来的恍惚。从圣旨下来到礼成,不足一月的时间,总觉得快得有点仓促,但个个流程却都合乎礼仪,挑不出错来。

就连最后她被人领着走入新房时,脑袋都还是蒙的。

前头媒人领路,身侧泽兰扶着她进门。她进门时,偏过头茫然地小声问泽兰:"方才拜过堂了吗?"

泽兰奇怪:"拜了呀。方才小姐您头上的凤冠太重没站稳,李大人还扶了您一把呢,您怎么忘了?"

"噢。"林钰懵怔地点了下头,是记得刚才好像有人扶了下她的手腕。

就是视线被盖头挡住了,她没注意是谁。

入了洞房,接着要挑盖头,饮合卺酒,按理还该有一伙人来闹洞房。

奈何李鹤鸣这人没什么朋友,也无亲族兄弟,旁人也不敢来闹北镇抚使的洞房,是以泽兰扶着林钰进门后,耳边骤然便安静了下来。

老陈提前打点过媒人,众人都没跟着进新房,在院子里闹了一会儿,道了几句喜庆话,便离开了。

林钰在床边坐下,被头上足金的凤冠压得有些喘不过气。

从早上到现在,她就没吃什么东西,眼下又疲又累,肚子饿得厉害,却还不能乱动,还得等着外面招呼宾客的李鹤鸣忙完了来给她掀盖头。

泽兰从桌上挑了几块做得精巧的糕点端到林钰面前:"小姐,吃些点心垫垫肚子吧。"

林钰有些犹豫:"盖头还没取呢,可以吃吗?"

"应当能吧。"泽兰从桌上拿起一张纸递给林钰,"这有张纸,纸上写着'饿了就吃,不必等我'。"

林钰接过纸一看,是李鹤鸣的字迹。他倒是喜欢以书信传音。林钰接过糕点,也没揭盖头,就这么从盖头下塞进嘴里慢慢地吃。她小口吃了几个,刚填了填肚子,门便被人从外面推开了。

沉稳的脚步声走近,林钰愣愣抬起头,透过大红盖头瞧见一个模糊的身影,隐约看得出是李鹤鸣的身影。

真是奇怪,分明连容貌都看不清晰,林钰却能感受到他正在看着自己。

不过林钰眼下的模样着实不够端庄,身穿凤冠霞帔,一手却端着盘子,一手拿着半块未吃完的糕点,腮帮子微微鼓着,嘴里还包着一口点心没来得及咽下去。

泽兰正给林钰倒茶,见到李鹤鸣进了门,还有点没反应过来这是姑爷。她盯着李鹤鸣身上那件大红喜服定定看了会儿，才忽然回过神来似的，忙扔了杯子退出去把门关上了。

跑得飞快，灯树上的龙凤喜烛都被她晃熄一支，李鹤鸣瞥见，又走过去给点燃了。

大婚之日喜烛燃不到头，不吉利。

林钰嘴馋被发现，难免有些不自在，但李鹤鸣却似乎不觉得林钰这模样有什么不好。

他进门后什么也没说，瞧见她些许僵硬的坐姿后，先走近拿起玉如意挑了她的红盖头，而后伸手取下了她头上沉重的凤冠，取下后还单手拎着掂了一下。

冠上金玉发出轻响，李鹤鸣估摸着手里的重量，心道：顶着这么沉的东西也不知道说，倒是挺能忍。

林钰看他垂着眼不吭声，不知道他在想什么。

她只觉得李鹤鸣即便在成婚日行事也一如既往的直接，挑盖头连半句该说的喜庆话都没讲。

林钰视野豁然开朗，酸累的颈项突然松缓，稍稍舒了口气。

她抬头看向同样一身喜服的李鹤鸣，见他也正低头望着自己。

自上次一别，两人已经许久未见。上次见面，林钰将他咬得满唇血。

她下意识往他唇上瞧了一眼，发现他下唇竟落下个不大明显的小疤。林钰不安地抿了下唇，心里嘀咕：该不会是自己咬的吧……

她有些忐忑又有点无措，好似忽然入了狼窝，也不知道这狼想拿她如何。

李鹤鸣反应倒平静得很，漆黑的视线落在林钰身上，沉着得叫人觉得在此之前他好似已经成过千百次亲。他的目光扫过林钰精致的眉眼，又看向她手里装着糕点的盘子，开口说的第一句话竟是："还吃吗？"

林钰还没有饿到要在此刻抱着点心不放，她把手里未吃完的半块糕点放回盘子中，摇头："……已经饱了。"

李鹤鸣进门时扫了眼桌子，盘中拢共没少几块点心，他皱了下眉，像是觉得林钰胃口太小，但也没多说。

两人间的气氛着实有点古怪，既不似此前那般针锋相对，却也不似新婚夫妻如胶似漆，半生不熟有些尴尬。

但很快，林钰就发现自己想错了。

李鹤鸣起身取来合卺酒，将一半装满甜米酒的匏瓜递给了林钰，合卺酒需两人挽手对饮。

两人坐在床上，林钰比他矮上一截，饮时李鹤鸣不得不俯身靠近她，两人的额头都险些撞在一起。即便如今已拜过堂成了婚，林钰仍觉得靠他近了不自在，她喝完就想往后退，但李鹤鸣却没让。

饿狼露出獠牙，他随手将饮空的匏瓜扔在地上，抬手掌住了林钰后腰，叫她不能躲开半分："去哪儿？"

林钰身体一僵，无措地抬眸看他，清透的眼撞进他乌墨般的双眸，李鹤鸣手还没碰到她的衣襟，就被林钰一巴掌打开了。她不听这些鬼话，一边往床头退，一边不满地看着他，但手却忽然碰到一件硬物。

什么东西？林钰扭头看去，竟见枕头旁放着李鹤鸣那把绣春刀。

新枕压血刀，没哪个男人会这般做事。

然而李鹤鸣却不觉得自己错了，他面无表情地看着往后躲的林钰："躲什么？你我成了亲，难道觉得还能如以前那般任性吗？"

林钰皱眉，又听他一板一眼地继续道："出嫁从夫，你既嫁给了我，自该受我管教，必然要改一改以往的骄纵性子。"

说着趁她不备，一把拽住她，将她压倒在了床上。

"啊——"林钰低呼一声，撑着手想坐起来，但李鹤鸣掐着她的腰往下一拉，她便完完全全被他圈在了身下。

房中喜烛长燃，炉炭慢烧，温得室内一片暖热。

林钰轻咬下唇，些许紧张地看着李鹤鸣。李鹤鸣瞧出了她的慌乱，却也不知道出声安抚。

林钰见他看着自己半天不动，羞得满脸通红，一时又想往后退，但脚才蹬了下床，身体还没来得及挪动半分，就被眼疾手快的李鹤鸣抓住了腿。

他看了她一眼，好似在说：又要跑？

林钰只当没看见，索性闭着眼不看他。

李鹤鸣低声道："睁眼。"

林钰恼羞成怒，抬起双臂挡在眼前："你非要我看着做什么？"

从前林钰顾及他的权力，见了他每次都是好声好气地说话，如今成了婚，倒硬气了起来，知道现在林李两家绑到了一起，李鹤鸣再不能拿她如何。

李鹤鸣盯着她看了两眼，没什么情绪地道了声："行。"

他这话听着像是动了怒，林钰有些害怕地咬了咬唇，紧接着就听见李鹤鸣脱衣裳的窸窣声。林钰放低手臂，眨了下眼去看，被李鹤鸣脖子上一块用红绳系着的玉和身前数道陈旧的伤疤吸引了注意力。

那玉被李鹤鸣贴身佩戴了好些年，养得和从前有些不同，中间的红散了些许，光泽看起来也润了不少，是以林钰觉得有些眼熟，却没认得出来。

徐青引说他这玉是女人送给他的东西，可林钰看着倒像她曾经丢的那块，只是她一时不敢确认。

喜烛渐渐燃过半，林钰断断续续地叫了声他的名字："李、李鹤鸣。"

那声音几乎轻不可闻，李鹤鸣俯下身凝神去听："什么？"

林钰抓住他的头发，声音都是颤的，却还提起了力气骂道："王八蛋……"

"……"李鹤鸣疑心自己听错了，他抬手撑着林钰汗湿的后颈，叫她睁着眼清楚地看着他，"你再说一遍。"

李鹤鸣知道自己这婚事求得不光彩，已不奢求在新婚夜能从林钰口中听见一句"夫君"二字，可也没想到还会被自己的新婚妻子骂上这样一句。

而林钰只敢骂这一句，也只有力气骂这一句，她双眸湿润地看他，咬着唇不吭声，当真是楚楚可怜，叫人见了，怕得误以为那句"王八蛋"是李鹤鸣厉声骂的她。

林钰一逞口舌之快，惹得李鹤鸣动了气，直到云散月出，新房里逐渐安静下来。

林钰全身已汗透了，乌发凌乱散了满枕，一只耳坠子蹭落在枕边，看着好不可怜。

李鹤鸣头发也散了，发冠不知被他丢去了何处，此刻长发不成章法地披在身上，倒有几分别样的洒脱俊逸。

他抬手将额前垂下的头发抹向脑后，单手撑在林钰颈侧，居高临下地看着她："还骂吗？"

林钰不说话，索性把脸埋进枕中不理他，泪珠子很快洇湿枕巾，被李鹤鸣看得一清二楚。

他没再动她，就这么撑在她身上静静看了她一会儿，而后伸出手捻了下她润红的耳垂，随手捞过喜服外袍披在身上，下床去了外间叫水。

门外候守的泽兰听见声音，惊醒般睁开了惺忪的眼，忙催着一旁靠着廊柱睡过去的文竹去叫人抬热水来。

李鹤鸣再进内室，看见床上方才还赤身白净躺在大红喜服上的人此刻已经缩进了被子里。

林钰眯着眼晕乎乎的，就这么一会儿，好似已快睡着了。

李鹤鸣看了一眼收回目光，将桌上杯中凉透的冷茶倒去一半，拎起炉上的热水倒满，朝床上的人走了过去。

林钰小半张脸被喜被捂着，李鹤鸣轻手拉下被子，将茶递到她嘴边："喝口茶再睡。"

李鹤鸣这辈子都没这般伺候过人，就连在御前也只是给崇安帝斟过两回热茶。

然而林钰不领他的情，只觉他将她折腾完又来惺惺作态，身子一滚翻过身去："不喝。"

李鹤鸣皱着眉把她翻回来，沉了声音："声都哑了，不润润嗓子，明早起来喉咙不想要了？"

林钰蹙眉盯着他："还不是怪你，唔——"

李鹤鸣只当没听见，垂眸将茶抵在她唇边，倾着杯子慢慢将水往她口中送，堵住了她接下来的话。

下人将洗浴用的水送进来后，林钰自然不肯与李鹤鸣一同沐浴。

她裹着衣裳慢吞吞往浴房走,听见身后跟来的脚步声,回身看他,不满道:"你不要跟来,我不同人一起洗。"

泽兰抱着柜子里取出的新床被从两人身边经过,听见这话连声气都不敢出,抱着被子轻手轻脚铺床去了。

有外人在,李鹤鸣不与林钰争,他当真没进浴房,孤身坐在浴房的屏风外等。林钰洗完,穿了中衣出来,显然还在生气,看也不看凳子上孤零零坐着的李鹤鸣,自顾自就往内室去了。

李鹤鸣从她回房的背影上收回目光,没自讨没趣出声喊她,就着她洗剩的水冲了个澡。

生气归生气,就寝时,林钰还得和李鹤鸣睡在一张床上。李鹤鸣要早起,睡外侧,林钰睡内侧。两只枕头,一床被子,盖着一对新人。

这院子是李鹤鸣的院子,床也是李鹤鸣的床,林钰本以为自己会睡不着,没想躺下后几息之间便梦了周公。只是她有些睡不惯新婚的枕头,夜里睡得不太安稳,半夜间无意识地辗转反侧,迷迷糊糊摸索着抓住了李鹤鸣的手,眼睛也没睁开,拉着他的手臂就枕在了颈下。

她本是靠里贴着床架子睡,此刻许是觉得他臂弯那处枕着舒服,人还跟着靠近了他几分,微微弯曲的膝盖顶着他大腿,侧躺着面向他。

李鹤鸣一个人睡了二十多年,本就觉浅,如今他身边陡然多出个人,一晚上压根儿没怎么睡着。此刻察觉身旁人没再滚来滚去,他睁眼借着映入窗户的朦胧月光看去,见林钰枕在他臂上,眉眼舒展开,总算安静了下来。

他偏头看了她一会儿,没出声也没抽回手,眼皮子一搭,又睡了回去。

第二日卯时,天方露白,李鹤鸣准时醒来。

他没睡上几个时辰,却不见困,转头一看,林钰还是昨夜那睡姿,脖颈枕着他的手,侧躺着,不同的是人已经滚进了他怀里。似觉得他怀中暖,手抱着他的腰,整个人都贴在了他身上。

李鹤鸣任北镇抚使,一年难得几回休沐,新婚也得老老实实去司内处理公务。他看了看安静抱着他睡得正熟的林钰,难得对一年三百六十天都得上值之事生出烦意,眉头也皱了起来。

他抬起林钰的脑袋,将手从林钰颈下轻轻往外抽,虽已经放缓了速度,但还是扰醒了她。

　　她睡眼惺忪地睁开眼,和李鹤鸣对上视线,见他一大早眉心拧着,以为他是故意弄醒自己,要自己服侍他更衣。

　　她忍着困爬出温暖的被窝,从李鹤鸣身上跨过去,拿起了他的衣裳。

　　可回头一看,却见李鹤鸣还躺在床上不动。她小声催他:"起来呀。"

　　她刚起,声音软得很,还有点哑,听着格外好听。

　　李鹤鸣试着动了动被枕了一夜的左手,立马又停了下来,眉头皱得更紧:"……等会儿。"

　　麻了。

　　林钰蹙眉看着直挺挺倒在床上的他,觉得他是故意的,搅了她的好觉,自己却赖床不起。

　　李家无长辈,林钰作为新妇倒省了早起请安的麻烦。李鹤鸣上值后,她又趴回床上睡了会儿。然而没了称心的臂枕,林钰这回笼觉睡得并不安稳。她好不容易睡着了,但没多久,又被慌慌张张跑进门的泽兰给吵醒了。

　　李鹤鸣习性怪,在外无友,在家也没个贴身伺候的仆从。

　　林钰娇养着长大,习惯和他分外不同。她夜里常口渴,需人端茶点烛伺候。

　　昨夜泽兰本打算在外间睡着侍夜,但李鹤鸣不许房中留人。泽兰不敢违逆他,只得早上再来伺候林钰,心里还担心了一阵若小姐晚上渴了姑爷会不会替她斟茶喝。

　　泽兰起得早,李鹤鸣走后,她见林钰又歇下了,便准备将新房里昨晚换下的床被和衣裳送去浆洗,但她将这堆东西翻了个遍,却发现大事不妙。

　　"小姐小姐!"泽兰唤着林钰快步冲进门,瞧见房中一片喜红后,她忽然反应过来林钰已不再是未出阁的姑娘,拍了下自己的嘴,改口道,"夫人!不好了!"

泽兰性子虽急，但行事还算稳重，少如此般慌乱。林钰被泽兰的声音叫醒，急忙从床上爬起来，不料一时起得急，扯痛了腰身。

　　林钰蹙着眉，扶着酸胀的后腰揉了揉。李鹤鸣走时天都没亮，她这又睡罢一个时辰，体内积压的疲乏全涌了上来，腰疼腿酸，难受得厉害。

　　泽兰一进门，便撩开床帐在床上的犄角旮旯翻找起来，最后还跪在地上去看脚踏下方的空隙。

　　林钰看泽兰趴在地上，疑惑道："怎么了？找什么呢？"

　　泽兰抬起头，欲哭无泪地瞧着林钰："夫人，元帕不见了。"

　　林钰闻言，怔愣了一瞬。

　　元帕乃新婚重要之物，帕上落红象征着女子贞洁。新婚夫妻的元帕要在第二日拿给新郎家中长辈查验，之后还要烧给祖宗牌位。

　　如今找不到了，可不是什么好事。

　　林钰忍着腰疼下床，陪着她一起翻找："都找过了吗？昨日你最后一次见到是何时？"

　　她这一问，泽兰瞧着都要哭了："我当时没细看，直接把被子裹成一团抱出去了，应当在被子里藏着，但刚才去拿的时候，却没找着。"

　　泽兰说着，见林钰身上只穿着里衣，担心她受凉，拿起衣裳要伺候她穿上。

　　林钰接过衣裳："我自己来，你继续找。"

　　泽兰应好，又去翻床头。

　　林钰穿好衣裳，站在一旁看着她，问她："找到了吗？"

　　泽兰苦着脸摇头。

　　林钰思索着道："别急，许是李鹤鸣拿去了也说不定，等他回来我问问他。"

　　泽兰依旧愁眉不展："那姑爷若是没拿呢？"

　　林钰也不知道要怎么办，她抿了下唇："问问再说吧。"

　　李鹤鸣办皇差，每日忙得不可开交，林钰这一等就等入了夜。

　　今日的天冷寒依旧，傍晚天色阴下来，昏暗的天淅淅沥沥下起了雪。满城清雾笼罩，寒气入骨，冻得人打战。

林钰身子不适，没出门，在房中足足窝了一日。李鹤鸣回来时，她正坐在火炉边看宾客的礼单，看看哪些东西能拿出来用上，哪些收进李鹤鸣那大半都空着的库房。若以后旁人办喜宴，还得照着这单子上的礼择个等价的物件送回去。

锦衣卫听着威风，实则和朝中其他官员一样，俸禄微薄，可得仔细着打理。

林钰看得认真，炉中烧得红旺的火光照得她白净如玉的脸上，面上似起了淡淡霞色，柔静动人。

李鹤鸣进房，目光不由自主地在她面上凝了片刻。他见她梳着妇人的发髻，穿着他命人裁制的冬衣，心里有几分难言的痛快。

泽兰看见李鹤鸣回来了，没打扰这对新婚夫妻，识趣地悄声退下，带上了房门。

关门声响起，看单子看得入神的林钰这才发觉李鹤鸣已经回来了。他早起出门只穿了身官服，眼下回来，不知从哪拿了件厚氅披在了身上，想来应是他此前放在北镇抚司里的衣裳。

李鹤鸣本就生得高，披上大氅气势愈发逼人，立在灯树前，挡去了半树烛光。

烛光影绰，照在他身上，透着股潇洒豪贵的公子气。

李鹤鸣见林钰盯着他看，道："瞧什么，一日不见，不认得了？"

他总一本正经地说怪话取笑她，林钰没答他的话，放下礼单问道："昨夜的帕子……是不是在你这儿？"

李鹤鸣一边解大氅一边回："什么帕子？"

林钰不太好意思明说，轻咳一声，有些羞赧道："就是元帕，垫在身下的……"

李鹤鸣瞥过她微红的耳尖，取下厚氅挂在衣桁上："没有。我拿那东西做什么。"

林钰和泽兰今日将房间都快翻遍了也没找出个影来，眼下听李鹤鸣说没拿，奇怪道："你仔细想想，是不是收起来了？"

李鹤鸣听她语气着急，问道："找不到了？"

林钰点头:"嗯,不知道放哪里去了。"

她为此事焦灼了半日,没想眼下李鹤鸣却淡淡道:"找不到就找不到了。"

他语气淡然,半点无所谓,仿佛不知元帕的意义。林钰叹了口气,道:"要烧的,要烧给祖宗牌位,没人和你说过吗?"

李鹤鸣还当真不知道,他皱眉:"烧那东西做什么?"

"哎呀,你哪里来那么多为什么。"林钰道,"横竖那东西不能缺就是了。"

李鹤鸣看着她:"缺了会如何?"

林钰轻轻皱起眉:"那落红的元帕象征着新婚妻子的贞洁,若不见了,便意味着我并非清白身。"

她和李鹤鸣之间的事曲折坎坷,在坊间传了这样长的时间,如今方成亲,不知有多少人等着看笑话。

她烦扰道:"府中人多眼杂,若事情传出去,总会有人说闲话,说我在……在别人那儿失了贞洁。"

李鹤鸣身为男儿,不太能理解那帕子对林钰的重要性,他像只听见林钰后半句,沉声问:"别人?谁?杨今明?"

林钰同他说天,他要谈地。她恼道:"好端端的你提他做什么?跟他有什么干系?"

一说起杨今明,李鹤鸣便像是被踩了尾巴的狗,凶神恶煞又不讲道理。

他哼了一声,低头看着她:"怎么没干系?杨家若未出事,林家怕早与杨府定下姻亲,而你自然是在家中等着做杨今明的妻。"

林钰气道:"谁跟你说我要嫁他?!"

李鹤鸣比谁都明白林钰并非真心嫁给他,自退亲之后,二人走到如今的每一步都是他强求来的。

他淡淡道:"若我未请皇上赐婚,你敢说与他无半分可能?赌坊私下甚至都开过盘,押你林杨两家何时定亲。"

林钰听他越说越不靠谱,提高了声音斥他:"李鹤鸣!"

李鹤鸣被她这一声喝止了声,他看她半响,识趣地没再惹她。

103

他转回开头的话题:"你既然如此在意那帕子,不如今夜再弄一张出来。"

说罢,冷着张脸便弯腰朝椅子里的林钰压了下来。

他突然靠近,林钰睁大了眼,以为他当真又要如昨夜一般再来一次,她回门日怕是爬不起床。

"别——"她下意识抬手推阻,然而一时眼花,那手竟阴差阳错落在了李鹤鸣凑近的脸上。

安静温暖的房中,只闻一声突兀的脆响。声音落下,林钰的心也跟着颤了颤。

灯树上烛星爆开,帘帐薄影轻晃。薄利的指甲勾过下颌,在脸上显出一道带血的利痕。

窗外月清树影冷,细雪扫落院中梅花,房中的气氛僵硬得仿佛静止。林钰眼睁睁瞧着李鹤鸣偏过了头,左脸上很快浮现出了半抹指印。

这一巴掌全然是个意外,但见李鹤鸣的表情,却像是不这样认为,因他最清楚不过自己是如何一步步逼着林钰嫁给了他。她从前不愿与他牵扯,如今突然不得不做了他的妻子,心中自然有怨与不甘。

李鹤鸣头一次被人打脸,紧绷了下颌,额角青筋都爆了起来。他面色霜寒地回过头,眉心拧出深褶,双眼紧盯着林钰。

他这身气势,少有在他面前不露怯的人。林钰被他这般盯着,连声气都放慢了,那模样瞧着惧急又有些后悔。

"我……"她欲说些什么,可李鹤鸣却没听,他站起身,一言不发地抄起桌上的绣春刀,转身大步离开了房中。

门外大雪纷飞,林钰怔怔看去,昏蒙烛光下,循着李鹤鸣远去的身影,只留下了一地还湿着的脚印。

第五章

倾心

新婚第二日被妻子打了一巴掌而离家,李鹤鸣也算是头一位了。

这一掌他受得不算太冤,若他以往少吓唬几回林钰,林钰也不会真以为他又要胡来,这阴差阳错的一巴掌也不会落到他脸上。

林钰平日里说话都轻声细语,何曾与人动过手。她打了李鹤鸣,心中也不好受。

李鹤鸣气急离开后,她在家坐着等了半夜也没等回他。

夜深天寒,她最后实在熬不住,在泽兰的劝说下忐忑睡去了。

这一夜自然没能睡得好。

翌日,林钰醒来,第一件事便是问泽兰李鹤鸣回来过没有。

泽兰一边服侍林钰更衣,一边回道:"还没呢。我一早就去问过昨晚和今晨守门的阍役,他们说昨日姑爷走的时候匆匆骑了马走,就再没回来过,就连马蹄声都没听见。"

泽兰只知李鹤鸣昨晚突然又出了门,不知道其中缘由,她看林钰脸色不好,问道:"夫人,您和姑爷是不是吵架了?"

林钰没打算把自己不小心打了李鹤鸣一掌的事告诉泽兰,他心高气傲,这种事必然不愿意让旁人知晓。

她想了想,道:"应当……不算吧。"

"那姑爷为何回来待了没一会儿便又走了?这才新婚呢,姑爷就不着家。"泽兰语气埋怨,似个跟过两任夫君的媪妪般老气横秋地摇了摇头,叹道,"唉,这可不好。"

林钰被她的模样逗得既想笑又忧心,几番思索后,待到傍晚李鹤鸣放值的时辰,叫文竹备了马车,亲自去北镇抚司接人。

然而许是她运气不好,又或者李鹤鸣暂且不想见她,值守门口的锦衣卫告诉她李鹤鸣不在衙门中,至于去了哪里,他们也不得知。林钰只好在北镇抚司外等,可一个多时辰过去,她等至天黑也没见到李鹤鸣的影子。入夜后天气寒得冻人，最后她只好又一人回来了。

锦衣卫办差本就来去无影，李鹤鸣这一走更好似销声匿迹，足足两日都未归家。

腊月三十，是回门的日子，林钰写了一封信遣文竹送到北镇抚司，孤身回了林府。

新妇独自回门可不是什么吉利事，林郑清和林靖这日都没上朝，和王月英一同在门口等，然而却看见林钰一人从马车里下来。

二老历经风霜沉得住气，年轻气盛的林靖却不行，开口便问林钰："李鹤鸣呢？"

林钰自然不会当着一众仆从的面说自己惹恼了他。

她摸了摸鼻子，寻了个借口道："北镇抚司事急，他走不开，我便提前回来了，他忙完了自己会来。"

虽然这么说，但她想今日应当是见不到李鹤鸣的面了。

林钰幼时犯错，每每撒谎话逃责时便习惯摸鼻尖，林郑清和王月英一见她的小动作便知事实并非如此。

二人猜到自家女儿或是做了什么心虚的错事，但林靖才不管是不是林钰的问题，他拧眉道："他一个北镇抚使，比父亲的官当得还忙吗？除夕都不得空？"

这本是一句牢骚话，没想林钰听罢竟然低低"嗯"了一声应他。

林靖不可置信地看向林钰，显然没想到她才嫁过去三天，胳膊肘就往李鹤鸣身上拐了，他不满地看着她："你嗯什么嗯？还偏袒上他了？"

林钰无辜地眨了下眼："他是我夫君呀。"

林靖咬牙："我还是你阿兄呢！"

林郑清和王月英见这两兄妹似要吵起来，也不出声劝一句，只当盲了眼看不见。

林郑清背着手叫人把林钰送给他的笔墨拿进书房，王月英也默契地转过身吩咐厨房备午食去了。

林靖和林钰争了两句，拳拳落在棉花上，也没争出个名堂，最后林钰一句"怎么不见阿嫂"才叫他想起什么似的，匆匆叫人备马准备出门。

秦湄安这两日身体不适，一直在房中歇着养病。她今早说想吃钟楼前那家栗子糕，林靖本打算见完林钰去买，险些给吵忘了。

他走出两步又停了下来，回头没好气地问林钰："栗子糕要不要？"

林钰露出一个笑："要。"

林靖"哼"了声，背着手走了。

林钰说今日李鹤鸣或不会来，没想林靖出门买个糕点的工夫，一回府就看见了李鹤鸣。

李鹤鸣穿过庭中石山流水，正朝着林钰的院子里去。那身飞鱼服实在扎眼，在外面叫别人心中生寒，在这林府中却叫林靖生厌。

李鹤鸣听见身后传来脚步声，转身望去，看见拎着两袋油纸包的林靖朝他走来，不咸不淡地唤了一声："林大人。"

李鹤鸣这张嘴吐不出好话，明明已与林钰成了亲，却不叫内兄，非要喊一声生疏的林大人，也是活该讨林靖的嫌。

果不其然，林靖一听心头火就冒了起来，他快步上前，一把拽住了李鹤鸣的领子："回门日这么多人看着，你却叫妻妻一人回来，你千方百计娶她，难道是为了辱她吗？"

这话说得难听，却不无道理，新妇一人回门，无论在何处都是一桩笑话。

人言可畏，林钰曾因此受了不少罪，李鹤鸣如此行事，林靖自然要为她出气。

可李鹤鸣也不是什么好脾气的主，他拧眉盯着林靖，厉声道："松开。"

林靖气得都想揍他一顿，哪会松手，然而当他眼角瞥见自己的食指不经意从李鹤鸣脸上蹭下的一抹白后，又觉得恶心似的，忽而一把将手甩开了。

他搓了搓手指上细腻的粉，认出这是女人的脂粉，嫌弃道："你一个大男人往脸上涂什么脂粉！"

李鹤鸣冷眼看着他："与你何干？"

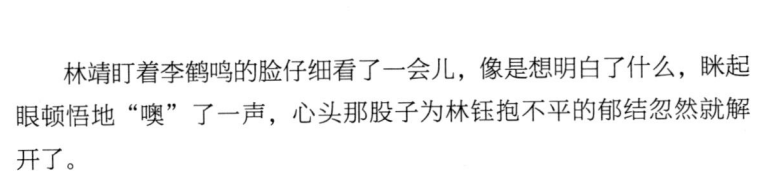

林靖盯着李鹤鸣的脸仔细看了一会儿，像是想明白了什么，眯起眼顿悟地"噢"了一声，心头那股子为林钰抱不平的郁结忽然就解开了。

他嘴一张便是满口风凉话："李大人学些乱七八糟的魏晋之风往脸上搽粉，该不会是为了遮脸上的巴掌印吧？"

李鹤鸣不是爱梳妆打扮的小白脸，需得他用粉往脸上遮挡的痕迹，除了巴掌印这种掉面的痕迹，想来也不会有别的了。

李鹤鸣被拆穿也不否认，反倒冷笑着睨着林靖："林大人倒是懂得不少，看来是吃过不少巴掌。"

林靖被他一句话噎得说不出话来，瞪大了眼看他。李鹤鸣也不欲与他争执，绕过他，继续朝着林钰的院子去了。

李鹤鸣收到林钰的信后，细细读罢，却没立即动身，而是又在北镇抚司阅了几本无关紧要的文书才慢条斯理地往林府去，非要做一副不慌不忙的样子，也不知做给谁看。

今日除夕，乃是家家户户团圆之日，衙门里没几个人。

李鹤鸣这个迎娶新妇没两天的男人放着暖香软玉不要，却和衙门里一帮子讨不到妻子无家可回的可怜男人窝在一块，惹人非议又叫人不解。

偏生他还冷着个脸，昨夜弟兄们聚在院子里吃羊肉汤锅时都怕声太大扰了他清净，今早见他终于走了，皆如送走瘟神般松了口气。

李鹤鸣到林府后，先按礼数拜见过林郑清和王月英，才去见的林钰。

但好巧不巧，在半路撞见了提着栗子糕的林靖。

泽兰从王月英的侍女那得知李鹤鸣来林府的消息，忙跑去通报林钰。这厢才说完，文竹又匆匆跑来说林靖与李鹤鸣起了争执，像是要打起来。

文竹戏没看全，只远远看见林靖揪住了李鹤鸣的领子便忙不迭赶来通知林钰，林钰听罢，当即就要去劝。

不过李鹤鸣腿长脚快，她这稍做收拾正要出门，李鹤鸣就已大马

109

金刀地进了她的闺房。

除去郎中仆吏，林钰的闺房从无外男来过，便是林郑清与林靖都很少进门。

李鹤鸣算得上是第一个。

泽兰与文竹瞧见李鹤鸣来了，两人皆愣了一瞬。尤其是文竹，方才还在背后说李鹤鸣的小话，此刻猛然被抓个正着。他一见李鹤鸣的冷脸，心头虚得恨。泽兰难得反应迅速，拉着他悄声退了出去，带上了房门。

林钰的闺房与李鹤鸣那布置得处处正经的新房不同，无论是床帐绣花、桌上妆奁，还是屏风上的清荷碧水，入眼的一切都透着股姑娘家的精致秀气。站在房中细细一闻，还闻得见一抹长年累月浸润进房中家具的脂粉香。

李鹤鸣将林钰的闺房不客气地从头到尾打量了一遍，看起来恨不得把床帐后盖的什么料子的床被都看清楚，最后才将目光落在了桌椅前娉婷立着的林钰身上。

她今日回门，为了不让家人担心，出门前装扮了足足一个时辰，漂亮静雅，很是动人。

林钰神色讶异地瞧着李鹤鸣，还有些没回过神："你……你怎么来了？"

她虽然写了信给李鹤鸣，但其实根本没想到他当真会来。

李鹤鸣垂眸看她："不是你求我来？"

他人都到了，言语上却还要占个上风。林钰膝下风骨不比男儿少，她低声反驳："也算不得求……"

李鹤鸣握着刀朝她走近："那什么叫求？你当初为杨今明书信一封让我救他，叫求吗？"

他气势凛冽，骑着马匆匆赶来，冷风吹了一路，身上还携着冬日凄冷的寒气。

林钰被他逼得往后退了半步，膝窝磕上椅沿，一下子跌坐在了椅中。

她听他语气刺人，目光扫过他衣袍下的锦绣飞鱼，轻轻抿了下唇，低眉道:"你今日穿着这身官服来,又拿了我的错,便要在我面前作威作福,将我当犯人似的审吗?"

李鹤鸣不置可否。他取下腰间绣春刀放在她身后的桌子上,刀锷砸在实木桌面发出一声钝重的响,惹得林钰抬起头来看他。

他欺身而下,双手扣住木椅扶手,宛若铁壁铜墙将她牢牢困于身前。一双虎豹狼眼盯着林钰姣好的面容,他淡淡道:"便是没了这身皮,我也一样在你面前作威作福。"

他离家那夜,也是这般压下身来,林钰彼时心中惊慌,可她此刻看着他,不知为何倒是不怕了。

许是从前惧他较多,如今他仅仅因她一封短信就来寻她,给了她几分底气。

林钰抬眸看着李鹤鸣近在咫尺的脸,轻声问他:"那,你想要如何作威作福?"

她此时语气温和,眉眼舒展,美得像画中人,好似无论李鹤鸣说出何种荒唐之言她都能依他。她说着,微微偏过头,去看他的左脸,心怀歉意道:"我那日一时手快,不是有意打你。"

李鹤鸣仔细盯着她的神色,似在判断她这话的真假,真假里又有几分真心。

他道:"是吗?我还以为你早就看我不顺眼,趁着机会打我一巴掌泄气。"

他语气笃定,倒叫林钰忍不住思索自己是否当真起过这念头。

当初梅树下他以王常中的证词作要挟,她迫不得已讨好他时,是起过揍他的心思的。

李鹤鸣见她突然又安静下来,拧了下眉:"说话。"

他显然还在生气,可林钰也不知要如何道歉。她瞧见他脸上的脂粉,掏出帕子轻轻替他擦去,诚恳道:"是我错了。"

她那时情急,没收住力,如今李鹤鸣脸上的指痕消了,指甲在他下巴处勾出的一小道伤痕却还未褪。

林钰隔着帕子轻轻碰了下,抬起明净的眼看他,问道:"还疼吗?"

111

李鹤鸣不吭声，只是看着她，脸上明明白白写着一句话：你觉得呢？

林钰不得法，只好红着脸轻轻拽住他的束腰，好半天憋出一句："我……我给你赔罪好不好？"

林钰嘴上说要赔罪，但实际并不知如何做才能叫李鹤鸣消这一掌之气；且就是要赔，也要等到傍晚回了李府，夜深人静之时才能赔给他。

可李鹤鸣却没有要等的意思，他盯着她看了一会儿，出声问道："怎么赔？"

不说他这冷面寡言的脾气，林钰倒很满意他给台阶就下的性子，若是他要顺杆子爬，她倒真的没办法了。

林钰见他面色缓和了几分，觉得自己好似稍微摸透了与他的相处之道。

她抬起脸看他，明净的目光扫过他冷峻的脸庞，最后落在了他薄软的唇上。

唇上那处被她咬出的疤还在，看样子是消不掉了。

林钰一手握着绣帕，另一只手缓缓搭上了他宽阔的肩头，将他向她身前揽低了些许。

李鹤鸣倒是配合，林钰稍一用力，他就把脑袋低了下去。

林钰自然察觉到了这一点，她眨了下眼，红着耳朵尖，轻轻吻了吻他的唇。

其实也算不上吻，就只是贴着他轻蹭了一下。

熟悉的药香混着脂粉气弥漫在唇间，林钰亲得浅，李鹤鸣却有点忍不住，喉结滚了滚，一把抓住林钰搭在他肩头的手，俯身张开嘴去含她的唇。

齿尖咬上柔软的嘴唇，林钰受痛，下意识往后缩了一下，但并没躲开，任着李鹤鸣亲。

她顺从，李鹤鸣便得寸进尺。

唇舌交缠，黏糊得紧。林钰有些受不了了，无措地抓紧了李鹤鸣肩头的飞鱼服，也不知道是被他亲疼了还是被他吻得喘不上气，嗓音轻细地嘤咛了一声。

声音又柔又软,李鹤鸣听见后,仿佛闻见肉味的饿兽,呼吸都急了两分。

李鹤鸣亲她时不喜欢闭眼,总是目不转睛地看着她,像是在品她羞红的神色。

林钰被他盯得脸热,攥着帕子去捂他的眼睛,声音含糊地憋出一句:"你别看呀……"

李鹤鸣拉下她的手,喘着气在她唇上不轻不重咬了一口,沉声问:"你是我的妻子,为何不能?你看我时我从未不准你看。"

他说着,像是没吻够,低头又亲了一口狠的,亲完手一伸,将林钰横抱起来,大步往她的闺床走去。

林钰下意识揽住他的肩背,捏紧了他的衣裳。她越过他的肩望了一眼窗外的青天白日,有些慌张地劝道:"李鹤鸣,这还是白天呢,你要……"

落床帐,解罗衫,大汗淋漓,行尽了荒唐。

门外忽然传来了一道脚步声。

脚步声缓缓停在门口,随即一道中气十足的声响传进门来:"萋萋,栗子糕!"

软床上,林钰正被李鹤鸣压着动弹不得,骤然听见林靖在门外叫嚷,她慌得心脏都要从胸口蹦出来了。

然而李鹤鸣却只是不慌不忙地从她身前抬起头,侧目往门口看了一眼,就又把脑袋埋了下去。

一副天王老子来了也不能阻止他的架势。

林钰看他无动于衷,伸手推他的肩,急道:"你起来,阿兄来了!"

李鹤鸣不肯,他握住她作乱的手:"他不会进来。"

他说得笃定,林靖也的确不会未得准允便擅闯自己妹妹的闺门,尤其知道李鹤鸣现下也在房中的情况下。

林靖二十五六,不是十三四岁毛都没长齐的小子,是已成家立业的男人。

他在门外唤了两声,见房门紧闭,而里面的人半天不出声,隐约猜到估计李鹤鸣那王八蛋与林钰在亲近。

林靖也不是什么循规蹈矩的人,放平日不会管这些夫妻间的私事。

若这门里是别人,他一声不响扔下手里的东西便走,但林钰体弱,他便不得不多上一句嘴。

他踌躇片刻,不自在地用力捶了下门,许是怕别人听见,刻意压低了声,怒道:"李鹤鸣!我小妹身体不好,你、你……"

这话他说得脸热,但还是得说:"你大白天的注意点!"

说罢一秒不多待,林靖将栗子糕放在门口,甩着袖子快步走了。

房中林钰听见这话,羞愧得脖颈都红了。但李鹤鸣却丝毫没理会,没听见似的坦然。

林钰咬唇,用力锤了下李鹤鸣的胸口,重重一声闷响,听起来有些疼。

李鹤鸣皱了下眉,但并不见恼,揽着林钰,在她羞红的脸颊上亲了一口。

寒风入帏,拂灭房中一支伶仃白烛,又将炉中热炭吹得更旺。

半个时辰下来,林钰身上汗热,衣裳也已经皱乱得不能再穿了。

好在房中茶壶烧着热水,她在屏风后擦拭干净,又换了身衣裳。

林钰从屏风后出来,看见李鹤鸣背对着她坐在妆台前,正一口一个吃着林靖送来的栗子糕,手里还翻她的妆奁玩,全然没把自己当外人。

看着这样一个活生生的男人正大光明地坐在自己的闺房里,林钰心头有种说不上来的感觉,仿佛一根鹅毛在她心头搔了搔,泛起些许止不住的痒。

李鹤鸣那夜和林钰吵完架就往外跑,这两日一个人窝在北镇抚司,吃未吃好,睡未睡好,过得很不痛快,也不知道在折磨谁。林钰换个衣服的工夫,一包栗子糕已经被他就着茶水吃了大半,油纸上只剩下孤零零的两块。

他似是不怎么喜欢吃甜食,却的确饿了,皱着眉心将最后两块栗子糕塞进嘴里,又端起茶喝了一口。茶水一填,肚子也饱了小半。

林钰走近，怔怔瞧着空荡荡的油纸包，显然没想到他吃得这样快，茫然道："你全都吃了？一块都没给我留吗？"

李鹤鸣闻声动作一顿，瞥了一眼油纸上最后几点碎角残渣，才反应过来自己不知不觉中吃完了独食。

他和林钰对视一眼，见她面色失落地看着他，慢吞吞关上她妆奁的小抽屉，道："……回去时买。"

林钰苦恼道："不好买的，那家栗子糕生意兴旺，下午去必然没有了。"

她说着，忽而弯腰，伸出手在李鹤鸣的腹上按了一下，似想摸摸看他吃下这么多点心肚子里会撑成什么样。

女子吃一块甜腻的糕点要细嚼慢咽，边饮茶边吃上小半下午，哪像他囫囵吞枣，嚼都不见嚼一下就咽进肚子里。

他吃下那么多，林钰隔着衣裳却只摸了一手硬，不见半分饱腹鼓胀，全是长年累月练出的肌肉。

李鹤鸣没避，甚至以眼神示意她若想往下摸也可以。

林钰见他靠在椅子上仰面直勾勾盯着自己，耳根发热地转过视线，缩回了手。

她转过话题："我听说你和阿兄起争执了？"

李鹤鸣从她羞红的耳上收回目光，也不瞒她，淡淡"嗯"了一声。

他倒是坦然，林钰却不希望自己的夫君和兄长生龃龉，她劝道："朝堂之上你们二人素有往来，他脾气直你是知道的，何必与他动气？"

"何必？"李鹤鸣反问。

她不劝还好，一劝某些人就开始翻旧账。李鹤鸣撩起眼皮，随意从林靖干的糟心事里拎了一件出来讲："成亲那日，他叫了一众亲友拉着我灌烧刀子，半坛子下去也不停，存心叫我醉得不省人事入不了洞房，若非何三带人拦住了，我身上的喜服都能被他扯下来。"

当时李鹤鸣被林靖叫几个同僚拦着，半步脱不开身，烈酒一碗碗往嘴边送，一碗下去喉咙都好似烧裂了。

林钰对此事毫不知情，她只记得李鹤鸣那晚早早便撇下宾客入了新房,没想竟是这个原因。

新郎若在新婚夜醉成烂泥,少不了要叫人耻笑一番。林靖成婚时便是如此,抬进洞房时人都快睡过去了,后来叫他的朋友笑了他足足两月,没想他又把这招数用到了李鹤鸣头上。

李鹤鸣少时家中生变,遭人唾弃,受尽白眼,后来他的兄长又战死疆场,他小小年纪便扛起了家业,性子养得孤傲,以他的经历,若端庄如谦谦君子才是怪异。

旧事未清,他今日又被林靖揪住领子骂,没动手揍林靖一顿,都算压住了脾气。

他这般一说,林钰也不知该如何替兄长圆过去。她看了看他结实高大的身躯,退了一步:"那他若再惹你生气,你不要和他动手。"

李鹤鸣问:"如若是你兄长先动手呢?"

林钰倒是信任他的武力,她指了指横在桌边的绣春刀:"他是个文官,打不过你的,况且你还有刀呢。"

也不知是因为吃了她的栗子糕心感愧疚还是心里接受了这个说法,李鹤鸣屈指敲了下桌面,应了她:"行。"

两人正聊着,门外忽然响起了一阵犬吠,随后一只黑犬大摇大摆地撞开房门摇着尾巴冲了进来。

林钰转头一看,惊喜道:"三哥!"

因林钰时不时喜欢给三哥开小灶,这狗平日与她的关系很要好,几日不见,它许是想极了她,猛冲到林钰脚边,甩着尾巴抬起前脚就往她身上扑。

林钰倒是宠它,蹲下来抱住它,伸手揉它圆鼓鼓的肚子,捏了捏它肚子上的肥肉,笑着道:"这才几日不见,你跑去哪里偷吃了?长胖了这么多。"

李鹤鸣看着一人一狗,总觉得林钰摸狗肚子的手法和方才摸他没什么两样。

三哥听不懂,汪了两声,兴奋地伸着舌头要去舔林钰,林钰嫌弃地偏头躲开:"不要,你嘴巴好臭。"

它体格壮硕,眼见林钰被它扑得摇摇晃晃,脚下趔趄着似要摔倒在地上，李鹤鸣抄过绣春刀将它抵开，没什么表情地盯着它，也不管它听不听得懂，斥道："退开，瞧不见你主子要摔了吗？"

林钰趁机站起身来，抱住三哥的脖子摸了两把，对李鹤鸣道："这是三哥，你还记得吗？那日街上你们见过呢。"

"记得。"李鹤鸣语气发凉。

不只记得，还记得格外清楚，吃他馄饨不成便要咬他一口的烈性子。他想起那日的事，忽而深深看了林钰一眼。当初还和他形容陌路的人，如今已经是他的人。

这一眼看得林钰莫名："怎么忽然这么瞧我？"

李鹤鸣淡淡道："没什么。只是觉得心里想要的东西，还得自己尽力去求才最为可靠。"

林钰不解："你想要什么？"

李鹤鸣道："已经到手了。"

他说着，拿起桌上的玉梳篦，拍了拍大腿："坐过来，我给你把头发梳一梳。"

林钰抬手摸了摸自己的乱发，有些迟疑："你会梳吗？要不还是让泽兰来。"

李鹤鸣直接拉着她坐下，取下她发髻中摇摇欲坠的金钗，反问道："你以为我的头发是谁束的？"

林钰勉强信他。她不大自在地坐在他腿上，拿过铜镜看着他的动作，叮嘱道："梳好看些，就梳方才的样式，不要叫人看出来了。"

李鹤鸣不敢保证，只道："尽力。"

午时用过膳，家里三个男人聚在书房里议朝堂政要。

林钰拎着食盒，带着厨房做的几道开胃的小食去看望秦湄安，三哥也摇晃着尾巴跟她一起。

秦湄安这病生得怪，不像是染了风寒，但近些日却又乏力，胃口也不佳。

林钰进门时牢牢提着三哥脖子上的项圈，怕三哥如此前扑向她一般冲撞了秦湄安。

117

秦湄安喜香，林钰入门时却没闻到熏香。

房中窗户半开，正对院中绽放着的艳丽红梅。秦湄安对窗而坐，一人安安静静地坐在火炉旁的摇椅中做针线，是一件厚重的披氅，瞧布料的颜色和绣样，应是做给林靖的。

看见林钰进门，秦湄安叫侍女搬来椅凳，奉上热茶。她瞧着被林钰提拎着的三哥，摇头笑笑，从桌上拿了一块小酥点抛给它。

三哥仰头张嘴接住，嚼也不嚼便吞了。

三哥一年四季都如金簪草般掉毛，林靖在时从不让三哥进内间。这几日秦湄安没出房门，三哥与她已是好久没见。它甩着尾巴，显然十分想念秦湄安，然而却不见它莽撞地朝着秦湄安扑上去，只动着鼻子用力在她身上嗅。

它模样认真地嗅了一小会儿，然后慢悠悠地趴在秦湄安脚边，阖眼假寐。

林钰见它今日难得乖巧，松开了项圈。她将食盒放在桌上，揭开盖子，同秦湄安道："我听阿兄说阿嫂食欲不振，便叫厨房做了几道小食，阿嫂看看有没有想吃的。"

秦湄安放下针线，凑近看了看，而后苦笑着摇了摇头。

林钰听罢又只好将食盒盖上，叫侍女拿了下去。

她坐下仔细瞧着秦湄安瘦削的小脸，心疼道："怎会突然生病，阿嫂瞧着都瘦了。"

秦湄安也不知缘由："是啊，你阿兄还费心思请了宫里的医官来瞧过，也没瞧出病因。不过也没什么大事，只是食欲稍有些不振，挑嘴罢了。"

她见林钰面色担忧，含着笑凑近林钰，小声宽慰道："你别担心，我觉得，或许是有喜了。"

林钰闻言一愣，随后露出惊喜之色："真的？"

秦湄安抿着笑摇头："只是我的猜测，还不确定呢，不过这次月信一直没来。等府上的大夫过完年回来，再请他来仔细把把脉。"

她见林钰欣喜不已，温柔道："我还没告诉你阿兄，怕他空欢喜一场，你暂时不要同他说。"

林钰忙点头应下,而后又道:"那等有了消息,阿嫂一定要告诉我。"

秦湄安与林靖成亲多年,却一直未有子嗣,两人盼孩子盼了不晓得多少回,如今听说秦湄安或许怀上了,林钰很为他们高兴。

她说着,伸手捞起秦湄安的细腕试着给她把脉。久病成医,她看脉象有几分准,她认真摸了好一阵,秦湄安问:"如何?"

林钰沉吟一声,笑着道:"七成。"

秦湄安喜色难掩,捂着唇轻笑。

谈完事,林靖来找秦湄安,还没进门,就听见房中两人在小声交谈。

不知道说了什么女儿家的贴心话,二人皆笑个不停。

三哥反应灵敏,它立起耳朵听见林靖走进院子的脚步声,忙爬起来,一溜烟似的蹿出去了。

林钰看见林靖进门,轻轻"呀"了一声,问道:"阿兄你们谈完了?李鹤鸣呢?"

林靖听她开口就问李鹤鸣,有些不满地"哼"了一声,朝外面抬了抬下巴:"门外站着呢,等着接你回去。"

林钰见他脸色古怪,猜到两人或是在书房里又起了争执,忙问:"怎么了?你又同他吵架了?"

什么叫又,好像他是什么不讲理的人一样。

林靖皱眉:"没有。"

没有是没有,但还不如吵了一架。

林靖今日才知李鹤鸣当真会气人,李鹤鸣当着他的面是一口一个林大人,见了他父亲倒是恭恭敬敬拱手叫起了"岳父"。

态度转变之快,令人咋舌,林靖看不过去,在书房里明里暗里呛了几句,没承想这王八蛋人前收起狼尾巴装善人,一副任君评点的淡然之态。

林靖说得重了,他也不怒,甚至还淡淡回了句"林大人说得是",哪见此前在庭院里与林靖冷言相对的狗脾气样。

最后林靖被林郑清训了几句,叫他这户部侍郎收收脾性。

林靖气得不行，是以三人聊了几句紧要事便散了。

不过瞧林钰如今在意李鹤鸣的模样，林靖自然不会把这些事告诉她，免得再受她几句气。

他不客气地开始赶人："你那好夫君还在门外等着呢，赶紧把他领走，看得我心烦。"

林钰习惯了他的脾性，也不生气，端端正正行了个礼："是，阿兄。"

林靖当真是被气狠了，林钰还没走出房门，他便委屈心烦地黏上了秦湄安。

林钰回头看了一眼，瞧见林靖弯腰从背后抱着秦湄安，将脸埋在她肩颈处乱蹭，一副受了气的暴躁可怜模样。秦湄安握住他的手，拉到唇边轻轻吻了一下，小声安慰道："好了，小妹还在呢。"

林靖闻言抬头看来，皱眉道："怎么还没走？"

林钰可不敢在此扫他的兴，憋着笑替二人带上门，寻李鹤鸣去了。

一出门，林钰就看见了李鹤鸣立在院中的身影。

宽肩窄腰，身姿挺拔，抛却那身冷冽之气，看着倒是格外潇洒俊朗。

不过院里不止他一人，在他面前，三哥正低吼着怒视他，凶狠得像是要扑上去咬一口。

李鹤鸣倒也不惧，垂眸看着身前一身肥膘的黑犬："叫什么？"

林钰怕三哥当真咬他，忙提着裙摆快步走近，提声唤道："李鹤鸣！"

她叫的是"李鹤鸣"，回身看她的也是李鹤鸣，但跑得最快的却是三哥。

李鹤鸣脚下还没动，三哥就先一步欢快地朝林钰奔了过去。

狗脸咧嘴露笑，变脸之快，好似方才气势汹汹朝着李鹤鸣吼的狗不是它。

它甩着尾巴，讨好地用身体贴着林钰的小腿，一步一步与她并排着往前走，李鹤鸣硬是生生从三哥那张畜生脸上看出了几分谄媚之色。

林钰被它缠着腿，走得一步快一步慢，险些被它绊倒。

它好似知道林钰现下又要和眼前这个冷脸男人离开，之后又不知她多久才能回来，是以冲着林钰嘤嘤呜呜地叫，一副不舍模样。

李鹤鸣趁它不注意，用脚将它别开，弯下腰，单手拢住林钰腿弯，一把将她从地上抱了起来，抱婴孩般让她坐在了他的手臂上。

林钰惊呼出声，下意识抬手扶住他的肩，嗔道："忽然间做什么呀？"

李鹤鸣稳稳当当抱着她往前走，回道："你这样被它拖着，等回府天都黑了。"

林钰晃了晃腿想往下跳，她拍他肩头："我不同它疯就是了，你放我下来，有人看着呢。"

虽这么说，四周实则没什么人，只不远处有小厮侍女脚步匆匆地路过。

冬日严寒，今日又是除夕，府中众人都忙得脚不沾地，没空四处打望。

唯独三哥，见李鹤鸣抱着它主子，像觉得他是个强抢民女的土匪。李鹤鸣往前走，它就一路拦在他身前，不停地冲他不满狂吠。

李鹤鸣压根儿不理会它，他腿长脚长，直接抬腿从拦路的三哥身上跨过去，大有若它不知死活便踏它而行的架势。

林钰听三哥叫个不停，扶着李鹤鸣的肩，有些担忧地低头往下瞧，头上玉簪随着她的动作轻轻晃动，打在李鹤鸣脑后。

她道："你别踩着三哥了，它开年就八岁，已算老年了。"

李鹤鸣淡淡瞥了眼锲而不舍挡路的三哥一眼："我看它倒精神得很。"

他就这么一路抱着林钰到了堂前，三哥疲累得没心思再纠缠，李鹤鸣才把林钰放下来。

两人拜别过林郑清与王月英，在王月英的嘱托声里踏上了回府的路。

李鹤鸣来时骑的马，回去却和林钰同乘一辆马车，黑马拴在车前，随马车同行。

121

林钰一个人回的门，挑的马车不大，眼下李鹤鸣坐进来，处处更显狭小，她一时手脚都伸展不开。

　　男子大多喜欢岔腿而坐，李鹤鸣也不例外。林钰伸手推他大腿，示意他把腿合上："你挤着我了。"

　　李鹤鸣听罢，直接伸手揽住林钰的腰把她抱到腿上来坐着，手环在她腰身上，手掌搭在她腿上。

　　他坦坦荡荡，林钰却觉得有些难为情。她一日里两次被李鹤鸣当孩童似的抱来抱去，坐在他身上不自在地动了动。

　　李鹤鸣练得一身铁骨石肉，大腿也是结实硬朗，林钰偏头对上近在咫尺的黑眸，伸手推他的肩："不舒服，你放我下来，你没有垫子软。"

　　"不是挤？"李鹤鸣道。

　　他说着，环在林钰软腰上的手发痒似的，有一搭没一搭地玩她挂在腰间的环佩，时而还在她的肚子上按上两下，把她当个软枕似的揉。

　　也不知道有什么好摸的。

　　林钰刚吃饱，不喜欢被人碰肚子。她拍了下他的手背，他也不肯松开，一边闭着眼养神，一边就这么抱着她坐了一路。

　　马车晃晃悠悠回到李府，下马车时，林钰觉得肚子都要给他摸岔气了。

　　李鹤鸣倒是坦然得很，替她抚平揉皱的裙子，率先下了马车，伸手去扶钻出马车的林钰。

　　林钰看着李鹤鸣伸出的手掌，握上去后，在他虎口处重重捏掐了一把。

　　坏坯子。她在心中腹诽。

　　李鹤鸣像是听见了她的心声，抬眸看着她，低声问："在心里骂我？"

　　林钰讶异地睁大了眼，见鬼似的瞧着他，觉得他简直成了精。

　　她做出一副茫然模样，无辜地摇了下头："我没有。"

　　虽这么说，她却有些心虚地从他掌心抽出了手，指尖轻轻勾过李鹤鸣的虎口，泛起几许搔到心底的痒意。

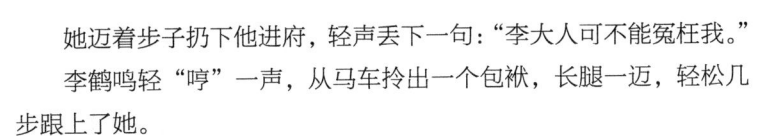

她迈着步子扔下他进府，轻声丢下一句："李大人可不能冤枉我。"

李鹤鸣轻"哼"一声，从马车拎出一个包袱，长腿一迈，轻松几步跟上了她。

林钰撒谎的技术实在蹩脚，但眉眼间却难得显露几分娇俏，好似还在林府做姑娘的时候。

当初李鹤鸣受命去各地办差，出行前远远在林府门外看过林钰一面，那时林钰不过豆蔻年华，李鹤鸣也才十九的年纪。

彼时他母亲离世不久，许是家事变故，又或是职差磨人，他的气质看起来已与同龄人迥然不同，早早便褪去了少年人意气风发的锋芒，性子凝练得沉稳。

他还记得当时林钰穿着件月白色方领半袖，裙边摇曳如春水，她举着不知从哪儿摘来的柔嫩花枝，正偷偷往林靖耳边别。

林靖发现后，她便是如眼下这般装作不知情的模样，摇头轻笑，与他辩驳。

李鹤鸣听不清她的声音，却读得懂唇语，看出是在说："我没有，阿兄可不要冤枉我。"

兄妹相谈甚欢，李鹤鸣并未不知趣地上前打扰，只隔着半条街远远看了林钰片刻，随后便驭马出了城，时过境迁，再回来，就已是三年后。

这事除了他自己，没有旁人知晓，李鹤鸣也不打算把这些陈芝麻烂谷子事讲给林钰听。

不过往年今日，事事不同，中间虽多有波折，但当初他隔街远望之人，如今已成了他枕边人。今年苦尽甘来，到年末万事更始，确为好兆头。

除夕之日，街上繁闹喧嚣，李府亦是张灯结彩，众人忙碌地布置新年吉象。

成亲前林钰来李府数次，每次见了这偌大府邸中的山水林石都觉着透着股说不出的清冷。

前两日她看账，发现在往年各种年节之日，李府的账目几乎不见额外的支出。

123

老陈告诉她,李府人少,李鹤鸣又不喜奢靡,是以徐青引掌家那些年,年味淡得很。

林钰不喜骄奢,但也不爱清冷,于是便命人采买了桃符花灯等物,让人布置上,又叫老陈给府中仆役封了压岁钱,比起往年除夕,今年李府算是喜庆满盈。

李鹤鸣几天没回来,见府中大变了模样,多看了几眼。

目光扫过檐楹插着的芝麻秸,他忽然道:"从前父兄在世时,母亲也会叫人去街市买芝麻秸插在檐上。"

林钰第一次听他说起以往的事,愣了一下,抬眸看向他。

都城里,高门贵族大多子嗣兴旺,只有他孤身一人撑起一个声势显赫的李府。

林钰父母兄姐尚在,倍受宠爱,有时想起李鹤鸣失了亲族庇佑,心生恻隐,觉得他活得实在孤独。

她心中生出两分说不明道不清的怜意,问道:"那你小的时候,母亲会叫人将芝麻秸铺在院中,让你与大哥去踩吗?"

她自然地喊着"母亲"与"大哥",李鹤鸣偏头定定看了她片刻,然后问道:"踩那做什么?"

林钰有些诧异:"寓意来年兴旺,岁岁平安啊。你没踩过吗?我小时候每年都踩,踩碎时芝麻秸会发出噼啪声,就像鞭炮响。"

李鹤鸣道:"没有。"

林钰略感遗憾,为他叹了口气,但她立马又来了兴致,问他:"那你想踩吗?"

李鹤鸣瞥她一眼,似不清楚她怎么忽然变得兴奋起来,他淡声道:"不想。"

可林钰实在想看李鹤鸣脱了官服,似个孩子似的在芝麻秸上踩踏的模样,劝道:"踩吧,踩一踩也没什么不好,寓意吉祥呢,嗯?"

李鹤鸣低头看着她明亮的双眸,缓缓道:"你与其纠缠此事,不如好好想想今晚要如何同我赔罪。"

林钰诧异道:"在林府时,难道不算吗?"

李鹤鸣不要脸地道:"那只能算我伺候你。"

他在这事儿上倒是算得清楚，林钰脸一热，立马往旁离他半步远，闭上嘴不说话了。

她暗自腹诽：兔子成精不成？怎么成日想着这事？

冬日夜长，食过年夜团圆饭，天色眨眼便暗了下来。

深巷长街里，火树银花长燃，即便阖上门窗，也能听见远近不绝的鞭炮声。

李鹤鸣嘴上虽说得厉害，但直至入夜两人快歇息了他也没什么动静，叫林钰猜不透他在想什么。

房中，林钰取了钗环镯坠，脱了外衫准备进浴房沐浴，她离开时回头看了房里李鹤鸣一眼。

他不喜旁人伺候，此刻他坐在炉火旁，正拿铜钳拨弄烧红的火炭。

房内暖热，火星迸溅，跃动的红光照在他脸上，好一副不慌不忙的模样。

他若是眼下直接脱了衣裳要亲近林钰，林钰还觉得自在些，可他如块石头般不声不响，反倒叫林钰有些心慌，总觉得他心里憋着坏。

她猜不到他心中所想，索性不管他，自己转身进了浴房。

然而林钰猜的是对的，等她褪下衣衫将自己剥了个干净坐进浴桶里，李鹤鸣便慢慢悠悠迈着步子跟了进来。

浴房烛光明亮，山水屏风挡着，地上照出了一面深浅不一的暗影。

林钰听见脚步声进门，看着绕过屏风出现在她面前的李鹤鸣，下意识往水里沉了沉。

李鹤鸣倒是坦然至极，像是看不见林钰脸上羞色，若无其事地开始脱衣服。

林钰轻轻抿了下唇，这才恍然明白过来他今夜一直没动静是在等什么。

便是等她被他堵在浴房中无处可去这一刻。

沐浴的水热，林钰坐在浴桶里，锁骨往下都浸在水里，水雾缭绕，将她眉眼氤氲得湿润。

头上发髻半松，几缕乌黑柔顺的长发漂在水面，冰肌玉骨，瞧着

125

仿若水中仙。

李鹤鸣见林钰仰面看着他不说话，手上宽衣解带的动作也不停，问道："看我干什么？我不能进来？"

这是在报成亲那日林钰不要他一同沐浴的仇了。

真是好记仇的性子。

他说着话，随手将衣裳搭在屏风上，露出结实强劲的上身。宽肩窄腰，肌肉线条分明，脖子上依旧挂着那块胭脂玉，看得林钰耳根子发热。

她避开视线，伸手拂了拂水，但很快又把视线转了回去，学着他的语气，不甘示弱地道："为何这样问？我不能看吗？"

成亲那日，林钰其实没怎么端详过李鹤鸣的身体，恍惚间就只记得他身上落着几处疤。若是女儿家身上落疤，嫁了人后，必然是要遮遮掩掩不愿给夫君看。

但李鹤鸣身为男人，似不觉得丢人，眼下大大方方露给林钰瞧。

有一两处疤狰狞非常，看着很是吓人。

林钰情不自禁地伸出手，在他腹上一处色泽浅淡的疤痕上碰了一下。

被水泡得温热的柔嫩指尖擦过皮肤，留下一小道湿痕，李鹤鸣喉咙滚咽，低头看她。

林钰自己怕疼得很，见他身上有疤亦有些心疼，问道："这是何时受的伤？"

李鹤鸣站着没动，让她慢慢地看，只是说话时声音难免有点沉："不记得了。"

林钰又指着他臂上一小道长条状的疤问："那个呢？"

李鹤鸣偏头看了一眼，思索了一会儿道："我爹用鞭子抽的。"

林钰听罢睁大了眼，万没想到是这个原因，但很快又想起李家乃将门，家训刑罚必然会比其他名门世家严苛不少。

她想着，拉着李鹤鸣让他背过身去，果不其然看见他背上还落着数道交错的鞭痕。

疤色随着时间已经淡了不少，但看着也能猜得到当初打得有多重。

林钰心头一酸，眼眶一下子便湿了："怎么下手这般狠，背都打坏了。"

林钰难得心疼他一回，李鹤鸣见她红了眼，伸手去擦她眼角的水珠，宽慰道："哭什么？打都打了，早已不疼了。"

林钰蹙眉："那也不能下这样重的手。"

"算不得重。"李鹤鸣回想着旧事，解释道，"我幼时和兄长打架，一路打到了祠堂，不小心将祖宗牌位给撞翻了，香火撒了一地，差点烧了祖祠。"

林钰愕然地听他说完，很快了敛去悲色，缓缓松开了手，改口道："……打得轻了。"

险些烧了祖祠这种事李鹤鸣都干得出来，显然他幼时性子顽劣得不是一星半点。

如今他看着似稳重些，但骨子里仍是肆意妄为的脾性，他此刻活生生一个人站在这，林钰手脚都放不开。他目光太热，盯得她浑身不自在。

她屈膝蹲坐下去，把自己的下巴也埋进水里，问道："你想和我一起洗吗？"

她抬起被水气熏得湿润的眼，微微仰头静静看着他，看起来有种说不出的乖顺。

李鹤鸣望着她的眼睛，忽而抬起手抚上了她被水色润湿的脸颊。林钰动了动脑袋，脸颊在他掌心里轻轻蹭了一下。

她不晓得她这样有多叫人心动，李鹤鸣动作一顿，心头一瞬如被烙铁灼过似的烫。

炽热的掌心贴着她的侧脸，他单手捧着她的脸，也不知在想什么，忽然沉声道了句："叫二哥。"

墙边灯树烛影摇晃，光亮划过林钰眼底，她的睫毛也跟着颤了一颤。

她还记得那日在街上，两人因"三哥"的称谓起了几句争执。

她戗李鹤鸣说要唤他二哥，将他与犬作比，没想到他如今又提起来,当真要听她这般唤他。李鹤鸣眸色很沉,就这么抚着她的脸,低头目不转睛地看着氤氲水雾中的她。

他目光太盛,将湿身散发的林钰紧锁其中,她露出羞色,却又觉得他这压着欲念看着她的模样好看得叫人心颤。

林钰没开口,他便安静地等,非要从她口中等来这一声。

夫妻之间,便是如此称呼他也没什么不可,林钰这般想着,轻轻抿了下唇,抬起湿润的双眸再次望向他,小声喊:"二哥……"

柔音入耳,李鹤鸣心头似有仙铃晃响,骤然颤了一下。

他神色微动,被林钰这一声喊得浑身的皮都酥了,胸口畅快的滋味难以用言语形容,有那么一瞬,李鹤鸣算是明白了何谓温柔乡最致命。

他抚着林钰的脸颊,弯腰吻了下去。

与此同时,远处街头钟楼轰然撞响,三记钟响接连而至,远远传入满城百姓耳中。

新年伊始,万家在这钟响中齐齐燃起鞭炮烟火。

李府的庭院中,一束银花炸开,火星飞溅,映燃了满窗。

事毕,李鹤鸣叫人重新换了水,与林钰再度沐浴更衣。

从浴房出来,他用汤婆子暖热了被窝,又在炉边耐心擦干了林钰的发才拥着她歇息。

外边鞭炮已熄,只剩遥遥远处偶尔传来几声炮响,许是喜庆传至了上天,这新岁之夜竟又徐徐下起雪来。

李鹤鸣关了窗,与林钰一道上了榻。

他回来时从林府提了个包袱,林钰当时不知是什么,眼下见床头放着自己做姑娘时睡的枕头,才知道他原来将她从前睡的软枕拿来了。

擦干头发耗了些时间,林钰此刻困得眼都快睁不开,她挑了个舒适的姿势躺下去,问李鹤鸣:"你怎么将我的枕头拿来了?"

李鹤鸣放下床帐,问她:"之前的枕头你不是睡得不自在?"

林钰有些诧异地看着他:"你如何知道的?你前两日都未同我睡。"

这话听着多少带了点埋怨之意。李鹤鸣眼下被林钰哄顺了，想起自己前两日所为，也觉得新婚便接连几日宿在北镇抚司的自己的确不是个东西。

他将灌了热水的汤婆子塞在林钰脚边，道："成亲那晚你翻来覆去睡不安稳，放着枕头不睡，最后枕着我的手睡了半夜，你不记得了？"

林钰听罢，看了他半晌，等李鹤鸣躺下后，轻声问他："那你将枕头拿来，是不要我枕着你睡了吗？"

李鹤鸣盖被子的手一顿，不晓得她如何得出这个结论，正不知如何回答，又听林钰轻声问："我不能枕着你的手睡了吗？"

她倦得不行，这话听着似马上要睡着了。李鹤鸣偏头看着她窝在被子里的小半张脸，认命地抬起手臂塞在她颈下："能。"

于是第二日一早，李鹤鸣又是甩着被林钰枕麻的手出的门。

正月初一，百官朝拜贺新年，李鹤鸣也一早就入了宫。

林钰睡得沉，他没扰她，在床头留下句信便悄声走了。

李鹤鸣正是新婚宴尔，皇上特令他这几日不必忙前忙外。岁首朝贺的仪仗与护卫由锦衣卫卫凛负责。当初卫凛办了杨家，如今又负责宫中仪仗一事，想来过了不多久，就要升副指挥使的职位。

李鹤鸣虽从帝王口中得了闲，但并未当真疏于职守。

细雪飘了一夜，今晨越下越烈，宫中飞檐屋脊皆覆了层白雪，李鹤鸣行于雪中，巡检过皇城内外的值守才闲下来。

朝贺隆重，崇安帝赐宴百官，李鹤鸣也在席中。

花炮燃响，器乐长奏，李鹤鸣浅饮了两杯热酒，对面文官之席中亦是觥筹交错，谈笑风生，但也有不少人如他一般端坐席中。

譬如当初在他大婚之宴上饮得烂醉的林靖，此刻倒是滴酒未沾。

太子未立，各宫的皇子争权夺势，这盛年朝贺，表面一派盛景，背地里却暗潮涌动。

天子眼底，一举一动都需小心谨慎，以免惹人生疑。

林靖看似莽撞，但为人处事拎得十分清，李鹤鸣想起府中还在熟睡的林钰，不动声色地饮了半杯清酒，心道：随婆婆。

朝贺后，李鹤鸣出宫，在午门外遇到了杨今明，他执伞立在茫茫飞雪中，似在等人。

杨家虽已衰落，但杨今明仍在大理寺任职。

短短数月，他面上已不见当初的少年稚气，人也清瘦了不少，像是被风霜磨砺了筋骨，削去了锋芒。

锦衣卫查办了杨家，于公于私，李鹤鸣都与他没什么话说。

不料杨今明却提声叫住了他："李大人。"

李鹤鸣转身看过来，杨今明并未靠近，他收了伞，隔着数步的距离，抬手恭恭敬敬向李鹤鸣行了个礼，垂首贺道："祝大人新岁维祺。"

他微弯着腰，身姿板正，官服穿在他身上，新雪拂肩，已依稀是个男人的模样。

午门外人多眼杂，当初李鹤鸣施以援手杨今明心中多有感激，但不能当众言明。

不过李鹤鸣能从这一拜中明了他的心意。李鹤鸣站定，抬手回了一礼："亦祝杨大人万事顺意。"

别过杨今明，李鹤鸣并未直接回府，而是上街去了林钰爱吃的那家糕点店。

店中人多，李鹤鸣穿着官服上店里，众人还以为这店主惹了祸事，纷纷让开了路。

没想李鹤鸣往柜前一站，顶着店主惊惧无措的目光掏出银两放在柜上，淡淡道："两包栗子糕。"

锦衣卫出街向来是拿人，哪想今日遇见个一本正经买零嘴的。

众人愣了一愣，放下心，又围了上来。店家虚惊一场，擦擦汗露出笑道："大人稍等，大人稍等。"

他动作麻利地扯出油纸拣栗子糕，随口问李鹤鸣："大人可是买给家中儿女？"

做生意讲究能说会道，李鹤鸣还没答，那店家又和蔼道："店中这糖心梅花烙最受小孩子喜欢，大人可瞧瞧？"

李鹤鸣听罢也没解释，只道："也来两包。"

他说着，又垂眸扫了这柜子里各式各样的糕点一眼，干脆道："其余的都来一份。"

店家喜笑颜开:"哎哟!好嘞!"

李鹤鸣空着手出门,拎着满满当当一手的糕点回家,还没进院就听见里面闹得欢快。

院中那棵苍劲的梅树枝头坠挂着一层厚雪,红蕊褐枝覆白雪,本该是难得美景,然而李鹤鸣行过湖中时抬头一看——越过墙身的梅树枝摇摇晃晃,白雪自枝上洒落,像是院子里有人举了棍子在敲落树上的雪。

李鹤鸣大步进了院,见林钰一身雪白冬衣立在树下,抬头眼巴巴看着梅树上抓着树枝晃雪的文竹。

薄薄几点细雪从枝丫上掉下来,泽兰撩起衣裳兜着,搓成球又给林钰。

林钰抱着小小几团冻手的雪球,混在一起捏成巴掌长的条状,可惜道:"哎呀,这雪不够,只能捏小半条尾巴。"

许是在雪里待久了,冻得狠了,她说话时鼻子瓮声瓮气,声音听着有些糯。

她说着,低头看向脚边已用雪堆出身形与四肢的三哥,叹了口气:"可怜,三哥没有尾巴了。"

白雪做的三哥浑然不知,咧着嘴角眯眼看天,似在赏雪。它鼻尖插着朵红梅,神态动作活灵活现,只差一条立起来的尾巴便堆成了。

外边雪意深浓,院子里倒是干净利落不见雪色,李鹤鸣皱眉看了眼四周光秃秃的墙头,又看向地上趴着也足有林钰膝高的三哥,想来这院里的雪被他们主仆三人收集起来团巴团巴塑了狗。

树上,文竹仰头看了眼树顶寥寥几点残雪,遗憾道:"没有了夫人,上边树枝太脆,雪也少,怕是掉下来便化了。"

说着便从树上一跃而下。

他拍了拍手,用袖子扫净衣摆,看着林钰手里那点雪,提议道:"雪不够的话,要不给三哥捏条小尾巴吧?"

泽兰不赞同:"三哥这样的块头,怎能只做小尾巴,况且小了尾巴立不起来,会断。不若等雪再下一夜,明早再堆。"

林钰也不愿委屈三哥只有一条小尾巴，她伸出手接雪，担心道："那若明早雪停了怎么办呢？"

主仆几人站在纷纷扬扬的大雪里，为这小事商议得认真。兴盛之至，伞也不撑，两把油纸伞被扔在一旁。李鹤鸣眼尖，看见林钰头发被雪淋得湿润，发丝上都结了碎雪，从软绒袖口露出的手掌捧着那半条雪尾巴，指节已冻得通红。

当真是为了玩雪连身子也不要了。

李鹤鸣那脸瞬间凝霜似的冷了下来，剑眉深拧，提声唤道："林萋萋！"

许是他语气严厉，林钰听见后心跳莫名滞了一瞬，她转头看向院子口不晓得站了多久的李鹤鸣，瞧见他那脸色后，也不知道自己在怕什么，一下子就把手里的雪尾巴塞进了泽兰手里。

林钰以前在林府被管得严，家中连凉雨都不许她碰，更莫说隆冬寒日在这雪天玩雪。

她今早醒来看见满院子的雪，兴起想堆个三哥，还侥幸以为李鹤鸣不会如她母亲父兄一般严厉地管束她。可眼下见他这模样，想来她是猜错了。

李鹤鸣拎着糕点快步朝她走近，林钰心虚地迎上去："你回来了？饿不饿？要不要让厨房做些吃的？"

她一连串问了几句，可李鹤鸣一句也没答，只沉着脸，伸手握住林钰冻得通红的手掌，神色瞧着吓人得很。

他本就一身薄衣，雪里来去已是体温冷寒，可触及林钰的手后更觉僵冷。

他气得狠了，单手搂住她的臀腿，将她一把抱坐在臂上，大步往屋里走。

林钰惊呼一声，下意识揽住他的肩颈，余光看见仆役在看，裙摆下的棉绣鞋不安地动了动，着急道："放我下来，有人在看的。"

她说着，恋恋不舍地看向院子里的三哥："而且我的三哥还没堆完呢。"

李鹤鸣稳稳托着她不松手，冷声训道："身体都冻成什么样了还玩雪，你不知冷吗？！"

他语气严厉，林钰被他两句话吼住，一时脸都热了。

她像个小孩子玩雪玩疯了时不觉得羞，眼下倒是好面子，伸手去捂李鹤鸣的嘴，嘴巴藏在狐领下，以只有两人能听见的声音道："不许在外人面前训女儿似的训我！"

李鹤鸣没吭声。

二人进了门，李鹤鸣把糕点随手扔在桌上，将林钰放到烧得红旺的炉子旁，冷着脸脱了她身上沾雪的外裳，又从床上取了一件厚毯搭在她身上，就说了一个字"烤"，而后转身去了外间。

林钰坐在暖炉旁，听见他叫人去厨房煮人参姜茶，又听他唤人去取手炉，最后又听他沉声道："今日纵夫人戏雪，通通罚俸三月。下回若再发生此事，你们便不必在李府待了。"

李鹤鸣一向不理府中杂事，众人一见他这模样，明白他动了气，皆是战战兢兢大气不敢出。

屋内的林钰腹诽道：怎么这般凶，像阿兄一样。随后又思索着这薪俸还得另想个法子补给他们才好，要既不能伤了李鹤鸣的威严，也不能寒了下面人的心。

李鹤鸣进门，看见林钰听话地盖着毯子坐在炉边烤火，面色缓和了半分，但仍是不怎么同她说话，明摆着在置气。

他在她面前坐下，脱去她半湿的鞋袜，捞起她的双脚，一只放进怀里捂着，一只握在掌心。他伸手按了下她脚底不知哪处穴道，酸胀感猛然传来，林钰"唔"了一声，不由自主缩了下腿。

李鹤鸣抬眸看了她一眼，她又立马乖乖把脚塞进他掌中。

或许知道李鹤鸣并不会当真拿她怎么样，林钰如今的胆子比起成亲前肥了许多，她看着眼前神色冷硬地替她暖脚的人，轻声喊他："李鹤鸣。"

李鹤鸣没搭腔，甚至连头都没抬一下，半耷着眼皮子没听见似的继续替她按脚。

林钰见此，伸手轻轻扫了下他笔直密长的眼睫毛，他这才眨了下眼睛给了点反应。

133

林钰慢吞吞接上后半句话:"……你好凶。"

李鹤鸣行事的确素来凶狠,北镇抚使的名头一放出去,何人不忌惮三分。

可眼下他坐在椅子中,捞着林钰冰冷的双足,一声不吭地替她按揉脚底穴位为她暖身的模样,却怎么看都和凶狠一词搭不上边。若叫外人见了,或许还得叹声是个惧内的主。

林钰说李鹤鸣凶,他也不辩驳,只将她一只脚按活了血气,又换另一只继续揉。

她骨架生得纤细,脚也小,不足李鹤鸣巴掌长,被他攥在手里挣脱不得,任他拿捏揉搓。

李鹤鸣似学过医术,屈起指节以硬指骨往她脚底的穴位上钻,摁得林钰又疼又胀,却也觉得舒服。

但他用力狠了,她又忍不住叫疼:"轻一点……"

她喊着,又去看他的脸色,放柔了声音,讨好地唤了一声:"二哥。"

今日她在雪里放纵,实在太不珍视自己的身体,简简单单一句"二哥"并不能叫李鹤鸣消气。

他听罢,毫不留情道:"忍着。"

嘴上说得狠,但力度还是收了几分。

林钰轻轻动了下腿,李鹤鸣以为她要往回缩,没想她却是将塞在他怀里那只脚又往他腰腹暖和处挤了挤。李鹤鸣没吭声,只稍稍直起了腰,任她找到一个舒服之处不动了,又微微压低身子把她的脚包在怀中。

他对她似乎一直这样,嘴上不轻易饶人,却又处处顾全她。

以前林钰不懂,如今稍微摸出点头绪来。她是多情多思的女儿家,自然能察觉出李鹤鸣对她的纵容。

她偏着头看他,温和的目光扫过他垂着的眉眼,落在他冷峻的脸上好一会儿,又寻着他略显凌厉的颌骨往下看,随后忽然朝他脖颈伸出了手。被炉火烘得暖热的手指钻入领子,指尖滑过他颈项的皮肤,去勾他脖子上那道佩着玉的红绳。

李鹤鸣见她动作毫不客气,终于肯主动开口同她说话:"做什么？"

他语气不冷不热，脑袋却顺从地微微偏向一边，好让她将他脖子上那块玉勾出来。

林钰拿出那块被他的体温熨帖得温热的暖玉，没取下来，只朝他挪近了些，低头将那玉翻来覆去仔细辨认了好一会儿。

她的脑袋几乎抵上了他的下颌，李鹤鸣呼吸间尽是她身上的药味与软香。

他垂眸，看见她乌黑的发，发间金钗轻晃，发出轻响。

林钰拿着玉看了片刻，忽然抬眸，轻声问他："这是我小时候丢的那块玉吗？"

她没问这玉从何而来，也不问是不是别家姑娘赠给他的，显然心中已有猜测。

果然，李鹤鸣不咸不淡地"嗯"了一声。捡了她的玉戴在身上，他也不觉羞，应得大大方方，好似不知自己这行径是令人不齿的登徒子作风。

他被林钰攥着贴身佩戴的玉，红绳露出衣襟，环在脖颈上，这模样如被她扯着项圈的野狼。林钰看着他，忽然叫了声他的名字："李鹤鸣。"

李鹤鸣垂眸迎上她明净如春水般的眼，听她轻声问他："你是不是……很是倾心于我？"

她不问"喜欢"，而问"很是倾心"，语气里有一分说不出来的得意。

旁的男人听了自己的妻子问这话，大多是要抱着妻子甜言蜜语温存一番，可李鹤鸣却仍是那副冷淡模样，顶着张正经脸，大大方方地答："是。"

林钰不比他藏得住心思，忍不住勾起嘴角，但嘴上却学着他的模样只淡淡"哦"了声。

但过了会儿，她实在忍不住，眼睛一弯，抿着唇直笑。

李鹤鸣像是怕她因此骄纵了，又道："你下次若依旧不顾惜自己在雪里撒野，仍是免不了一顿罚。"

林钰将玉塞回他胸口，伸手抚平他的衣襟："我哪有那般羸弱，如你这般严苛，冬日索性不要出门了。"

　　李鹤鸣听她这是还要再犯的意思，立马冷着脸皱紧了眉。

　　林钰瞧他这模样似要开口训她，忙道："但你既然忧心，那我便不玩雪了。"

　　李鹤鸣得了她允诺，脸色这才又缓和下来。

　　正说着，泽兰送来了人参姜茶与手炉，李鹤鸣盯着林钰喝完，将桌上的油纸包推到她面前："栗子糕。"

　　林钰没想他会专门去给自己买这个，一看这几大包东西，惊讶道："怎么买了这么多？"

　　"除了栗子糕，别的也买了些。"李鹤鸣道。

　　林钰拆开一包栗子糕，拿起一块慢慢咬了一小口，口感香软细腻，又不腻口，她欢喜道："竟还热着。"

　　说着，又拣了块递到李鹤鸣嘴边，李鹤鸣没客气，低头就着她的手张嘴吃了。

　　都城里卖糕点的店铺少说十多家，林钰问他："我并未同你说过是哪家的栗子糕，你如何知晓是这家？阿兄告诉你的吗？"

　　李鹤鸣伸手擦去她唇上沾上的一点残渣："不是，以前给你买过。"

　　林钰想了想，疑惑道："何时？"

　　李鹤鸣似乎不太想提这事，随口道："你那时小，不记得了。"

第三章

初见

都城内有几处练兵的营地。

李鹤鸣幼时,他父亲曾有几年在其中一处营地操练军队。

李鹤鸣彼时不过十来岁,该是在学堂奋笔疾书的年纪,但因和兄长打架险些烧了祠堂,被他爹抽了几鞭子。李鹤鸣伤一好,便被他爹扔进了兵营跟随将士一同操练。明面上好似要将他练成一代将门虎子,不过李鹤鸣心里清楚,自己是因犯了错到军营受磨砺来了。

但李鹤鸣终归是将军之子,且年纪尚幼,挺直了背也没军中爷们儿的肩膀高。是以平日里虽然与将士同吃同住,但在营中实际没几人真正将他当作能打仗的士兵一同对待。

李鹤鸣的兄长李风临当时也在军中。李风临比李鹤鸣年长六岁,少年小将,仪表堂堂,一把长枪使得出神入化。

李风临十四岁便跟随父亲上了战场,在军中同将士混了好些年,比初来乍到的李鹤鸣有声望得多。

李风临揍起李鹤鸣来收着力,但唤起他来丝毫不心疼。

李鹤鸣仍记得那是一个酷暑难耐的午后,赤阳低悬,炎热之气似要活活将人烘干在这躁闷的天地间。

李鹤鸣当时在靶场练他新到手的弓,靶场飞沙重,烈风扬起沙尘,眯得人睁不开眼。

李风临揣着从他爹那儿偷来的银子,顶着烈日晃到靶场,叫他跑腿去西街第一家酒铺买两坛子烈酒。

李鹤鸣没理会他,举弓捏着羽箭,双目紧盯着手中箭尖,冷冷道了两个字:"不去。"

他小时候脾气就那臭德行,难怪李风临老是揍他。

李风临拖长声音,遗憾地"嗯"了一声,但没离开,而是从一旁的弓架上随手取了把重弓,从箭筒抽出支羽箭,也如李鹤鸣一般搭箭拉弦，瞄准了朱红的靶心。

李鹤鸣皱了下眉，总觉得李风临要使坏，果不其然，手里的箭方离弦，就听耳边同样传来了长箭射出的破空之声。

羽箭迅如闪电，风沙弥漫的靶场上，只听"噌"一声颤响，李鹤鸣先离弦的箭竟被李风临后射出的斜飞之箭击落在地。风沙漫漫，中靶已是不易，李风临能射中李鹤鸣的羽箭，可见射术非同一般。

李风临收了弓，挑眉看着自己一脸不满的亲弟弟，笑得格外开怀。他把银子往李鹤鸣手里一塞，开出了个李鹤鸣难以拒绝的条件："你去把酒买来，明日我教你如何在这风沙场上射箭。"

李鹤鸣看了眼李风临手中那把比自己个头还要高的重弓，又抬头看了他一眼，见他不似在诓自己，揣着银子离了营。

因天热，街上人不多。李鹤鸣走了小半个时辰，酒铺没看见，倒看见街边一家糕点铺门前站着一个俏生生的小姑娘。

大热的天，小姑娘独自立在铺子前，极为惹眼。她身着桃衫雪裙，头上梳着双丫髻，手里攥着一把蚕丝流云圆扇，有些不安地瞧着身前寥寥几位匆忙行过的路人，看起来像是与家人走丢了。她看着实在可怜，小小一个人还不及来往行人的胸口高，分明一副需人帮助的模样，却没人肯在这烈日下为她驻足。

李鹤鸣眯眼看了看头顶能晒死人的日头，走到了她跟前。他正欲开口，可小姑娘一见他，却捏着扇子紧张地后退了一步，像是被他的模样吓着了，睁着干净漂亮的双眼有些无措地看着他。

李鹤鸣那时候天天跟着将士日晒雨淋，晒得黑瘦非常，偏身量又蹿得高，昭昭日光下晃眼一看，好似从野山上跑下来的细长瘦猴。

军中将士都活得糙，即便有几分姿色也被每日的训练磋磨成了块烂石头，李鹤鸣也不能例外，已然成了个能吓得小孩惊慌失措的野门神。

不过小姑娘倒是生得乖巧，蠑首蛾眉，目若秋水，仿佛一尊漂亮的小玉观音。

李鹤鸣想来也知道自己这段时间长得不太入眼，想了想，放低姿态屈膝蹲了下来。

他耐心地等她面色稍微冷静下来后,才搭话。

"你找不到家人了吗?"他尽量以温柔的语气问她,但少年时期特有的沙哑嗓音却很难听出柔和之意。

小姑娘抿唇,有些难过地轻点了下头:"嗯。"

她不晓得一个人在这儿站了多久,晒得面色发红,额头已浮了热汗。

李鹤鸣见一颗汗珠从她眉间滚下来,就要滑进她眼里,抬手用拇指将她的汗擦走了,擦完李鹤鸣还把指上的水珠给她看了一眼。

"汗。"他说,似在表明自己不是什么见她可爱就要随便摸一把的怪哥哥。

许是他的善举叫小姑娘以为他是个好人,她从袖口掏出张绣得精致的小香帕子给他,用扇子指着他汗湿的额头道:"哥哥,你也擦擦。"

她说话声音很柔,因年纪小,还有点咬字不清的黏糊。

李鹤鸣看了一眼她手上白净如雪的丝帕,道:"不用。"

说着抬手随意抹了把汗津津的额鬓,将手上的汗往地上一甩,几大颗汗珠溅在晒得发烫的青石地板,他把湿着的手往膝上的裤子一擦,便算擦干了。

这番举止,说好听点可谓随性洒脱,说难听些,糙得哪像个世家公子。

就是只野猴子。

年幼的李鹤鸣在军营里学了身落拓不羁的作风,但小姑娘却是端庄大方,衣裙精致,显然是大户人家的小姐。

所幸这是在皇城脚下,没牙子敢在天子地界寻死路,不然她这惹人心怜的端正模样,被牙子抱去卖给别人作童养媳也说不定。

李鹤鸣待会儿买了酒还得回军营,不打算在这灼灼烈日下干耗,便直接问她道:"你叫什么名字?可记得家住何处?我送你回去。"

小姑娘对生人有两分戒备心,却不多,李鹤鸣不过替她擦了个汗,她便将他当作个善人,乖乖告诉他:"我叫林钰。"不过家具体住在哪儿她却说不上来了。

寻常姑娘出门多是乘马车,况且她这般年幼,哪里记得路,皱眉思索了好一会儿,只道出个"家住林府"。

林府,林钰。

李鹤鸣记得在母亲耳中听过这名字,他斟酌了片刻,问她:"你父亲可是当朝太保林郑清?"

林钰从李鹤鸣口中听见父亲的名字,连忙点了下头:"是,是爹爹。哥哥你认得爹爹吗?"

她一口一声哥哥,叫得李鹤鸣心软,心里已在盘算着回去如何求娘生个妹妹给他。

李鹤鸣道:"我知林府在哪儿,你若信得过我,我送你回去。"

林钰点了下头:"我信哥哥。"她说着,又有些迟疑地回头看了一眼身后的糕点铺。

李鹤鸣循着她的视线看去,问她:"想吃糕点?"

林钰没说想与不想,而是担忧地蹙着眉头,奶声奶气地道:"阿兄说要买糕点与我吃,可是糕点没买成,阿兄也走丢了。我若离开了,阿兄回来找不到我该如何是好?"

林家两位小姐,但就一位公子,李鹤鸣猜到她说的阿兄应当是林靖,心道:不是你阿兄走丢了,是你走丢了。你阿兄兴许眼下正火急火燎地满街找人呢。

不过听林钰这么说,李鹤鸣算是明白了她不哭不闹的原因,原来她压根儿没觉得是自己走丢了。

李鹤鸣没纠正林钰的想法,而是顺着她道:"我先送你回去,你若担心你兄长,再派人去寻他,总比你站在这大太阳底下干等着好,如何?"

林钰想了想,点头应道:"好,谢谢哥哥。"

"无妨。"李鹤鸣说着,一把将她抱了起来。

李鹤鸣当时虽只有十岁,却已有几分往后的沉稳之气,他没直接带林钰回林府,而是进店将李风临给他的买酒钱用来给林钰买了两包栗子糕,然后又向店家讨了两碗清茶给他和林钰润喉。

他休息了会儿,解了身上的暑热,这才带着林钰一路往林府而去。

李鹤鸣抱着林钰,怕她晒着,尽量行于树荫墙边阴凉处。林钰倒

141

是轻快，但不多时，他身上却出了身热汗。

他望着前路，汗水顺着鬓边不停往下流，林钰看见了，掏出那张被李鹤鸣拒绝的小帕子轻轻替他擦汗，擦完又举起扇子给满头汗的李鹤鸣扇风。

李鹤鸣见她自己也热得双颊绯红，温声道："不必管我，替自己扇扇吧。"

林钰手里没停，只微微摇了下头："我不热。"

李鹤鸣听得这话，为此刻着急忙慌不知在何处寻人的林靖哀叹了一句。

将如此乖巧的妹妹弄丢了，他回去必然要挨一顿狠揍。

五六岁的小孩，初识字，始明理，心思纯粹干净，极易钦慕年长自己几岁的沉着少年人。

李鹤鸣赠林钰糕点，又不辞辛苦送她回府，在当时的林钰看来此举与英雄无异。

她红着脸看着李鹤鸣的侧脸，轻轻替他扇着风，问他："哥哥你叫什么名字？家住何处？日后我该如何报答你？"

这本是两人初识的好缘分，可阴差阳错之下李鹤鸣并未告诉林钰自己的名姓。

少年气傲，因年纪小，在军中练了一年却谁也挑不过，被人戏称打起架来没个木头桩子能抗，是以在将士面前不肯以李家二郎自居。

眼下他自认仍是营中士兵，是以当林钰问及，他也没报自家名姓，随口道："我姓木，家中排行老二，大家都唤我木二。至于报答就不必了，举手之劳罢了。"

他气度谈吐不俗，木二这寻常百姓家随口取的贱名与他并不相配，可当时李鹤鸣皮肤晒得黝黑，一身利落的短打布衣，看起来既非富也非贵，反倒力气十足，的确像是下地出苦力的。

是以小小年纪的林钰便信了这话，乖乖唤他"木二哥哥"。

李鹤鸣心中软如春水，送林钰回去的路上，满脑子都想着一定要让阿娘给他生个妹妹。

说来，两人年少相逢不过一件平常旧事，李鹤鸣道林钰应当忘了，其实林钰心里还模糊记得一些,只是没能将记忆里身影模糊的木二哥哥与如今英姿飒爽的李鹤鸣对上脸。

但记得记不得,李鹤鸣都没打算告诉她自己就是木二。

少年一日一模样,十多年过去,他的容貌已大不相同。李鹤鸣想起自己那时候的长相和沙哑难听的嗓音,觉得林钰还是不知道为好。

林钰在雪里嬉戏了半日,言之凿凿同李鹤鸣道自己无事,可常年由药食将养的身体哪里经得起折腾,没等入夜便开始咳嗽起来。

她从未觉得受寒染病是一件如此见不得人之事,她咳了两声,忙捂住唇,歪着脑袋偷偷望向灯树前剪烛芯的李鹤鸣,希冀他未听见自己的咳嗽声。

但李鹤鸣一双利耳怎么会听不见,他一声不吭地放下剪子,伸手取了挂在桁架上的外衫披在身上,去外间叫人请大夫去了。

大夫诊断后,道林钰并无大碍,只是受了些寒气。他开了一服温和调理的药方,叫她按方子煎药,一日用两服即可。

李鹤鸣送别大夫,当即叫厨房熬了一碗,在睡前盯着林钰喝了。

林钰喝药倒是爽快,皱着眉头,几口便饮尽了。

李鹤鸣看她配合,从装蜜饯的小瓷罐里挑了颗腌得酸甜的话梅喂给她。

林钰抿尽话梅肉,含着核眼巴巴地看着他。李鹤鸣了然,端着茶走过来,伸出手在她唇边接着。

林钰将果核吐在帕子上,放他手心,又接过茶漱了漱口,心满意足地准备歇息。

李鹤鸣熄了灯烛,也跟着上了榻。

林钰看见他浅浅皱着眉头,伸手抚他眉心:"不要总是皱眉,会老得快,变丑了可怎么办。"

李鹤鸣舒展开眉头,抓着她的手塞进被窝,理所当然地道:"那你就只能和又老又丑的李鹤鸣过余生了。"

林钰抿着唇笑,喉咙忽而又发起痒,捂着唇咳了几声。

李鹤鸣翻过身侧躺着,伸手替她抚背。

143

林钰缓过来后，微仰着头看他。她盯着他看了一会儿后，忽然问："当初你在灵云山上问我为何退亲，如今知晓缘由了吗？"

李鹤鸣曾执意要从林钰口中讨个说法，如今将人娶进家门，倒没了从前的执念。

他看着她，平静地问："为何？"

林钰如今想起徐青引的话，仍觉得郁气难平，她躺平了身，看着床顶，不快道："徐青引私下说我身子弱，难得子嗣之福，而李家只剩你一脉单传，我若同你成亲，或会使李家断绝香火，成李家罪人。"

李鹤鸣想起从前林钰对他避之不及的态度，伸手替她掖了掖被子，道："看来你是信了。"

林钰轻点了下头，又转过身来看着他，有些愧疚地道："我一直以为这话是你让她转告我，羞辱我好叫我知难而退，一气之下便退了亲。"

这一道道罪名在李鹤鸣毫不知情的情况下扣在他头上，倒真是难为了他成了亲才知晓前因后果。

林钰抿了抿唇，接着道："我以前听着一肚子气，如今想来，她说的也不无道理。你瞧，我不过玩了会儿雪便染了寒病，这般孱弱之躯，怕是的确很难有孩子。"

名门大族，但凡正妻不能生育，夫君必然要纳妾迎新人，便是因此送上一纸休书也不无可能。若妻子懂事些，就该主动为夫君再择佳人，充盈后院。

可林钰不是委曲求全之人，她不会因此劝李鹤鸣择新妾进门，且若李鹤鸣早上纳妾，她怕等不到晚上人就已经搬回了娘家。

她此刻提起此事，只是觉得应当明明白白告诉他一声。

没想到李鹤鸣倒是不甚在意，淡淡道："有也好，没有也罢，我并不在意子嗣，也实在缺少耐性教养一个孩子。我若当真非要传宗接代绵延香火，自会去娶个能生养的寡妇进门，何故多番算计非要娶你。"

他说起"算计"二字来，神色坦然至极，林钰倒听得心间滋味难辨，深觉她与李鹤鸣之间坎坷颇多。

可她很快又回过味来，伸手掐他紧实的腰腹，恼道："什么会生养的寡妇，你不许想！"

"没想。"李鹤鸣道。

林钰不听："可你都说了。你若没半点心思，怎么会说起这二字来。"

李鹤鸣百口莫辩，抬手放下帘帐，转身拥着她，闭眼道："那就入我梦中管着我。"

林钰这一病，就是好几日。她身体不爽，李鹤鸣接连两日都丧着脸，对属下也严苛许多。

何三看见他那脸色，不敢多言半句，生怕火烧到自己头上，一等放值便上教坊司寻白蓁姑娘诉苦去了。

林靖在街上遇见李鹤鸣，见他死了娘似的垮着脸，以为他与林钰闹了脾气，多问了一句，得知林钰染病，立马跟着李鹤鸣上了李府探望。

林钰已好得差不离了，只是寒病初愈，畏冷得很，半点受不得冻，身上衣服裹得厚实。

兄妹二人小叙，李鹤鸣识趣地去厨房看给她熬的药，将房间留给了两人。

李鹤鸣未告诉林靖林钰是如何受寒，但林靖来时瞧见院子里那用雪堆成的三哥，还有什么不明白，进门就先沉着脸念叨了林钰一阵。

"雪好玩吗？嫁了人便开始放纵，你野猫成精不成喜欢在雪里撒欢。难为娘亲让我见了李鹤鸣还叫他看着你些，别骄纵了你。这才几天，你就把自己糟践到病榻上去了？"

林钰的身子有多娇贵他看着她长大的兄长最清楚不过，训起她来毫不留情。

林钰抱着手炉坐在椅子里听着他念叨，半句不敢还嘴，只等他嘴皮子动累了，忙奉上一杯茶，求饶道："阿兄别说了，我知错了。"

她见林靖余怒未消，立马扯开话题："此前阿嫂日身子不适，如今好些了吗？"

林靖手里的茶刚举到嘴边,还没入口,听得这话变脸似的微微勾起了唇角:"无事,只是有孕了。我今早出门前她还叫我知会李鹤鸣,让他带话给你来着。"

他做出一副平静语气,可脸上的欢喜却是压都压不住。

林钰那日虽已猜得秦湄安有孕,但如今确定,还是忍不住跟着林靖笑起来。

但她一想起林靖这狗脾气,又提醒道:"阿嫂如今身子更加金贵,阿兄你可千万要仔细着些,往日的脾性收一收,不要惹阿嫂不快。"

"我的脾气何时冲着她去过。"林靖放下茶杯,道,"我今日便是上街给她买何家店铺的点心才遇见李鹤鸣。"

说起点心,林钰忽然想起李鹤鸣那日的话。

她问林靖:"我从前在家中时,李家有人送来过栗子糕吗?"

林靖听她忽然将话岔开八丈远,不解道:"什么栗子糕?"

林钰思忖着道:"李鹤鸣说他以前给我买过栗子糕,但是我一点不记得。我问他何时买的,他也不肯说。我疑心他在诓我呢。"

"或是梦里送给你了。"林靖随口道,他说着思索了一番,忽然想起什么,恍然大悟地"啊"了一声,"不过你幼时走失过一回,你可还记得?当时一个和我差不多大的少年将你送回来时,你怀里就抱着两大包栗子糕。"

林钰走失这事林靖记得格外清楚,因人是他弄丢的,找回来后他挨了一顿狠揍,之后还饿着肚子跪了两天祠堂,膝盖青肿得爬都爬不起来。

他说罢,突然回过神来,诧异万分地问林钰:"送你回来的那黑炭似的瘦猴莫不是李鹤鸣?!"

李鹤鸣大抵没想到自己极力在林钰面前隐瞒的旧事就这么被林靖两句话给抖了个透。

但林钰听林靖如此形容幼时帮过她的木二哥哥,颇为不满:"什么么黑炭,阿兄你莫胡说。"

她回忆着道:"况且我记得那位哥哥叫木二,穿着打扮不似小公子,像是寻常百姓家的孩子。"

她往日聪慧，遇上李鹤鸣的事倒糊涂起来。林靖有理有据道："木子李，木二不就是李家二郎，除了他还能是谁。且你想想，哪个百姓家的孩子有闲银买何记的糕点。"

林靖当时已十多岁，还模糊记得李鹤鸣幼时那张脸，他越想越觉得那小孩的眉眼与如今的李鹤鸣有几分相似，几乎已经肯定两者就是一人，年纪也都对得上。

他唏嘘不已："想不到李鹤鸣原是黑猴精转世。"

林钰嗔怪道："不要这般说他！"

她如今护短护得是越发熟练，连林靖随口说上一句都不准。

林靖见林钰蹙眉看他，耸肩大喊冤枉："他当时黑得鼻子跟眼都分不清，拎过来和三哥放一起都瞧不出你我，何苦怪我？"

林钰听得想笑，又觉得自己做妻子却嘲笑夫君太不应当，但她实在无法把李鹤鸣如今这张脸和林靖口中黑炭似的旧人作比，憋着笑问："真有那般黑吗？"

林靖摊手："你若不信我，哪日回去问问娘，娘定然见过李鹤鸣从前长什么样，看看与我说的有无分别。"

林钰哪能为这等小事打搅王月英，但又被林靖几句话勾得好奇不已，想了想同他道："阿兄，不如你画张他从前的小像让我瞧瞧。"

林靖爽快地答应下来："行，我且让你看个清楚。"

林钰时而会在内间看账，是以房中备有纸墨，林靖摊开宣纸，执笔照着记忆中木二的模样行云流水地画了张小像。

林靖书法一绝，画工却平庸，说是平庸都抬举了他。

林钰皱眉看着纸上似人非人的人像，想问他是否胡乱下笔，可多看几眼后，又觉得这画上短打布衣的小人和模糊记忆中的那位木二哥哥的确有几分说不上来的神似。

林靖搁下笔，往旁边让开，抬手示意林钰细看："你瞧清楚，就知道我没胡说。"

他话音落下，就听门口传来李鹤鸣的声音："瞧清什么？"

李鹤鸣端着林钰的药和一小包厨房新做的蜜饯进门，围在桌旁的兄妹俩猛然被他突然响起的声音吓了一跳，齐齐转过身，神情古怪地

147

看着他,仿佛正闯祸时被抓了个正着。

李鹤鸣在两人面上扫了一眼,本来朝着椅凳走去的双脚一转,径直朝两人而来。

林靖动笔画的画把人嘲笑了一番,此刻难免心虚,他欲盖弥彰地咳了一声,毫不犹豫地撇下林钰大步往门外走。

他在李鹤鸣面前从来不拘小节,此刻倒彬彬有礼地道别:"天色已暗,我便先回去,不打扰二位了。勿送,勿送。"

说着,两大步溜出了门。

林钰见林靖一溜烟儿似的跑了,一脸无措地转过头,与李鹤鸣对上了视线。

李鹤鸣眼珠子微微一动,扫过被她挡在身后的宣纸,问她:"又做了什么祸事?"

林钰哪敢承认,心虚地摇头:"没做祸事……"

李鹤鸣若是连这拙劣的演技都看不明白,他这北镇抚使也不必当了。

他停在林钰身前,拉开她遮在纸面上的书,越过她肩头去看纸上黑不溜秋的一团,问她:"这黑得瞧不见眼的是什么东西?"

林钰自然不会说是他,她回身看了一眼,支吾道:"唔……阿兄画的小猴子。"

李鹤鸣看了两眼,拧了下眉心,他指着小猴子衣角上一个不起眼的小字问她:"这猴子姓李?"

林钰自己都还没发现那被林靖写在角落的"李"字,眼下一看,才明白林靖为何跑得那么快。

她见罢,忙拿起半干的画离李鹤鸣远了些,她将画在炉上快速掠过,烘干了笔墨后又卷起来,含糊道:"你瞧错了,那是衣褶,不是字。"

林钰糊弄旁人手到擒来,糊弄李鹤鸣却总是漏洞百出。

他一见画上那所谓的小猴子黑如木灰的脸皮,稍一思索便大抵猜到了是怎么回事。

他一把搂着林钰的腰将人提到身前,垂眸盯着她:"笑话我?"

林钰摇头，一本正经反驳："怎么会？你又不是小猴子。"

模样认真，好似刚才和林靖笑他的人不是她。

李鹤鸣沉默了一瞬："你知道了？"

林钰仍继续揣着明白装糊涂，她脚下轻飘飘转了半圈挣脱他的怀抱："我不晓得你在说什么。"

但人没走掉，又被李鹤鸣抓了回去。他伸出手："画给我。"

林钰藏在身后，警惕地瞧着他："做什么？"

李鹤鸣木着脸，土匪头子似的道了句："烧了。"

林钰将画抓得更紧："不给。为什么烧我的小猴子，多可爱啊。"

李鹤鸣眉头微拧："可爱？"

"不可爱吗？"林钰展开画细细端详，憋着笑道，"黑黑瘦瘦，瞧着像是炭里滚过一圈，你难道不喜欢吗？"

李鹤鸣听得头疼："拿来，烧了。"

林钰护着画："不要。"

李鹤鸣拿她没辙，别开眼，微微叹了口气。

那幅小人像还是被林钰护下了，她担心李鹤鸣动她的画，第二日趁李鹤鸣出门，还背着他将画藏了起来。

她的担心不无道理，试问哪个男人不在意自己少年时期与妻子初见时的容貌。

李鹤鸣自然不想把自己旧时丑模样的画像留在林钰手中。

不过林钰不肯将画给他，李鹤鸣也不会强抢，第二日下值回来后也没提及，好似已经放下了此事。

可他表面看起来不甚在意，到了晚上，趁林钰沐浴之时，却将房里里里外外翻了一遍。

林钰沐浴出来，见枕被凌乱，柜门大开，一眼看去还以为府中见了贼，就连柜中她的亵衣都好似被翻过一遍又叠好放了回去。

林钰见李鹤鸣并不在房中，心中立马有了猜测，她甚至可以猜到他漫不经心在屋中乱翻的模样。她两下系上中衣系带，取下李鹤鸣随手搭在桁架上的大氅，披在身上，便朝寝屋右侧的书房去了。

她腹诽李鹤鸣当真是爱面子的小心眼，又期冀可别被他找到了，她幼时有关他的记忆，可不比这画上的人像清楚。

她匆匆穿过雪月长廊，果不其然见书房开着半扇门，窗纸显现烛影。她进门时，李鹤鸣面前的桌案上正摆着那张画着他小像的宣纸，他手里提着笔，似在纸上写画什么。

他的大氅厚长，林钰撑不起来，需得提着下摆才不至于拖在地上，她手忙脚乱地低头跨过地栿，人还没进门，声音已响了起来："李二，你是不是在偷偷毁我的画？"

夜深人静，她这声"李二"喊得凶，李鹤鸣停下笔，抬头看她，见林钰身上裹着他宽大的黑氅，视线不由自主地在氅下隐约露出的雪白中衣上停留了片刻。

书房火炉才燃起来，比内室冷上许多，李鹤鸣收回视线，继续提笔作画，没回答她的问题，只道："将门关上，冷。"

林钰本不欲管，但听他喊"冷"，见他身上只穿着薄薄一件春衣，回头一把拽拢了门，嘴上还埋怨着："既然冷，方才将门敞着做什么？"

她一边小步奔向他，一边急道："你如何找到的，我分明都将它卷起来藏在画筒中的一卷画里了，且你都答应了不动我的画，眼下何故又反悔？"

李鹤鸣听着，手里的笔却没停，林钰跑近，却见画上的布衣小人完好无损，并不似她猜想那般被他用笔墨涂抹掉。

李鹤鸣见她蓦然消了气势，不客气地戗她："林萋萋小人之心。"

林钰红了脸，却又察觉出点不对来："你既然没打算做坏事，背着我偷偷找画做什么？"

李鹤鸣听罢也不隐瞒，大大方方承认："是想烧来着，可想起既然你那样喜欢，又觉得留着也无何不可。"

这样一说，林钰也没算冤枉他。他就是好面子的小气鬼。

李鹤鸣放下笔，林钰拉开他的手往纸上看去，见他竟是在先前的布衣小人旁又勾勒出了个衣裙翩跹的小姑娘。

小姑娘梳着双丫髻，手里拿着圆扇，歪头看着画中的他，裙摆上写着个钰字。

李鹤鸣的画工远比林靖出色，也不似林靖随手寥寥几笔胡乱画了个形，他落笔郑重，画得精细，林钰瞧着纸上眉眼灵动的小玉人，问他："这是我吗？"

李鹤鸣"嗯"了一声。

林钰觉得有趣，再一细看，见那布衣小人也和之前有些不同。

李鹤鸣在林靖潦草的画作上添了几笔，小人的下颌线平滑了些，束在头顶的发也撑了起来，瞧着要比此前好看不少，起码不再像个干瘦的小猴子。

看来倒当真很在意自己少年时在林钰眼中的模样。

他改动得不明显，林钰假装没瞧见他偷偷添的那几笔，对他道："我想将它挂起来。"

李鹤鸣道："挂吧。"

林钰沉吟了片刻，又眼巴巴瞧着他："能挂在你书房吗？"

李鹤鸣书房拢共只挂着三幅墨宝，一幅皇上赐的，一幅他爹写的，还有一幅名家之作，其余大半墙壁都空着。

李鹤鸣道："随你。"

旁人说这话许显得不耐烦，可李鹤鸣说这话那就当真是随林钰想挂哪就挂哪的意思，就算她要把墙上崇安帝赠的那幅字画卸下来，转而将这一幅和"墨宝"八竿子打不着的小人像挂上去都可以。

林钰听罢，当即认真端详起书房布局来，要为这画找一处风水宝地。

她望着书房布局，身后的李鹤鸣也正目不转睛地望着她。

他突然问低头靠近，问她："你用了什么香膏？"

林钰没回头，只不解地"嗯"了一声："还没用呢，怎么了？"

李鹤鸣垂眸嗅她松松挽在肩侧的柔顺乌发，淡淡道："无事，只是你身上好香。"

李鹤鸣向来不苟言笑，就连夸自己妻子闻着香都如同在一本正经向上述职。

林钰身上常年一股浅淡的清苦药味，同李鹤鸣成亲后，药食之补也未断过，不晓得他如何闻出香气来。

151

他嗅着她的气息，垂在身侧的手也不老实，熟练地向她腰间摸去，钻进了她身上披着的大氅里。

他之前喊冷，可手掌却分明炽热，比才在浴桶里暖暖泡了一炷香的林钰都还暖上几分，哪像是受了冻的模样。

林钰后知后觉反应过来，回头眯眼看他："你叫我关门，便是早想好了吗？"

李鹤鸣亲她耳郭，坦然承认："是。"

她此前病着，李鹤鸣也跟着憋了几日，今夜见她披着他的衣裳，火顿时便烧了起来。只是这火烧得不明显，直到李鹤鸣动起手林钰才反应过来。

他站在她身后，伸手去摸寻她腰间的中衣系带。

书房圣贤之地，林钰红着耳根子拽他的手："别解我衣裳，等回房。"

李鹤鸣不肯，他拉开系带，俯身吻她浴后还有些湿润的后颈碎发，低沉的声音在她颈后响起，他道："就在这儿。"

大多数时候林钰都是拗不过李鹤鸣的，他将被厚氅裹着的林钰抱上了桌。桌案置得高，林钰并拢双膝坐在上面，双脚悬着落不了地，总觉得不太平稳。大氅宽领滑落肩下，她看了眼身下的桌案，怯生生咬了下嘴唇，低声喊他："李鹤鸣……"

她这模样真是乖巧得很，不过一句名字，却是喊得李鹤鸣心软。

李鹤鸣垂眸，目光灼灼地看着她。林钰被他的眼神盯得身子发软，却又不自觉撑着桌案往后缩了缩。

李鹤鸣抚上她的腰，慢条斯理摸了摸，沉声道："想就求我。"

林钰是知道他说这话并非想羞辱她，只是想看她毫无骨气地向他示弱，就是坏心眼地想听她柔声细语同他说两句软话，叫几句好听的。

她抿了下唇，抬手揽住他的脖颈，漂亮的眼睛看着他，轻轻唤道："二哥。"

李鹤鸣喉结滚咽，碰了碰她的唇，等着她接下来的软话。

可林钰不仅没依他，反而后退躲开他的吻，反客为主道："二哥求我，不然就不给你亲了。"

书房烛影摇晃，林钰眼中好似盛着星辰碎光，被她这样望着，李鹤鸣实在难以说出个"不"字。他合上眼，复又睁开，一双黑眸沉沉看着她，低声道："我求妻妻。"

林钰勾唇笑起来，他低头去亲她的唇，满心诚恳："妻妻怜我。"

些微沉哑的嗓音入耳，林钰一时耳朵都酥了，她头一回听李鹤鸣求人，殊不知这也是他这辈子第一次求人。

李鹤鸣既然甘愿垂首，自不会轻易放过林钰。

她不知天高地厚应了许给李鹤鸣的诺，还不知要为此付出怎样的代价。

墙角油灯缓缓燃尽，李鹤鸣畅快了，林钰却已哭得都不想理他了。

他也不知道哄上一句，只管用大氅裹住人抱回去，换上干净的衣裳，将人塞进了暖热的被窝。

林钰夜里睡前要用香膏擦脸抹手，李鹤鸣看了眼背对他躺在床上生闷气的人，自己在她的妆奁盒子里翻找起来，瓶瓶罐罐撞在一起，屋中一时叮咚响。

李鹤鸣并不认得女儿家的东西，他将林钰平日用过的那些东西全翻出来，在桌上堆了一堆。

凭着眼力从里面拎起两只她昨夜里用过的罐子，问床上躺着的人："抹香膏吗？"

床上的人过了片刻才答他，声音从被子里闷出来："不抹。"

显然还怄气。

李鹤鸣明明听见了，却像没听进耳朵，仍拿着两只小瓷罐走了过去。

他撩起帘帐，在床边坐下，打开一只瓷罐子闻了闻。

没挑错，是往日睡前在她身上闻到的香。他用手指剜了一大块柔软的脂膏出来，在掌心搓匀融化了，才把背对他缩到墙角的林钰翻了出来。

林钰红着眼，蹙眉看他："做什么？"

李鹤鸣举着两只手："抹脸。"

他垂头看着满脸不高兴的人，直接就想用自己布满粗茧的糙手去搓她的脸颊,但见她肌肤细腻如软玉,有点担心自己给她搓疼了,只好皱着眉,一下又一下给她轻轻按在脸上。

他动作仔细又耐心,连林钰的耳垂都抹了一点,看着不太像个查案拿人的锦衣卫,倒似个头一回学着照顾孩子的父亲。

林钰脸小,只李鹤鸣巴掌大,抹完脸,他手上还剩许多,索性就着余下的香膏又把她的手擦了一遍。

他涂完看了眼自己的杰作,捞起林钰的手,在她纤细的手腕上亲了一下。

林钰分明在同他闹脾气,他亲得倒十分理所当然,亲完又若无其事地将她的手塞回了软被下。林钰盯着他,不吭声。

李鹤鸣见此,伸出食指在她唇上刮了一下:"噘着做什么?挂油瓶子?"

林钰心里本已消了几分气,他这一逗,气得她立马又翻过身缩到床内不理他了。

李鹤鸣灭了蜡烛上榻,仿佛未察觉出林钰那几分羞恼,躺下后直接伸手去搂她的腰,但手才搭上去,就被林钰反手推开了。

说起来,这还是两人成亲以来林钰第一回同他闹脾气,闹得不凶,小猫使性子似的软。

房内不见亮光,李鹤鸣睁着眼适应了会儿昏暗的环境,看着林钰气闷的后脑勺问她:"气什么?"

林钰没应声,摆明了不想与他说话。

她闷头往床里又挪了挪,连带着将软被也扯走了,留李鹤鸣半边身子露在外边吹凉风。

李鹤鸣狗皮膏药地掀开被子挤过去,将林钰的五指牢牢扣在指缝中,嫌林钰的火气不够大似的,凑近了去咬她白嫩的耳郭,呼吸拂在脸侧,他问她:"不舒服?我给你揉揉——"

他话没说完,林钰便翻身朝着他那张不着调的嘴捂了过来,可惜看不清没捂准,手掌落在了他的眉眼处。

李鹤鸣止了声,缓缓眨了下眼,眼睫扫过她掌心,泛起些许痒意。

林钰缩回手,推着他将他挤回床边,搬出圣贤语堵他的嘴:"食不言寝不语,不要说话了,睡觉。"

说完又从他身边滚回了自己的那小半张床。

李鹤鸣这回没跟过去,只伸出手有一搭没一搭去摸她背后的发,长指勾过锦缎似的乌发,他道:"妻妻,我冷。"

林钰不理他。

月华透过窗棂照在冰冷的地面,投落下一大片朦胧的窗花影,房间里安静了好片刻,久到林钰昏昏欲睡之际,突然又听身后的人开了口。

李鹤鸣睁眼望着床顶繁复的雕花,道:"母亲走后那段时日,我便再没了亲人。夜里我躺在床上,时常会觉得这天地间静得好似只剩下我一个人。"

他嗓音沉缓,并不显悲意,语气甚至有些平淡。林钰明知他是故意这么说,胸口那颗心还是软成了棉絮。她翻身把自己塞进他怀里,伸手抱住他的腰,闷声道:"下次不准用这招了。"

李鹤鸣浅浅勾起嘴角,心满意足地搂着怀里温热的身躯,闭上了眼:"行。"

今年雪下得急,一时天地间银装素裹,满山不见翠绿。

秦湄安怀孕后,宫里也传来喜讯,入宫多年的琬妃终于有了身孕。

林琬初入宫时不过碧玉年华,在后宫多年虽然深受帝王恩宠,却无子嗣傍身,如今怀了龙胎,总算能安下心。

三人只林钰一身轻,她时而回林府看望秦湄安,抽空写信托人带入宫中问阿姐好,过得好不惬意。

王月英隔三岔五在林府见到她的身影,仿佛见到了她还未出阁时的姑娘模样,心中很是高兴。但林钰回得勤了,王月英又不免担心会惹李鹤鸣不快,是以私下提点了林钰几句。没想林钰却说是李鹤鸣叫她多回家看望,说虽嫁了他,也无须疏离了亲人。

王月英听罢,对李鹤鸣这女婿是越发满意。李鹤鸣有时下值早,上林府接林钰回家,王月英总要留人吃过饭再走。但比起小女儿,她想起宫中一年也难得见一回的大女儿林琬,又不免伤感。

寒冬匆匆而过，初春新芽展露枝头，远离都城几百里的西北汲县忽然上报了一场灾情——一场不痛不痒的地动。

这地动发生于去年年末，震得并不厉害，至少远在都城毫无察觉，但汲县迟迟上报朝廷的情况却是震垮了数百所民房。

天灾本是无可奈何之事，房子垮了也就垮了。不过几百所民居，安抚完百姓、叫户部挪钱再造就是了，可问题在于这垮塌的民房其中九成以上都是新建不久。

几年前，河南一带发了洪灾，大水冲毁了小半汲县，工部的人与当地知县一同负责修了上千所民居。

所谓庙小妖风大，池浅王八多。眼下没几年，新房檐下青苔都还没生出来，就坍塌在了这屁大点儿的地动中，也不知当初建房用的何种烂木碎石才造成祸端。

这样一来，可就牵扯到了贪污渎职之罪。

大明刑法严苛，地动初始，当地官员唯恐危及官帽，纷纷瞒而不报，从私库里装模作样拿出了点闲钱修缮民居。

少有几名忧民之官，也在其他官员的勾结之下断了上达天听之路，甚至散尽钱财，却也难蔽流离失所的百姓。

民居塌毁，上千百姓居无定所，裹着褴褛之衣蜷缩在残屋下匆匆搭建的茅屋中，雪虐风饕，短短两月，县内多了上百野坟，当真是惨不忍睹。

但纸包不住火，开春天气回暖，汲县一名官员终是想方设法将此事报了上来，紧接着当年工部负责此事的数名官员便落了狱。

锦衣卫提审时，官员支支吾吾三缄其口，是以要结清此事，李鹤鸣还得走一趟汲县。

锦衣卫办差一天不得耽搁，李鹤鸣午后入宫得了令，明早天不亮就得启程。

他回府时，林钰坐在桌边，举着小锤子正砸核桃吃。

她手边放着一册翻开的账本，杯中盛着八分满的清茶，看着像是算账算得上火，在偷闲休息。

林钰做起绣活一流，砸起核桃却笨手笨脚。她小时候吃核桃被铁锤砸到过手，出了血泡疼了数日，也不敢捉着核桃砸，在门后夹又嫌脏，眼下铁核桃被砸得在石盘中到处滚，也没破开一道缝来。

瞧见李鹤鸣进门，林钰随口道："回来了。"

李鹤鸣"嗯"了一声，他取下刀坐下，问她："怎么不叫人剥好了拿上来？"

林钰正与核桃较劲，李鹤鸣说完，她好半天才"唔"了一声，也不晓得听没听清他说的什么。

李鹤鸣没再说话，端起她的茶喝了一口。林钰砸了几下砸得烦了，放下小铁锤，同李鹤鸣娇声道："你帮帮我呀。"

李鹤鸣放下茶盏，也没用铁锤，伸手抓起两颗核桃，掌心合上稍一用力，便听得"咔嚓"几声脆响，张开手一看，那铁核桃已碎开硬壳露了仁。

他把手伸到林钰面前，林钰将核桃仁从他手心里捡起来吃了，吃完用一把小刷子扫净他手里的碎渣，又从桌上装核桃的竹盘里挑了两颗大的放进他掌心。

李鹤鸣依旧捏碎了递给她，林钰捡起半块仁送到他嘴边，又自己吃了一块。她递给他一只玉盘，不客气地将他当下人使唤："仁放里面，多开些，我待会儿吃。"说着就开始看起账本。

李鹤鸣自然顺着她。他边替她开核桃边闲聊道："我明日要离城。"

林钰拨弄着算盘，头也没抬："去哪儿？"

李鹤鸣道："河南一带，汲县。"

林钰问："办差吗？"

李鹤鸣低"嗯"一声，并没多说。

林钰知他为皇上做事，也没多问："那你要多久回来？"

贪污渎职一案，李鹤鸣少说也办了二十来件了。办得快数日便妥，办得慢便是半年也有过。

他给不了准话，道："办完就回。"

林钰点了点头。她看着账，几句话问得漫不经心，李鹤鸣勤勤恳恳替她剥着核桃，也没多打扰她，但眼睛却一直盯着她手里的账本。

他以前鲜少管家中事，好些铺子庄子都荒着，还是林钰掌家后渐

157

渐有了起色，李鹤鸣从此也过上了伸手讨钱的日子，平日能讨来多少钱，全看府中收成如何。

他瞧见林钰带着笑在账本上记下一笔不菲的收入后，徐徐朝她伸出了手："五百两。"

林钰疑惑地"嗯"了一声："什么五百两？"

李鹤鸣道："盘缠。"

他话音刚落，就见林钰蹙紧了眉。

李鹤鸣少与官员有人情来往，平日也少支钱出去，身上揣着二三十两都算富裕，眼下见林钰脸色不对，心头一跳，以为自己要得多了。

他忧心林钰觉着他败家，看着她的脸色斟酌着道："若是支不出五百，三二百也可。"

林钰眉心还是蹙着，李鹤鸣却不肯让步了，理直气壮道："男人离家在外，身上二百两银子还是要有的。"

林钰叹了口气，她起身走到妆台前，从自己妆奁底下的小抽屉里的一沓银票里随手取出了张一千两的，想了想，怕他打点人不够用，又抽了一张一千两。

她将足足翻了四倍的银票递给李鹤鸣，认真道："五百两怎么够，你在外做事，上下打点少不了要用钱，身上一二千两银子是要有的。"

李鹤鸣瞧着林钰手上两大张银票，挑了下眉尾，伸手接过来，揣进了怀里。

汲县远离都城数百里，李鹤鸣这一去，便是差事办得顺，也少不了要一两月的工夫。

枕边突然少了个人，林钰一人掌家，有时不免会觉得府中过于清静，身边空落落的。

闲不过半月，李鹤鸣的寡嫂徐青引突然呈了拜帖登门，说是想在祠堂为李鹤鸣逝去的大哥李风临上一炷香。

李家共二子，李风临与李鹤鸣却养得大不相同。李鹤鸣一岁抓周时摘了他父亲头上的官帽，自小是照着世家公子的模样养的，若无变故,想来如今该和林靖一般周旋于汹涌官场,实施心中抱负。

而李风临却是天生将才,生来该披甲领兵,站在号角鸣天的疆场上。

李风临三岁持枪,七岁入兵营,十四岁上战场。十七岁那年冬日,北元袭扰边境,前方大军受困,远在后方的李风临得知消息,当即冒死领了三百亲兵于诡风寒雪之中从外围突破了敌军包围。

少年披甲陷阵,持一杆银枪,在漫漫沙雪中为大军打通了一条生路,从此一路杀成了又一位叫北元忌惮的李家将。

林钰生得晚,无幸得见少年将军的英姿,但每每听旁人提起李风临时面上流露的惋惜,也能猜得几分李鹤鸣这位兄长该是如何卓尔不群。

林靖多年前见过李风临一面,李风临那时恰十八岁,乃是都城里无数春闺的梦中人。林钰问他李风临是如何模样,林靖只用了八个字来形容:烈似山火,胸纳乾坤。

许是林靖天生与李家人八字不合,说罢这样一句便不肯再言。

后来林钰从秦湄安那处得知,原来是她年轻时如都城中其他情窦初开的姑娘一样,曾仰慕过这位少年将军,两家还说过亲事。可惜她当时年纪小了两岁,后来也就不了了之了。

她说这话时并不避讳林靖,林靖听罢,气得在一旁冷哼着喝闷酒,秦湄安又是一通好哄。

如今众人提起李风临,少不了一句天妒英才,可惜这位少年将军早早陨落在了边境苦寒的黄沙之下,至今不见尸骨,如今李家的祖坟里立下的也只是一座衣冠冢。

听老陈说,李风临当初与徐青引在三月春日成的亲,满城迎春花开得绚烂。

徐青引乃李风临亡妻,春来她想在李风临的牌位前上炷香,林钰没理由拒绝。

徐青引上门这日,着了一身素净白裳,乌发鬓云间插了一支普普通通的银簪。

不知是不是因为未着粉黛的原因,比起上回相见,徐青引面色看

159

着有些倦怠，明明也才三十不到的年纪，眼角却已生了细纹。

想来自从她离开李府自谋生路后，过得并不如在府中时惬意。

林钰见她下了马车，款步迎上去，浅笑着道："阿嫂来了，近来可安好？"

徐青引的手段林钰已经领教过，她既然专程挑了李鹤鸣不在的日子登门拜访，若说别无目的，林钰半点不信。

徐青引表面功夫向来做得不错，她快步上前，热切地执起林钰的手握在掌心，一起往祠堂去，仿佛两人是一胞同出的亲姐妹。

前尘往事徐青引好似忘了干净，一句不提，只道："日子横竖都是这般过，好与不好也都过来了，谈论它做什么。只是同妹妹许久未见，倒叫我有些担心。"

她这话没头没尾地只说一半，引鱼上钩似的等着，林钰不动声色地笑着应了她的话："阿嫂担心我什么？"

徐青引转头诧异地看着她："妹妹不知道吗？"

林钰做出一副茫然无知的表情："阿嫂不说清楚，我哪里知道。"

徐青引叹息一声，挥手屏退身后紧步跟随的侍女，压低了声音同林钰道："坊间在传妹妹的闲话，妹妹不知吗？"

林钰无措摇头。

她这模样好似没经过祸事的大家闺秀，睁着双秋水似的眼，看着天真得很。

徐青引也不知信没信，但接着说了下去。她迟疑着道："这话我也不知该不该说给妹妹听，怕说了无故惹妹妹烦心。"

她顿了顿，看着林钰忐忑的神色，道："那日我去市上挑布，听见店中有几名长舌妇人在说妹妹嫁与二郎时，并非……并非完璧之身。"

林钰倒吸一口凉气，讶然道："这是哪里来的胡言，平白坏我名声！"

徐青引叹气："我也不知，只是听见那两人在说罢了。妹妹家风严谨，我是知道的，就是怕有人当了真，闹到二郎耳中去。"

徐青引尤嫌林钰心头火烧得不够烈似的，又道了一句："那些人讲得有板有眼，连妹妹成亲时元帕上没落红这种话都讲得出来，好似守在妹妹房中瞧过似的。"

话音一落，林钰立马变了脸色，她从徐青引掌中抽出手，慌忙道："胡说八道！阿嫂可千万不能信。"

林钰这怕事的惊慌模样在徐青引眼里无异于不打自招，她一副为林钰着想的关怀神情，点头道："自然，嫂嫂晓得。"

两人说着话，已到了祠堂。林钰上罢一炷香，之后便带着侍女离开了，将此地留给了这对阴阳相隔的夫妻。

徐青引素来爱搬弄是非，当初她几句话断了林李两家的姻缘，如今又故技重施来林钰面前嚼舌根。

可林钰不是蠢货，今日坊间传言的鬼话她是半个字不信，在徐青引面前装作一副惊慌失措的模样，也不过顺势而为，想看看她藏着何种目的。

泽兰不懂这些，当真以为徐青引这些话是从外面听来的，忍不住问林钰："夫人，如今怎么办啊？外面那话传得也太难听了！"

林钰失笑："无须听她一张嘴胡说，我们在外何时听人说过这些话？"

泽兰不解："那元帕的事她又是如何知道的？"

林钰道："想来府中有人与她通信，又或者那元帕的事本就是她从中搞的鬼。"

泽兰听后更加放不下心："那她既然知道这事，以后若是传出去可怎么办？"

"她不敢。"林钰道，"这话传出去坏的不只我的名声，更是李家的尊严。李家那些年已受诸多非议，李鹤鸣如今恨极了多嘴多舌之人。这话今日流入坊间，锦衣卫明日便能查到她身上，她在我面前说这些话，或是觉得我糊涂好拿捏罢了。"

林钰说着，抿唇轻笑了笑："但她定然没胆子在李鹤鸣头上动土。"

泽兰看着林钰面上的笑，这才放下心来。

李府祖祠里供着数不清的祖宗灵位，因担心风雨烈日蚀坏了木质牌位，祠堂的窗扇常年由帘帐遮得严实。

161

门一掩，气氛厚重的祠堂便在静谧之下凭空生出了两分叫人毛骨悚然的阴森感。

香火细烟缭缭，昏黄的烛火模糊照亮牌位上一个个或熟或生的名姓，徐青引跪坐在蒲团上，面色淡然地看着最下方写着"李风临"三个字的灵牌。

她的侍女远远站在亮光透入的门口，目光胆怯地扫过左右墙角的昏暗处，面色有些忐忑，显然有些害怕这供奉亡人的地方。

徐青引平日烧香拜佛，好似信奉鬼神，此刻倒是半点不怕。

她点燃黄纸丢入丧盆，一张一张烧得慢，每一张都撕开了才扔进去，落入盆中的一瞬便被火苗焚成了灰。

民间有种说法，纸钱若是没烧透，下面的人也就收不到这阴钱。

徐青引脸上没有方才见林钰时的热切笑意，火光晃过冷淡疲倦的眉眼，一身素净白裳，看着倒像个漂亮的女鬼。

她低声对着李风临的牌位道："别怪我这几月不来看你，年前你那好弟弟将我从府里逐了出去，我不便来李府，今后怕也不能常来。这钱你自己在下面省着些花，用光了可就没有了。"

她一番话说完，祠堂又安静了下来。侍女不敢在这时候搭她的话，那冰冷的灵牌自然也不会回答她。

徐青引显然已经习惯了此刻这般略显冰冷的静谧，她也不需要旁人应她的话，继续道："别怪我吝啬，怨我为什么不给你多烧些，我也没多少银子。你知我不是做生意的料，你留给我的铺子生意不太好，勉强能维持生计，再多也没有了。"

她烧完一沓纸，又拿起一沓继续："前些日我回了趟娘家，来回路上耗去快二十日，想着回家看看家人。可拿不出钱，到哪都受嫌，往日一口一声'姐姐'喊得亲热的铭哥儿不再热络，爹娘看我的眼神也颇嫌弃，话里话外都在怨我怎么如此没用，连你们李家这到手的金柱子都抱不稳。"

徐青引的话声略显悲凉，说到此处自嘲地笑了一声："他们只会埋怨，哪知我没下过功夫，我都已放下脸皮甘愿给你弟弟做妾室了，可人家不要我，我有什么办法？"

她絮絮叨叨地对着死人的牌位话家常，仿佛她那早亡的夫君还活着。

毫不避讳的话叫门口的侍女听见了，惊得心头发麻，她忍不住提醒："夫人，这话若叫郎君的在天之灵听见了，怕是要怪罪。"

徐青引沉默了片刻，像是觉得这话好笑，反问道："在天之灵？"

她抬头看了眼黑漆漆的房顶，要看看这灵在何处："他若当真在天有灵，为何这些年就只是冷眼看我在世间受苦，连场梦都不肯托给我？"

她低下头，嘲弄地勾了勾嘴角："当初爹战死，他远在关外，婆婆一病不起，二郎又年幼，是我伏低做小去同外客周旋，受尽百般刁难。我遭人口舌，受人唾骂时他在哪儿？我无人依傍被外人怨恨时，他又在哪儿？"

她说着，语气里透出恨意，眼中也不由自主浮了泪："有哪个女人如我这般，嫁与夫君多年只见过寥寥数面，到死连副尸骨都看不见！在李府最难之时，我不躲不避，同甘共苦，已是仁至义尽，他一走了之落得个轻松，不想活着的人是哪副鬼样子，如今有什么资格怪罪我？！"

侍女一路看着她熬到今天这地步，目睹这些年的不易是如何一步一步磋磨掉她的好脾性，见她对着郎君的灵牌痛诉，也跟着红了眼。

她的夫人，曾也是如春花般的好姑娘。

徐青引偏过头去，狠狠擦了一把泪，发间银簪滑出，摔落在地，发出"噌"一声脆响，她回头怔怔看着摔在盆边的银簪，半晌没动。

侍女见此，忙上前捡起银簪递给她。徐青引颤着手接过，低声道："出去吧……"

侍女担忧地看着她纤细的背影："夫人……"

徐青引背对她摆了摆手，像是再压不住泪意，声音哽咽道："出去吧……我同他说会儿话。"

侍女"嗳"了一声，叹息着应下："是，夫人。"

房门在身后缓缓打开，发出咯吱的涩耳长响，明媚春光流泻进屋，照在徐青引素白的衣裳上，但很快，这光又一点点在逐渐合上的两扇门间收成一束,"砰"的一声,消失不见。

祠堂重新归于平静,徐青引跪在蒲团上,低头仔细抚摸着簪上雕打的迎春花:"这簪子,是你当初在边关亲手一点一点打了带回给我的,这么多年,我一直收着。"

她掏出丝帕轻轻擦去迎春花瓣上几乎瞧不见的一点尘灰,又将簪子插回了发髻中:"从前你远在关外没法护我,我不怪你。只是如今我要为自己求,你也不要怪我。"

她像是怕他不答应,又看着他的牌位缓缓重述了一遍:"你不能怪我,李风临。我嫁给你时,是想着一生一世和你好的。"

她盯着牌位上"李风临"三个字深深看了一眼,而后起身朝外走去,决绝又显苍凉的话音留在身后:"你要是不肯,那就化成厉鬼亲自来收了我。"

微风拂过祠堂前院高大繁茂的林木,徐青引离开后,过了小半炷香,檐上被马尾榕枝叶遮掩的一角悄悄钻出了一个身影。

文竹趴在房顶上,从叶下探出头。他环顾了一圈院中,见四下无人,抬袖擦了擦被瓦砾蹭脏的脸,三两下抱着马尾榕利落爬下来,赶紧往林钰的院子去了。

房里,林钰正在用今日的药食,听罢文竹的话,轻轻蹙了下眉:"她是这么说的?"

文竹点头:"是,不过她话只说了一半,也不晓得她那话是什么意思。"

文竹在那檐上猫了快一个时辰,泽兰听他说话嗓子干得厉害,给他倒了杯温茶。文竹接过来两口灌了,叹道:"不过我方才听徐夫人的话,觉得她也是个可怜人,年纪轻轻死了夫君,娘家又不在都城,日子着实难熬。"

泽兰屈肘撞他,不满道:"你吃夫人的用夫人的,怎么还帮她说话。"

林钰摇头道:"文竹说得不错,那几年李府上下过的都不是松快日子。阿嫂又丧夫,一个女人难免受苦。"

她思索了片刻,同文竹道:"你去问问陈叔,徐青引在府中时哪些人服侍过她，将那些人一一查一遍，看看在我入府之后他们当中谁仍与徐青引保持着联系。"

文竹些许不解："夫人为何突然想起查这事啊？"

泽兰明白林钰这是要查查元帕之事，她伸手推文竹出去："叫你查你去查就是了，怎么那么多话。"

文竹被泽兰推着小步往外蹭，"哦"了一声，回头道："那我去了，夫人。"

林钰笑着点头："去吧，办好了替你和泽兰做亲。"

泽兰烧红了脸，别过脸没有作声。

文竹也红着耳朵，他看了看泽兰，憨笑着道："好啊，谢夫人。"

第七章

念你

李鹤鸣离家不过半月，林钰已收到了他数封来信，算算时间，估摸他在前往汲县的路上便开始写书信送回来。

　　信中大多记述的是些小事，譬如他沿途经过何地，见过何种光景，就连某日夜间赶路撞见一只趴在路中央不让道的梅花鹿这种芝麻事都写。

　　偶尔信封里还会稍带一枝沿途摘下的漂亮花叶，不过送到时多已经蔫了。

　　他信送回了几封，但每次写得却不多，无论多少事，都只书一页信纸，而信上最后一句永远是：记得念我。

　　林钰哪知他离家离得这般磨人，她每日过着与此前一般的日子，也无甚变化，都不知要如何回他，写些旧事又觉得无趣，故而一直拖着。

　　等李鹤鸣的第四封信送到手中时，林钰终于着急动起笔来。

　　因那信上不再密密麻麻塞满了字，只短短一句话，瞧着像是动气了：为何不回信？不曾想我？

　　这话林钰是万分不晓得要怎么回，怎么回都是错，好似她负心薄情，对他没半点相思情。

　　林钰提笔良久，心思一动，索性假装未收到他最后这封信。

　　她若无其事地将徐青引的事告知了他，又担心扰他心烦，故而写得并不详尽，只简短提了句徐青引来府中为大哥上香，之后的事打算等他回来再细说。

　　林钰写罢此事，又不知还能再说什么。她憋不出话来，最后在朦胧烛光下，蹙着眉慢慢书下一句：李鹤鸣，你好缠人啊。

　　这信翻山越水花了数日才送到李鹤鸣落脚的驿馆，彼时汲县的悬房案已查了清楚，锦衣卫正在县丞罗道章的府邸拿人。

李鹤鸣一行人到汲县后，罗道章接到消息，立马安排了府中女眷孩子携银子走水路出逃，但刚到码头，便被潜伏此处的锦衣卫拦了下来。

　　虽拦住了人，但证据却不足，李鹤鸣初来乍到，也不好凭空抓人，是以先派锦衣卫围了罗府，又花上几日从一位名叫骆善的小官手里得到了罗道章这些年受贿行贿的账本才动的手。

　　罗道章虽只是一名小小县丞，但府邸却是雕梁画栋，金碧辉煌，入府一看，几乎是满目罪证。

　　锦衣卫执刀入府这日，罗道章知大势已去，吓得直接瘫坐在了椅中，他那些个子孙女眷见此也是哭哭啼啼，吵得人心烦。

　　李鹤鸣压着腰间刀柄缓步踏入罗府，抬起黑眸扫过院内左右一整面白玉堆砌的高墙，缓缓道："李某数年前初来汲县，记得罗大人多年的俸禄才刚够买下这庭院，如今不过几年，罗大人府内金银都堆成了山，看来是贪了不少。"

　　罗道章初见李鹤鸣时，当他只是位千户，更知他的雷霆手段，但万万没想到自己有一日也会落到他手里。

　　他满目怅然地坐在椅中，看了眼自己这院子，又望向气势冷冽的李鹤鸣，死到临头，竟还忍不住喊冤："李大人，我朝俸禄一向微薄，大人在朝为官不会不清楚，若循规守矩，连一家老小都养不活，我也是，我也是被逼无奈啊……"

　　李鹤鸣神色淡漠地扫了眼满院锦衣华裳的莺莺燕燕，毫不留情道："罗大人养不起，可曾想过是妾室太多。"

　　罗道章被他哽得说不出话，但片刻后，又想起什么，面色希冀地站了起来。他越过自己的妻子儿女，手忙脚乱地从一众年轻的妾室中拉出他往日最喜爱的美妾往李鹤鸣身前领。

　　"李大人……"他咽咽干涩的喉咙，将那被一院子冷面长刀的锦衣卫吓得腿脚发软的美艳妾室推向李鹤鸣，"大人若不嫌弃、大人若不嫌弃，这女子便是大人的人了。"

　　他推得用力，那女人被他一下推得摔倒在地，狼狈地跪在李鹤鸣脚下，伏地垂首，耸着肩头惊惶地啜泣。向他行贿的官员李鹤鸣见得多了,但大庭广众给他送女人他还是第一回遇到。

他微微皱眉,也不看脚下哭得梨花带雨的女人,直接往后退了一步,道:"公然向锦衣卫行贿,罗大人可想过后果?"

但这还不算完,罗道章回头又抓起他的妻儿牵向李鹤鸣,将其推在李鹤鸣身前,拱手颤声哀求道:"罪责在下官,妇人无过……望李大人饶恕他们一命!"

他说着,狠着心踹了他们一脚:"哭什么!求啊!求李大人饶命!不然你们莫不是想后半辈子在教坊司里过活吗?!"

他的妻子紧紧抱着怀中孩子,闭着泪眼不发一词,但其他妾室却像是寻到了生路,纷纷跑上前来跪地求饶。

罗道章的话将她们吓得不清,一时院中哭声骤起,众人磕头求饶,一口一个李大人叫得凄厉悲惨,更有胆大者,竟伸出手来拽李鹤鸣的衣摆。

何三听得这一院子哭声,想起他那屈身教坊司的心上人,一时唏嘘不已,但那叹息才出口,又陡然看见了那伸手去拉李鹤鸣衣摆的女人,顿时冷汗都下来了。何三忙大步上前想拦,但已经晚了。

李鹤鸣眉心一拧,屈指顶上刀锷,刀刃猛然出鞘,发出长啸铮鸣。

他抬刀直直顶上捏住他衣摆的女人的脖颈,刃尖刺破皮肤,鲜红的鲜血自她喉间流下,滴落在地,李鹤鸣居高临下地看着她,冷声道:"退开!"

银光晃过众人眼底,在场的人被这突如其来的变故震慑,骤然吓得安静了下来。

围在李鹤鸣脚下的人也连忙哆嗦着躲开,生怕这刀架在她们颈上,而地上的女人更是被颈项冰冷的刀刃吓得双股战栗,涕泗横流。

李鹤鸣看惯了眼下的这场面,目光扫过众人,声寒如冰:"今冬城内外死伤上千,横尸遍野,诸位要求,不如去坟前求失了住所活活冻死的百姓,都比求我来得有用。"

罗道章听见这话,明白求李鹤鸣无望。他扭过头,看着自己的妻妾孩子,目光扫过一张张熟悉又年轻的脸,最后长叹一声,面如死灰地闭上了眼。

罗道章的府邸属于"麻雀虽小，五脏俱全"，光是金银便各抄出了四万多两，其余更有上千玉石书画。即便是贪，在这小小一个汲县，也远超出了一个县丞贪得下来的钱财。

　　何三这些年在北镇抚司当差，少说也抄了大大小小十数座府邸，但在点清罗道章的家产后，仍是惊得咂舌。

　　他命手下将罗道章及其一众家眷暂且押往当地牢狱，但这堆麻烦的金银玉石却不知该往哪里搬。李鹤鸣看了看，道："折成银票，带回都城。"

　　何三点头应下，立马吩咐去办。不过这县里怕是没这么大的钱庄，估计还得叫人跑一趟州府。

　　这时，门外一名锦衣卫匆匆来到李鹤鸣面前，交给他两封信件："指挥使。"

　　李鹤鸣伸手接过，隔着薄薄的信封捏了捏，问："何处送来的？"

　　锦衣卫回道："一封来自都城，另一封是那名被弟兄看守在家中的典史骆善送来的。"

　　在听见"都城"两个字后，李鹤鸣眉尾轻轻挑了挑，他语气平静地吩咐道："继续将骆善看好。"

　　"是。"

　　李鹤鸣低头仔细看了看两封信，其中一封未落名姓，用的纸是随处可见的糙纸素笺。另一封则是端正落下个瘦金"鹤"字，纸也是名贵的洒金五色粉笺，信封左上角还印了朵小巧的五瓣桃花印。

　　李鹤鸣举起落了字的信贴近鼻前，垂眸仔细闻了闻。这举止风流，他做得却是面不改色，在闻到信上一缕熟悉的香气后，甚至还浅浅勾了下嘴角。

　　何三吩咐完事回来，恰瞧见李鹤鸣唇边那抹笑，他脚下一顿，皱起眉，奇怪地抬头看了眼明晃晃的日头。

　　见了鬼了，头一回见镇抚使抄了别人家还这么高兴。

　　门内门外，当地的衙役正闷头将钱财一箱一箱搬上马车，何三站到一边让出路来，问李鹤鸣："老大，您说他一个县丞从哪儿搜罗到这么多银子？"

171

李鹤鸣正拆林钰寄来的信，头也不抬道："汲县多官田少民田，百姓要劳作，便得向县官租田，仅这一项就够他捞一层肥油，此前江南一带不也如此。"

何三仍然不解："前几年不是推行了田策？按理说如今官田不该占如此宽的地才对，我看前两天从知县府里查出来的地产，就连书院附近的田产都记在了知县名下，而那书院都荒了不知多少年了，早被叫花子占了。"

李鹤鸣道："那就要看看当初是朝廷哪名官员负责实施此地的田策，又是领受何人之意违抗君令了。"

越涉及上头，事情越难查，何三愣了一下："您觉得是上面的人？"

李鹤鸣显然清楚些什么，却没明说，只心不在焉地"嗯"了一声。他展开林钰寄来的信，本满怀期待，但在看第一眼时就拧了下眉。

这信翻山越海千辛万苦送到他手里，竟是连短短一张纸都未写满。

李鹤鸣继续看下去，既未从字里行间瞧见思，也看不见想，读到最后一句，写信人竟还嫌起他缠人。

李鹤鸣看罢，盯着信冷笑了一声，面无表情地将信折起来塞进信封放在了胸口，也不晓得是要将这多年在外唯一收到的一封家书妥帖收起来，还是等回去了找写信的人算账。

他又拆开骆善送来的信快速扫了一眼，随后扯过门口何三的马翻身而上，同何三道："此处交给你，将罗道章幕后联络之人审清楚，把人看紧，别像那知县一样，不明不白地自尽死了。"

何三见李鹤鸣有事要走，忙问："那罗道章的家眷呢？"

李鹤鸣头也不回道："奉旨意行事。"

奉旨意，那就是抄家流放，为奴为妓了。何三微微叹了口气，抬手对着李鹤鸣的背影道："属下领命。"

骆善年过四十，乃是汲县一名小小的典史，连九品小官都算不上，却正是此人，冒死将汲县一事上报了朝廷，又把知县与县丞行贿受贿的账本交给了李鹤鸣，还散去大半家财庇护两百余名无家可归的百姓度过了寒冬，足以称得上一名忠义之士。

汲县悬房案牵扯之深，泥下不知埋着哪名大臣王孙，得知当地知县在锦衣卫初到汲县那夜自尽而亡后，锦衣卫便立刻将罗道章与骆善日夜看守了起来。

骆善家住在一条平凡无奇的褐墙深巷里，说是官员，更像是一位平民百姓。

门口看守的锦衣卫见李鹤鸣来，垂首道："镇抚使。"

李鹤鸣推门而入。院中，骆善正头疼地抱着一名哭闹不止的婴孩在哄，他的女儿和妻子正在浣洗衣裳。

瞧见李鹤鸣进院，骆善忙将那孩子递给妻子，低头请李鹤鸣进了房门："大人请。"

他人高马大，四肢强健，言行举止似名将士，不过行走时左侧腿脚却有些跛，李鹤鸣看了一眼，问："骆大人要见我，所为何事？"

骆善有些局促地搓了搓手，道："大人叫我骆善便可。"

李鹤鸣没应，拱手道："我年幼初入兵营，曾跟着大人学过两招剑法，这声称呼大人受得。"

骆善闻言有些惊讶地睁大了眼，随即憨厚地笑了笑："多年前的事了，原来您还记得。我的剑法比起将军差得远了，是我那时班门弄斧，现在想来，只担心带坏了大人的剑招。"

将军，指的是李鹤鸣的父亲李云起。提起李云起，骆善的心情明显低落了下去。

他沉默了片刻，像是下定了决心，缓缓开口道："我请大人来，其实是为多年前的一件旧事。当初大人到汲县时，我便想过该不该告诉大人，后来因犹豫错失良机，如今大人重返此地，想着许是上天之意，注定要让大人知晓。"

李鹤鸣道："请大人直言。"

骆善握了下拳头，神色认真地问李鹤鸣："这么多年，大人……大人有没有对将军的死生过疑心？"

骆善的话一出，这深院内外的烟火气息都仿佛沉寂了一瞬。恍惚之间，他仿若穿越千万里回到北方边境，重新披甲持枪，面容坚毅地值守在将军虎帐外。

多年来,骆善第一次重提旧事,神情难掩激动,又显露出两分悲伤:"当初北方大乱,将军掌兵,六皇子监军,探子回禀敌军将穿越奇石谷之际,六皇子曾向将军献过一计,称他已调一万精兵占据奇石谷高地,若将军领兵在奇石谷直面迎敌,与之配合,必能歼敌军于剑下……"

骆善说到此处,声音渐渐低了下来,因此战结局在十年前已定,最终李云起未能歼灭敌军,而是长眠在了崎岖险峻的奇石深谷中。

此计乃军机,不可为外人道,知晓这事的人,几乎都已随李云起亡于战场,尸骨成灰。只有彼时的骆善因突发肺咳转于后方而逃过一劫,独自将这秘密藏在心中多年。

皇子明暗相争,李云起身位二皇子党,又手握十万大军,六皇子欲除之于刀剑无眼的战场并非说不通。

可堂堂一介食民之禄的皇子以战为棋实在太过荒谬,是以这么多年虽有人起疑当初一代勇将为何突然战死,却也无人疑忌过六皇子。

眼下,李鹤鸣听骆善提及自己的父亲当年疑云阵阵的死因,却是神色淡然,连眉眼都未动一下,似乎对此浑不在意,又沉静得仿佛早已知晓内情。

李鹤鸣左手松松按着刀柄,对骆善道:"妄议皇室乃死罪,此事既无根无据,李某今日就当没听见,大人也勿要再提。"

骆善好不容易下定决心邀李鹤鸣前来,将陈年往事告知于他,万没想到李鹤鸣会是这种反应,他嗫嚅几声:"难道,难道将军他就这么不明不白地死了吗……"

李鹤鸣看向眼前年近半百已该安享晚年的男人,没答这话,而是语气淡淡道:"典史家中不过一妻一女,和一个死了父母的幼童,哪有什么将军,典史糊涂了。"

李鹤鸣说罢,骆善从灾民手里捡回来的那婴孩似在响应他的话,又开始放声啼哭起来。他那年轻的女儿"哎呀"了一声,低低哼起了童谣。

模糊不清而又轻柔的歌声透过门窗传入屋中,骆善怔了一瞬,转头看向紧闭的房门，眼中似有泪意。

李鹤鸣见此，未再多说什么，抬手行了个礼："今日李某便当未来过，李某还有事在身，先行一步。"

说罢不等骆善再言，直接转身推门而出。

院中，骆善的女儿正抱着那哭得震天响的婴孩在哄，见李鹤鸣从房里出来，好奇地偷瞟着他，但又怕他发现，只看了两眼便红着脸转了过身。

李鹤鸣只当没发现，一边朝院外走，一边从怀里摸出了一沓银票。

他垂眸瞥了手里的票子一眼，从中抽了张一百两的放回胸前，其余一千八百两全塞在了院门的门闩与门板的夹缝处。

他动作自然，骆善的妻子与女儿并没看见，李鹤鸣也不声张，带上门，领着门外的锦衣卫安静离开了。

骆善的妻子听见几人的脚步声远去，忙放下洗了一半的衣裳，甩去手上的水，快步进了房门。

她见骆善呆呆站在屋里一动不动，愁着眉眼担忧道："那位大人来找你做什么？可是出什么事了？"

还沾着凉水的手覆上手背，骆善蓦然回过神，他看向妻子担惊受怕的表情，反握住妻子的手安抚道："无事，只是问了两句案子的事。"

妇人擦了擦泪，心有余悸道："你可吓死我了。那大人看着年轻，却总让人觉得害怕，我还以为你要被抓牢里去了！"

骆善抓着她的手，拉着她往外走："没事，放心吧，他应当不会来了。走，去看看那闹腾的小崽子，我看囡囡一个人哄不过来呢……"

李鹤鸣离开骆善家中后，又跑了一趟关押罗道章的牢狱，当真是半刻不得闲。

何三听说他来了，忧心忡忡地将笔墨未干的供词呈到了他面前。

狱中光线昏暗，李鹤鸣接过供词眯眼对着烛光看了一眼，问何三："招了？"

"招了，两鞭下去就开了口。"何三皱眉，"但招的人不对。"

李鹤鸣看向他："谁？"

何三抬手在身前悄悄比了个"六"，他这个"六"字比得胆寒，总觉得自己官职不保。

何三道:"上回王常中一案属下记得这位爷也牵扯在其中。"

李鹤鸣笑了一声。

何三被他这突如其来的一声笑搞蒙了,不知道哪里惹他发笑。他有些忐忑地问李鹤鸣:"大人,这还审吗?"

"为何不审?该怎么审就怎么审,叫他把肚子里藏的东西全倒出来。"李鹤鸣将状词递还给何三,拍了下他的肩,沉声道,"费些心,把人留住,别让无常糊里糊涂地收了。"

何三正色道:"是。"

以往这种牵扯深远的大案,李鹤鸣多会亲自负责,可这回他刚来,却是交代完立马又要走。何三下意识叫住他:"那要是……"

李鹤鸣刚器重他两句就听得他叫唤,头也不回地淡淡道:"三岁稚子没了娘也会吃奶。你当了这么多年差还不会审人?自己拿主意。"

何三被他几句话骂得头往后一缩,龇牙咧嘴地嘶了一声,心道:这是哪只王八点了阎王窝,害得我在这儿挨骂。

心里躁归躁,但他嘴上却依旧应得快,扬起嗓子冲着李鹤鸣的背影道:"属下领命!"

李鹤鸣走出牢狱,伸手摸了摸怀里还剩着的一百两银票和几块碎银。他拿钱时爽快,眼下才发觉这一百两剩下的日子怕是不够用。

他想了想,在衙门里随便找了张桌案便提笔给林钰书了封信。

不像前几封长篇大论乱写一通,也不敢去烦林钰什么"念没念我"之类的琐碎话。

就落笔书了五个大字:婆婆,没钱了。

何三盯着罗道章等罪臣接连审了十来日,将他们肚皮里百八十年前的腌臜事都挖出来清了一遍,该招的不该招的,在一道道严刑下全都吐了个干净。

白纸黑字垒了一大摞,何三越审越心惊,这劣迹斑斑的供词都不知道该怎么呈给李鹤鸣。

李鹤鸣让何三自己拿主意,他倒当真半点没插手,趁这段时间走水路跑了几趟临县，受崇安帝的令，将附近临水一带、往年遭过水患又重建民房的县都查了一遍。

好在罗道章此等贪官污吏终是少数，临县百姓未受汲县之苦。

李鹤鸣在外风尘仆仆没日没夜奔波了十数日，回到汲县，见驿馆内外栽种的几棵梨树都开了花，才发觉自己不知不觉离家已是一月有余。

昨日下了半天蒙蒙春雨，湿了泥地，李鹤鸣急着办完差事，路上连衣裳都没来得及换洗，眼下飞鱼服的衣摆和黑靴靴面沾着几点污泥，除了那张俊脸，不见半点锦衣卫的英姿。

李鹤鸣就这副不修边幅的模样回到驿馆，在门口忽然被人怯生生地叫住了。

"李、李大人……"李鹤鸣转身一看，见门口避水的石阶上坐着个衣着素净的年轻姑娘，正是那日见过的骆善那十五六岁的女儿，骆溪。

县里长大的女儿，这辈子见过最厉害的人也就是知县，显然没怎么和李鹤鸣这等官差打过交道。他一身锦绣飞鱼服森寒绣春刀，此前又带人无缘无故将她家里三层外三层围了几日，眼下骆溪独自在这人来人往的驿馆前与之交谈，叫她有些畏惧。

她似乎在这儿坐着等了他许久，手忙脚乱地猛站起身时，眼前骤然一花，脚下都浮了两步。

李鹤鸣看她快摔倒在地，伸手在她小臂处轻扶了一把，等她站稳便松开了手，低声问道："骆姑娘找李某何事？"

骆溪倒是没想到李鹤鸣会伸手扶她，她下意识摸了摸手臂被他扶过的地方，微红着脸从怀里掏出一纸信封，紧张道："阿、阿爹叫我将这贵重之物还给大人。"

信封微鼓，里面不像是装着信，李鹤鸣垂眸扫过，猜到里面装着的是他那日留下的银票，他道了声："不必。"说罢转身就要离开。

平常骆溪一家一年到头顶天也只花得了十两银子，一千八百两足够他们一家四口一辈子衣食无忧。

这钱太烫手，她爹叫她一定要把钱还给这位大人，她不能揣着这

177

钱又回去，不然多半要挨一顿数落。

那日她来驿馆听说李鹤鸣不在，又不知他何时回来，是以为了还钱，这些日白白跑了好几趟。眼下见李鹤鸣要走，她有点急了，没想别的，下意识去扯李鹤鸣的衣袖，慌忙道："大、大人，您、您还是收回去吧。"

察觉袖口被人扯住，李鹤鸣转过身看她。骆溪对上他那双深黑的眼，立马松开了手，却没退让，愁着眉头道："您若不收下，我回去会挨我爹骂的。"

当地百姓大多质朴淳厚，骆善忠义，教出的孩子也自然懂事，万不会坦然接受旁人赠予的如此丰厚的一大笔钱财。但李鹤鸣也不会把送出去的东西又拿回来。

他面不改色地撒谎道："这钱并非由我所出，而是由朝廷发放，姑娘不必觉得负累，骆大人当年从军伤了腿脚，将钱安心拿去给他治病吧。"

提起父亲的腿伤，骆溪面色松动了几分，李鹤鸣接着道："况且你家中不是收养了一个孩子？你爹娘年迈，你又尚且年幼，以后少不了用钱的地方，更该收下。若骆大人仍不肯，你便与他说若故人在世，必不愿见其部下到老痛无医，潦倒度日。想来他不会再拒绝。"

县中的官员衙役在百姓面前从来是耀武扬威端着不可一世的姿态，骆溪没想到眼前从都城来的官员会如此平易近人。

听得李鹤鸣这样说，她嘴上支支吾吾，找不出半句拒绝的话来。

她犹豫不决地看着信封，又看向李鹤鸣，好一会儿才终于轻轻点了点头，她弯腰对着李鹤鸣生疏而恭敬地行了个礼："多、多谢大人，大人的话我会转告给阿爹的。"

说完就揣着信封离开了，李鹤鸣还听见她小声嘟囔了一句："回去不会挨骂吧……"

送走骆溪，李鹤鸣转身走向驿馆，但就在此时，他突然鬼使神差感应到什么，缓缓停下了脚步。

而后幻听似的，背后忽然传来了一个梦中思极的声音，轻柔动人，宛如泉音。

"李鹤鸣——"

一朵梨花悠悠飘落在肩头，李鹤鸣身形一顿，随后猛回身看向了声音传来的方向。

他身转得急，腰间挂着的腰牌跟着一甩，"噌"一声重重撞在了刀鞘上。

街边马车旁娉婷立着的身影映入视野，李鹤鸣瞳孔微缩，那一瞬间，周遭所有声色都消失不见。他不可置信地看着本该在六百里外的都城里的林钰，不自主握紧了手中的刀柄，好半晌都没说出话来。

苦苦思念的人突然远赴山水出现在自己面前，李鹤鸣一时连同身体都随着激荡的心绪震在了原地，怔忡地站在驿馆门口看着衣裙翩跹朝他走来的林钰，僵住了似的也不知道主动迎上去。

他素来一副不苟言笑的沉稳模样，眼下心中翻江倒海，这抹愣怔并不显于面上，林钰看了看他握紧刀鞘的手，从此等细枝末节里才辨出来一星半点，着实呆得很。

林钰远行，泽兰与文竹自然跟着，与之一同的还有李鹤鸣留在都城暗中保护林钰的一小队锦衣卫。若非李鹤鸣这些日跑去别地难寻见踪影，也不至于林钰眼下都到汲县了他才知情。

林钰走到他面前，见他只顾盯着自己却不开口说话，从袖中伸出一根葱白的手指在他腰上轻轻戳了一下，忍住了在这大街上直接抱住他的想法，憋着笑问道："傻啦？"

她在忍，李鹤鸣何尝不是。他按下心中奔涌的思绪，握住了她作弄的手，将她手掌拢进掌心，目不转睛地看着她的脸看了好片刻，才出声否认："……没有。"

他说这话时也不拿铜镜照照自己是什么样子，剑眉下那双黑眸都黏死在林钰身上了。

沉沉目光扫过她灵动的眉眼，又在她润红的唇瓣上滞了一瞬，若不是两人站在人来人往的大街上，他怕是要低下头来吻她。

当真是嘴比刀硬。

"我收着你的信了，总叫我念你。"林钰仰头看着他，似在埋怨，但声音却又十分温柔。

她抬手拂下他肩头梨花，以只有两人能听见的声音问他："我听二哥的话，每日都念了，只是不知道二哥有没有想我？"

她说起情话似信手拈来，明净双眸含笑看着他。李鹤鸣被这一眼瞧得心头发酥，颈上喉结滚动，沉声道："想了。"

没想林钰听罢却不大满意，将手从他掌中抽出来，轻轻"哼"了一声，摇头道："迟疑这样久，我看是在诓我。"说着便扔下他转头往驿馆里去。

林钰似在逗他又像是说得认真，李鹤鸣还没从她突然出现在汲县这件事反应过来，脑子黏得像糨糊，一时竟没能辨清楚她这话有几分真，但好在没呆过头，还知道抬腿紧跟上她。

他又答了一遍："想。"

但有多想却不说清楚，日夜思着她有时睡都睡不安稳也不讲，只单单一个"想"字，的确是个不会哄人的。

林钰放慢了脚步，回头看他，蹙眉道："当真吗？我看方才你和别的姑娘聊得可开心了。"

李鹤鸣看着她："我并未开心，你看错了。"

林钰明摆着在同他撒娇吃醋，可李鹤鸣却像是看不懂，连多开两回尊口解释一句那姑娘是谁都不会。

他抬手从高高的梨树上摘下一截梨花芬芳的细枝，安静跟在林钰身后，将雪白清香的梨花枝簪在了她的乌发间。

雪白的梨花与她头上的碧玉簪相映衬，倒有种别样的美感。

林钰察觉到了，抬手抚上头顶梨花，但并没摘下来，用两指小心捏着嫩枝，往发间插深了些。

和当初她替他挂回姻缘牌时一样，她伸出一根手指拨了拨梨花，还检查了一番簪得稳不稳当。

绣着云鹤青纹的月白色宽袖顺着匀称纤细的手臂滑下，露出一截雪白的细腕，在她放下手时，李鹤鸣突然握住她的手，低头旁若无人地在她指尖亲了一下，还发出了"啾"一声轻响。

堂中便有两名锦衣卫坐在一起闲聊，左右还有好几名役夫在忙碌，也不知道他得馋成什么样，才能在大庭广众之下做出这般出格的事来。

　　林钰惊得一颤，蓦然红了耳根。她匆匆缩回手，下意识将被他吻过的手指藏在袖中，羞恼地小声道："做什么呀，不要胡来……"

　　李鹤鸣没说话，全当没听见。

　　他色鬼迷心使完下流行径，面色却坦然依旧，在身后平静地给林钰指着路："住所在后院，环廊最里面的月天阁。"

　　泽兰与文竹拎着行李跟在李鹤鸣与林钰背后，将整个经过看了个清清楚楚。

　　他们自认善解人意，打算待会儿进了房间放下行李便走，不打扰二人，没想李鹤鸣压根儿没打算让他们进门。

　　四人行过环廊，李鹤鸣随手推开一间无人休息的住房，扔下一句"你们在此处歇息"，两人都还没反应过来，就听"砰"的一声，李鹤鸣已将林钰带去他的房间，利落地关上了门。

　　驿馆的住房并不宽敞，李鹤鸣住的月天阁是最好的房间，却也比林钰想象中褊狭一些。

　　但胜在环境清幽静谧，门一掩，房内便骤然安静了下来，连动作间衣裳轻微的摩挲的声音都听得分明。

　　入门左侧，墙上一扇圆窗半开，明净春光淌过房中漆木桌椅，静静流照在林钰裙边。

　　她正打算仔细瞧瞧李鹤鸣这些日住的地方，没想才看了两眼，背上突然沉沉压下了一道重量。

　　李鹤鸣伸手从她臂下穿过，环住她的腰身，一言不发地从身后将她抱了个满怀。

　　他抱得有些紧，炽热的体温穿过布料熨帖着皮肤，脑袋也跟着埋进了她的颈窝。

　　仿佛走失的狼犬终于寻回了主人，他闭着眼，认真地深嗅着她身上的气息。

　　以前他也常这样嗅她，林钰虽然不太能理解他在闻什么，但每回都任着他，等他闻得馋了想往下亲，林钰也乖乖地承受。

　　灼热的呼吸喷洒在肩头，林钰稍稍扯松他的手臂，在他怀里转了

181

个身，抬眸看他："你今日不用忙吗？"

李鹤鸣自然有差事要办，但眼下这情景，除非皇上亲临，不然他必不可能从林钰的温柔乡里抽身。

"不紧要。"他道，说罢便低下头来想亲她。

然而林钰却是往后一躲，捂着他的嘴不给他碰："做什么？事情都还没说清楚呢。"

这话听着像是要翻账，李鹤鸣垂眸看了眼嘴上捂着的手，伸出舌头在她掌心舔了一下。林钰手一抖，缩着想躲，没想竟被他低头一口含住了食指指尖。

他没使劲，然而林钰将手往外抽时，他又立马换了尖利的牙齿咬上来。

他生性属狼属虎，惯喜欢咬人，林钰怕李鹤鸣动牙齿，伸着手不敢动了。她微微蹙着眉心，娇声道："你又闹我。"

林钰舟车劳顿数百里来到汲县，眼下李鹤鸣性子驯顺得不像话，轻咬着她纤细的手指亲了一下，便松开了她。

他低声问："你是来看我，还是特意千里迢迢来训我？"

林钰抬手抚上他的脸，不答反问："你做了什么该挨训的事吗？"

李鹤鸣动作一顿，想起自己怀里仅剩的几块碎银，有些心虚："……我不知道。"

"你不知道？"林钰掏出荷包，从中取出了一张折得规整的信笺，是李鹤鸣寄给她的最后那封信。

她展开信，认真将上面他亲手写下的那句话读给他听："萋萋，没钱了。"

学的还是他平时说话无甚起伏的语气。

李鹤鸣本来还希冀林钰从都城出发时没收到信，眼下侥幸破灭，想起自己送出去的那一千八百两，避开视线不吭声了，但手却还不肯从她腰上松开。

他在外从来威风凛然，少有处于下风不敢出声的时候，林钰扳回他的脸，直视着他的目光："你做什么了？这样短的时间便将银子全花光了。"

李鹤鸣难得动了恻隐之心当回菩萨，但他不管账，一下子挥霍出去近两千两银子，心里难免有点虚，毕竟他一年的俸禄也才百来两闲银。

别的官员放纵或是靠贪污受贿，李鹤鸣在皇上眼皮子底下行事，贪是没法贪，他也学不来那勾当，偶尔的奢靡之风全靠办事得力的赏赐和李家积累下的家财顶着。

他不知道怎么回答，沉默了片刻，同林钰道："不是说好给我花？"

这话算是点了火，林钰气得咬他比王八壳还硬的唇："你是三岁稚子吗？给你多少你便花多少，半点不知节俭。我给你银子，是担心你一人在外出了意外有银子顶着，没叫你全花了。"

李鹤鸣乖乖受下这一口，忍不住想吻回去，但还没碰到，便被林钰推开了："不给亲。"

他行事稳重不假，唯独涉及钱银时估不着数，虽然用得着钱的时候不多，可一旦用起钱来，多半是挥金如土，眼都不眨一下。

就像他幼时拿本该买酒的钱去给林钰买栗子糕，成亲后本打算给林钰买两包糕点却心一热便搬空了小半家店。

林钰知他这毛病，所以眼下才会审犯人似的训他："花哪儿了？"

李鹤鸣听她动了气，解释道："我父亲曾有一部下名叫骆善，如今与其妻女在汲县过活。他伤了腿脚，家境贫寒，又从灾民中收养了一名婴儿，我便将钱给他了。"

林钰听得这番话，认同地点头："自该如此。"

但骆善一家医病疗伤用的钱再加上日后生活衣食无忧，算算五百两已然足够，她问："那剩下的呢？"

"……"

林钰不明白他怎么又沉默了下来，抱着他的腰晃了晃，催促道："嗯？说话呀。"

李鹤鸣一身锦衣官服，却被身前矮他一个头的林钰逼得不敢开口的样子实在有些好笑又心酸。

他只觉得这辈子没哪一刻为钱这么愁过，但又经不住林钰撒着娇追问,便只好老实地吐出实情:"……我给了骆善一家一千八百两。"

林钰蓦然睁大了眼,疑心自己听错了:"多少?"

李鹤鸣摸摸鼻子:"……一千八。"

林钰想起方才在街上与李鹤鸣说话的姑娘,喃喃问他:"刚才和你说话的那姑娘便是骆善的女儿吗?"

李鹤鸣瞥着她的神色,"嗯"了一声。

林钰问:"我辛苦管家,你拿钱去养别的姑娘吗?"

李鹤鸣拧眉,显然不认同这话:"我都靠你养着,怎会养别人。"

但林钰眼下可听不进去,她气得两眼发黑,搂着他的脖颈扑上去:"……咬死你算了。"

尖利的牙齿咬上来,李鹤鸣躲都没躲一下,甚至在林钰用齿尖半轻不重地磨他的下唇时,有些按捺不住地在她柔软的唇上舔了一下。

他自知眼下说什么都是错,索性不吭声,只顾在她唇上偷香,林钰的口脂都被他吃淡了。

自从当初梅树下李鹤鸣的嘴角被林钰咬出一道疤后,此后无论她嘴上说得有多狠,下口时都总收着力,顶多在他唇上磕下两道齿印,要不了片刻便消了。

毕竟从前李鹤鸣顶着结痂的嘴办差见人时丢的只是他自己的脸,可如今他若顶着唇上的伤见人,那丢的就是林家二姑娘夫君的面子了。

若再被长舌之人编派几句,林钰或许还得落下个床帏间骁勇彪悍的孟浪名声。

林钰瞻前顾后,李鹤鸣自然有恃无恐,正大光明地亲着她。

但下一刻,他便被林钰咬住了钻进唇齿的舌。

她这一下咬得有点重,尖锐的麻痛感自舌面蔓延开,李鹤鸣不自觉拧了下眉,默不作声地抬起眼看她。

表情依旧端着,也看不出究竟疼不疼,乖乖被她咬着没动。

林钰望着他,轻轻眨了下眼,许是觉得他难得听话,没狠下心再咬他一口。

她抿了下被他湿润的下唇,娇声问道:"二哥做了错事,还想亲我吗？"

她今日逗趣他上瘾，说着还轻轻挑了下眉尾，冲着他"嗯"了一声，姝丽眉眼间尽是春色不及的风情。

她这一声骄横的轻哼出口，李鹤鸣揽在她腰间的手立马收紧了几分。

他咽了咽喉咙，嗓音稍沉："我自己的妻子，我不能亲吗？"

说着就又低下了脑袋。

林钰推他胸口，后退躲他，摇头道："不能。"

她步子迈得小而急，月白色的裙摆如浪飘动，拂过李鹤鸣悬在腰间的绣春刀。李鹤鸣心痒得不行，直接一把抱起她，将她放在房中长桌上，双臂锁着她叫她无处可去。

她下意识并紧了腿，下一瞬又被李鹤鸣掌着膝盖分开，往前一挪，挤到了她身前。

李鹤鸣目不转睛地看着她泛起薄红的脸庞，垂首在她眼皮子上亲了一下，亲完又抬起头来盯着她看，问她："亲了又如何？"

强硬的气势倾覆而下，四肢化作铁锁禁锢躯壳，铁面相对冷声盘讯，这便是昭狱中锦衣卫审乱臣贼子惯用的招数，眼下竟被李鹤鸣虚张声势用来讨妻子的吻，也不知该叫人说什么才好。

但林钰不是他狱中罪臣，而是拿了他错处的提审官，并不当真怕他。

她抬腿用膝盖顶他胸腹："明明是二哥做错事，竟还这样理直气壮吗？"

春光穿过半扇明窗，斜照在林钰姝丽的脸庞上，新雪般的肌肤似蒙了一层绒绒柔光，像她发间轻晃的梨花瓣。

李鹤鸣似被她迷住了，垂下眼眸，定定望着她，手顺着她的脚踝徐徐往上，低声道："那我给夫人赔罪？"

他心里的坏主意摆在明面上，林钰去拉他往上探的手，拒绝道："不成。"

这算赔的哪门子罪？

他明知他一弄她就神思迷糊软成烂泥了，到时候他要如何便如何，哪里还轮得到她拿捏。

可李鹤鸣哪肯听，他抬手抚上她腰带，炽热的嘴唇在她耳郭轻轻碰了一下，低哑的嗓音传入她耳中："我苦思成疾，萋萋还如此冷漠，难道不曾念我吗？"

李鹤鸣示弱扮乖这一套在林钰面前永远百试百灵，她知道他从前过得苦，只要他稍显露出低落之色，林钰便很难说出拒绝的话。

李鹤鸣见她神色松动，低头又想吻她，可林钰却忽然动了动腿，将他往下压去。

李鹤鸣的视线眨也不眨地凝在林钰脸上，竟当真顺她的意屈膝跪了下去。

他身着官服，却如违背律法被官差压在地上的罪奴一般跪着，放低姿态屈膝至此，叫林钰有种说不出的心动。

林钰并非循规守矩的大家闺秀，私下也曾偷读过佚名画本。她双颊泛起霞色，做着让他下跪的事，语气依旧温柔如水："你不是要赔罪，那就这样……跪着。"

关上房门，李鹤鸣向来纵容她，他猜到她心中所想，剑眉微扬，忽然笑了一声。

他平日笑得少，大多数时候都习惯冷着张脸，成日对着一帮子耍刀弄剑的武夫和血迹斑斑的乱臣贼子，也实在笑不出来。

只偶尔在林钰面前，才得见他喜上眉梢。

林钰瞧见他提起的唇角，突然有点后悔，正想叫他起来，可李鹤鸣已卸下腰间长刀扔在一旁，握着她修长匀称的小腿，侧首吻在了她裙摆上用金丝银线绣的艳红花蕊上。

宽大的手掌松松圈着她的脚踝，指腹温柔抚过她的脚踝，好似在把玩一件上好的软玉。

手指抚过皮肤，有些痒，林钰下意识缩了缩腿，李鹤鸣手一紧，握着她，不让她动。

他抬眸看她："墙薄，若不慎咬疼了，也请萋萋噤声。"

一个时辰后，房中的燥热气氛逐渐平息下来。

墙角屏风后放着只浴桶，李鹤鸣唤役卒送来热水，伺候着疲累的林钰洗净身子，才将就用剩下的水用澡巾把自己搓了一遍，水一冲就算洗干净了。

他绕过屏风晃出来，看见林钰披着他的薄被靠坐在床头。

他随手扔在地上的长刀被她捡起来放在了桌上，脱下的外裳眼下被林钰拿在手里，她不知从哪儿摸出个针线盒，正在替他缝袖口划破的口子。

听见李鹤鸣出来，林钰有些幽怨地看了他一眼。

他被林钰哀怨的目光盯得不大自在，侧过身稍背对着她，拿起床上的中衣往身上套。

可没想才转过身，紧实的翘臀忽然被身后的人用力打了一下。

"啪"的一声，李鹤鸣对此始料不及，身体猛地一僵，系衣带的手都抖了抖。

老虎屁股摸不得，北镇抚使这屁股也没人动过。

小时候李鹤鸣他爹揍他，也是让他跪着，取了长鞭抽背，没打过屁股。

李鹤鸣下意识拧了下眉，扭头看使坏的林钰。

林钰睁着还有些红的眼睛看他，眉心皱得比他还紧："看什么？打不得吗？"

李鹤鸣自知理亏，眼下无论说什么都是错，只能顺着她的意吐出两个字："……可以。"

林钰仍气不过似的，又用点力气拍了一巴掌，将补好的衣裳递给了他。

李鹤鸣接过来，僵着一身肌肉老老实实穿衣，忍着没吱声。

穿罢飞鱼服，拿起绣春刀，李鹤鸣立在人前，又是威风凛凛的锦衣卫镇抚使，可怜林钰还没得衣裳穿。

李鹤鸣出门衣物带得少，除了身上穿的，只带了一套换洗衣物，来回换着穿，过得随意至极，眼下柜子里连件干净衣服都匀不出来给林钰。

他准备出门去找她的侍女拿她的衣物，但走了两步，又忽然折身回来,伸手抬起林钰的下巴,俯身快速亲了一口。

"唔——"林钰始料不及,脑子都没反应过来,李鹤鸣就松开了她。

"谢夫人替我补衣裳。"他道,说完像是怕林钰再打他屁股,面对林钰往后退了两步,拉开她手不能及的距离,才转身出门。

李鹤鸣与林钰关着门大半天没出来,之后又叫热水又要衣裳,泽兰自然知道两人在房内亲近。

林钰与李鹤鸣感情好,她比谁都高兴,把衣服递给李鹤鸣时笑得几乎看不见眼。

李鹤鸣见她笑成这样,瞥了她一眼:"笑什么?"

泽兰察觉自己失态,努力压平了嘴角,但满身欢欣劲却藏不住,老实道:"回姑爷,没什么。只是觉得夫人见到姑爷后心情好多了,奴婢为夫人高兴。"

李鹤鸣听见这话,皱眉问她:"我不在时,夫人心情不好吗?"

泽兰点头:"自从徐夫人来过府中,夫人心情便一直不大好。"

文竹点头附和,将那日在祖祠中偷听到的徐青引的话一五一十告诉了李鹤鸣,又道:"夫人还叫我找府中与徐青引暗中联系的不忠之仆呢。"

李鹤鸣听完,神色未变,也看不出是个什么态度,只道了声:"知道了。"

他看了眼手里的衣服,想起林钰刚沐过浴,估摸要用香膏脂粉,对泽兰道:"将夫人的行李一并给我。"

泽兰应下,与文竹拎出来三个装得满满当当的包袱。

李鹤鸣轻装简行,出门只带了银票和一套换洗衣物,一见泽兰与文竹手里的包袱,沉默了一瞬:"……这些都是?"

他忽然想起了当初在街头见到林钰的时候,泽兰与文竹也是大包小包跟着。

"当然不是了。"泽兰道,"这些只是夫人的衣裳鞋袜和平日常用之物,还有两箱行李在马车里放着。姑爷,要此刻抬下来吗?"

李鹤鸣想了想自己那小客房,塞满东西怕就做不得别的事了。他接过行李,道:"不必,夫人用时再搬吧。"

李鹤鸣拿着几包东西进门,从中翻出衣裳罗袜给林钰。

林钰换好衣裳,看了眼房内的桌椅矮榻,坐在床上没下来。

李鹤鸣会意,拿过手帕,他以往没怎么干过活,但抹桌擦凳的动作却利落。

他挽起袖子背对林钰蹲在榻边忙活个不停,想起刚才泽兰与文竹的话,开口问林钰:"怎么想起来汲县看我?"

他本来是想问她是否在家中受了委屈才千里迢迢来这偏远小县寻他,可没想却听身后的林钰道了声:"不是来看你。"

李鹤鸣动作一顿,回头盯着她,眉头又皱起来:"不看我,是来看谁?"

林钰解释道:"皇上怜阿姐孕苦,允了母亲入宫陪伴,不巧在盘水县的姨母寿辰相邀,母亲分身乏术。我想起盘水县离此地不远,都在临江一带,就替母亲走了一趟,在盘水歇了一夜后才顺道来的你这儿。"

李鹤鸣不听:"那不也是来看我。"

林钰道:"但不是专程来看你。"

李鹤鸣:"……哼。"

李鹤鸣夜里拥着林钰好眠,白日神清气爽地办差,实在令一帮子一月多没见到妻儿的同僚艳羡得眼红。

尤其是何三,迫不及待想回到都城去见自己心心念念的白姑娘。有了奔头,何三几乎成了一头脑门前挂着清甜白萝卜的壮驴,甘之如饴地整日围着案子连轴转。

李鹤鸣将审讯之事扔给他,自己忙里偷闲,带着林钰在汲县四处逛了逛,但大多数时逛到一半,手下的人就会冒出来把人请走。差事不可推脱,李鹤鸣只能半途抛下林钰去处理正事。

好在林钰知书达理,并不因此生气。

悬房案牵扯的数名贪官已通通招供画押,这日李鹤鸣与林钰游园游至一半,何三又一次派人将他请回了衙门,把辛苦整理出来的几十份供状呈到了李鹤鸣面前。

这段时间何三忙得脚不沾地,几乎没踏出过县衙门,连驿馆都没回过两次。

困了就伴着身上几日没洗的血腥气在衙内寻张椅子随便一躺,眼睛一眯睡上不知几个时辰;饿了就随便叫人从外面买来点饭食,几口吃了,就又坐到案前办公,当差当得可谓尽心竭力,不成人样。

反观李鹤鸣,有林钰在身旁,每日穿的衣裳都透着股淡淡的皂角香,在一群忙得眼底生青的锦衣卫里最是衣冠楚楚,人模狗样。

李鹤鸣将审讯一事交给何三,便当真半句没过问。罗道章如何招的,笔供上又记了什么,他恐怕是一行人里知晓得最晚的。

此刻他拿到供词,站在牢狱前一张张仔细看了许久,仅是罗道章的罪状便写满了二十多张纸。

纸张翻飞,在这静谧的午后响个不停,仿佛一沓催命的生死簿。

李鹤鸣垂眸看着供词一言不发,何三也不知道他在想什么,站在一旁耐心等他阅完,又将手里另外几十份签字画押的笔供递给了他。

"这些是罗道章的家眷奴仆及与他来往之人招的供词,共四十三份,全在这儿了。"

何三第一次亲手办这么大的案,他见李鹤鸣一直没说话,有些不自信地摸了摸鼻子,问道:"罗道章眼下还清醒,您要亲自再审一遍吗?"

"不用,你做得不错。"李鹤鸣淡淡道,他说着,抬手指了下西角门,"把人拉出去吧。"

衙内西角门,只在囚犯问斩时打开,这是要将人就地斩了,不带回京都的意思。

何三正色应下:"是。"立马带着锦衣卫进狱里押人去了。

往日县丞的风光不再,罗道章被人架着双臂从牢狱里提出来时,蓬头垢面满身血污,脑袋无力地歪倒在肩侧,站都站不稳当,仿佛一摊斩断骨头的人形湿泥被左右的锦衣卫拖着往前走。

他双膝几乎触地,被血浸湿的鞋尖在身后拖出两道弯曲断续的长长血路,脚腕上的镣铐磕碰在坑洼的石板地上,发出一长串丁零当啷的响。

李鹤鸣闻见声音，抬眸看了一眼，又面无表情地低下了头，一字一句继续仔细看着手中供词。

春光照在他身上，明明是暖春的天气，在他身旁的光却冷森森的，似透着寒意。

狱门顶上雕刻的狴犴口吐獠牙，目露凶光，在这几十年里日复一日地睁着双眼，注视着一个个落狱又从狱中拉出去问斩的罪奴。

如今，罗道章也将成为这刀下一员。

身为县丞，他断过大小无数案子，惊堂木一拍，定死罪之人没有上百也有十人，他很清楚这午后将人从牢狱中拖出来是要做什么。

或是得知大限将至，他竟清醒了几分。

昏蒙目光透过额前结成缕的脏发，在看见狱门下站着的李鹤鸣后，罗道章几不可见地微微动了动脑袋。

他干裂的嘴唇费力地张开，气若游丝道："饶……饶了我妻……妻女……李大人……饶了……我妻女吧……大人……"

含糊沙哑的声音一遍遍响起在这森冷的牢狱前，听得人心惊，然而李鹤鸣却只是无动于衷地翻看着手中供词。

架着罗道章往外走的锦衣卫也充耳不闻，显然对犯人受审前的求饶习以为常。两名锦衣卫提着他的手臂，沉默地拖着他行过李鹤鸣身侧。

求饶声一直未停，直至刀锋断首，才猛然消失。

断颈涌血的尸体和鲜血淋漓的头颅被人从西角门一起抬进来，抬过狱门，扔到了牢狱正对的土地祠前。

遵太祖立下的惩治贪官的剥皮萱草的刑罚，将人皮稻草人在祠中一立，来汲县接任的官员在恐惧震慑之下，此地至少能得十年安稳。

李鹤鸣斩杀过的贪官不知多少，见惯了残忍血腥的画面，眉头都没皱一下。

他面不改色地望了一眼那血淋淋皱巴巴的罗道章的人皮稻草人，领着上百锦衣卫踩过地上湿热未干的鲜血，浩浩荡荡走出了这昔日辉煌的县衙，带着或将惊动朝野的供词，踏向了回都城的路。

都城的气候比汲县沿江一带要暖和不少，满城梨花如云，缀满了枝头，有好些树上都已结了脆梨。

林钰随着李鹤鸣一同入的城，但李鹤鸣并未与她同乘，而是和其他锦衣卫一样骑马而行。

返程路远，锦衣卫一路日夜兼程，为不耽误李鹤鸣的差事，林钰这一路大半时辰都是在马车里歇息。

比起软床，睡得不太安稳。昨晚马车摇摇晃晃赶了半夜的路，眼下一早过了城门，林钰还在车内睡着，不知日晴天黑。

李鹤鸣回城第一件要事便是入宫述职，连家门也没时间入，而林钰要回府，两人不得不分道而行。

他遣散众人，只留了何三带领的一小队人在一旁等候，随后叫赶马的泽兰与文竹将马车停在一户清静人家的石墙下，动作利落地翻身下马，一撩衣袍扶着车门弯腰钻了进去。

李鹤鸣长了一张正经沉稳的脸，也不爱上秦楼楚馆，手底下的人一直以为他是天生佛陀不近女色，然而见他这一路上钻林钰的马车钻得越发熟练，才知道看岔了眼。

都是男人，哪有什么佛陀。

只要他一往马车里钻，不多时泽兰与文竹总会听见里面传出几声低语，多是林钰在出声，推拒低斥，模糊不清。

眼下见李鹤鸣又进了马车，泽兰与文竹二人颇有眼力见地走远了两步。

何三对李鹤鸣这临走还要进马车偷口香的举动也只当没瞧见，抬眼望着树上一只还没长大的青梨，在心里认真思索着待会儿是回家洗干净了再去找白姑娘还是去白姑娘那儿和她一起洗。他抬起手臂闻了闻自己身上的味儿，皱起了眉头。如果同她一起洗，也不知她会不会嫌弃。

李鹤鸣知林钰还在睡，是以没出声叫她，上车的动作也轻。

为了她白日赶路时睡得安稳些，临行前他叫人裁了两层厚帘挂在窗上避光，眼下车门一关，车内立马又暗了下来，仿佛深夜。

车内矮榻垫得厚实软和，林钰阖眼斜靠在榻上，身上盖了一层薄毯,眉眼舒展,呼吸清浅,睡得香甜,连毯子都快从膝头滑下去了都没醒。

李鹤鸣握着刀鞘没发出声响,他抬起她腿上微微蜷握着的手,拉高毯子,将她的手塞进了毯子里,然后低头在她唇上亲了一口。

睡梦中的林钰嘤咛了一声,但并未醒来。

李鹤鸣好像进来就只为分别前看看她,把林钰好好的唇啃出道牙印后,漆黑的眸子在她脸上凝视了一眼,随后便下了马车。

当真是难为他为了这一口不嫌烦琐地爬上爬下。

他从进去到出来没超过十个数,何三正准备把那枝上高高挂着的小青梨用刀鞘打下来带给白蓁,手才抬起来,就见李鹤鸣从马车里出来了。

李鹤鸣翻身上马,一夹马肚朝着皇城的方向而去,背对何三扔下一句:"将夫人安全送回去。"

虽说此地离皇宫还有几分距离,但入了都城便是天子脚下,怎会有危险。

何三有些不明白李鹤鸣为何多此一举,但他想起李鹤鸣身上揣着的供状,脑子一清,明白了过来,点头应下:"是。"

李鹤鸣穿过重重宫门来到武英殿前,皇上身边的大太监刘润安手持一柄拂尘正候侍在门口。

刘润安服侍崇安帝多年,乃崇安帝身边红人。他瞧见李鹤鸣,迈着老腿快步上前,和善道:"哎哟,李大人,您回都城了。"

"刘公公,"李鹤鸣微微颔首,问道,"皇上可在殿中?"

刘润安摇头:"您今儿来得不巧,皇上啊,前日便上坛古寺听佛去了。"

李鹤鸣不动声色地瞥了一眼殿门口值守的几张新面孔,抬手道:"那李某改日再来。"

这殿门大开,刘润安又在门口候着,说明殿中分明有人在,然而李鹤鸣却问也不问就要离开,刘润安有些疑惑地看着他的背影,正要出声挽留,就在这时,殿中突然传来一道低沉沙哑的声音:"李大人既然来了,何必白跑一趟,不如同本宫说说要禀告何事。"

193

李鹤鸣停下脚步，回身看去，但只看见殿前垂落的长帘，并看不见里面是何人说话，不过不难听出这嘶哑独特的声音的主人。

正是汲县悬房案的祸首，当朝六皇子——朱铭。

李鹤鸣站着没动，但殿内却已再次传出声音："刘公公，请李大人进殿。"

刘涧安快步上阶，撩起帘帐，同李鹤鸣道："李大人，六皇子有请。"

李鹤鸣迈步进殿。殿中，朱铭高坐于龙椅之上，虎豹般的精目射向入殿的李鹤鸣，那目光耐人寻味，又令人发寒。

朱铭身材魁梧，样貌出众，喉结处有一道短疤，乃是曾在战场上所受的箭伤，躲得及时，未伤及性命，但不可避免地损坏了声音。

他嗓音嘶哑地开口："李大人此番前来，不知有何事要禀告父皇？"

武英殿乃帝王处理政务之处，如今却是六皇子坐龙椅批奏章，李鹤鸣看向阶上之人，没回答这话，而是先躬身行了个礼："问殿下安。"

李鹤鸣态度恭敬，但朱铭的面色却未见半分缓和，淡淡道："本宫安。"

崇安帝膝下六子，老大早夭，老二腿残，老三老四接连战死，老五庸弱，只剩下六皇子朱铭尚有立太子的可能。

除了大皇子与二皇子朱熙，余下几位皇子皆上过战场，其中六皇子朱铭最为骁勇，在军事上也最受崇安帝器重。

李鹤鸣的父亲李云起死后，其兵力最后便归于了当时的监军朱铭麾下，如今朱铭手握边境十五万大军。朝中上下，皆言立其为太子是迟早的事，然而不知为何，崇安帝却一拖再拖，迟迟未拟诏书。

如今琬妃怀了身孕，这迟迟未决的太子之位也变得越发悬殊。

朱铭微微抬了下手，殿中侍奉的宫女悄无声息地退了出去。

殿门缓缓关上，很快，殿中就只剩下李鹤鸣与朱铭两人。

朱铭随手摆弄着桌上玉蟾，缓缓道："李大人还未回本宫的话，今日求见父皇，所为何事？"

李鹤鸣此番远赴汲县，朝中上下何人不知是为悬房案一事，朱铭多此一问，显然话中有话。

李鹤鸣立在殿中，神色平静地同他打着太极："为差事而来。"

朱铭问："悬房案？"

李鹤鸣未出声，像是没听见。他受命天子，所行差事，即便太子，也无权过问。李鹤鸣有权不答。

朱铭见李鹤鸣态度冷硬，冷笑了一声。

他放下手中玉蟾，盯向阶下立着的人："昨日乃先元惠太后忌辰，你们北镇抚司的副镇抚使卫凛护送皇上入坛古寺为元惠太后诵经，这些日暂由本宫代理政事，李大人难道没听说吗？"

李鹤鸣今日似想将刚正不阿的臣子态度发挥到极致，顶着张没什么表情的脸回道："回殿下，未曾。"

香炉云烟缭缭，檀香浅淡，本是静心凝神之香，然而空气里却隐隐弥漫着一股剑拔弩张之气。

朱铭身为悬房案罪魁祸首，自要尽力阻止李鹤鸣将真相送到崇安帝面前，然而他也知道李鹤鸣执法之严可谓油盐不进，绝无收买的可能，是以只能威逼道："李大人在朝中多年，当知道什么该说，什么不该说。"

朱铭心直口快，大逆不道之言藏于腹中，关了门张口就来。

他靠在龙椅中，居高临下地看着垂眸不语的李鹤鸣，声音沙哑如蛇鸣："这天下总要换代，李大人可不要一错再错，免得走不了回头路，到时候连累家人一同遭难。"

刺耳的声音擦磨过耳膜，听见"家人"二字，李鹤鸣这才终于抬头看向了龙椅中的朱铭，但也只那一眼。

骆善的话李鹤鸣记得清楚，可他表现得却像对十年前朱铭的所作所为毫不知情，既无恨，也无厌，只似个不识好歹、不晓变通的蠢臣："锦衣卫听帝王令，无须向他人禀明案情。殿下今日的话下官便当未听见，下官还有事在身，先告退。"

李鹤鸣在朝中软硬不吃的名声朱铭清楚，但如今威逼利诱不成，朱铭的脸色爬霜似的冷了下去。

若非崇安帝身边的大太监刘润安在门外候着，他便是唤人将李鹤鸣就地押了直接动手也不无可能。

可或许正是因为知道刘涧安在门外,朱铭不敢随心所欲地对他动手,李鹤鸣才装也不装。

朱铭声冷如冰:"那本宫还得多谢李大人宽宏大量了?"

"不敢。"李鹤鸣不卑不亢,拱手道,"既然殿下无事,那下官便先行告退。"

说完便退了出去。

崇安帝既已将政务交与朱铭,想来在寺中这些时日不愿被打扰,是以李鹤鸣出宫后未上坛古寺,直接打道回了府。

他回来得巧,恰赶上林钰对下人训话。

堂前庭院里,数十仆从低头安静站着,乌泱泱站满了半个院子。最前方是个青衫桃裙的侍女,伏跪于地,战战兢兢。

门前的台阶上摆了张红木方桌,桌边一张黄花梨交椅。

椅后立着文竹与泽兰,林钰一身竖襟长衫坐在椅中,手搭桌沿,居高临下地望着底下伏地长跪的侍女,语气清冷:"我新婚日的东西,是不是你动了?"

这话问得不明不白,底下的人猜不出这侍女究竟动了何物,叫林钰一回府便对其发难。

不过那侍女自是心知肚明,听见林钰询问,开口便是求饶,哭得可怜:"夫人饶命!饶了奴婢这一回吧,奴婢再不敢了!"

林钰以前在林府管事时,和泽兰默契地形成了一套规矩。

侍女说完,泽兰立马下阶,抬手就狠狠给了那侍女一巴掌,骂道:"这一回?夫人离家前分明叫人敲打过你,可你屡犯不改,竟趁着夫人不在与外人勾结,若非被抓了个正着,你这没心肝的白眼狼怕是犯了不知多少回了吧!"

林钰不愿脏了嘴说难听话,但泽兰护主心切,骂起人来是半点不留德,手指着那侍女:"不要脸的狗东西,吃里扒外与旁人串通一气,夫人可曾薄待过你!"

李鹤鸣见这对主仆一唱一和,没出声打扰,自顾自从众人面前迈上台阶。

文竹见他回来，从屋内搬来和林钰身下那张一模一样的配套的木椅，李鹤鸣在椅中坐下，看林钰调教仆人。

泽兰忙着，文竹上前替他沏了杯清茶，李鹤鸣饮了一口，偏头低声问文竹："发生了何事？"

文竹弯腰在李鹤鸣耳边小声道："这侍女此前偷拿了夫人的东西，夫人不在府中这段时日，又趁机向徐夫人通风报信，被老陈抓住了，然后就这样了。"

若是金银钱财，林钰不至于如此大动干戈，李鹤鸣问："偷拿了什么？"

文竹茫然地摇头："奴不知。"

他说到这儿，眉眼一耷，面上露了几分委屈："夫人她们未同我说，泽兰还不许我多问。"

不让他知道……

李鹤鸣思索片刻明白了过来，这东西怕是新婚夜丢的那东西。

阶下侍女被泽兰恶声恶气骂了一通，身子抖若筛糠，见在林钰那儿没有转圜的余地，便想向李鹤鸣求饶，可她抬头看见李鹤鸣冷淡的神色和他放在桌边的那把绣春刀后，脸色一时变得更加惶恐不安。

林钰将那侍女的小动作瞧得清清楚楚，她皱起眉："我若饶你，旁人不服，这府中岂不没了规矩？可我若赶你出府，又得烦心你日后在外乱嚼舌头，不如你自己说说，该如何才好？"

林钰今日杀鸡儆猴，底下的奴仆皆大气不敢出，然而李鹤鸣听了一会儿觉得无趣，竟毫无眼力见地去握林钰搭在桌上的手。

粗糙的手掌包裹着她的手背，托起一根软玉似的手指用指腹磨了磨她的指骨，又去蹭她的指尖。

然而下一刻，林钰便抽出手用力在他手背上拍了一巴掌。

"啪"的一声脆响，也不知有没有人听见。

李鹤鸣面不改色，老实将被拍红的手缩了回去。

那侍女深知自己今日逃不过责罚，更知不忠之仆被逐出府，今后也不会有其他人家肯买回去用。

此后她多是要流落烟花之地，不得善终。

她想了想那种猪狗不如的日子，吓得以头抢地，哭哭啼啼讨饶："夫人，奴婢知错了，奴婢家中还有年迈的爹娘要养，求夫人留下奴婢吧……"

她磕破额头见了血，从来良善的林钰此刻却没见脸上有多少怜惜之色。

林钰淡淡道："你既不想离开，那就在府中做个夜香妇吧。"

府中夜香仆多是年迈古怪的婆子和老头，最是难相处，她这一去，少不了被欺辱的命，这漫漫人生算是一眼看到了头。

可即便如此，也比在烟花之地受辱要好得多。

那侍女哭着叩谢，爬起来退下时，腿软得发颤，看着似要晕过去。

林钰抬了抬手，下人接连退出庭院，不多时，院内又清静下来。

李鹤鸣手一伸，将林钰拉到身边来，抬手揽住她的腰："夫人好威风。"

林钰方才还一脸冷色，眼下却委委屈屈地看着他，恼道："我都要气死了！你不晓得她递出去的信里写了什么见不得人的东西，若叫旁人知道了，我以后也就不用见人了。"

李鹤鸣问："写了什么？"

林钰不肯说，只道："想是徐青引许了她什么好处，她交不了差，便乱编乱造，胡写一通，臊人得很。"

她难得依赖他一回，李鹤鸣心中满足，把人拉到腿上坐着，问她："需我做些什么吗？"

林钰气得眼红，道："你盯着徐青引，我怕她知道些什么，生出祸事来。"

她说罢抬手搂住李鹤鸣的背，将脑袋埋进了他颈窝里，闷声道："那信里的话，真是好生恶毒，我还从没被人那样说过。"

些许湿润的触感沾上脖颈，李鹤鸣轻抚她的背，偏头看她，低声问："哭了？哭什么？我李鹤鸣的妻怎能动不动便哭哭啼啼……"

他话没说完，背上立即重重挨了林钰一拳。

"咚"的一声，又沉又闷，好似骨头都砸得发颤。

李鹤鸣眉头一拧，审时度势地止了声，安心当个人形木头让她抱着。

  他揽紧臂弯里的腰身,又看了眼肩头的脑袋,腹诽道:平时瞧着弱不禁风,揍起人来怎么这么大力气。

第八章

变故

城内梨花凋尽，甜梨熟透，崇安帝才终于从坛古寺起驾回宫。

他离宫这几月里，对前来寺里求见的文武百官是一律不见，即便有十万火急的要事需他定夺，崇安帝也只是让他们上武英殿找六皇子，似已全权将朝政交与了朱铭。

皇上好端端地稳坐帝位，皇子代理朝政，这其中深意不言而喻。

然而就在百官以为太子之位暗中已定时，重返皇宫的崇安帝又从朱铭手中收回了朝政大权，并在朝上当场责备六皇子轻怠政事，命其思过反省。

李鹤鸣就是在这时候，再次入宫，上禀了汲县悬房案始末。

武英殿。

李鹤鸣离开后，锦衣卫指挥使郭放望着龙椅中久久闭目不言的帝王，与身后的卫凛对视一眼，试探着道："皇上，悬房案牵扯深远，六皇子素来忧国爱民，这其中或许另有隐情……"

朝中六皇子党以郭放为首，崇安帝对此心知肚明，这也是他舍指挥使不用而重用李鹤鸣的原因。

他压着怒意，悠悠睁开眼看向郭放，语气寒凉："你是说李鹤鸣查错了？"

郭放躬身垂首，思索着道："回皇上，微臣只是猜测有这个可能，不如让人将此案重新……"

他话没说完，便被崇安帝打断："你这是在质疑你北镇抚司的能力，还是担心李鹤鸣过两年顶了你的位置？"

郭放心头一凛，正欲回答，又听崇安帝道："又或者，你是想为老六求一份情，说几句话？"

皇子暗地里拉拢朝臣，争权夺势，崇安帝并非不知。

可臣子，终究是皇上的臣子。

郭放听得这话，面色骤然一变，膝盖一弯，跪得利落："微臣不敢！"

卫凛不动声色瞥了郭放一眼，上前一步道："禀圣上，汲县的案子是由李大人亲办，但人却并非他亲审，而是由他身边那名叫何三的千户审讯，这供词应当做不得假。但如指挥使所言，六皇子此举或另有隐情也未可知。"

他这话也不知道是想救郭放一命还是在崇安帝的怒火上浇油。

崇安帝听得此处，猛地将桌上供状扬向二人："白纸黑字，证据确凿！隐情？他的隐情，便是要鱼肉天下百姓吗？！"

宣纸纷纷扬扬飘落在两人面前，卫凛屈膝跟着跪下，弯腰伏地，与郭放异口同声道："皇上息怒——"

崇安帝这几月静心安神的佛经算是白听了，他一拍桌子站起来："朕身为帝王，亲儿子却背着自己压榨百姓，贪赃枉法，你们还要朕息怒？"

他单手扶桌，怒意满面地指着郭放："你若是朕，你如何息怒？"

郭放额头上汗都下来了，提声道："臣、臣不敢！"

太监刘涧安本战战兢兢弯着腰在捡地上供状，听到崇安帝这话，也跟着跪了下来。

三人忐忑不安地在崇安帝面前跪了一排，心里将引了祸事就跑了的李鹤鸣从里到外骂了个遍。

崇安帝深吸了口气，檀香入鼻，怒极之下竟平静了几分。

他转身取下自己的宝剑扔在地上，长剑在地面滑磨过一长截距离，发出冰冷刺耳的响。

他指了指跪在地上的刘涧安，又抬手指向殿外，语气平静得诡异："去，把这剑送老六府上去，叫他自己把脑袋砍下来。"

刘涧安双股发颤，哪敢接下这要命的差事，他忙不迭求情："皇上！万万不可啊！"

崇安帝将剑一脚踢到他面前，压着怒火沉声道："去！不然朕就用这剑砍了你的脑袋。"

刘涧安欲哭无泪，只好颤颤巍巍伸出手，但还没碰到剑，玄衣锦冠的朱铭便迈着大步跨进了殿。

门口的小太监见这阵势拦都不敢拦，人都进门了，才迟迟颤着声通禀："六皇子到——"

朱铭见殿中跪着三人，又看了眼上头站着的崇安帝，一撩衣摆也跟着跪了下来，想来很清楚自己犯的事。

"父皇，"朱铭面色坦然，"儿臣来向父皇请罪。"

郭放与卫凛见朱铭来殿中，有些诧异地对视了一眼。

崇安帝看着自己跪得笔直的儿子，面上辨不出喜怒。片刻后，他道："你二人先下去。"

郭放与卫凛闻言连忙起身，屏息静气地退出了这龙怒未消之地。

待殿门关上，殿内只剩下父子二人，朱铭这才开口："回父皇，几年前军防需银钱，儿臣从汲县的灾款里抽了一成。"

他语气平静坦然，好似不知过错。

崇安帝看着自己这不知悔改的好儿子，实被气得发笑："一成？一成就把汲县的民居抽成了烂木危房？你抽一成，你手下的人抽一成，下面的人再抽一成，一成一成抽下去，你告诉朕，到用时还能剩多少？"

朱铭算账算得清楚，他道："那一成是儿臣的错，二成的错儿臣也能替手下的人担了，但别的该是工部与汲县官员的罪——"

话音未落，崇安帝猛抄起案上一沓奏折砸向了朱铭。

只闻"啪"一声响，奏折尖利的折角砸破了朱铭的额头，又四散掉在他的脚边。

朱铭能躲，但并未躲开，结结实实挨了这一下。鲜血很快从他额头溢出，顺着眉骨流下，进入眼中，将视野染得鲜红。

"混账东西！"崇安帝怒声骂道，"避重就轻，田产地税你是一概不提。你知不知汲县因你死了多少人？一县百姓又因你过了几年水深火热的日子？"

朱铭仿佛知道崇安帝不会拿他如何，抬手擦去额角的血，解释道："这是不得已之策，户部拨不出钱，北边苦寒，十五万兄弟嗷嗷待哺，我身为将帅，若不想办法，如何养出御敌之精兵？"

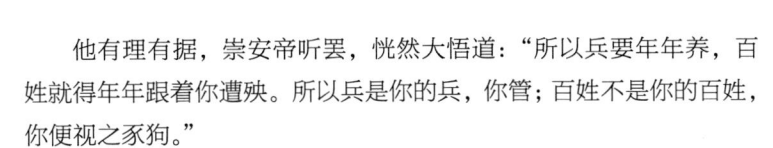

他有理有据，崇安帝听罢，恍然大悟道："所以兵要年年养，百姓就得年年跟着你遭殃。所以兵是你的兵，你管；百姓不是你的百姓，你便视之豕狗。"

朱铭拧眉："儿臣并非此意。"

崇安帝厉声打断他："可你就是这般做的！"

他看着自己这打了半辈子仗的儿子，恨铁不成钢道："你知你那张臭脸上写着什么吗？"

朱铭并未回答，崇安帝一字一顿替他道："开疆扩土。

"你只求大明国土辽阔，却不顾大明百姓死活。百姓求的是丰衣足食，照你这贪战的性子，朕敢把位置交给你？"

朱铭心中一颤，据理力争道："带兵打下来，抢来不就有了！太祖当初不就是这么立的国？"

崇安帝被他这土匪性子气得险些背过气去，他怒极反笑："好啊，你都敢与太祖比肩了。"

朱铭自知失言，还要说些什么，崇安帝却转过了身。

明黄色龙袍裹着已不再健壮的身躯，这天下至尊仿佛一瞬苍老了几分，他失望道："滚吧。"

朱铭急道："父皇！"

"滚！中秋过后，给朕滚到北边去带你心心念念的精兵！"

朱铭看着崇安帝决绝的背影，沉默片刻，终是面色不甘地起身退出了武英殿。

朱铭走后，崇安帝孤身在殿中坐了许久。

永乐金剑躺在地上，锋利的剑刃半身出鞘，刘涧安放下手中拂尘，上前抱起永乐剑，小心翼翼地架回了兰锜上。

剑鞘与兵架相撞，发出一声轻响，崇安帝睁开眼，忽然唤道："刘涧安。"

刘涧安忙行至案边，俯身垂首："皇上，老奴在。"

崇安帝揉了揉眉心，问道："琬妃近日如何？朕不在宫中这些时日，可有什么麻烦？"

这话问得巧，琬妃怀孕，后宫里的鬼怪个个都虎视眈眈地盯着她

205

那一日比一日大的肚子，生出的麻烦自然也是可大可小。

刘涧安知道崇安帝想问什么，回道："回皇上，没什么麻烦，太医日日号平安脉，底下的人也都仔细着呢。老奴听您的吩咐常去探望，琬妃能吃能睡，心情也不错。就是您不在宫中这些日，她问了好几回您何时回来，老奴瞧着是太想皇上了。"

听见这话，崇安帝总算笑了笑："她身子重，朕是该去看看她。如今她还吐吗？朕记得自她有了身孕嘴便叼得很，唯独喜欢吃酸口。"

"已经不吐了。"刘涧安道，"上次去时，听宫女说琬妃近来酸辣都爱吃，味道吃得重。"

崇安帝点头："能吃就好。天快热了，把上回西洋使者进贡的闪金缎拿去叫尚衣监给她做几身衣裳。"

刘涧安应下："奴才这就去吩咐。"

他说着就要离开，没想又被叫住了："等等。"

崇安帝道："朕记得，林侍郎的妻子也怀孕了。"

刘涧安一愣，不明白崇安帝怎么突然提起这事，回道："是，和琬妃娘娘一前一后有的身孕。"

崇安帝道："过上几日，将他那妻子召进宫来吧。"

刘涧安有些茫然，看不透崇安帝此举何意，召臣妻入宫，这要让朝中那帮子谏臣知晓了，指不定会骂出什么大逆不道的话。

他斟酌着问："这……皇上，以什么名头啊？"

崇安帝淡淡道："就言琬妃孕苦思家，传她进宫与琬妃相伴。"

刘涧安点头应道："是。"

朱铭被软禁后，郭放四处奔走，找朱铭养在宫外的门客商量对策。卫凛时而也跟着一起。

这日几人商议了一个通宵，郭放与卫凛踩着晨光从门客府中出来，二人分道而行。

卫凛独自骑马慢慢悠悠行过长街，走出许远，最后在街边一个卖馄饨的小摊上坐了下来。

摊前有一处荒废多年的宅邸，上面挂着一张破旧的牌匾，隐约辨得出"白府"二字。

因这荒宅的缘故,这条街也偏僻,行人少,安静,摆摊的费用也低。

路边除了这馄饨摊,还有人在旁边支了棚子卖茶。

茶座边停了辆马车,有个清瘦的女人正戴着帷帽坐在那儿在喝茶。

这两个小摊卫凛都常光顾,卖馄饨的老人已认得他。

老人远远见他,从竹篮子里数了三四十只馄饨下锅,卫凛坐下没一会儿,馄饨便煮好端了上来。

几十只馄饨装在碗里冒了尖,上面撒了一大把绿油油的葱花,有些冲鼻。

卫凛忙了一整个日夜,此刻已饿得前胸贴后背。

他从桌上的竹筒里抽了双筷子,埋头大口吃起来,吃了一半回头冲卖茶的老妇喊道:"张婆,来碗凉茶。"

那老妇道:"好,大人稍等。"

卫凛抬袖擦了擦汗,继续埋头吃。

他饿得狠了,很快一碗馄饨就见了底。老人看他狼吞虎咽,笑着问:"要不再来一碗?"

这鬼日子忙得吃了上顿没下顿,卫凛道:"那就再来一碗。"

老人于是又开锅数了四十只馄饨下进去。

茶摊的老板送来一壶凉茶,卫凛倒出一碗,仰头大口饮尽。一道人影忽然投了下来,挡住了他面前的光。

方才坐在旁边饮茶的女人站在他面前,低声道:"大人可是锦衣卫的镇抚使?"

她戴着帷帽,垂落面前的白纱看似轻薄,却将脸遮得严严实实,看不清容貌。

每日因公或私而接近卫凛的人不少,此人候在这摊位处,想必是专门在等他。

他抬眸望着面前的女人,不急不慢地又喝了碗凉茶,纠正道:"副的。"

女人似被他这话噎了一下,安静了须臾,才接着道:"我有一条关于镇抚使的消息,猜想大人或许感兴趣。"

卫凛闻言,隔着面纱定定看了她一眼,似在判断她能否拿出有价值的消息。

他放下茶碗,问道:"什么消息?"

女子道:"三千两。"

卫凛听她狮子大开口,抬眸睨她:"什么消息值如此高价?"

女子道:"自然是值此价的消息。"

卫凛问:"若不值呢?"

"我不过一介草民,以大人的能力,若是不值,大可一刀砍了我。"

卫凛来了兴趣,微微抬头:"说。"

女子摇头,声音从面纱后传出来:"我要先看到钱。"

正说着,老人将第二碗馄饨端了上来。卫凛拿起筷子继续吃馄饨:"你信不过我,也当信得过锦衣卫的名声。"

"……若我信得过锦衣卫,怎敢来卖北镇抚使的消息?"

卫凛面不改色:"夫人既然了解锦衣卫,当知道,锦衣卫从来是先得信再动手,无信证按兵不动,一毛不拔。"

女人听他话里无转圜的余地,沉默了片刻,从袖中掏出一张提前写好的纸条,放在了桌面上。

卫凛一手夹着馄饨往嘴里送,另一只手拿起纸条打开。

在看清信上的内容后,他神色微变,随后一把按住女人的手,从竹筒中抽出一支新筷,挑开了女人的帽纱。

他速度极快,女人压根儿没反应过来,面纱后惊讶的面庞就落入了卫凛眼中。

卫凛在看清她的面容后,也有些惊讶,但很快便松开了手。

他拿起筷子,继续吃馄饨:"十日内,三千两会送到夫人府上。"

女子握着被他捏过的手腕,急急后退一步,她似想因他的孟浪之举骂他几声,但最后碍于他的身份,只道了一句:"……那便多谢大人。"

她说完,起身快步朝马车走去,但没走出两步,又听卫凛在身后开口问道:"以你们的关系,你为何要揭发他?"

女子背对他站定,苦笑一声:"我一个孤苦无依的女人,能为了什么?自然是为了钱。"

李鹤鸣在崇安帝身边多年,深知他们这位皇上重情,尤其重亲、孝之情。

他是高高在上的帝王,亦是宠子如命的父亲。

是以当李鹤鸣听闻崇安帝为保住朱铭而选择压下汲县悬房案真相时,并无丝毫意外。

锦衣卫查得私下有二三朝官对此不满,上报给李鹤鸣,李鹤鸣也压下不报,全当耗费数月查清的案子就这么悄无声息地了结了。

日子继续一天天过,这日下朝,林靖上何记糕点铺买栗子糕,在店里遇上了也来买糕点的李鹤鸣。

林靖下朝后被同僚拉着闲聊了一阵,绊住了脚,匆匆赶来店中,恰好柜台里还剩最后几块栗子糕。

也亏得李鹤鸣一身飞鱼服站在店内,无人敢靠近,不然这最后几块栗子糕定然落不到林靖手里。

林靖进店时,李鹤鸣正站在柜前等店家将点心打包。他冷着张俊脸,单手松松压在腰间绣春刀的刀柄上,瞧着仿佛要拔刀动手,也难怪眼下店中无人。

不过店内的伙计倒是见他来过多次,并不畏惧他,笑盈盈地将包好的点心递给他。

林靖顾不上他,忙叫伙计将那最后几块栗子糕包起来,又点了些其他的糕点,等着伙计打包的工夫,这才闲下来和李鹤鸣打招呼。

他见李鹤鸣右手拎了一手黄油纸包着的吃食,指着其中一只油纸里支出来的两根细棍问他:"你这拿的什么?"

李鹤鸣低头看了一眼:"糖葫芦。"

林靖看了看,见装糖葫芦的油纸里裹着降温的冰,问道:"怎么就买了两串?"

他这话问得莫名其妙,又不是买给他的,还嫌起少了。

春夏少有地方卖糖葫芦，得拿冰镇着才不会化，李鹤鸣也是今日偶然见到有一家铺子在卖。

他瞥林靖一眼，道："我去时只剩下两串了。"

林靖想起秦湄安近来喜吃酸甜口，毫不客气地直接伸手去拿："给我一串。"

李鹤鸣微微侧身避开他的手，脚下一挪站远半步："自己去买。"

林靖"啧"了声："那么小气做甚，以后还你就是了。你不有两串吗？小妹吃不了太多，一次也就吃上三四颗山楂就嫌酸了。"

一串糖葫芦串五颗山楂，林靖料定林钰吃不完，正好匀他一串，没想李鹤鸣睨着他道："我不吃？"

林靖道："……你和小妹吃一串不行？"

李鹤鸣不愿："谁同你说糖葫芦能分着吃？"

林靖盯着他手里的糖葫芦不挪眼："梨不能分吃，糖葫芦不打紧，没这个说法，给我一串。"

"不给。"

难为堂堂户部侍郎和北镇抚使为了一串糖葫芦争得厉害，可惜林靖嘴皮子都磨干了，李鹤鸣也没松口。

林靖见他这小气样，直摇头叹气："天底下这么多大方豪气的儿郎，小妹怎么就嫁了你？你不晓得当初杨今明多巴结我，若他是我妹夫，今日必然要送一串给我，指不定还要请我吃点心。"

李鹤鸣沉默半晌，抽了一串给他。

林靖得意地挑了下眉，把糖葫芦递给手忙脚乱的店家："劳烦，帮我将这单独包上，添点碎冰镇着。"

两人买下几大包点心，店家自然不会拒绝，他伸手接过糖葫芦，热情道："好嘞！"

忽然，林靖余光看见店外似有人在往他这方向张望，他若无其事地转过头，看了眼店门正对的面摊上坐着吃面的高大男人。

他收回目光，脚下往李鹤鸣身边挪了半步，压低声音问道："谁的人？堂堂北镇抚使也有人盯着。"

李鹤鸣淡淡道："郭放。"

林靖知道郭放是六皇子的人，他眉头一紧："因为六皇子悬房案一事？"

此案压得紧，朝中无几人知道和六皇子有关。

李鹤鸣听见这话，转头盯着他："你从何处得知的？"

林靖不满道："你这什么眼神？我在朝中多年，难不成还没几条消息渠道，还是说你要抓我入狱审上一审？"

李鹤鸣睨着他不说话。

片刻后，林靖在他的目光中败下阵来，摸摸鼻子："……你岳父说的。"

李鹤鸣回过头，哼笑了声，复述了一遍他的话："消息渠道。"

闲聊几句，李鹤鸣与林靖在街头别过，各自拎着大包小包吃食回了府。

近来天气时暖时凉，林钰身子有些不爽，李鹤鸣回去时，她在院里梅树下摆了张摇椅，正惬惬地躺在椅中晒头顶稀薄的太阳。

柔和春光透过梅树照在她身侧，天青色的裙摆下鞋尖半露，她膝上摊开本闲书，整个人躺在摇椅中，双眸合着，似在梦周公。

石桌上煮了壶陈皮茶，茶水滚沸，壶口热雾飘升。一旁摆着一盘碎冰，冰上卧着几只黄梨。

泽兰坐在一旁，拿着只梨子安安静静地削梨皮。

她见李鹤鸣进院，起身行了个礼，李鹤鸣快速抬手比了个噤声的手势，她微微点头，把到嘴边的"姑爷"二字吞了回去。

李鹤鸣放轻脚步，将手里的东西放在石桌上，从泽兰手里接过酥梨，摆手让她退了下去。

林钰神色安稳，呼吸清浅，连身边换了个人都没发现，看来当真是睡着了。

李鹤鸣拾起倒扣在盘里的茶碗，斟了两杯滚烫的热茶放着，而后默不作声地低着头削梨。

薄利的刀刃贴着薄薄一层金黄色麻点梨皮刮过，发出沙沙的声响，一指半宽的梨皮一圈圈掉落在桌上。李鹤鸣将梨切开去了核，削下一块还带着凉意的梨肉递到了林钰嘴边。

梨肉压在粉润的唇瓣上，李鹤鸣也不叫醒她，就静静等着看林钰何时会醒来。

梨肉的清香嗅入鼻尖，片刻后，椅子里的人睫毛微动，本能地张嘴轻轻咬住了李鹤鸣手里的梨，悠悠睁开了眼。

她咬得不重，就含住了一点梨子尖，李鹤鸣手一松或许就得掉在裙子上。

这梨是砀山产的酥梨，肉质细腻无渣，清甜爽口，梨汁流入久睡后些许干渴的舌尖，林钰眨了眨惺忪双眼，下意识吮了一口。

好甜。

她似还没清醒过来，有些呆地看了看不知何时回来的李鹤鸣，正要低头吃下梨肉，然而李鹤鸣这坏坯子却又把梨拿走，扔进了自己嘴里。

随后顶着林钰茫然的目光，他又削了一块梨抵到她唇边。

林钰脑子没反应过来，见李鹤鸣又送来一块，仍乖乖张嘴要咬，然而都还没吃到一口，李鹤鸣又拿走梨并放进了他自己嘴里。

两人一句话没说，却配合得默契。默契在于李鹤鸣逗林钰逗得兴起，而林钰也恍恍惚惚被他牵着鼻子走。

来回三次，林钰总算清醒了过来，后知后觉地反应过来李鹤鸣压根儿没想给她吃梨，只是在戏弄她。

林钰偏头看着他那张沉稳俊逸的脸，心道：真是奇怪，明明成亲前还端得派稳重之相，怎么这才一年不到就成了这般小孩性子。

这回等李鹤鸣又把梨递来，林钰却没吃，而是嘴一张，偏头咬住了他修长的手指。

牙尖扎在屈起的骨节上，不可谓不疼，李鹤鸣手臂一僵，拧了下眉。

他终于舍得开了尊口："妻妻，别咬。"

因疼痛，他声音听着有些沉，然而林钰却没听，她摇头，甚至还用牙齿咬住骨头磨了磨。

李鹤鸣吃痛，放下梨去掰她的牙，林钰闭紧唇不松口，二人孩童似的闹起来。

闹了一阵,院外忽然传来一阵急匆匆的脚步声,两人不约而同地看向院门处,林钰立马松了口。

老陈领着神色沉重的何三进院。梅树下,林钰与李鹤鸣皆正襟危坐,正围着石桌细细品茶,悠然自得,一派闲适。

李鹤鸣垂下手,借石桌的遮挡,伸出手指在林钰衣上擦了擦她留下的口水。

换来林钰在他腰上掐了一把。

李鹤鸣挨了一下,像是终于觉得舒坦了,老实了下来。

何三朝李鹤鸣大步行来,没看见二人的小动作。

他站在石桌后,对林钰拱手恭敬道了声"夫人",随后上前两步,俯首在李鹤鸣耳边低声道:"两个时辰前徐青引乔装出门,在白府前的街边小摊上见了卫凛。"

李鹤鸣仿佛并不意外卫凛会找上徐青引,又或者徐青引会找上卫凛,他面不改色地喝了口茶,问道:"谈了什么?"

何三低声道:"徐青引递了张条子给卫凛,卖了一条关于您的消息。但具体说了什么尚不得知。"

他顿了顿,皱紧眉头:"那消息卖了三千两。"

卫凛不比李鹤鸣,绝非家大业大之辈,能让他出三千两买下的消息,必然不会简单。

而李鹤鸣这些年循规蹈矩,唯一犯过的错又能让徐青引得知的,无非是当初在审讯王常中一案时与林钰私下见过数面的事。

李鹤鸣淡淡道:"知道了,继续盯着。"

他屈指敲了下桌面,招手示意何三附耳过来。何三屈膝在他身侧蹲下,李鹤鸣低声道了几句。

何三听完,神色万分愕然地看向李鹤鸣:"大人,这……"

李鹤鸣道:"按我说的做。"

何三见他态度坚决,只能应下:"是。"

他起身离开,但走出几步,又突然折身回来了。他搔了搔耳郭:"大人,还有件事……"

李鹤鸣见他支支吾吾,抬眸看了他一眼:"说。"

何三想问的是私事,他似觉得有些难以启齿,愁着眉眼道:"您知道我一直想接白蓁姑娘出教坊司,但前些日礼部的人告诉我白蓁姑娘身后有人,没法子接出来。我想问问您知不知道白姑娘身后是何人?"

他显然是自己查过,又没查出结果才迫不得已来问李鹤鸣。李鹤鸣看他急得上火,嘴皮子起泡,倒了碗茶推给他。

那茶烧得滚沸,何三却不知是没瞧见冒着的热气还是怎么,端起来便饮了一口。

滚烫的沸水烫麻了舌尖,他一梗脖子咽了下去。

林钰见此,拍了李鹤鸣一下,赶忙从冰碟里捡了几块碎冰盛在茶碗里给他:"何大人,吃块冰,降降热气。"

何三双手接过:"多谢夫人。"

他扔了两块放进嘴里,茶水一烫,冰块一沁,何三心里的焦急也静了几分。

李鹤鸣缓缓道:"你想知道白蓁身后是谁,需先知晓她的出身。"

何三心系白蓁,白蓁的来龙去脉他自查得清清楚楚。

他咬碎冰块咽下去,思索着道:"我看过记载的文书,白家原是将门,白姑娘的父亲当年受命前往武冈镇压苗民起义,因错致使三万将士葬身武冈,家中男丁皆被斩首,白姑娘身为女眷逃过死罪,发配为奴,入了教坊司。"

李鹤鸣道:"当初六皇子与白将军同在武冈,战后白将军六万大军并入朱铭麾下。违抗军令的实情尚不可知。"

他语气平稳地诉说着大逆不道之言,听得何三心惊。

李鹤鸣继续道:"除此外,白家落难后,除了白蓁,她有个弟弟也被人救了出来。改了名换了姓,如今之人你也认得。"

何三一愣,随即诧异又欣喜地道:"谁?"

李鹤鸣抬眸看他:"卫凛。"

话音一落,何三猛地怔在了原地,面上的欣喜之色陡然褪了下去。

他望着身前面色自若的李鹤鸣,猛地一撩衣袍跪了下去。

他抱拳垂首:"属下自小在将军营下长大,将军待属下恩重如山,宛如再生亲父！无论发生何事，属下绝不会生出背叛之心！"

李鹤鸣没说话，只拎起茶壶往他杯中斟满了茶，又扔了块冰进去。

冰块砸在碗中发出一声轻响，何三听见声音抬起头来，不等冰块融化，端起茶碗一饮而尽。

李鹤鸣这才开口："起来吧。"

何三站起身，脑中急转了一圈，而后忽然明白了过来："白姑娘身后那人，便是救下卫凛的人，他是想以她要挟卫凛为其行事？"

李鹤鸣道："是。"

何三握紧了刀，敛眉道："大人能否告诉我那人是谁？"

李鹤鸣看他一眼："当今二皇子，朱熙。"

景和宫。

柔和清风拂过宽阔湖面，湖中荷叶轻摇，水纹晃浪。

湖中立着一座八角亭，一名面容儒雅的中年男子步履匆匆地行过湖边石径，朝亭子走去。

亭中坐着位年轻的男人，男人头戴玉冠，身着玄色蟒袍，温文尔雅，气质出尘。

他的肤色透着抹病弱的苍白，不过并不显阴郁，反倒为他增添了一抹温和气。

只可惜这样一位玉人双腿有疾，坐在了一张特制的铁木轮椅中。

蟒袍残腿，正是二皇子朱熙。

朱熙手中端着一只盛着鱼食的绘彩瓷碗，一双狐狸眼微垂，静静观赏着湖中鱼儿争相夺食，时不时还笑着骂上一句："笨东西，扔到眼前的食儿都让别的鱼抢了。"

通往湖中亭只一条路，路口立着十多名穿甲佩剑的侍卫，领头的侍卫看见中年男人，抬手行了个礼："徐大人。"

徐文亦回了个礼，但未多言，快步往亭中去了。

他有些气喘地停在朱熙的轮椅身后，理了理衣襟袖口，恭敬唤了声："殿下。"

朱熙未回头，他听出来者的声音，开口道："徐文啊，坐。"

徐文哪有心思坐。他两步上前，弯腰在朱熙耳侧道："殿下，方才卫凛传来消息，说北镇抚司的李大人曾在王常中一案期间与林相的女儿有过来往。"

林相的两个女儿，除了宫中为妃的林琬便只剩一个林钰。

朱熙往湖中撒了一小把鱼食："林钰？那不是李鹤鸣的妻子吗？"

徐文应道："是他的妻子，不过在审查王常中一案时，李大人还未成亲。当初王常中招供的状词上写有林相之名，李鹤鸣在那时与其女私下往来，有徇私枉法之嫌。如要扳下李鹤鸣，我们可以在此事上做文章。"

朱熙不以为意道："此事的确可令父皇对李鹤鸣生疑，但他在父皇身边多年，这件小事还不足以让他倒台。再者林相乃我老师，琬妃娘娘如今又身怀龙胎，于情于理，都不该以此作棋。"

朱熙说罢，扭头看了徐文一眼，见他神色严肃，显然要说的并不止此事。

朱熙问："还查到了什么？"

徐文警惕地望了眼身后，见身后空空荡荡，这才抬手捂唇，附在朱熙耳侧道："还查到一件旧事，卫凛称当年李将军兵败身死，或是因六皇子之故。"

朱熙闻言，抓鱼食的动作一顿，正色道："何处得到的消息？"

徐文微微摇头："属下问过，不过卫凛未明说，只问殿下要不要禀明圣上。"

他说着皱起眉头："若此举未能扳倒李鹤鸣让卫凛坐上北镇抚使之位，六皇子便会明白卫凛是您的人，郭放也必然会对他下手，那卫凛这步养了多年的棋就废了。"

朱熙望着被群鱼搅起乱波的湖面，没有应答，反而问："你知父皇忌惮什么吗？"

徐文顿了顿，低声道了一个字："反。"

朱熙道："不错，父皇刚坐上皇位那几年，各地反贼不绝。李鹤鸣乃父皇心腹，若他有异心，父皇必不会留他在身边。"

徐文顾忌道："可此事无凭无据，真假难查证。况且李鹤鸣在皇上手下多年，并无任何针对六皇子之举，何以判定他是否知道自己父亲为六皇子所害，是否于皇室有不忠之心？"

朱熙笑了一声，道："父皇疑心深重，只要传出消息，必然会将李鹤鸣以徇私之名押入狱中，知与不知，将他们北镇抚司里的刑罚通通上一遍，审一审便明了了。"

徐文沉思片刻，觉得此计可行，他道："那殿下打算何时动手，我去传信卫凛。"

朱熙眯眼望了望湖上碧蓝的天，唇畔笑意更深："今日天气不错，便在午后让他入宫吧。"

徐文应下，正要离开，但朱熙又叫住了他："不急，眼下还早，待会儿去也不迟。娘娘那儿近日如何了？"

朱熙年幼时受人迫害，在森冷寒冬伤了膝骨坠入身前这口深湖，挂在湖边半个时辰才被宫人发现，从此再不能站立。

其生母悲愧交集，又因体弱，年纪轻轻便去了。如今的景和宫，便是当初其母妃所住的宫殿。

是以此刻朱熙口中的娘娘，指的并非其母，而是当今琬妃。

徐文回道："前几日一名宫女想往送往琬妃宫里的金盏菊中投麝香粉，被我们的人发现后服毒自尽了，什么也没问出来，不过应当是受六皇子的母妃指使。"

朱熙皱了下眉："死性不改。叫人继续盯着慈宁宫，别伤了娘娘的肚子。"

徐文应下："是。"

朱熙看了眼湖中日晷，问道："除了传信，你待会儿可有别的事？"

徐文以为他还有什么要事吩咐，忙道："回殿下，并无他事。"

朱熙闻言，将手中鱼食递给他："那劳烦帮我把鱼喂了再去给卫凛传信。"

徐文万没想到朱熙留他是为这事，他看着眼前的瓷碗，怔忡地伸手接过，再一抬头，朱熙已经推着轮椅往亭外去了。

他慢悠悠丢下一句："喂仔细些，这鱼从前乃是我母妃所养，老的老,伤的伤,传了好几代才有如今儿孙满堂的大场面,可千万别喂死了。"

徐文乃朱熙门客,当年因受人陷害无缘官场,受朱熙恩惠在都城落脚,在政事上乃是难得一见的大才,没想眼下却要屈尊在这儿喂鱼。

他看着朱熙离开的背影,有些无奈地摇了摇头,叹气道:"是,殿下。"

朱熙算无遗策,当日卫凛前脚入宫面圣,后脚皇上便下令命卫凛押李鹤鸣入诏狱候审。

景和宫离武英殿有一段路,朱熙听说这消息后,浴着午后明媚得耀眼的阳光,由人推着轮椅慢悠悠朝着武英殿晃了过去。

武英殿今日安静得诡异。朱熙到时,恢宏的殿门紧闭,刘涧安手持拂尘面色担忧地守在门外,门口的侍卫也远远退至了庭中,好似殿中有官员在密谋要事。

铁木做的轮子滚过光滑的砖面,发出引人注目的"咕噜"声响。刘涧安瞧见朱熙的身影,仿佛见到了救命稻草,三步并作两步快步行至他跟前,焦急道:"殿下,您可算来了。"

朱熙心情倒是不错,面上挂着抹浅笑,对着刘涧安的苦命脸,装作不知情地问了一句:"发生何事了?刘公公怎如此惶急?"

刘涧安叹息着摇了摇头,正要开口,又看了眼朱熙身后为他推轮椅的侍卫。

朱熙瞥了眼背后,侍卫了然,几步退远,刘涧安这才压低声音对朱熙道:"北镇抚司的卫大人午后来过一趟,不知禀报了什么不得了的事儿,惹得皇上龙颜震怒。皇上怒气冲冲让老奴将六殿下叫来武英殿,若是骂罚也该有些声,可眼下您听,殿里一点儿声都没有,可急死奴才了。"

刘涧安见朱熙迎光的眼不适地眯着,偏了偏身子替他挡住光,继续道:"皇上未传,奴才也不敢贸然进去。您来了,总算能有个人进去瞧瞧是怎么回事。"

刘涧安敢在崇安帝震怒之时求朱熙进殿,只因他知道在几位皇子中,崇安帝最器重二殿下。

而朱熙这双腿，也最令人扼腕。

宫里有个说法：若二皇子双腿无恙，哪怕仅仅能小步而行，东宫之位也定然不会空置至今，六皇子也定不会有今日的权势。

朱熙未加思索，同刘涧安道："既如此，劳公公替我通报吧。"

"好，奴才这就去。"刘涧安松了口气，忙跑去叩响殿门，小心翼翼地对着门缝往里传声，"皇上……"

他这才唤了一声，里面便立马传来了一道压抑着火气的嗓音："朕不是说过未得传唤不得打扰吗？"

刘涧安似被这龙威震慑，隔着殿门直接跪下，抬手对着自己的脸狠狠扇了两巴掌："奴才该死！皇上赎罪！"

老太监皮糙肉厚，这几巴掌打得重，却不见印。

他打完，扭头看了一眼还在太阳底下安静等着的朱熙，斟酌着道："皇上，二殿下来了，已在院里等了好一会儿了。"

殿中安静了片刻，久到刘涧安误以为崇安帝未听见他的声音，殿中才传出声音："让他进来。"

殿内，跪在冰冷石砖上的朱铭听出崇安帝缓和不少的语气，沉着脸握紧了拳头。

刘涧安推着朱熙进门，没敢久待，立马又目不斜视地退出去关上了门。

朱熙仿佛没看见地上跪着的朱铭，望着龙椅中的崇安帝唤了声："父皇。"

崇安帝还没开口，跪在地上的朱铭倒率先应了话："二哥当真是消息灵通，半年不出景和宫的人，偏偏今日上了武英殿。"

朱熙偏头笑着睨向他："听说六弟惹父皇生气，做二哥的自该来说几句情。"

朱铭跪了半个时辰膝盖不软，嘴更是硬，冷笑了一声："是来说情还是来看我的笑话，只有你自己心里清楚。"

"够了！"崇安帝低斥了一声，压抑着怒气盯着殿中跪得笔直的朱铭，"朕再问你一遍，当年李云起战死一事是否与你有关？"

朱铭垂眸望着眼前冷硬的地面，心里想着如何把卫凛宰成肉碎，

219

脸上却面不改色。

他语气果决："无论父皇问多少遍，儿臣还是一样的回答，儿臣没做过。"

朱铭不可能承认迫害本朝将军此等重罪，当时大明内忧外患，李云起领命抵御北元，若朱铭承认自己残害将领以谋兵权，崇安帝或会气得直接杀了他也说不定。

然而崇安帝似乎并不相信自己这亲儿子说的话，他猛地站起来，将卫凛呈报的文书砸到朱铭面前："没有？那难不成是锦衣卫在污蔑你？"

朱铭转头看向轮椅上默不作声看戏的朱熙，冷声道："儿臣也想知道，究竟是谁费尽心机编造此等重罪来陷害儿臣，挑拨我与您的君臣父子关系。"

"父子"这两个字似乎引起了崇安帝心中几分柔软的父子情，他望着朱铭喉间那道在战场上为替他挡箭而落下的疤痕，沉默了良久，有些无力地道："在事情未查出个水落石出前，你就待在钟粹宫，不许踏出一步。"

钟粹宫乃太子所住的宫殿，朱铭梦中都想入主钟粹宫，然而当他真正有机会去到那里，却没想是以此为他的软禁之所。

他抬起头，不可置信地看着崇安帝，屈辱道："父皇！"

崇安帝居高临下地看着自己最为疼爱的儿子，面上神色既有为父的痛心，却也带着帝王的冷漠无情。

他道："在事情明了之前，不得任何人探视。凡有违令者，杖毙。"

朱铭听得此言，不敢再在这节骨眼上忤逆崇安帝，他挪动跪得僵麻的双腿跟跄着站起来，心有不甘地应下："儿臣遵旨。"

朱熙今日来武英殿好似当真是为了朱铭求情，他望着朱铭被宫中侍卫带走的背影，对崇安帝道："前不久父皇不在宫中，六弟夙兴夜寐处理国事，算得上大功一件，不如功过相抵，何苦将其软禁钟粹宫。"

"大功？"崇安帝冷哼一声，怒道，"你未阅他这几个月批阅的奏疏，以前跟着他打仗的那几个老匹夫趁此机会要加粮换甲，他大笔一挥批得毫不犹豫，然而礼部让拨款为不久后的傩戏准备，他却是一拖再拖迟迟不允。若非户部那边压着没拿钱，朕回宫怕是国库都搬空了。"

这些事朱熙自然清清楚楚，户部那边还是他提前打过招呼。

他听得想笑，脸上却不显，只道："六弟在军中多年，深知将士艰辛，自会多体谅他们几分，也算不得什么差错。"

崇安帝不以为然："国事哪容得一错再错。我已给过他机会，只是人各有长，他或是猛将，但绝非仁君，政事之能更是远不及你。"

崇安帝说着，看向了朱熙蟒袍下的双腿："我此去寺中，听方丈说北方有位擅长疗骨治腿疾的名医，我已派人去请了，熙儿，你且再试试。"

朱熙恭敬道："多谢父皇，只是这腿如何儿臣知道，不必再费心思了。"

崇安帝不死心："试试吧，总无坏处。"

朱熙只好应下："是。"

崇安帝坐回龙椅中，目光虚望向空荡荡的砖面，突然忆起旧事来。他缓缓对朱熙道："你记不记得，你六弟幼时顽劣，打碎了我宫中一只白釉僧帽壶，因害怕被我责罚，谎称乃宫女所为。"

崇安帝不会平白无故提起陈年往事，朱熙微微抬眸看了眼桌案后的崇安帝，谨慎回了句："儿臣依稀记得。"

崇安帝抬手指向方才朱铭所跪之处："他自小气傲心硬，当年便是像方才一般挺直了肩背跪在地上，无论我怎么逼问，他都矢口否认，将过错全推到宫女身上，不肯承认半字。"

明明朱铭做错了事，可崇安帝提起此事时语气中却并无责备之意。

此刻的他不像是帝王，更像平常人家的父亲，对自己最为年幼也最顽皮的儿子有着远超其他孩子的怜爱之情。

崇安帝继续道："可他那时年纪多小啊，小小一个人还不及我剑高，总会露出马脚。他嘴硬如铁，但打碎僧帽壶的右手却一直藏在背后，还以为自己瞒得很好。知子莫若父，这么多年过去，每次他在我

221

面前说谎,都会不自觉将右手背在身后,从来没有变过。"

言已至此,朱熙已明白崇安帝想说什么。他垂下了眼,没应声,等着崇安帝对朱铭一如既往的宽恕。

崇安帝兄弟诸多,幼时未得几分父爱,他自幼孤苦,是以为人父后,格外重父子之情。

这情不只惋惜才能卓越却双腿残疾的二子朱熙,也疼他一错再错却战功累累的幼子朱铭。

崇安帝低头看向阶下安静坐在轮椅中的朱熙,好似认真地询问道:"朕没注意,你六弟刚才否认的时候,他的手是背在了身后,还是放在了身前?"

帝王未看清的东西,为臣为子又怎么能看清。

朱熙勾起唇角笑了笑,对着眼前的帝王道:"儿臣眼拙,也没注意。"

崇安帝似很满意这个答案。他点了点头,缓缓闭上眼:"那便当他没做过吧。朕今日乏了,你也回去休息吧。"

朱熙垂眉望着自己衣袍下这辈子也再难行的双腿,心里一时又想起了那个冰冷的冬天。

彻骨的寒气仿佛穿过时间再度袭上了他的身体,将他心脏都冻得发凉。

他拱手对崇安帝道:"儿臣明白,父皇保重龙体,儿臣告退。"

朱熙推着轮椅缓缓出了武英殿,回到了景和宫。

在宫中久候的徐文远远见朱熙回来,忙上前从侍卫手里接过轮椅。他推着朱熙行至安静处,问道:"殿下,如何了?"

朱熙回来的路上不知从哪薅了一把狗尾草,长指灵活地捻着几片细长的叶子,正专心致志地编蛐蛐,他漫不经心地回着徐文的话:"如以前一样,大题小做,天大的篓子也能轻轻放下。正因父皇如此,六弟才会如此无法无天。"

徐文叹息着摇了摇头:"皇上太重情。"

朱熙将编好的蛐蛐随手放在沿路的花丛中,道:"重情也无妨,既然父皇下不了手,那就逼得他狠心。"

徐文皱眉:"皇上乃至尊,这天下谁能逼得了他?"

他说罢似乎又得出了答案,低头望向朱熙沉静的眉眼:"殿下说的莫不是……"

朱熙平静地接过他的话:"天下悠悠众口。"

崇安帝下令命卫凛拿李鹤鸣入狱,但实际李鹤鸣明面上并无差错,此番遭难不过与六皇子有关。

崇安帝不愿此事声张惹人生疑,令卫凛悄声行事,是以卫凛特意等入夜才动手。

李鹤鸣不知从何处得到了消息,往日下值便往家赶的人当夜宿在了北镇抚司衙门,等着来拿他的锦衣卫上门。

李鹤鸣在衙门里有一处休息之所,卫凛领着十数名锦衣卫推开他的房门时,正是夜半三更,灯烛幽微之时。

李鹤鸣没有歇息,他衣冠整齐地坐在桌前,给自己煮了一壶好茶,正慢慢在品。

在北镇抚司抓北镇抚使,这场面怎么都有些怪异。

卫凛率先踏入房门,他看了眼李鹤鸣放在桌上的绣春刀,抬手示意手下的人将干净的囚衣递给李鹤鸣。

李鹤鸣对这套流程再熟悉不过,他放下茶杯站起来,接过了囚服,开始去冠除衣。

卫凛什么都没解释,李鹤鸣也什么都没问,二人对如今的状况皆心知肚明。

卫凛把着腰间长刀站在房中,闲聊般问李鹤鸣:"李大人今日怎么没回家去?"

李鹤鸣将发冠放在桌上,满头乌发披落肩头,他平静道:"李某有家室,不像卫大人一把年纪仍是孤家寡人,自然是怕妻子见了此番场面伤心落泪。"

卫凛闻言笑了笑:"李大人都要落狱了,这嘴也还是不饶人。"

卫凛与李鹤鸣本身并无仇怨,甚至因为父辈变故,二人乃同病相怜之人。

223

卫凛对付李鹤鸣，只是因为有许多事他只有坐在李鹤鸣的位置上才有权力去做，是以眼下卫凛并不为难他，带着人退出了房门。

李鹤鸣换好单薄的囚衣从房中出来，配合地伸出了手。

手持镣铐的锦衣卫走上前，见李鹤鸣如此，反倒皱着眉心生不忍，在给李鹤鸣的手脚戴上镣铐前，他低声道了句："镇抚使，得罪。"

卫凛听见了，但并没多说什么，他看了眼镣铐加身的李鹤鸣，收回视线："走吧。"

秦湄安入宫，李鹤鸣遭难，林靖倒成了最为焦急之人，既挂念自己身处皇宫身怀六甲的妻子，亦担忧因夫君入狱而茫然失措的小妹。

李鹤鸣从前办皇差，素来见首不见尾，朝廷中暂时并无几人知晓李鹤鸣入狱之事，林靖也是第三日下朝后才从杨今明口中得知李鹤鸣下了狱。

李鹤鸣入的是锦衣卫的诏狱，由卫凛亲审，说白了就是锦衣卫自查，是以崇安帝下令命大理寺无权无势也无依仗的新晋评事杨今明旁听。

杨府当初落难是卫凛带人抄的家，卫凛手上沾染了杨家不知多少人的血，在崇安帝看来，两人不至于同谋，查也能查得明明白白。

除此外，杨今明师承秦正，秦正乃秦湄安祖父，李鹤鸣与秦湄安乃是姻亲。

北镇抚司刑罚严苛，有这层不近不远的关系在，此举也有让杨今明监察卫凛用刑不可过度的意思，别叫李鹤鸣在酷刑下枉死寒狱。

刀剑称手，不忠断了也罢，可若忠心不贰，又不慎折了，再造一把可就难了。

杨今明并非忘恩负义之徒，当初李鹤鸣对杨家施以援手，这份大恩他谨记于心，是以得知李鹤鸣入狱的消息后，他转头便私下将此事告诉了林靖。

林郑清这两日以身体不适之由告病家中，未上早朝，林靖下朝后匆匆赶至家里，寻了一圈，最后见自己病体未愈的父亲竟精神矍铄地背着手在书房里作画。

神色安然，仪态端正，哪有染病之貌。

林靖顾不得思索林郑清为何装病告假，他关上书房的门，快步上前，压低声音焦急道："爹，李鹤鸣前日夜里入狱的事您知道吗？"

　　林郑清没应这话，他执笔在画纸上勾勒出远山轮廓，道："你小声些，别叫你娘知道了，叫她白白操心。"

　　他这般不慌不忙，显然早已知晓。林靖不解："您何时知道的？为何未同我说？"

　　林郑清这些年提拔的门生遍布朝野，受之恩惠者更是数不胜数，虽不至于结党营私，但此等知会一声便可送份人情的小事少不了有人争着做。

　　林郑清放下手中毛笔，细看了看山体走势，又换了笔架上另一支兼毫浸满浓墨，继续作画。

　　他慢悠悠地道："比你早些，前日下午知道的。"

　　林郑清不慌不忙，林靖却急得上火，他顾不得尊卑，直接从林郑清手里夺过毛笔："爹！先别画了，我一头雾水，先同我说说究竟怎么回事吧！"

　　林靖一路骑马狂奔回家，此时额间满是热汗，林郑清看他一眼，掏出巾帕给他，摇头道："性子太急不是好事，你何时才能如女婿一般沉稳。"

　　"他稳，他都稳到牢里去了！"林靖想起林钰往日在他面前一口一个夫君称呼李鹤鸣，拧眉道，"若李二当真出了事，您且看小妹伤心成什么样吧！"

　　林靖胡乱擦了两把额上的汗，随手又把巾帕扔在了桌案上，画纸上未干的墨被糊得模糊昏花，惹得林郑清叹了口气。

　　他拾起被汗与墨弄脏的巾帕，有些嫌弃地递给林靖："洗干净了再还我。"

　　林靖伸手接过，随手塞在腰间，追问道："李鹤鸣下狱下得突然，之前一点风声都没传出来。这到底是怎么回事？"

　　他说着，仔细回想了一番近来发生的事，眉心皱得像个花甲老头："皇上召湄安入宫时，我原以为当真是阿姐想湄安才宣她进宫相伴，如今出了这事，才觉得不对劲。"

秦湄安怀着孩子入了深宫，细细一想，仿佛是用来牵制林家的人质。

以往林靖问起朝堂之事，林郑清对他向来是毫无隐瞒，今日却并未过多解释，只道："你妻子不会有事，你且放宽心。"

但李鹤鸣会如何，林郑清却并未提及，是以林靖又忙问："那李鹤鸣呢？"

林郑清微微摇头，也不知是在说李鹤鸣此番凶险还是表明他也不知。

他没再多说，只道："去看看你小妹吧，她一个人怕是吓坏了。"

他这一说，林靖倒是灵台一清，忽然反应了过来。

李鹤鸣前日夜里入狱，若当真有什么事，林钰定然会回家中向他与父亲求助，如今她按兵不动，想来是李鹤鸣提前交代过什么。

林靖半刻不多待，扭头便走："那我先去了，父亲。"

一推门，正巧碰见来书房叫林郑清用膳的王月英。林靖见了她，敷衍地扔下一句"母亲"便火急火燎大步离开了。

王月英见他神色匆匆，奇怪道："午饭已备好，他这急匆匆的是要上哪儿去？"

林郑清神色自若地撒着谎："他说家中饭菜吃腻了，要去钰儿那儿尝尝新味儿。"

王月英一听，哭笑不得地道："他一年只那点儿俸禄，怎么好意思嫌弃家中吃食。"

林郑清听得这话看向王月英，若有所思道："那我的俸禄呢？总比靖儿多上几两碎银。"

王月英嗔道："你那几两银钱每年给你做茶喝都不够，更别说你想起来了总要吃些名贵药补，若非田产地铺丰厚，这一府的人都没得吃喝。"

妻子嫌弃自己俸禄微薄，林郑清倒也不生气。

他关上书房，笑着牵住王月英的手："有劳夫人辛苦掌家，林某在外才能无后顾之忧。"

王月英回握住他，笑了笑："那我的确功不可没。"

林靖来到李府，跟随老陈穿过李府寝院外围着的清湖，还未见到林钰，先听见院中传来了一阵熟悉的狗叫。

院里，林钰搬了把椅子坐在梅树下，正低着头在做绣活。

长针游走在素白的绸缎上，似是在缝制新衣裳。

皮毛黑亮的三哥趴在她脚边，先前叫得中气十足，眼下见进院的是林靖，又安静下来，耷拉着昏昏欲睡的眼看着他。

老陈将林靖带到后便退下了，泽兰与文竹也不在，偌大的院子里只有兄妹二人。

林钰冲林靖浅浅笑了笑："阿兄怎么来了？"

她眉眼弯弯，神色如常，瞧着像是不知道李鹤鸣眼下正在牢狱中生死未卜。

林靖见此，有些拿不准她究竟知不知道李鹤鸣入狱的事。

若不知道自然最好，免得伤心难过。

林靖在林郑清面前着急忙慌似个毛头小子，在林钰面前也能端出一副身为长兄的沉稳之相。林靖道："不做什么，顺道来看看你。"

他说着，在林钰身边的石凳上坐下，伸手挠了挠三哥的脑袋，开口道："难怪我说昨日怎么没在家看见它，原是跑你这儿来了。"

三哥悠哉悠哉甩着尾巴，在他手上舔了舔。

林钰柔声道："前日夜里自己跑来的，三更半夜冲着府门好一阵吼，好在司阍认得它，将它放了进来。"

林靖轻笑了笑："它倒是聪明，你阿嫂入了宫，平日没人给它开小灶，它还晓得往你这儿跑。"

他一边说，一边打量着林钰的神色，方才不觉得，如今仔细一看，才察觉她面色有些疲惫，唇上血色也淡。

他皱眉道："怎么脸色这么差？"

林钰揉了揉额角："昨夜不小心吹了寒风，又没睡好，脑袋有些沉，不碍事。"

她身体一向娇弱，林靖不放心道："叫郎中来看过吗？"

林钰轻点了下头："看过，说没什么大碍，好生休养便可。"

兄妹二人一句句话着家常，好似一切都安然无恙。

可林钰表现得越平静,林靖心里反而越是忐忑。

他看向林钰手里缝制了大半的素白中衣,试探着问:"这是做给李鹤鸣的?"

林钰动作顿了一顿,少顷,才继续动起针线。她低声道:"听闻狱中艰苦,也不大干净,我多做几身衣裳,给他换着穿。"

林靖闻言一怔,林钰却没看他。她垂着眼眸,一边穿针引线一边继续道:"我知阿兄想说什么。而今之事他早有所预料,也都一一告诉我要如何应对,阿兄不必担心我。"

李鹤鸣出事,林钰孤身一人,林靖身为兄长,如何不担心。

他敛眉道:"出了这么大的事,你一个女人,既不在朝为官,又不向我与爹求助,能如何应对?嫁了人,连家里人也不依靠了吗?"

林钰抿了抿唇,沉默了好一会儿才回答:"……他叫我什么都不要做。不要为他找人求请,也不要牵扯你们。"

林钰记得那日阳光明媚犹如此时,何三离开后,李鹤鸣躺进她的摇椅中,牵着她的手,闭着眼在阳光下陪她坐了好一会儿,然后突然同她说起了他父亲战死的事。

林钰当时嘴里还叼着他买给她的糖葫芦,骤然听他说起这些无人知晓的秘事,震惊得不知该如何反应。

李鹤鸣从一名小旗官做起,踩着朝官的尸血一步步爬到北镇抚使的位置,成为人人艳羡又恐惧的天子利刃。

他明明单枪匹马闯过了血雨腥风的权力之路,可叫人奇怪的是,这些年他的北镇抚使却做得无欲无求。

在朝为官者无非两种:罗道章之辈做官以谋权财,林靖之辈做官为天下芸芸百姓。

可李鹤鸣既非攀附权贵之徒,心中也无士者大义,令人猜不透他到底想要什么。

是以当李鹤鸣语气平静地说出他要朱铭死的时候,林钰竟有一种恍然大悟之感,可随之而来的,便是一阵阵后怕。

朱铭如今尚是皇子,将来便有可能是太子,天子。李鹤鸣要如何才能取其性命?

但这些，李鹤鸣都没有与林钰细说。

林钰没有将李云起的死因和李鹤鸣的谋划告诉林靖，她只道："他与我说，他接下来要行些险事。他也料到自己会入狱，但叫我什么都不必做，只管在家里等他……"

她说到这里，缓缓放下了手中针线，像是再也忍不住，眼眶一点点红了，有些委屈地抬头看向林靖："他事事都安排妥当，却唯独叫我安不了心。"

林钰忍住泪意问林靖："阿兄，他在里面会受苦吗？"

北镇抚司的诏狱，进去就得掉层皮，哪有不吃苦的说法，但这种话林靖自然不会说给林钰听。

他擦了擦林钰眼下浮出的泪，心疼地将她揽至怀中，如幼时一般温柔地抚着她的背，安慰道："别多想，李鹤鸣是北镇抚使，入的是他掌管多年的诏狱，如今他罪名未定，那些锦衣卫下手自会掂量轻重。"

林靖难得显露柔情安慰了几句，可没想却听怀里的林钰低泣着道："可是李鹤鸣说他在里面不会好过，叫我要日日想着他……"

林靖听见林钰的话，几乎要怀疑自己耳朵出了问题。

试问天地间哪个顶天立地的男人遭了罪、落了难不是想方设法瞒着妻子装作安然无恙，便是刀架颈侧性命攸关也该硬撑着道一句不必为我担忧。李鹤鸣莫不是神志错乱，什么鬼话都讲给林钰听，他难道不知她胆如惊雀受不得吓吗？

如今把人吓成这样，还得他这个当兄长的来哄。

林钰伏在林靖肩头，哭得声音哽咽，林靖察觉肩上湿意，简直想把李鹤鸣从狱里捞出来揍一顿再扔回去。

他轻轻抚着林钰发顶，耐心安慰道："他胡言乱语吓唬你的，他从前就爱吓唬你，你忘了吗？你若不放心，我想方设法去打听打听李鹤鸣在狱中的情况，将他在狱中的一举一动皆告诉你好不好？"

林钰瓮声瓮气"嗯"了一声，林靖扶着她的肩偏头去看她的神情。她蹙着眉，眼眶里的泪珠子不停往下滴，林靖心疼得心尖发酸。

他在身上摸索了一圈，想掏出张手帕给林钰擦泪，可摸了半天就

229

只有林郑清扔给他叫他洗干净的那条脏帕子。

终究是自己看着长大的妹妹,哪里见得掉泪。

林靖叹了口气,捏着袖子替林钰拭去脸颊处湿润的泪痕,哄孩子似的道:"不哭了啊不哭了,眼睛该哭坏了。"

林钰眼下乖得不像话,她安静坐着任林靖用衣袖在她脸上乱蹭,等心情平缓了些,低声与林靖商量道:"阿兄,等我做好了衣裳,我想去看看他。"

诏狱里满是驱之不散的血腥气,生人半死,亡魂游荡,并非好去处。

林靖本想拒绝,可见林钰这心神不定的模样,却说不出半字劝阻之言:"好,阿兄帮你。"

林钰听他答应,勉强笑了一笑,抹了抹泪,又道:"我听闻圣上下令让杨今明旁审李鹤鸣之案,我写了一封信,你能否帮我带给他?"

林靖猜到她要为李鹤鸣求情,他道:"杨家曾被锦衣卫查抄,你写信给他,他能答应吗?"

"当初杨今明携母出狱,是因李鹤鸣暗中帮忙。杨今明是知恩图报的君子,应当会答应相助。"

林钰虽这么说,但心里其实也不敢肯定,她缓缓道:"我并不求他能保李鹤鸣安然无恙,只求他在刑罚之上稍加遏止,对李鹤鸣照顾一二。"

听林钰这么说,林靖才知道李鹤鸣对杨今明竟还有这一份恩情在。

他惊讶之余,又有些庆幸,好在李鹤鸣并非对情敌落井下石的小人,不然如今连情都没地方给他求。

林靖点头应了下来:"好,你将信给我,我想法子私下交给他。"

第九章 心疼

沿江一带在近年中接连遭遇数番天灾，崇安帝特令礼部在宫内举办了一场盛大的傩戏以祭神灵、除鬼疫。

消息传出，城中百姓也纷纷效仿。这几日走上街头，多处可见戴着各式彩绘神祇面具的脸子伴锣鼓而舞。

外界热闹，北镇抚司的诏狱却依旧死气沉沉，未渗进丝毫鲜活气。

林靖说得不错，入了诏狱，无论罪名轻重，都得先掉一层旧皮，添一身新伤。

李鹤鸣下狱当日，便受了场去皮掉肉的鞭刑，听说审了小半个时辰，但没从他嘴里撬出任何话来。

杨家落难时，杨今明也曾在这阴冷的诏狱里关过一段时日，不过他运气好，虽关了几天，却未吃多少苦头。

那几日他见多了被锦衣卫架进架出的乱臣贼子，狱中哀号日夜不断，杨今明对北镇抚司的酷刑深有体会。

然而当旁审这日，他在狱中见到囚衣破损、半身血迹的李鹤鸣时，仍是吃了一惊。

囚房中，李鹤鸣便张开双臂被紧缚于刑架上，背贴刑架动弹不得。

他发冠已散，长发披散在肩头，衣上虽半身血，但双目还算澄明，面色也一如既往的沉静，看着仍十分清醒。

见卫凛与杨今明进门，李鹤鸣甚至还有闲心思疑惑地打了声招呼："杨大人。"

杨今明不便表现得太过热切，只微微点了下头，"嗯"了一声。

除了三人，狱中还有一名锦衣卫站在一旁，正在擦洗手中锈红渗血的刑鞭。

不知卫凛是要与旁听的杨今明施下马威还是怎么，杨今明话音一落，那锦衣卫抬手便朝着李鹤鸣身上抽了一鞭子。

柔韧鞭尾划破静止的空气，甩出一道凌厉刺耳的风声，"啪"一声抽破囚衣落在皮肉上。

李鹤鸣伤痕未愈的胸腹处立马浮现出一长道血淋淋的伤。他拧紧长眉，遏制不住地咬牙痛哼了一声，脸上瞬间冒了密汗。

杨今明一时没反应过来，他猛地转头看向神色冷淡的卫凛，急声道："卫大人这是做什么？！"

卫凛坐在桌案后，正在翻看桌上的供状，听见杨今明这话，看了他一眼，淡淡道："自然是审讯罪臣。杨大人不是进过诏狱，难道看不明白？"

前些日杨今明先是收到林靖托人私下送来的信，后来又在下朝后被林靖拦住往耳里塞了一大堆烂俗好话。

一扯当初李鹤鸣为他向崇安帝递信救母，二扯秦公待他宛如亲子，他可不能对秦湄安的妹夫见死不救。

杨今明被恩孝桎梏其中，实在不堪林靖搅扰，今日早朝都没敢去，深觉自己若不能从卫凛手中护住李鹤鸣便是天底下第一忘恩负义之徒。

此刻他见李鹤鸣受刑，自要为其辩说几句。他义正词严道："卫大人一句话未问，倒先用起重刑，哪来的'审'？"

那锦衣卫见卫凛因他这一鞭受杨今明为难，忙解释道："杨大人有所不知，北镇抚司惯例，刑在审前。且镇抚……"

那锦衣卫话声一顿，改口道："且此罪奴入狱数日，只上过几道鞭刑，流了半碗清血，实在算不得重刑。"

他抬掌指向李鹤鸣："若杨大人心存疑惑，尽管问就是，经他之手的罪奴成百上千，他当比谁都熟悉北镇抚司的规矩。"

这锦衣卫言语诚恳，杨今明一时倒不知该说什么，可没想卫凛却像是起了好心，对那锦衣卫道："杨大人既然发话，那便有些眼力见儿，下手收着力，别伤了犯人筋骨。"

李鹤鸣听见几人的话，缓过身上剧痛，睁着双被汗润红的眼看向了卫凛。

他从来是坐在案后审人的行刑官，如今被架在刑架上，心中有些说不上来的滋味。

他望向卫凛腰间冰冷的刀与张扬的飞鱼服，有一瞬间仿佛在卫凛身上看到了罪臣眼中的自己。

高高在上，冷漠无情。不过李鹤鸣身有硬骨，并不求饶，也没领杨今明的好意，而是对着卫凛道了一句不明不白的话："还是重些吧，卫大人舍身忘己，李某于心难安。"

这话杨今明没听得明白，但卫凛却听懂了话中深意。

他抬眸，一双深邃的眼看向李鹤鸣，半晌未言。

那行刑的锦衣卫不知该不该继续，请示卫凛："大人？"

卫凛没答，背着手，转头询问起杨今明的意见："杨大人觉得如何？这刑要继续动吗？"

杨今明在李鹤鸣与卫凛之间看了几眼，总觉得两人在打什么哑谜。

他看了看李鹤鸣一身恐怖的鞭伤，拿捏着中间的度，思忖着道："若你们有你们的章程，那便按规矩来。但犯人既已伤重，为避免意外，若能不动，自然最好。"

他说完，本以为卫凛会争上几句，下令再打上几鞭，没想卫凛听罢竟是直接站了起来，抄起桌上没写下两个字的供词："既如此，那今日便暂且到此为止吧。"

那锦衣卫听得这话，将鞭子挂回墙上，解开了李鹤鸣身上的粗绳，押着他朝着关押他的牢房去了。

打了一堆腹稿等着与卫凛争辩的杨今明："……"

卫凛抬手："杨大人，请吧。"

杨今明稀里糊涂地站起身："那我今日便先回去了？"

卫凛听他似有些意犹未尽，贴心道："大人如若想留下来住上一晚，也未尝不可。"

杨今明一听，立马朝着卫凛行了个揖礼，径直大步离开了。

杨今明离开诏狱后，卫凛又孤身一人来到了关押李鹤鸣的囚房。

北镇抚司的诏狱建在地下，狱中潮冷湿寒，终年不见日光。狱中许多罪奴都是因受刑之后伤口染脓，不愈而亡。

第九章 心疼

卫凛推门而入时，李鹤鸣正借着廊道墙上的微弱灯光处理身上的鞭伤。

他脱去了上身染血的囚衣，微躬着背脊坐在窄小的床头，露出半身新旧交错的伤疤。

数道鲜血淋漓的鞭伤横过胸腹，有些已结了血痂，有些溃烂感染，已在灌脓。

而方才所受的这一道，此刻还在缓缓往外渗血。

他脚侧放着罐辛辣的烈酒，右手捏着把锋利纤薄的小刀，刀尖抵着伤口轻轻一旋，浊脓烂肉便落了地。

污血从伤口涌出，痛感攀顶，叫人头皮发麻，可李鹤鸣手里的动作却没停下来过。

给自己剜肉疗伤绝非易事，他动作虽迅疾轻巧，但不过动了数刀，热汗已淌了满身。

李鹤鸣听见卫凛进门，抬眸看了他一眼，又低下头继续处理伤口。

卫凛也没打扰他，抬手取下墙外一盏油灯挂在囚房中，环手靠在门上等，明明手里积压着数件要事，偏偏一副不慌不忙的清闲模样。

有了油灯照明，李鹤鸣便能看清伤口上细小难辨的脓肿处，手上的动作也越发利落。

与其说在疗伤，但看他胸腹前多处剜去腐肉后血流不止的伤口，不如说在遭受另一番酷刑。

挑完烂肉，李鹤鸣已是满头大汗。他忍着痛，有些气喘地皱着眉放下刀，拿起手边一卷白布塞入口中，而后拎起脚下的烧酒，往挑出脓腐的伤口处缓慢而精准地淋了下去。

冰凉刺激的酒液徐徐冲洗过伤口的污浊，李鹤鸣浑身肌肉贲张，青筋暴起，手稳稳提着酒罐，硬是强忍着没叫出声。

鲜血混着清亮的酒液一并顺着皮肤往下流，血腥气中冗杂着厚浓的酒香，混成一股难言的刺激气味，弥漫在空气中，久久未散，这过程实在堪称折磨。

李鹤鸣提着酒罐往各处伤口足足倒了半罐子酒，将伤口彻底洗干净了才停下来。

他放下酒罐,坐着缓了一会儿,取下口中白布开始包扎伤口。

烧刀子一浇,白布一缠,这伤便算处理完了。

北镇抚司的诏狱不比寻常牢狱,寻常牢狱或可托人带几瓶伤药疗愈,也不至于受这份苦。但北镇抚司的诏狱里,即便你是太子皇孙,顶多也只能捎进来一瓶辛辣的烈酒。

卫凛不用问,都知道这酒是何三带给李鹤鸣的。

何三本就是李鹤鸣的人,李鹤鸣入狱后,他有事无事便在这囚房外晃悠。

负责看管李鹤鸣的锦衣卫也是睁一只眼闭一只眼,必要时便装聋扮瞎,任何三往囚房里送酒送刀,就连他往李鹤鸣那冰冷狭窄的床上铺了层蚕丝软被都全当看不见。

卫凛握刀敲了下墙壁,对着门外的锦衣卫做了个手势命其离开,等人走远,他才终于开口。

他走近几步,看着床上神色淡淡的李鹤鸣,以极低的声音问道:"王常中一案与悬房案的卷宗在哪儿?"

和李鹤鸣冷厉又淡漠的双眸不同,卫凛的目光总是灼如烈火,蕴藏着想要烧尽一切的仇恨。

李鹤鸣抬手穿上沾血的囚衣,淡淡道:"北镇抚司处理的案件卷宗自然在北镇抚司衙门。"

他好似还没从方才的疼痛里抽身,开口时声音有些沙哑,但话却讲得轻巧,仿佛卫凛是个瞎眼的蠢货,从陈列的书架上连两册卷宗都找不到。

卫凛听得出李鹤鸣在搪塞他,皱紧眉心,压低声音不解道:"是你让何三将你父亲战死真相的消息告诉我,亲手把我推到如今的位置。既然你选择将路铺到我脚底,事到如今,为何又不肯告诉我卷宗在哪儿?"

他咄咄逼人,然而李鹤鸣却只是平静道:"现在还不是时候,且再等等。"

卫凛握紧了手中的刀,定定看着李鹤鸣:"朱铭现今虽软禁钟粹宫,但指不定哪日皇帝昏了头又会恕其无罪。中秋之后他若远赴北地,再难有如今的机会。你要我等到几时？"

李鹤鸣道："不会太久，他也活不到中秋。等时机一到，你会知晓。"

他说得笃定，似已有所打算。卫凛沉默片刻，选择相信了共负仇恨的他，没再追问，转身离开了牢狱。

春寒散去，夏热当空，暑热难抑，卫凛终于等来了李鹤鸣所说的时机。

去年冬日因悬房案丧命荒野的百姓，在炎炎烈日尸腐成堆，鼠蚁横行，不可避免地滋生出了一场疫病。幸而发现得及时，很快得以控制。

然而一查起疫病起因，好不容易被崇安帝压下的悬房案一事又被人重新翻了出来。

除此外，悬房一案与六皇子有关的风声不知何时在汲县周边各地流传开，渐渐传至州府。半月之间，竟不受控制地演变成了天降灾疫是由六皇子而起的传言。

疫病一起，此前崇安帝下令大兴举办的驱除鬼疫的傩戏大祭也成了天下的笑话。

与此同时，王常中的贪污案与汲县悬房案的真相由卫凛之手流入民间，一时风言四起，纷纷响起了"诛皇子，以平民心"的言论。

朱熙所求的"天下悠悠众口"，终于逼得崇安帝不得不将利剑悬在了朱铭颈上。

"听说朱铭得知民间的风声后，计划昨晚离宫，郭放领了一队人在宫外接应。但两人刚刚会合，便被二皇子带领禁军围了个正着。朱铭无人敢动，郭放却被朱熙当场斩于剑下。朱铭怒急，夺过长剑便刺向朱熙胸口，好在身后侍卫眼疾手快地挡了下来，听说二皇子伤了心肺，眼下人还在宫里躺着……"

驶向诏狱的马车上，林靖一字一句说得认真，仿佛亲眼所见。

他就像茶馆里面对着百千听客讲书的说书人，然而他面前唯一的听客林钰却没在仔细听。

林靖发觉林钰神游天外,倏然止了声音,他面无表情地盯着频频推开车窗看向街道的林钰,踢了踢她的绣鞋:"同你说话呢,你听没听?"

林钰明显没听进耳朵,她转过头,茫然地"啊"了一声。

她像是没瞧见林靖难看的表情,急切问他:"阿兄,还有多远啊?"

她问罢,又要开窗去看马车行至哪儿了,明明去诏狱的路也不认得,不知看了有什么用。

林靖按下她开窗的手,把人拉回来摁在矮榻上坐下:"你再急马车也飞不起来。安心坐着,摇来晃去像什么话,跟个孩子似的,哪像成了亲的人。"

林钰被他凶了两句,立马垂着眼不吭声了。她摸了摸膝上带给李鹤鸣的包袱,一副心事重重的模样。

林靖见她这样,有些头疼。

林钰刚嫁给李鹤鸣时,林靖总担心李鹤鸣待她不好,可现在却担心李鹤鸣把林钰养得太过娇贵,到如今一句重话都说不得。

语气稍有些不对劲,她便闷着不出声了,好似受了天大的委屈。

林靖心里直摇头,腹诽道:简直和湄安怀孕时一模一样,十足一个娇气包。

可终究是自己养大的亲妹妹,该哄还是得哄。他叹了口气,放轻声音:"不必太过担忧,男人死不了便算好生活着。你且看看自己吧,不过半来月便瘦成这样,若让爹娘见了,不知得心疼成什么样。"

林靖这话纯粹就是在胡说了,他这段时间闲着无事,常往李府跑,也不做什么,就盯着林钰一日三餐好生吃饭。

若林钰腹中不塞下两碗饭他便不告诉她李鹤鸣在狱中的情况,这些日吃下来,她的身段看着似还丰腴了半分。

林钰听得林靖的话,低头看了眼自己的腰,皱眉道:"瘦了吗?可我怎么觉得胖了些啊。"

林钰本就体弱,是以无论她胖了或瘦了,在林靖眼里总是皮包骨头凑不出二两肉。

他循着她的视线看去，抬起扇子在她肚子上戳了一下，睁着眼说瞎话："是瘦了。"

林钰拂开他的扇子，不给他戳。

她想了想，问林靖："阿嫂在宫里如何了？"

说起秦湄安，林靖稍稍正了神色："阿姐与我写过信，说湄安在宫中很好，只是皇上不肯放人。"

林钰这些日在家里想了许多，渐渐看明白了如今混乱的局势。她低声问："皇上留阿嫂在宫中，是想牵制我们林家吗？"

林靖听得"我们林家"几个字，叹道："原来还记得自己是林家人，我还当你心里只装得下李鹤鸣呢。"

林钰轻轻踢他："又打趣我，同你说正事呢。"

"我方才与你说的不是正事？"林靖反问她，"你只顾着一个劲看窗外，听见我说什么了吗？"

林靖见林钰心虚不说话，哼了一声。

他道："不过你说得倒是不错。皇上已年迈，稳固国本需尽早立下太子，可皇上膝下福薄，如今除了六皇子便只有阿姐肚子里的孩子或有可能入主东宫。"

林钰仔细听着，接着他的话道："可父亲位高权重，门生故旧满朝野，若阿姐当真诞下皇子，皇上不会允许未来太子的外戚乃是当朝太保。"

林靖点了下头："是，皇上此举，是要逼爹致仕。"

林钰一惊："那爹他？"

林靖笑了笑，佩服道："爹当了一辈子的官，可比你我聪慧，他老人家早料到如今二皇子与六皇子相争的局面。只是眼下局势未定，李鹤鸣又还在狱中，他暂且还不能从位子上退下来。等一切尘埃落定，你阿嫂或许就可从宫里出来了。"

林靖说完，却见林钰忧心忡忡地看着他，他不明所以，狐疑地摸了把脸："怎么用这眼神看我？我是这几日忙得面色憔悴还是脸上开花了？"

林钰缓缓摇头："阿兄你当初科考虽名列榜前，可走到今天少不了爹的助力，若爹退下来，你可怎么办？"

她真心实意为他着想，可林靖却听得咬牙切齿："怎么？合着在你眼里这满朝文武就只有李鹤鸣是真才实学爬上的四品武官之位，我这户部侍郎便是弄虚作假，买来的？"

林钰满眼无辜："我只是在担心你，可没这么说，阿兄为何总是冤枉我。"

她这模样也只有李鹤鸣才会上当，林靖上多了当，如今压根儿不吃这套。

他气得推她，拧着眉心道："下去，这是我这尸位素餐的侍郎的马车，你自己走着去见你的好情郎。"

林钰不肯，伸手拽着车壁，缩到角落里不动，嘀咕道："阿兄你好小气。"

马车穿过人来人往的大街，停在了肃穆森严的北镇抚司诏狱前。

林靖先一步下马车，林钰在车内仔细戴上遮面的帷帽，这才扶着林靖的手钻出马车。

这是林钰第一次亲眼见到令人闻风丧胆的诏狱。

漆黑高大的狱门立在眼前，门楣上刻着被风雨侵蚀的"诏狱"二字，阴森静谧得没有丝毫人气。

门口数名锦衣卫持刀把守，此刻皆面无表情地注视着马车前的林靖与林钰二人。

待站到此处，林钰忽然明白李鹤鸣每次回家时身上萦绕的血腥味是从何而来。

眼下狱门紧闭，她尚未入诏狱，鼻尖却已嗅到了一股浅淡腥腻的血气。阴寒之气从脚底攀升而上，叫人心中发凉。一股恶心感骤然涌上来，她蹙眉抚上闷胀的胸口，有些想吐。

何三已在此处等候多时，看见两人后，立马快步迎了上来，抱拳道："夫人，林大人。"

林靖曾在刑部待过一段时间，深知关押犯人的牢狱是何等恶浊情景，而锦衣卫的诏狱更是臭名远扬。狱中水火不入，疾疠横生，惨毒难言。若非林钰思苦了李鹤鸣，他定然不会让自己的亲妹妹去此人间炼狱。

他看着何三,拱手郑重道:"何大人,我家小妹暂且就交给你了。"

李鹤鸣面对林靖都要恭敬唤一声"内兄",何三哪敢受他的礼,忙道:"林大人放心,等夫人见过镇抚使,在下必会将夫人安全送回。"

"有何大人这话我便放心了,多谢。"

林靖说罢,转看向林钰。他抬手替她理了理帽裙,温声道:"去吧,阿兄在这儿等你。"

林钰点了下头,拎着包袱跟着何三去了。

何三已提前跟狱中的锦衣卫打过招呼,除了在进门处,有人检查了一番林钰手中装了衣物的包袱,其余路上并没人阻拦。

何三担心这一路血腥吓着林钰,步伐迈得大而急,林钰勉强快步才能跟上他,无暇顾及左右。

然而此处的气味却臭得熏天,避无可避。时而难免,她的余光会匆匆瞥见各个监房中蓬头垢面的罪奴。

大多囚房中都关押着不止一名犯人,而是数名甚至十数名挤在狭小的监房里。一位位皆是披头跣足,满身污浊,再有者甚至手脚生疮,血污遍身,不知在这炼狱里关了有多久。

林钰抬手捂住口鼻,胃里难受得厉害。

何三察觉到林钰踟蹰的脚步,随着她的目光望去,看见了一名双脚流脓匍匐于地的囚犯。

他见林钰只是看着却不说话,开口问道:"夫人可是觉得此景太过惨绝人寰?"

一山有一山的规矩,见识过为官鱼肉百姓者的恶,林钰不会自大到在何三面前鄙弃北镇抚司的刑罚。

她收回视线,摇头道:"我从前听人说锦衣卫势焰可畏,也生出过厌惧之心。可在汲县见到了坍塌的房屋、曝尸荒野的肉骨,才知威刑肃物自有道理。酷刑虽令人畏惧,却也令为官者恪守成式,不敢行恶。北镇抚司既然存在,自有存在的意义。"

锦衣卫威风,但也总遭人白眼。

何三难得听见这等公正之言,笑着道:"夫人多见广识,深明大

241

义,难怪您不怕镇抚使。"

林钰听何三这样说,好奇道:"旁人都很怕他吗?"

她问的是"很怕",并非"怕",想来也知道没几个人不怕李鹤鸣的。

何三回答得毫不犹豫:"怕!别说旁人,自己的弟兄都畏他。您还记得在王常中的府门外,您当时让镇抚使把路让开吗?我还是第一次见姑娘有您这么大的胆子。有些胆弱的姑娘看见镇抚使能吓得哆嗦,更别说搭话了。而且说来奇怪,明明兄弟们和镇抚使平时都穿着差不离的衣服,身边的弟兄长得凶神恶煞还没镇抚使俊,可姑娘见了镇抚使总是更畏惧些。"

何三说到此处来了劲:"当初听说您退了镇抚使的亲事后,兄弟们私底下还猜过镇抚使以后会娶哪家姑娘,但最后把城里有头有脸的姑娘都想了一遍也没想出个名堂来,都说若您不要他,那镇抚使以后怕是娶不了妻,只能孤独终老了。"

听何三这么说,林钰勾唇无声笑了笑。她道:"他是个很好的人,便是没有我,也会有姑娘看见他的好的。"

何三回头看她,笑得憨厚:"那没办法,镇抚使心里就只装着夫人您,我从没见他还对哪个姑娘上过心。"

正说着,行过的一处监房里忽然响起一声低低的哀鸣,林钰一惊,敛去了面上的笑意。

她迟疑着问何三:"李鹤鸣他……如今在狱中还好吗?"

何三不知要如何回答这话,诏狱毕竟不是个养伤的好地方,待得越久伤势只会拖得越重。

李鹤鸣身上那几道鞭伤好了烂、烂了好,这些日又添了两道,何三有时去看李鹤鸣,撞见他拿着刀处理伤口,都不忍多看。

他这嘴是被李鹤鸣严令封过口的,不敢在林钰面前透露关于李鹤鸣伤势的半个字,是以林钰眼下问,何三也不敢答。他低低叹了口气,委婉道:"您待会见了就知道了。"

李鹤鸣并不知道林钰会来,何三没跟他说。

林钰到时,李鹤鸣刚处理完又一轮生脓的伤口,他脱了上衣坐在床边，正低头在往身上缠包扎的白布。

他前夜发了场低热，生生烧了一日，熬到今早才退，眼下去了半两血肉，脑子有点昏沉，林钰的脚步声被何三的一盖，他竟没有听出来。

何三停下脚步，掏出钥匙向林钰示意到了。

林钰迫不及待掀开挡住视线的帽裙，望向关押李鹤鸣的监房。

卫凛挂在李鹤鸣囚房中的那盏油灯眼下仍亮着，清楚照见了他满身浸血的白布和胸前一道皮开肉绽的鞭伤，斑驳狰狞，正在渗血。

他坐在床边，低头佝着背，脸上身上都是汗，脚下扔着血色斑驳的旧白布与鲜血淋漓的细小碎肉，放在床边的那把小刀刃尖还残留着湿润的血迹，林钰几乎不敢猜想李鹤鸣入狱这段时日究竟遭受了什么。

她想过他或许过得不会很好，可在看清散发赤膊的李鹤鸣那一瞬，她整个人仍失魂般僵在了原地。

她怔怔看着因疼痛而动作迟缓地包扎伤口的李鹤鸣，眼底不受控制地浮现了一层清泪。

她唇瓣嗫嚅，想出声唤他，可喉咙却像是被堵住了，难发出一点声音。

何三见林钰眼泪都要流下来了，李鹤鸣还浑然不觉地在低着头忙活。

他清了清嗓子，用力咳了一声。

然而李鹤鸣头也没抬，只声音有些沙哑地道了句："走远点咳，别染病给我。"

他还不知道要在狱中待上多久，如今刚退烧，身体可受不住伤病。

他开口时透着几分烧退后的无力感，林钰像是被他的声音唤醒了神志，她握着发抖的指尖，看着他灯光下明暗变幻的半张脸，过了好半响，才从喉咙里挤出了一声低颤的声音："二哥……"

熟悉得想了千万遍的声音在这阴森的诏狱中响起，李鹤鸣动作一顿，随后猛地抬起了头。

他看着监房外的林钰，神色少有的惊愕，一时还以为自己产生了幻觉。

如同在汲县,林钰突然出现在人来人往的街头笑盈盈望着他一样,就如一场白日痴梦。

可不该出现在梦里的何三却提醒他,眼前的人真得不能再真。

的的确确,是他的妻妻。

李鹤鸣一直觉得北镇抚司的诏狱太暗,当罪臣披上一样的素白囚衣萎靡地窝在囚房里,若不提灯照着脸细看,连是人是鬼都辨不清楚。

然而这时候,他又觉得狱中的光似乎并不如以往暗淡,至少他将林钰眸里心疼的泪光看了个清清楚楚。

而林钰也将他此刻不人不鬼的模样看得清清楚楚。

她穿着和他身上囚衣颜色相似的月色衣裙,一缕绸缎般的乌黑长发绕过耳后垂落身前,本是动人的容貌,可在昏黄灯光下,那缕乌黑的发却衬得她面色惨白,就连润红漂亮的唇瓣,都好似褪去了血色。

李鹤鸣看见她扶着帽裙的手在抖,比他昨夜烧得意识不清、冷汗浸身时抖得还要厉害。他突然厌烦起卫凛好意挂在墙上的那盏油灯,也厌烦狱中日夜不灭的灯火,将他此刻狼狈不堪的姿态毫无遮蔽地暴露在林钰眼前。

两次久别,她都在他毫无准备的情况下出现在他面前,将他打了个措手不及。

都说瞬间的反应做不得假,在看见林钰的瞬间,李鹤鸣拿起床上染满血污的囚衣便往身上披。他动作太急,扯动刚包扎好的伤口,引得眉心紧拧了一下。此前在家中刻意说些混账话勾得林钰想他是一回事,眼下被她亲眼看见自己遍体鳞伤沦为阶下囚是另一回事。

林靖说得不错,没有哪个顶天立地的男人会露着伤叫妻子白白为自己担心。

李鹤鸣顾不得一身未愈的伤势,胡乱将双臂套进衣袖,合拢衣襟,两下系上血污斑驳的衣带,遮住了被大半白布包裹着的结实身躯。

他动作有些慌忙,脸上却端得稳,丝毫不显惶急,甚至还冰冷扫了何三一眼,盯得何三后背汗毛一竖,背脊间猛然蹿起一股似刀锋掠过般的透骨凉意。

他压根儿不敢看李鹤鸣的眼神,打开门,快速对林钰道:"夫人,顶多只能待小半个时辰,香燃尽在下便回来送您出去。"

说完他从怀里掏出一炷细长的香,用油灯点燃插在门口便快步离开了,那模样像是晚一步李鹤鸣便会抽出他的刀把他钉死在墙上。

林钰定定看着李鹤鸣,双脚似被黏在了地上,好一会儿都没能挪动脚步。

李鹤鸣抬起头,透过囚房的栅栏看着她,然后忽然没什么力气地轻笑了一声,摊开双手,露出一身被血染得看不出原貌的囚衣:"萋萋,过来。"

他此刻的气势和方才在何三面前截然不同,当眼前只剩下林钰一人,他的态度突然就变了,在这短短瞬间取下了一直以来强撑着的假面,卸去了一半的精气,从猛虎变成了一只虚弱的败犬。

林钰含着泪,没有丝毫犹豫地朝他跑了过去。

她取下帷帽扔在地上,屈膝跪在他身前,张开双臂拥住了他。

她抱得不紧,压根儿没敢用力,纤细的手臂环过他的腰身虚虚拥着他,只敢将手轻而又轻地贴在他的背上。

李鹤鸣能听见她压抑的抽泣声。

她跪着,他坐着,这个姿势刚好够李鹤鸣将身体的重量压在她身上。

他半点没客气,卸去力气弯下宽厚的脊背,把自己全部交到了林钰怀里。

他不顾自己一身血污会不会弄脏林钰一身干净的衣裳,收紧结实的双臂,拥住她纤薄但温暖的背,将沾血的面颊贴在她的耳畔,细嗅着她身上的香气。

男人最是别扭,分明不想林钰看见自己这模样,可当此刻切切实实被她抱住时,李鹤鸣却又闭上眼,道了一句:"怎么才来……"

林钰本就止不住的泪因这句似怨非怨的话又溢满了眼眶,她有些笨拙地轻轻触摸着他背上缠绕的白布,压着哭声问:"二哥,是不是很疼?"

李鹤鸣听她关心自己,满足地笑了一声。

他感受着背上小心而颤抖着的四处游移的手指，心安理得地享受着林钰对他的怜惜，轻吻着她的发，低声道："是，你一来，便疼得要命。"

人一旦有了依靠，便会变得脆弱，李鹤鸣也不能例外。

可男人宠不得，林钰越是怜惜他，李鹤鸣越是肉眼可见地变得娇弱，五分的伤也成了十分的疼。

他闭着眼靠在林钰身上，额角贴着她的耳郭，像是要这么昏死在她怀里。

林钰轻抚搭在肩头的脑袋，摸索着去解他身上松垮的囚衣，担忧道："让我看看。"

她一开口声音都是颤的，李鹤鸣哪还敢把伤痕累累的身躯露给她瞧。

他按住林钰的手，长指一收握进掌心，低声道："不看了，动起来疼得厉害。"

李鹤鸣自小一身硬骨，肉身里仿佛嵌的硬铁，突然开始扮乖示弱叫起疼，林钰哪里招架得住，自然是他说什么都顺着他。

她不敢再动他，甚至跪直了腰，扶着他宽厚的肩背让他安心靠着，问道："这样会舒服些吗？"

妻子跪在地上问夫君靠得舒不舒服，这天底下大抵只有林钰会待李鹤鸣好到这般地步。

他心里舒畅至极，一时觉得就这么死在她怀里也值了。

不过李鹤鸣并非骨头发软的废物，不舍得让林钰这样一直跪在地上和他说话。

他从她颈窝里抬起头，扶着额头装模作样地拧紧了眉："晕，想躺着。"

林钰听罢忙站起来，在他身边坐了下来。

李鹤鸣身子一歪，软枕似的往下一倒，面朝她躺了下来。

林钰轻轻扶着他的脑袋，让他枕在了自己大腿上。

李鹤鸣戏做得全，一躺下立马松开了眉心，在林钰腿上寻了个舒服的位置，长臂一伸环住她的腰，将脸贴着她柔软的小腹，心满意足地闭上了眼。

但随后，他像是觉得手里的触感有些不对劲，有些疑惑地在林钰腰身上来回摸了几把，宽大的手掌最后停在她腹前，皱着眉在她腰上的软肉轻捏了捏。

捏完后又往上蹭过她身上的衣裳，在她丰腴的胸口也揉了一下。

他动作自然，不显暧昧之意，就像是在用手丈量她的身形尺寸，仿佛要为她量身做身衣裳般认真。

在这暗不见天日的监狱里，林钰实在没想到他突然动手动脚。她红了耳根，不明所以地低头看向他："怎么了？"

李鹤鸣面色有些疑惑地收回手："……没什么。"

他能说什么，总不能问一句怎么不见她思他消瘦，反倒还长了半两肉。显得他小气。

他不在时林钰一个人也过得很好，他该放心才是。

为夫者，自该大度。

李鹤鸣伸出手，抓住林钰垂落下来的一缕乌发，修长的手指有一下没一下地绕玩着她的发，问道："外面近来如何了？"

林钰听他问，便将外面大大小小的事都告诉了他。李鹤鸣安静听着，没什么反应，好似对已发生的一切都有所预料。

甚至当林钰说起汲县疫病，各地传出"六皇子德不配位，惹天降灾祸"的流言时，李鹤鸣还轻笑了一声。

林钰不晓得他在笑什么，她抚上他消瘦的面庞，心疼道："都伤成这样了还笑得出来，为他把自己搭进去就值得了？"

李鹤鸣拉过脸旁的手指放在唇上轻轻啄吻，声音含糊："不会。我有你，怎么舍得。"

他一双黑眸沉而深，林钰与他对视半晌，突然明白过来什么，惊讶地压低声音道："我记得我去汲县找你时，你往汲县周边走过一遭，如今都城内外闹得沸沸扬扬的传言，难道是你那时埋下的引子？"

李鹤鸣不承认："无凭无据，萋萋不能冤枉我。"

这话在林钰耳里与招供没什么分别，她吓得心颤，小声道："你胆子怎么这么大啊！传出这等言论，若被人知道了该怎么办……"

她话说一半,又想明白过来,猛然止了声。

李鹤鸣掌管的北镇抚司便是天子耳目,他不说,谁会知晓?

而卫凛因家仇一心想要朱铭死,就算查出来这话是李鹤鸣传出来的,也只会顺水推舟,掀起风浪,顺着这流言将朱铭送往铡刀备好的断头台。

林钰情急,说话的语气凶了些,李鹤鸣一听,刚凝起的精气立马又散了个干净。

他低咳了两声,闭着眼,语气平平地扮可怜:"萋萋,疼……"

林钰于是又好一阵哄。

其实林钰的担忧不无道理,若崇安帝得知李鹤鸣是幕后推手,那他必然难逃一死。

只是她低估了自己在李鹤鸣心里的位置。

李鹤鸣设计自己入狱,放权让位给卫凛,为的就是让自己干干净净隐于人后,借卫凛之手除去朱铭。

他费尽心思铺平一条复仇死路,将屠刀献给卫凛,卫凛也不负所望,将朱铭多年来笼络朝臣、贪污、残害百姓等事公之于众,把朱铭推向了口诛笔伐的刀口浪尖。

而这一切,本是李鹤鸣为他自己所备的路。

若没有林钰,他无牵无挂,只会走更险的路。

或许在某一日直接提刀杀了朱铭,又或是费尽心思,去做第二个孤注一掷的卫凛。

好在还有林钰,她只需站在那儿,就足够李鹤鸣将自己从死路上拉回来。

一炷香将燃尽,何三回来时,李鹤鸣已枕在林钰膝上睡着了,呼吸均匀,剑眉舒展,俨然睡得很熟。

狱中阴寒,李鹤鸣又伤病交迫,这些日几乎没能睡个安稳觉。

见何三来,林钰竖起食指,对他做了一个噤声的动作。

何三看了眼林钰膝上闭着眼安睡的李鹤鸣,没有出声,他指了指还剩半寸的细香,示意林钰时间快到了。

林钰点了下头,轻轻托起李鹤鸣的脑袋挪到枕上,没有吵醒他。

不过她的腿像是被李鹤鸣枕麻了，缓了一会儿才有些僵硬地站起来。

她扯过被子盖在李鹤鸣身上，把带来的包袱放在他枕边，又悄声将脚下这一地染血沾脓的白布悄声收拾了干净。

何三安静地等着，并未催促。

林钰做完这一切，回过身不舍地看着床上闭眼安睡的李鹤鸣。

她习惯了他往日英姿勃发的冷峻模样，如今他面色平静地躺在囚房狭窄板硬的床上，林钰总觉得这样的他有种说不出的脆弱。

她鼻中泛起酸意，俯身在李鹤鸣额间轻轻落下一吻，几不可闻地在他耳边道了声"二哥，我走了"。

温润的气息拂过李鹤鸣的耳郭，他并没有听见。

林钰说完便别开了目光，没再看他，仿佛再多看一眼便再舍不得离开。

她匆匆站起来，戴上帷帽遮住一双发红的眼，头也不敢回地跟着何三悄声离开了此地。

狱门外等候的林靖见林钰与何三从诏狱里出来，起身迎上去。

林钰扶着车门欲上马车，手脚却像是没什么力气，一时没踩得上去，还是林靖身边的小厮眼疾手快地托着林钰的小臂扶了一把，她这才钻进去。

林钰戴着帷帽，林靖也没法从她脸上看出什么来。他回过头，不解地看向何三："这是怎么了？"

何三摇了摇头，叹息着道："镇抚使的伤，看起来有点吓人。"

林靖明白过来。他皱了下眉，有些担忧地朝着马车看了一眼。

他对何三道过谢，准备和林钰一起离开，可就在他将车门推开一道缝时，却忽然听见里面传来了一声苦苦压抑的呜咽声。

林靖动作一顿，透过门缝望进去，见林钰纤薄的身躯伏在矮榻上，双肩轻耸，哭得痛苦而隐忍。

低弱压抑的哭声顺着车缝传出来，仿佛一缕悲伤的风回荡在这冰冷的诏狱前，林靖沉默地关上车门，将车内的空间留给了她。

他抬头看了眼顶上晴朗的天，肩背笔直地守在车门前，久久未动。

249

宫变事后,民愤难平。

朝中势力角逐,满朝文武为是否该降罪朱铭一事吵得不可开交。

六皇子一党自是竭力为朱铭开脱,既然罪名已立,便拿太子之位说事,称朱铭乃当朝唯一一位有储君之能的皇子,若降罪于他,未来钟粹宫空置无主,又当如何。

但也有臣子道琬妃腹中已怀有龙胎,闭着眼吹嘘崇安帝正值鼎盛之年,不必担忧大明后继无人,劝崇安帝顾全大局,弃子以平民心。

说好听点是"弃"子,说难听些便是"杀"子,虽口口声声以大局为重、百姓为重,但崇安帝所闻也不过刺耳的"手刃亲子"几字。

那可是他最疼爱的小儿子。

崇安帝焦头烂额,为此接连罢朝三日。堂堂帝王为躲朝臣,竟住到了林琬的慈宁宫。

林琬人如其名,温婉知礼,风姿绰约,但一双眼却生得媚,笑着看人时,像只柔婉的狐狸,难怪得崇安帝盛宠。

妹婿李鹤鸣入狱,朝臣又将她肚子里的孩子抬到朝堂上大肆议论,但林琬在崇安帝面前却没提起外界事半字,好似全然不知朝中已乱成一团。

其他事她可以不管不问,但在宫中伴她许久的秦湄安她却不能不管。

这日午后,她便与崇安帝说起了送秦湄安出宫的事。

崇安帝刚午睡醒来,正闭眼躺在榻上养神,随口问道:"怎么?莫不是她做了什么惹你不开心了?"

林琬挺着显怀的肚子坐在他身边,伸手轻轻替他揉按着额角,摇头道:"哪里,只是我担心弟妹在我这儿留久了,家中弟弟该想了。"

然而崇安帝并没答应,只淡淡道:"朕准林靖入宫来看她便是,你留她在身边,也好有个伴解闷。"

秦湄安是崇安帝用以牵制林家的人质,她多留宫中一日,便带着腹中孩子多悬于刀剑下一日。这一点,林琬看得明白。

但崇安帝既不松口,林琬便没再多言,她勾唇笑了笑,乖巧应下:"好,多谢皇上。"

只是细看之下，那笑分毫未达眼底。

天光垂落，暮色降临。

徐文穿过寂静的夜色匆匆来到景和宫，来到了朱熙的病榻前。

朱熙身上这一剑虽不深，却伤了肺，十多名御医在床边睁着眼守了一夜一日人才醒过来，如今还下不得床。

徐文屏退伺候的宫人，将一纸短信送到朱熙手中，俯身在朱熙耳边低语道："殿下，娘娘那边送来的。"

朱熙面色苍白地靠在床头，打开了信纸。

信上并无字，而是用笔粗糙画了三个意义不明的图案。

前两个图案相同，一条竖线的中间紧挨着一个小圆。第三个图案则是一条横着的弯弯扭扭的线，下方一道直线。

徐文从来看不懂两人的传信，问道："殿下，这是何意？"

朱熙捂唇，压抑不住地咳了几声，徐徐开口："两个怀孕的女人，和一条睡着的龙。"

睡着的龙自然指的是崇安帝，徐文想了想前一句话，问道："娘娘是说皇上暂时还不肯放林靖之妻出宫？"

朱熙微微点头。他将纸点燃了，拿在手里看着它烧尽，再用手指一点点捏熄余烬。

火光映在他的眸中，亮如夜里一片红色繁星。他问徐文："娘娘还派人说什么了？"

徐文皱眉看了看朱熙被火烫红的指尖，回道："没说什么，只是传信的人还代娘娘问了一句殿下的伤。"

朱熙搓去指尖黑灰："只问了伤，没叮嘱些什么？"

一位贵妃，一位皇子，二人之间要什么叮嘱？

徐文不敢深思这话中深意，如实回道："没有。"

朱熙没有说话，沉默了片刻，望向窗外夜风中张牙舞爪的树影，而后像是决定了什么，淡淡道："今夜四更，带禁军去围了钟粹宫。"

他说着，抬手一指："腰牌在桌上，自己拿。"

徐文听见这话，神色惊变，猛抬起头看向朱熙："殿下！是否操之过急？"

朱熙没理会。他想了想，又道："去把朱铭那夜刺伤我的剑找来。"

徐文见他意已决，皱紧了眉，跪地劝道："陛下若知此事，必将雷霆大怒。此事还得从长计议，殿下三思啊！"

"思了又思，等过了中秋，让他回了虎穴，再无下手的机会。"朱熙闭眼靠回床头，不容置喙道，"去！"

徐文见劝说无望，咬了咬牙，起身拿了腰牌，踩着夜色离开了。

"皇上——皇上——不好了！"

五更天，夜色幽暗，不见星辰。

刘涧安扶着头上摇摇欲坠的帽子，一路跌跌撞撞穿过宫门奔至慈宁宫的寝殿前。

他皱纹横生的老脸此刻白如宣纸，抖着唇扯着嗓子冲殿中急呼。

"皇上，出事了！哎哟——"

他手脚发软地踩上石阶，一不留神脚下滑了一步，狼狈地摔倒在了台阶上。

寝殿外守门的小太监被他几声讨命似的惊喊从梦中叫醒，胡乱用袖子擦了把嘴角流出的口水，从地上爬起来伸手扶他。

刘涧安急得满头冷汗，他捡起摔在地上的帽子，一把将小太监推开，骂道："没眼力见儿的东西！扶我做什么，快去请皇上！"

殿中已熄了灯烛，皇上已经睡下，小太监哪敢就这么闯进去。

他有些犹豫地朝紧闭的殿门看了一眼："刘公公，可是……"

刘涧安举起拂尘在他腿上猛地敲了一下，恨道："可是什么！快去呀！"

崇安帝这些日因朱铭的事心烦意乱，夜中本就难眠，刘涧安这几嗓子一喊，早把他从床上叫了起来。

小太监正要推门，两名侍女就已提着灯从里面打开了门。

崇安帝身着中衣，冷着脸从殿内出来，看着地上还没爬得起来的刘涧安，压着怒气道："深更半夜，你在这儿鬼号什么？"

几名侍女提灯款步而出，清晰照亮了刘涧安一张惨白的老脸。

同时,也照亮了他鞋底一抹并不明显的血迹。

林琬在侍女的搀扶下扶着肚子出来,她垂眸看了眼刘涧安鞋底干透的暗沉血色,不动声色地挪开了视线。

她从侍女手中接过崇安帝的黄袍披在他身上,看了看地上狼狈的刘涧安,对一旁的小太监道:"愣着做甚,还不快扶刘公公起来。"

刘涧安从武英殿一步不停地跑到这儿来,刚才那一下摔得狠,将他一身骨头都快摔散了,眼下白着脸气喘吁吁,在两位小太监的搀扶之下才勉强支着两条打战的腿站起身。

刘涧安是崇安帝身边老人,在宫中多年,宫里的事,他大大小小也算见识惯了,崇安帝还是头一回见他如此急躁的模样。

崇安帝心中陡然升起一股不祥之感,敛眉道:"出什么事了?"

刘涧安刚爬起来,听见这话又推开身边搀着他的小太监,面色悲戚地跪了下去。

他抖如筛糠,哭哭啼啼地道:"皇上,二殿下……二殿下把六殿下的脑袋割下来了……"

此话一出,在场的人几乎全都露出了惊诧之色,就连崇安帝也被这话惊得面色白了一瞬。

林琬率先反应过来,她白着脸对刘涧安道:"公公可知自己在说什么?!"

屋内外的宫女太监在林琬这一声诘问中醒过神来,门口光影浮动,眨眼间所有的宫人便齐刷刷跪了一地。

崇安帝无意识地死抓着林琬的手,一双眼紧盯着刘涧安:"你是说朕的儿子,杀了朕的儿子?"

刘涧安以头抢地,嗓音抖如乱翻的琴弦:"老奴亲眼所见,不敢胡言乱语。皇上,二殿下他……"

他不敢详述朱熙动手的场面,只道:"二殿下此刻抱着六殿下的残首,正在武英殿等您过去……"

他话没说完,崇安帝猛地朝着武英殿的方向冲了出去,但没走两步,又面色发白地捂住胸口停了下来。

刘涧安顾不得摔伤的腿,跟跟跄跄爬起来跟上去扶。

253

林琬扶着肚子迈出殿门,面露忧色地看着他离开的背影:"皇上……"

崇安帝没有回头,仿佛没有听见她的声音,在刘涧安的搀扶下,大步离开了。

武英殿内,烛火通明,然殿外却空无一人,既不见禁军,也不见宫女侍卫,静得仿若一处冷宫。

崇安帝进殿时,看见朱熙背对殿门安安静静坐在轮椅上,脚下聚着一摊猩红刺目的血。

那血还未干透,在光亮下映出仿若正在流动的粼粼水光。

朱熙听见身后仓皇急促的脚步声,手推木轮缓缓转过了身。

他望着面前的天下至尊——他的父亲,若无其事地抬起一双被鲜血染红的手行了个礼:"儿臣朱熙,问父皇安。"

他语气平静,姿态恭敬,可在他转过身的一刹那,崇安帝却双腿一软,不由自主地趔趄着往后退了一步。

这位曾经南征北战杀敌无数的帝王,此刻怔怔看着朱熙膝上那颗鲜血淋漓的人头,露出了悲苦万分的神色。

他眨了下已不再年轻清明的眼,抬起颤抖的手想扶住身后的人稳住身形,可背后刘涧安跪伏在地,一阵冷寒的夜风涌入殿门,吹起他空荡荡的宽袖,他身后已是无人可倚。

崇安帝看着鲜血满身的朱熙,心头一股怒气直发而上,可不等发出,又在父子情中轰然散了个干净,只余下一股无处可发的悲凉之意。

他不可置信地看着朱熙:"你做了什么?"

他的声音干涩得像是长刀从锈迹斑斑的刀鞘里拔出的声音,可朱熙开口时的语气却平静得令人生寒:"父皇疼爱六弟,下不了手,那只好由我这个心狠手辣的兄长动手。"

他说着,单手托起朱铭的脑袋,看着朱铭双目轻闭却面色狰狞的脸。

他用袖子轻轻擦去朱铭脸上的血,血色褪去,一时竟分不清重伤未愈的朱熙与朱铭的面色哪个更苍白几分。

二子素来不和，崇安帝对此心知肚明，可他从来没想过有一日其中一个会提着另一个的人头来见他。

崇安帝忍下泪意，步履沉缓地走向朱熙，手指战栗地拂开了沾在朱铭脸上的头发。

在看清那张最为疼爱的小儿子的面庞后，这位一生坚毅的帝王难以控制地露出了极度悲苦的神色。

他看着面前神色淡漠的朱熙，喉咙像是被沙砾堵住了，哽塞道："……为何？"

他的声音颤抖而钝滞："铭儿是你手足兄弟，究竟是何等仇怨，你要举刃杀他？！"

这番诘问饱含苦涩，朱熙听罢却仍旧面不改色。

他抬眸冷漠地看着崇安帝脸上痛苦的神色，反问道："当是我问父皇，父皇究竟要纵容六弟祸害百姓至何种地步，才会勉为其难降罪于他？"

他语气冷肃地质问道："百姓教子无方则溺子，帝王教子无方则伤民。父皇昏庸，被父子之情蒙蔽了心，看不见汲县百姓，也看不见遍地尸骨。如今四方民愤难平，皆由六弟而起，父皇却仍执迷不悟，以软禁之名庇护六弟于宫中，待中秋之后，六弟持兵权赴北，父皇莫不是要等到六弟的人领兵进宫才能清醒吗？"

他一字一顿："父皇，该醒了。"

崇安帝心伤至极，他看着自己这突然变得陌生的儿子，悲痛道："可他是你弟弟！虽异母而生，却也是你亲弟弟。他既伤百姓，自有罪罚等候，你为何要杀他？！"

朱熙见崇安帝依旧执迷不悟，忽而极轻地笑了一声："亲弟弟？父皇不妨说说，这世间哪位亲弟弟会害得哥哥失去双腿，终身不能行？"

朱熙语气嘲讽："世间都说天下的父亲最疼幼子，总是偏心，儿臣原来还不信。可当儿臣被六弟的宫人打断膝骨，推下冷湖，才终于明白这话做不得假。父皇当时根基不稳，顾及六弟母妃背后的权势，想息事宁人，儿臣便陪着您装傻充愣。可恨就是恨，这些年来，儿臣一日比一日恨。"

255

朱熙松了手，将朱铭的脑袋扔到地上，冷眼看着那颗头颅在地上滚过几圈，缓缓道："弟弟？母妃因我腿伤逝世后，我像个婴儿被太监抱着毫无尊严地把尿时，我便发过誓，朱铭与我，这辈子只能活一个。"

崇安帝听得这话，陡然松了挺直的背脊，往日龙威不在，他此刻就如民间一名失子的普通老父，弯腰捧起朱铭的断首，抚摸着朱铭颈上那道伤疤，落下浊泪。

他喃喃道："你六弟陪我浴血疆场，以命救我数次，好多次我都亲眼看着他从鬼门关爬回来，他睁眼第一声便叫'父亲'。我又如何不偏心？你若是恨我……"

"儿子不恨。"朱熙打断崇安帝的话。

他低头看着自己的双腿："只是儿子在这轮椅上坐久了，父亲便也忘了，儿子本也可以陪您浴血疆场。我情愿像三弟与四弟一样死在战场上，也不愿这样活着。"

崇安帝看着朱熙，面色悲愤："你既恨他，大可断他一双腿，何苦非要杀他！"

他一再逼问，朱熙亦再按捺不住怒意："父皇怎么就是不肯醒！六弟这些年的所作所为早已激起天下子民对我皇室的愤恨，六弟必须死！他若不死，天下豪杰奋起，江山何安！"

朱熙说到此处，猛然咳了几声，胸口的箭伤浸出鲜血，苍白的脸上浮出了一抹惨淡的血气。

他止了声，缓了几口气，面色也稍平静了些。他道："事已至此，民愤已平，至少父皇可给天下百姓一个交代了。"

他看着抱着朱铭头颅的崇安帝，淡淡道："如若父皇当真觉得六弟不该死，恨我手刃手足，可直接下令杀了儿臣。这吃穿住行就连更衣都要人伺候的窝囊日子，儿臣也不想过。"

他说完，转着车轮朝着殿外而去。铁木车轮滚过冷硬的石面，发出沉闷的响声。

身后，崇安帝脱下龙袍盖住朱铭的断首，脱力般缓缓垂首坐在了殿中，闭着眼落泪不止，良久未言。

朱铭的灵柩在钟粹宫停满七日，于一个晦暗不明的深夜秘密运往了帝陵安葬。

皇子葬于帝陵本不合礼制，但朱铭已死，民怨已平，知晓此事的言官也没敢在这时候挑崇安帝的不是。

而朱熙围困钟粹宫，手刃亲弟之事传出之后，竟引来民间一片叫好之声。

百姓不知缘由，只当此举乃崇安帝授意，大颂圣上明德。

崇安帝老来丧子，虽明面上未罚朱熙，却将与此事有牵扯的几名官员都贬谪发配了别地。

卫凛侥幸逃过一死，只被发往了北方苦寒之地。但锦衣卫之职向来特殊，在旁人看来，也不过是帝王悲恨之下自断鹰爪罢了。

不久后，在这场党争中仿佛从始至终都无甚关系的李鹤鸣终于清白出狱，官复原职。

辉煌之地秽浊暗生，堂皇之处阴私尽藏。在这场轰轰烈烈的宫变事后，表面好似政治清明，但实际死的死，伤的伤，平了旧恨，却也添了新怨，只在暗中蓄势，等待着下一次的爆发。

这是历朝历代永不能平息的冲突。

即使过上百载千年，也无法遏止。

第十章 如愿

李鹤鸣入狱入得隐秘,出狱也出得隐秘,出狱当天林钰才得知消息。

她没去接他,而是套车去请了位原在太医院当差现已告老辞官的老太医来为李鹤鸣疗伤。

李鹤鸣一个人骑着马从狱中回来,刚坐下没一会儿,林钰便带着她请来的老太医进了院子。

老太医鼻子灵,一进门就闻到了李鹤鸣身上的血脓味。可怜李鹤鸣还没和林钰叙上会儿旧,便被老太医脱了上衫赤膊按在窗户边的凳子上,疗起伤来。

老太医满头白发,已是耄耋之年,但行针握刀的手却稳。他举针扎住了李鹤鸣身上几处穴位,拿着一把月刃刀,顺着李鹤鸣伤口处新长出的血肉与粘在伤口上的纱布之间的缝隙滑进去,微微一挑,这粘死在肉上的纱布便与模糊的血肉分离了开来。

房中虽点了油灯火烛,但老太医年纪大,眼也花,是以老陈手里还提着灯照着亮。

老太医搬了张矮凳蹲坐在李鹤鸣面前,两人刚好将他一身伤遮得严严实实。

林钰忧心得没法子,却一点都瞧不着人,又不敢出声打扰老太医,只好坐在一旁等。

她叫泽兰取来香炉,心神不定地燃了寓意团圆的圆儿香。

眼下天热了,李鹤鸣这一身伤也越发遭罪,老太医小心翼翼地取下他身上血淋淋的白布,一大把年纪愣是忙出了一头汗。

李鹤鸣倒是气定神闲,任由老太医拿着把锋利的医刀在他身上游走,也不担心老太医手一滑在他身上又添一刀。

他抬起漆黑的眼,目光越过老太医花白的发,目不转睛盯着一旁

坐着燃香的林钰。

老陈循着他的视线看了一眼，觉得自己或许该让开位置，让夫人站到这地方来为李鹤鸣掌灯。

李鹤鸣也有此意，他不动声色地给老陈使了个眼色。

老陈了然，往侧边挪了一步，正打算唤林钰来，然而手里的油灯才晃了一晃，一只苍老清瘦的手便探过来将他手里的灯稳稳扶正了。

老太医手上处理着李鹤鸣的伤，头都没抬地道了句："劳驾勿动，老朽眼花，免得伤了李大人。"

老陈冲着李鹤鸣微微摇头，示意没办法，只好又稳稳站了回来。

然而李鹤鸣心不死，他见林钰低着头点香不瞧他，低头咳了两声。

这法子奏效，林钰立马紧张地转头看向他："怎么了？"

李鹤鸣清了清嗓子，同林钰道："渴了。"

林钰一听，便打算冲杯热茶给他，不料老太医又道："李大人刚吃了几粒活血生气的药丸子，这半个时辰内不宜饮水，且忍忍吧。"

林钰于是放下杯子又坐了回去："听先生的。"

李鹤鸣："……"

他回府到现在，连林钰的手都还没碰到，此时看着近在咫尺却不能触碰的心上人，心头痒得厉害，总觉得要抓着点什么才安心。

他望着林钰，没话找话地问："听说岳父致仕了？"

林钰有些吃惊："父亲昨日才向皇上请辞，你怎么这么快就知道？"

有旁人在，李鹤鸣不好说自己在外有耳目，便随口胡诌："回来的路上听人说的。"

说到此事，林钰浅浅露了笑意："爹爹已经辞官，阿嫂不日也要出宫回家了。此前阿兄担忧了好些日子，如此总算可以放心了。"

小夫妻才聊了两句话，倒惹得老太医心焦。

医者治病需静心，最不喜有人在一旁打扰。他直起一把老腰歇了歇，又眨了眨干涩的眼，而后语气平缓地对林钰道："此间嘈杂，老朽心里实在难静，手都不稳，劳烦夫人暂且先出去，待老朽为李大人上完药，再进来吧。"

261

涉及李鹤鸣的伤势，林钰自然应好，她站起身："是我的不是，打扰先生了。那我去瞧瞧厨房的药煎得如何了，先生若需人手，唤一声便是。"

林钰听劝，李鹤鸣默不作声看了老太医一眼，老太医被他盯得莫名："李大人有话说？"

李鹤鸣收回目光："……没有，劳先生继续。"

林钰似乎察觉到了李鹤鸣想留她在这儿的心思，她不放心地叮嘱道："我一会儿便回来，你听先生的话，乖乖的不要乱动。"

她这话仿佛在哄半大丁点儿不晓事的孩童，但李鹤鸣倒吃这套，他轻挑了下眉，出声应下："好。"

自从在诏狱里自己因一身伤享受过林钰一番体贴，李鹤鸣便对被她哄着顺着的滋味上了瘾。他本想借这身伤惹林钰几分疼，哪想太医直接把人赶了出去。

等处理完伤，他身上干干净净不见半点血腥，哪还像个刚出狱的伤患，怕勾不起林钰多少怜意。

林钰亲自将老太医接来，等人离开时，也是她亲自送出了门。

李鹤鸣穿上中衣，在椅子里坐了会儿，看向了桌上一堆从他身上拆下的血纱布。

老陈正在收拾一屋子狼藉，准备把这堆糟污的脏布拿去烧了，但李鹤鸣却慢悠悠伸出手，随手从这一堆血污之物中抽出了一条剪得稀碎的巴掌长的一条血布。

老陈心思通透，一见李鹤鸣这神色就知道他在想什么，有些无奈地摇了摇头，心道：真是越发孩子气了。

老陈走后，李鹤鸣把那抽出来的血布放在了桌上一堆伤药中间。

半藏半掩，好似收拾的人没看见，才遗留在了此处。

他看了看，又将那布条调整了下位置，就等林钰回来看见，疼上他两句。实在不知道他从哪学来的心眼，密比米筛。

林钰送走老太医，又亲自去厨房端来了刚煎好的药。

李鹤鸣听见她进门的脚步声，身子一歪，没什么力气似的倒进了椅子里。

为避免压着伤,他身上衣裳系得松,坠在锁骨前的胭脂玉露在外边,透过领口可见衣裳下缠覆着的雪白纱布。

不过受了几分刑,他愣是装出了一副明日就要撒手西去的架势,偏偏不知道怎么装得那么像,就连那半抹展露出的精神气都让人觉得他是在硬撑。

林钰进门见他这模样,倒没如他所想那般关切上两句,而是道:"先把药喝了。"

她在他身边坐下,舀起一勺黑浓的苦药吹凉了送到他嘴边。李鹤鸣瞧了眼她捏着勺子的手,张嘴喝下药。

喝完抬手握住她的手掌,长指一拢将她的手握在手心,看样子是不打算松了。

林钰没办法,只好放下碗,换了只手给他喂药。

她瞧李鹤鸣一副病恹恹的模样,柔声道:"我方才送老太医出去时,问了你的伤势。"

李鹤鸣心头一动,但面上还在装,开口时气都是虚的:"他说什么?"

"他说你的伤并无大碍,好好将养即可。"林钰捏了捏他的手指,毫不留情地戳穿道,"你不要装。"

李鹤鸣被拆穿也不羞恼,直接一把将林钰扯到自己腿上坐着,能屈能伸道:"那不装了。"

林钰吓了一跳,立马要从他身上起来:"做什么呀?你身上还有伤呢。"

"又没伤着腿。"李鹤鸣搂着她不撒手,"别动,让我抱会儿。"

说着,他端起桌上的大半碗的药,一口喝了个干净。

头次药熬得重,喝进胃里苦得发酸。李鹤鸣皱了下眉,感觉鼻子里全是涌上来的药气。

他皱着眉,低头在林钰衣裳上嗅了嗅,闻到她身上一股浸染着的淡淡佛香。

李鹤鸣若有所思,宽大的手掌往她手腕上摸去,摸到了一串念珠。

长指抚过打磨得圆润的檀木珠子,李鹤鸣问她:"求了神佛?"

263

林钰怕压着他,一只手撑着桌子,微微点头:"拜了一拜。"

她本不信神佛,如今改了态度,想也知道是为谁。

李鹤鸣轻轻挑了下眉,明知故问:"为我求的?"

他语气淡,但听着怎么都有股藏不住的得意劲。

林钰心疼地望着他漆黑的眼,手指抚过他瘦削几分的脸廓,抬头在他唇上轻轻吻了一下,承认道:"嗯,为你求的,日日都念,求你平安。"

李鹤鸣就喜欢林钰这样哄着他。他勾起唇笑,低头回吻下去,哪还见方才倒在椅子里病恹恹的样子。

夫妻团聚,一吻难分。

林靖得知李鹤鸣出了狱,忙拎着礼来看望,谁知一进门就瞧见李鹤鸣把林钰抱在身上,二人正吻得难舍难分,还能听见水声儿。

林靖不经意撞见这一幕,脑子都还没反应过来,身子就先一步背了过去。

他羞恼道:"这是偏厅,不是寝院,人来人往,你俩……你俩也得注意地方!"

他舍不得说林钰,便冲着李鹤鸣一顿念:"李鹤鸣你没脸没皮,别把我小妹教坏了!"

这话听起来好像搂在李鹤鸣脖子上的那双手不是林钰的。

林钰哪想会被林靖撞见,她红着耳根子把脸往李鹤鸣颈窝里埋,双手抓着他的衣裳,羞得不敢抬头。

李鹤鸣被林钰拱得仰起头,安抚地摸了摸她的脑袋,将她护在怀里。

林钰红了脸,他却面不改色,的确像是一副没脸没皮的样。

他也不辩解,独自担下了这浪荡的罪名,清了清喉咙,若无其事道:"兄长怎么来了?"

林靖本是受王月英的意来看望李鹤鸣的伤势,不过眼下瞧他龙精虎猛,估摸身上的伤也不碍事。

他没回头,背对着两人举了举手里拎着的木盒子,道:"母亲托我送来些药材,她老人家从库房里精挑细选的,不知道是些什么,你煎了熬了随便喝喝。"

林靖简直糙得没有章法，药补之物哪能随便喝，补出问题怎么办。

可李鹤鸣也不是什么心细之人，直接应下："行，劳兄长替我谢过岳母。"

林靖点头："嗯。"

眼下这场面，林靖也不好久留，放下东西就要离开，但他走出两步又想起什么似的，又折身回来。

眼还是垂着，没往夫妻二人身上看一眼。

他从怀里掏出了本册子，和药材放在一起，道："这是阿姐同你阿嫂在宫中时闲来无事记的孕时笔录，你空时看看，兴许有用。"

林钰出声应下："好，谢谢阿兄。"

林靖摆了摆手示意不必，没再多打扰二人亲近，径直离开了。

林钰从李鹤鸣身上下来，想去拿林靖送来的小册子，没想忽然被李鹤鸣从身后抓住了手。

他抬头看向林钰，面上神色难得有些怔愣，道："为何要看孕时笔录，你是不是？"

林钰本打算夜里再将这事告诉他，没想被林靖给捅破了。她低头看着他，握着他的手放在自己肚子上，浅笑着点了点头："嗯，我们有孩子了。"

一出狱便得知自己快要做爹，李鹤鸣像是被这喜讯惊得呆住了，他动了动唇，好半晌才出声："何时的事？"

"月份太小，眼下还摸不准呢。"林钰怕李鹤鸣多想，说完又连忙道，"此前因为你在狱中才没有告诉你，你不能为此生我的气。"

她脸上羞红未褪，说这话时有种说不出的娇。

李鹤鸣哪里舍得与她生气，且她怀有身孕，他身为夫君却不在身边，这本就是他的过错。

"不会，我怎会与你生气。"他道。

林钰仔细看着他的神色，抬手去抚他皱着的眉："那你为何瞧着不是很高兴？"

李鹤鸣的反应的确说不上开心，甚至有些担忧，他握着她的手：

"……我有些怕。"

林钰身体不好,他曾说不要孩子是发自真心。比起孩子,他更怕她出事,留下他一人。

林钰难得从他嘴里听见个"怕"字,也明白他在担心什么。

她回握着他的手:"你既然知道怕,就不许再做险事,以后要好好守着我。"

李鹤鸣轻轻将额头靠在她胸口,闭目虚虚环住她的腰:"好。"

自从知道林钰肚子里揣着个崽,李鹤鸣比谁都焦心,眼见着林钰的肚子一天天大起来,他的眉头也一日比一日拧得紧。

林靖带来的那本孕时笔录,他比林钰看得还勤,都快背下来了。

林钰自小孱弱多病,这些年虽养得圆润了些,但细骨软肉托着个大肚子,李鹤鸣看了总觉得心慌,为此跑了无数趟太医院请太医来瞧。

好在肚子里的孩子懂事,林钰并未因此吃多少苦头,加上有精细的膳食补养,康健精神得很。

反倒是李鹤鸣,眼看着终于顺利熬到了待产的日子,他这忧心之症不仅没减轻,反而还加重了不少。

那些太医来府上为林钰诊平安脉时,抬头瞥见守在一旁的李鹤鸣的脸色,心里直犯嘀咕,感觉这孩子该揣在李鹤鸣肚子里才配得上他那忧心的脸色。

说来有些好笑,堂堂一个顶天立地的男人,妻子怀孕,他倒把自己熬瘦了一圈。

但这也不算奇怪,毕竟李鹤鸣白日跑完北镇抚司,晚上还得接过林钰的活帮她理家看账。

就连半夜里林钰要喝水更衣也一应是他在仔细照顾,这些个月下来,铁打的身体也撑不住,瘦些也是应当,全当为林钰受罪。

待产日临近,李鹤鸣下值也下得早。这日,他审过犯人与何三一同从诏狱出来,瞧着面色平静步履平稳,然而没走出两步,就扶着诏狱外的石墙吐了个昏天暗地。

何三见他这样都已经习惯了,自从林钰有孕以来,李鹤鸣见血后常常如此般吐得死去活来。

起初何三还以为他中了什么邪毒，焦了一把心。

眼下何三见李鹤鸣吐得半晌没直起腰，走近了想去扶，李鹤鸣背对他抬了下手示意不必，何三就只好在旁边等。

昨晚林钰被肚子里的孩子闹得醒了几次，李鹤鸣也跟着没睡好，熬得眼底生了抹乌青，此时他吐完，脸色有点发白，面色看着更加难看。

李鹤鸣倒不在意，他面无表情地擦了擦嘴，而后没事人一样上马往家赶。何三也骑马跟了上去。

两人行过半条街，何三见李鹤鸣缓过来了，开口道："老大，卫凛是不是要回京了？"

半年前，何三将白蓁从教坊司赎了出来，二人热热闹闹办过亲事，卫凛如今就是他妻弟。

他这样问，摆明了是来李鹤鸣这儿探口风来了。

李鹤鸣瞥他一眼，淡淡道："消息打听到我头上来了？"

何三憨厚笑了笑，也不否认："卫凛昨日传了封信，说要回京看白姑娘，没说几时，也没说待多久。我见白姑娘急得不行，所以才来问问您。"

李鹤鸣自己和林钰素日是一声"二哥"来，一口"蓁蓁"去，很不能理解何三都已经把人娶进家门称呼却还如此生疏，不过他不爱理旁人闲事，故也没问。

两人行过闹市，见身边行人少下来，李鹤鸣回道："前些日七皇子与四公主办过百日宴，皇上翌日便拟了立七皇子为太子的诏书，命二皇子辅政。二皇子得势，往后少不了用人的地方，卫凛忠义，又有一番能力手段，朱熙便暗中调了他回京。"

七皇子与四公主乃是林琬诞下的一对双生子。朱铭死后，崇安帝大病了一场，指不定还能在皇位上熬多久，这才早早立下七皇子为太子，授命由朱熙辅佐。

不过祸从口出，有些话说不得，李鹤鸣便也没一五一十掰碎了讲。

他说完，又叮嘱了一句："卫凛回京这事虽得了皇上默许，但没

267

几个人知晓，事定之前不要声张。"

何三向来知分寸，不是个打破砂锅问到底的性子，他得了李鹤鸣肯定后便放下了心，道："我明白。"

他说着，又忍不住笑："等我回去告诉白姑娘，她一定很高兴。"

说着，他又忽然想起一事："对了，卫凛的信里还提了句您家那徐嫂嫂当初卖您的信儿给他，夹在字缝里不明不白就说了这么一句，也不知为何提这陈年旧事，莫不是让您提防着您那嫂嫂？"

何三锦衣卫千户的位置是跟着李鹤鸣一路杀出来的，但他这脑袋对朝政之事向来不太灵光。七皇子立为太子，林家自然跟着水涨船高，李鹤鸣沾林钰的光，如今便成了太子姨夫。

卫凛把这龃龉旧事借何三的嘴说给李鹤鸣，算是投诚之意。

李鹤鸣也没解释，只道："无妨，她已得了想要的，无心再翻浪。"

两人又聊罢几句公事，在岔路口分道回府。

今日日头盛，眼下太阳还没落山，也不知是方才吐过一回还是怎么，这炎炎日光照得李鹤鸣心里莫名发慌。

没等稳下心，李鹤鸣便撞见了策马迎面而来的文竹。

文竹似专门来寻他，远远瞧见他便开始招手，像是见了救命稻草，人还没到李鹤鸣跟前就急匆匆地大喊道："姑爷！快回去！夫人要生了！"

声音远远传来，也亏得李鹤鸣耳力好，才从市井嘈杂声里听清这话。

烈日之下，李鹤鸣面色骤变，快速迎上前去，急急问道："夫人如何？可还安好？稳婆和太医可在府中？"

"安好安好，一切都好，稳婆太医也都在。"文竹胡乱擦着额上的汗，快速道，"林大人也在。他午后来看夫人，本来两人聊得好好的，没想夫人突然就破了羊水，眼下就等着您回去呢！"

李鹤鸣听罢未再多言，双腿一夹马肚，文竹的马都还没转过弯，只觉身旁拂过一道劲风，李鹤鸣已心急火燎从他身侧冲了过去。

待李鹤鸣马不停蹄赶回府中，寝房外已被人围了个水泄不通。

门口摆着几张褐木交椅，李鹤鸣提前数日请来的两名太医正拎着药箱坐在门口,以防接生时出现意外。

林靖最为焦急,背着手不安地在门口来回踱步。老陈也紧张得很,带着十数人在院子里候着,保不齐里面待会儿还需用人。

寝屋房门半开,侍女与老妇端着铜盆木盘不停进进出出,干净的热水送进去,很快又匆匆端出来倒进院子里,冒着白气掺着血色,时而一两盆仿佛被墨染透似的红,看得人心惊。

林靖看见李鹤鸣大步进院,面色一松,随口叫住一名侍女,快速道:"快去告诉夫人,你家姑爷回来了。"

那侍女看了眼李鹤鸣,点头应下,快步进了门。

自古以来,都说女人生子都如过鬼门关,李鹤鸣从院门走到房门前这短短片刻,看见侍女将半盆又半盆的血水从房中端出来泼在地上时,才终于明白这话是什么意思。

"啊——"林钰的哭叫声从房中传出来,因疼痛难忍,声音拖得长而颤,刺得李鹤鸣耳里仿佛响起了鸣音。

他拧紧了眉,脚步一路不停,想也没想就要往房内冲,然而老陈却眼疾手快地拦住了他:"家主,您这……您不能进啊!"

李鹤鸣哪想自己会被拦下来,他神色焦急地朝房内看了一眼,急得额角青筋都暴了出来:"让开!"

林钰已生了快一炷香,在李鹤鸣回来之前,她不知在痛极之下唤了多少声"二哥",声音都喊哑了,听得林靖心疼不已。

林靖自然向着自己妹妹,他见李鹤鸣被拦,上前去拉老陈:"这有何进不得?我妻子生子时我也进了产房,不也母子平安万事大吉?"

妻子生子男人不能进房是千百年传下来的规矩,但老陈拦住李鹤鸣却不是因为这个。他道:"家主和您不一样,家主他……"

老陈话没说完,忽而又听见林钰哭着在唤:"呜……二哥!"

她哭得可怜,声音一声急一声弱,只一声名字,听得李鹤鸣生生急红了眼。

他伸手按上刀鞘,不管不顾道:"滚开!"

老陈与林靖还没来得及反应,那两名太医见李鹤鸣似要动刀,倒是吓得脸色一变,直接站了起来。

一名面色和善些的太医急忙开口替老陈解释道:"李大人切莫动刀!这老仆应是好心。您掌北镇抚司多年,手里或多或少沾着几条人命,命里带煞,若进了房中,或会冲撞了孕妇和将出世的孩子,万万急不得!"

太医的话说得直接,虽有些愚昧,但涉及林钰,倒真唬住了李鹤鸣。

他不通晓女人生育之事,自然也没听说过这种说法,他本不信这些,可担忧则乱,眼下这情况,即便是怪力乱神也变成了金科玉律。

老陈见李鹤鸣额上急出了汗,也是不忍:"老奴知您担心,可这说法流传至今,总有它的道理,不得不忌讳啊。"

年迈之人见惯世间太多事不为人力所改,心里总信奉鬼神,但林靖听了倒不以为然:"民间流言,无根无据,有何可惧。"

李鹤鸣焦心如焚,脑中一片乱麻,情急之下不知该进该等,正当此时,房中又传来了林钰的哭喊。

"啊……李鹤鸣……"

侍女已告知林钰李鹤鸣回来的消息,她喊了几遍都不见他的影子,气得又哭又委屈,竟然结结巴巴骂起人来:"李鹤鸣,王八蛋,呜……你给我滚,滚进来!"

她哭得凄惨可怜,但骂声却有力,想是疼得狠了,才会失去礼数大声叫骂。

林钰自小聪慧知礼,林靖从未听她口吐粗鄙之言,猛然听见她骂人,反倒吓了一跳。

但他心里又不免放松了几分,还有力气骂人说明精神足,无大碍。

那两名太医想来也觉得如此,捋捋胡子又放心地坐了回去。

只有李鹤鸣,在听见林钰叫他滚进去后,面色愈发慌乱,把那太医命中带煞的冲撞之言直接丢在了脑后,推开老陈便闯了进去。

林靖跟上两步拉住他:"刀,刀!谁家孩子出生爹带刀进去的。"

李鹤鸣脚下一顿,利索取下刀扔给林靖,唤着"姜姜"就跨进了门。

老陈见拦不住,双手合十面朝西方祈起福来:"阿弥陀佛,佛祖勿怪，佛祖勿怪。"

很快，屋内的哭叫声便低了下来，林靖凝神细听了一番，不知是否听错了，他好像听见了一声清脆的巴掌声，接着便是林钰模糊不清的委屈埋怨话。

"你怎么才来……"

李鹤鸣的声儿倒没听见，不过想也猜得到正蹲在床边低声认错哄人。

林靖放下李鹤鸣的刀，学着老陈的模样，朝着长空晚霞闭上眼，抬手对着三清祖师、菩萨天尊一顿乱拜。

求罢母子平安，又为这一家三口求起了平安顺遂。

所求太多，烦琐难理，最后索性将八方过路的神佛全扯来念了一遍。

许是神佛听了愿，遣来天边一缕长风拂过院落，穿过闹街静巷，朝着云霞黛山而去，最后送到了那寺中挂满了姻缘牌的梧桐树前。

晚霞绮丽，满树木牌轻晃。一张木牌高挂枝头，不知何时由人潇洒肆意写下了一行字：

愿天下有情事，事事如愿。

正文完

番外一

白玉懷瑕

七皇子朱昱登临帝位时只有三岁,刚开始学了几首诗词,连笔都握不稳的年纪,上朝时,得由太后在龙椅之后垂帘陪同才会安心。

几层半透的月白纱帐遮挡住了林琬的容貌,满朝文武抬头只见帘后一道端庄模糊的身影,若隐若现,宛如仙人隔云端。

皇上年幼,朝政之事由楚王朱熙辅佐。御台之上,摄政王神色安然地端坐在轮椅之中,静听下方臣子奏表。

身旁的幼帝也学着他的模样努力将身体挺得板正,娇小的双手拢进宽大的袖口,置于膝上。一大一小,仿佛一个模子所刻。

臣子上奏若为小事,朱昱大多时都只回一句"朕知道了"。

嗓音稚嫩,但语气却已比同龄稚子沉稳许多。

然国事大多烦琐,许多时候朱昱听都听不太明白,遇到要事拿不准主意的时候,他便会扭头看向身旁静默不言的朱熙,等朱熙开口替他回答,又或者道一句"待朕与摄政王朝后议罢,再予定夺"。

虽只有三岁,但这皇帝倒也当得有模有样。

这日十五,殿外大雪纷纷扬扬,宛如鹅毛。

朝会持续得久了些,殿中炉火又烧得旺,朱昱听着听着,难免有些昏睡,拢进袖子里的手滑了出来,搭在了冷硬的龙椅上。

龙椅太高,他脚下垫了一方台阶,意识迷迷糊糊,身子倒还坐得稳当。

底下禀奏的臣子暂且还没发现异样,但就在他身旁坐着的朱熙却看得清楚。

这半月里,朱熙几乎夜夜留朱昱在武英殿习字上课,昨夜留得久了些,想是朱昱夜里没睡好,眼下早朝又被迫听着底下一众臣子轻声慢语催困,这才撑不住,昏昏欲睡起来。

朱昱睡得端正,眼皮都快要黏在一起了,脑袋却都没歪一下。

朱熙怜他年幼，便也由着他睡，倒是帘帐后的林琬看见了，抬手抵在唇边，轻轻咳了一声。

声音轻弱，显然不是咳给快睡着的朱昱听的。

朱熙不动声色地朝帘帐后看了一眼，待下方臣子禀完，开口道："皇上身子已乏，今日早朝便到此结束吧。"

朱熙声音一响，太监立马放开了嗓子高呼："退朝——"

朱昱被这尖细的声音惊醒，小小的身体一抖，猛地睁开眼，就见下方的臣子乌压压屈膝跪了一殿。

帘帐后伸出一只玉瓷般的手，林琬温柔的声音传出来："昱儿，走吧，朝会已结束了。"

朱昱像是还没反应过来，转头有些怔愣地看向了朱熙，见朱熙朝他点了下头，他才踩着脚下专为他设的木阶下了龙椅，小跑两步到林琬身旁，紧紧握住了她的手。

虽说身子乏累，但朱昱并不得闲，朝会结束，便得去武英殿随朱熙上课。

宫道上红梅盛放、大雪纷飞，林琬牵着朱昱走在前头，朱熙由徐文推着轮椅落后几步。

宫女撑伞遮住了雪，却挡不住冬日彻骨的寒气，饶是朱昱身上披了绒氅，怀里抱着袖炉，他一出殿，仍被这刺骨的冷风吹了个清醒。

林琬见他一路上沉默不言，捏了捏掌心柔嫩的小手，柔声问道："昱儿在想什么？"

朱昱望着眼前密雨般的飞雪，轻轻眨了眨眼，道："儿臣在想今冬严寒，百姓该如何才能安稳度过。"

林琬抿唇笑了笑，欣慰道："昱儿既见此景而忧百姓，是百姓之幸。既然心怀天下黎民，那昱儿更要刻苦发奋，做一名德行配位的好帝王。"

朱昱认真点了下头，奶声奶气道："昨日皇兄也是这样教儿臣的，儿臣必然不负母后与皇兄所望。"

提起朱熙，林琬没有接话，然而朱昱却回头朝不远不近跟在后面的朱熙看了一眼。

朱熙身着大红色衮龙袍,他的肤色较寻常人本就白皙几分,红色一衬,更显苍白。

他安静坐在轮椅上被人推着前行的模样,在朱昱眼中总有种难言的病弱感,像是风雪一吹便要病倒。

朱昱转过头,同林琬商量道:"母后,儿臣想让尚服局为皇兄做两件厚实的衣裳。"

朱昱甚少要求什么,如今突然提出要为朱熙做两件衣袍,叫林琬不由自主愣了一瞬。

她还未开口,又听朱昱道:"昨夜风大,皇兄穿得单薄受了风,在武英殿为儿臣讲国策时咳嗽了好一阵,若是病了便不好了。但是儿臣选不来衣裳,能劳烦母后帮帮儿臣吗?"

朱昱睁着双清透的小狐狸眼看着林琬,但林琬却没有直接应下。

她温柔道:"昱儿可知不患寡而患不均的道理?陛下不止一位皇兄,若赠了楚王,那昱儿的五皇兄也该要有。"

朱昱思索着道:"可二皇兄待我更亲近,五皇兄一年也难得见上几回,如此也要一同赏赐吗?"

林琬道:"自然,不然得赏者骄,无赏者恼,岂不违背了赏罚本意?"

这话听着甚有道理,朱昱点了点头:"儿臣听母后的。"

母子二人在前方低声交谈,模糊不清的话音散入风雪里,朱熙喉咙一痒,从两人身上收回视线,捂唇压着声音,低头咳了几声。

徐文叹了口气,从宫女手里拿过早早备好的袖炉递给朱熙:"王爷莫要逞强,还是拿着吧,再这样冻下去,受寒事小,腿疾发作可就要命了。"

朱熙伸手拂开:"不用。"

他望着眼前大雪,甚至还饶有兴趣地伸出冻得冰凉的手去接。徐文看得直叹气,却也无可奈何。

他这位王爷,总是如此,从不爱惜自己。

朱熙初次见到林琬是在宫外一场诗会上,他乔装赴会,去见因受诬而暗中被榜上除名的徐文。

亭台楼阁,曲乐长鸣,赴京的考生与名门儿女相聚此地,把酒谈笑,吟诗作赋。

那时还未放榜,但苦读多年的考生却都志得意满,好似已见自己的名姓昭示榜上。

当年朱熙只有十六岁,他坐在轮椅上,由侍卫推着从喧闹的人群外缓缓行过,路过姑娘相聚的水榭时,于莺莺燕燕的欢笑声里听到了一曲婉转动人的琴音。

曲声灵动,似潺潺流水,拨响在心间。

朱熙因腿脚不便,独有些不用走动的爱好。琴,便在其中。

他循琴声望去,看见山水屏风后坐着一道朦胧倩影。

身躯半掩,瞧不见脸,只见一双白玉似的纤纤玉手从屏风后伸出来,缓缓拨动琴弦。

那人腕上戴了一对金玉镯,衬得手腕细不堪折。

朱熙问身旁的侍卫:"谁在弹琴?"

他出宫赴诗会,前一日手下的人便将这诗会上受邀的来客查了清楚。侍卫看了眼那姑娘手上的一双金玉镯,回道:"应是林家的长女,林琬。"

朱熙有些诧异:"老师的女儿?"

"是。"

朱熙觉得有趣,他收回目光,浅笑着道:"老师的琴艺催人自戕,没想到教出的女儿倒是抚得一手好琴。"

朱熙身边没个女人,侍卫也还是第一次听他夸姑娘,问了一句:"殿下,要请她过来吗?"

朱熙自知这辈子都无再站起来的希望,是以没打算祸害别人家的姑娘,素日里,除却必要,鲜少同姑娘攀谈来往。

他道:"请来做什么,叫人丢了脸皮在我面前卖艺吗?"

那侍卫听得这话,识趣地闭上了嘴。

那时候朱熙并没将此事放在心上,只是偶尔心静无事时,脑中会回想起那短短半曲琴音,以及那双白玉似的手,和那姑娘的名字。

277

林琬。

林琬……

人如其名，无瑕美玉。

"王爷……王爷……"

大雪飘飞的宫道上，朱熙望着大雪出了神，徐文在耳旁接连喊了几声，他才听见。

徐文见他终于回过神，好奇道："不知王爷被何事缠住了心神，不妨说与下官听听？"

朱熙吸了口寒凉的冷气，缓缓道："没什么，旧事罢了。"

朱熙不想说，徐文便也没再问。他抬头看了看这一时半刻停不下来的大雪，劝道："王爷待会儿入了殿，可别再逞强，别着薄衣在窗边吹冷风。您不为自己着想，也该体恤皇上年幼，若是过了病气给皇上，怕是难得养好。"

听徐文又开始念叨，朱熙摇了摇头："你如今是做官做成了老妈子，话越来越密了。"

徐文笑了笑："您身边没个知心人，这话若我不说，旁人更不会说了。您若嫌下官烦，娶个王妃才是正经，再不济找两名贴心的宫女放在房中伺候也成，有了女人总是不一样，像我家夫人每日对我嘘寒问暖，晚上烛火一灭，被窝一盖，那才是人间惬意事。"

明明是位清流文官，说起家长里短倒是毫不避讳，朱熙听得有些头疼："行了，你夫人怎么没把你这嘴给缝起来。"

两人说着，已到了武英殿前。

林琬未进殿，牵着朱昱站在雪里等落后几步的朱熙。

她低头看着轮椅上一袭红衣的朱熙，视线扫过他冻得发白的指节，开口道："今日也劳王爷费心了，只是天寒地冻，皇上这两日都未休息好，今晚王爷还是早些让他回来歇息吧。"

自从朱昱登上帝位，林琬便很少表现出为人母的纵容与疼爱，今日这番话已很是难得。

孩子都贪睡，朱昱这些日也有些疲倦，但他一直被教导身为帝王不可懈怠，所以从来都是忍着不提。

如今他听林琬这么说，有些意外地抬头看向了她，然后高兴地悄悄将她的手握紧了些。

即便黄袍加身，说到底也还只是个离不开母亲的孩子。

在旁人看来，朱熙身为摄政王，如今大权在握，身为太后的林琬该多巴结他才是，没想她的语气却说不上热切。

徐文在两人身上来回看了几眼，觉得这气氛有些怪异。

不过朱熙并不在意林琬的态度，他微微颔首，恭恭敬敬应了林琬的话："母后说得是，儿臣知道了。"

目送朱昱与朱熙进了殿，林琬独自回了仁寿宫。

她喝了口热茶，歇了片刻，叫来尚服，忙起朱昱交代给她的事——给朱熙做衣服。

尚服听林琬说要做衣裳赠给两位王爷时，心中一时有些疑惑。

雍王已自立府门，这月底便要离开都城去往封地。路途遥远，他自然早早就备下了厚比积雪的冬衣，哪还需麻烦宫中。

而楚王本就住在宫中，今冬的十多身新衣早早便做好送了过去，又何愁没有衣裳穿。

不过在宫里做事最主要的一点便是要会装傻，是以尚服心中虽困惑，但没未问出口。

她看着榻上端坐的林琬，问道："若为御寒，各类毛氅自然最佳，只是不知太后是要用哪类皮毛？库房里虎狼熊皮、狐兔貂皮都有。"

林琬绣工不错，但对挑料子做衣裳不精通，她问道："哪种皮毛好些？"

她声音柔，听得人舒心。尚服翻了翻手中的册子，笑着道："去年藩国朝贡了两件罕见的白狼皮和两件白熊皮，毛发厚实柔顺，用来做氅应是极不错。"

林琬道："那便为楚王与雍王各做一身狼皮氅和熊皮氅。"

她说着看了眼窗外的雪，又道："眼下天儿越发冷了，劳你们费些心神，尽早做出来给两位王爷送去。"

尚服应下："是。太后还有别的盼咐吗？"

林琬沉默一瞬,道:"你再看着挑些别的料子做两对厚实的护膝。"

尚服问:"也是一人一双吗?"

林琬垂下眼眸,看着手里的袖炉,轻声道:"陛下怜楚王腿疾,做好了将两双护膝都送到楚王宫中,说是陛下赏的。"

"是。"

冬日天暗得早,明月高挂,风雪不停。

偌大辉煌的宫城被雪幕笼罩,仿佛一只沉睡的石兽矗立在茫茫夜色中。

一入夜,天也越发冷。仁寿宫中,宫女拿起铜钳往火炉里添了几块木炭,焦炭相撞,火星溅起又熄灭,仿佛黑夜里忽闪又灭的星子。

她拨了拨炉子里烧得透红的炭火,听见门口"咯吱"一声,被背后袭来的冷风激了起了个寒噤。

她转头看去,见林琬穿着一袭不抵寒气的薄衣站在门口,正透过皎皎月色看向武英殿的方位。

宫女扔下铜钳,忙拿起榻上的狐白裘披在林琬身上:"夜深天寒,太后切勿受凉。"

林琬拢了拢颈边的狐毛,些许担忧道:"不是已经派人去武英殿请过一回,怎么还不见皇上回来?觅儿方才还在问哥哥何时回来同她歇息呢。"

宫女捂了捂她不消片刻便冻得发凉的手,拿过一只刚灌上热炭的袖炉给她,劝道:"太后莫急,奶娘已经去哄公主了。楚王有分寸,想来待会儿会将皇上安全送回来的。"

宫女不说这话还好,她一说,林琬反倒更焦心。

白日里朱熙分明答应过她今日会早些让朱昱回来休息,可眼下都快至戌时了,却还不放人回来,莫不是要扣着皇上在武英殿留夜吗?

一日比一日留得晚,哪里见他有什么分寸。

林琬放心不下,道:"将伞取来,去武英殿。"

宫道长阔,冰冷的夜风裹挟着细雪涌过身畔,丝丝缕缕的凉意仿佛要钻进人的骨头缝里。

武英殿还燃着灯烛，殿外禁军持刀值守，林琬往四周看了一眼，里里外外，全是朱熙的人，连个通报的小太监都不见。

不过给天子授个课，阵仗却像是要篡逆。

林琬觉得这场面异样，又疑只是自己多心。她想了想，对宫女道："在门外等我。"

武英殿乃帝王理事之所，寻常人不可擅入，宫女未多想，点头应道："是。"

林琬走到门口，看了眼门口持刀立得笔直的禁军。她不知他名姓，但这张脸却认得，此人常伴朱熙左右，乃是他心腹。

林琬这双眼生得妙，无论看谁都多情，她神色浅淡，那人却被她看得有些不自在，低头避开视线，恭敬道："太后圣安。"

林琬微微颔首，推门进了殿。

进殿后，林琬发现殿中的灯火倒不比殿外明亮，墙边的灯树上零零散散亮着几粒灯火，四处一片昏暗，哪哪都难看清。

"嘎吱"一声，殿门在身后关上，林琬回头看了一眼，微微蹙了下眉。

殿内安静得出奇，就连伺候的宫女也不见一个。

林琬朝里走了几步，这才看见背对着她坐在轮椅中的朱熙。

他还是穿着白日那身红色衮龙袍，靠在快要熄灭的火炉边，像是在取暖，又像是在看炉中的火徐徐燃尽。

在他右侧，窗户大开，冷风正不断涌入殿中。窗外明月映着雪色，皎洁月光落在朱熙身上，无端显出半抹凄凉。

林琬没说话，皱眉走过去，将窗户关上了。

窗户合上，发出一声闷响，殿中安静坐着的人突然轻轻笑了一声。

林琬回过头，就见朱熙正微微仰头看着她。

幽微火光照在他稍显苍白的面色上，他缓缓道："火都要燃尽了，儿臣还以为母后今夜不来了。"

这话听着有几分难言的暧昧，林琬没有回答，她往空荡荡的四周看了看，问道："皇上呢？"

朱熙指了指通往偏殿的门："困了，一早便睡了。"

281

说是做贼心虚也好,与他独自在一处说话,林琬总有些不自在。

她站在窗边未走近,问道:"既然困了,为何不将他送回仁寿宫歇息?"

朱熙唇畔挂着笑,一双眼灼灼地盯着她,反问道:"儿臣若将皇上送回去,母后今夜还会来吗?"

林琬一怔,随后不自然地别过眼:"……你知自己在说什么吗?"

"母后为何这么问,难不成我看着像是吃醉了酒……咳咳……"

朱熙话没说完,喉中突然泛起股难忍的痒意,他拧眉急咳了几声,气还没喘顺,面前突然出现一只红袖炉。

那红袖炉躺在林琬白净漂亮的掌心中,衬得她肤如白玉。

"拿着。"林琬道。

她似叮嘱又似埋怨:"既然身子孱弱,便不要深夜在这窗边吹冷风。"

朱熙听她念叨,唇边笑意更深。他看着她,缓缓伸出手,却没拿她手上的袖炉,而是五指一握,抓住了她的手腕。

林琬手指一颤,下意识看向了朱昱睡着的偏殿门口,道:"松开。"

朱熙没听,甚至用力将她的手又握紧了几分:"若儿臣不松呢?"

他说着,将人往自己身前一带,扯得林琬身子一晃,竟直接侧身跌坐在了他腿上。

轮椅猛地往后滚了几寸,又被他一只手握着轮子生生止住。

林琬急急要从他身上起来,却被他一把锢住了腰。

他仿若溺水之人,抓住了下水救他的人,越缠越紧,半点不肯松。

任林琬脾气再好也该恼了,她伸手推他,压低了声音斥道:"朱熙!"

朱熙像是听不出她语气里的怒意,他低头道:"母后喊错了,该叫王爷。"

在林琬入宫前,算上诗会初遇,朱熙其实拢共只见过她两面。

第二次遇见她是在七夕佳节,未出阁的女儿难得能正大光明走出深宅府门逛夜市的日子。

那夜满城烟火长燃，将这一方阔无边际的黑夜照如璀璨白昼。

歌妓唱曲，武夫卖艺，小贩此起彼伏地敲鼓吆喝，街头巷尾热闹非凡。

朱熙戴着面具，独自一人坐在湖畔望着湖中一艘歌舞不绝的瑰丽花船。就是在这时，他遇到了与侍女来游夜湖的林琬。

湖畔停了三两只小船，只装得下四五人，专供人游湖。林琬来得不巧，最后一艘船刚被人包下，她只能和侍女在岸边等一会儿。

朱熙在诗会上没见过她的容貌，认出她靠的是她腕上那对熟悉的金玉镯。许是察觉到了他的目光，林琬偏头看向他。

她手执一把闲云团扇，遮住小半张脸，只露出了一双明媚的狐狸眼。而朱熙带着半张狐狸面具，两人都未露脸。

四目忽然相对，气氛有些尴尬。最后还是林琬率先开了口，声如莺鸣："小公子一人来游湖吗？"

朱熙"嗯"了一声，面不改色地撒谎道："与朋友走散了。"

而事实上，保护他的侍卫就乔装隐匿在附近的人群之中，而不远处乐曲流淌的花船上，他的人正与朱铭派来的杀手在浴血厮杀，四面八方处处是他的人。

林琬彼时年纪小，没想过面前看似温和的少年会说谎骗她。

她左右看了一圈，见他瘸了腿又孤身一人，觉得他那些个朋友太不靠谱，竟将双腿有疾的他独自扔在这危险的湖边。

若他不小心掉进湖里，怕是爬都爬不起来。

林琬心生怜悯，问道："小公子家住何处，不如我差人送你回去？"

朱熙在这儿坐了快一炷香也没个人上来搭话，突然听见林琬要帮他，一时觉得有趣。

他说不上自己当时存了什么心思，低声道了句："不必，我朋友应当很快就回来了。"

这话随便谁说出口都算寻常，偏偏朱熙是个残疾人，是以听着多少有些自我安抚的意味，这点他自己很清楚。

果然，林琬听罢蹙起眉头，思索着道："既如此，那我同我的侍女陪小公子等一等吧。"

283

朱熙浅浅勾起嘴角:"多谢姑娘。"

林琬虽是好心,但也有些担忧被旁人看见自己与一名男子待在一处。

朱熙看出她的顾虑,抬手解下脸上的面具,露出了如画的眉目。

他将面具递给她:"姑娘若不自在,戴上我的面具吧。"

林琬侧目看向他,目光落在他俊逸温和的眉眼时,稍稍愣了下神。湖畔挂着的灯笼照下来,她的耳郭浮现起了一抹薄红。

她道了声谢,捏着狐狸耳朵,从朱熙手中接过了面具。

朱熙坐在轮椅之上,看着身形矮些,林琬以为他年纪比自己小上几岁,可此时一看,不免心中羞恼:哪里是小公子,瞧着明明与她差不多的年纪。

但那一夜,于心不忍的林琬,还是站在人来人往的湖畔旁陪着他一个来路不明的瘸子生生等了半个时辰,等来他的"朋友",才与侍女离开。

朱熙回宫之后,暗中差人往林家赠过一份谢礼:一把上好的古琴。

后来他又化了别名与林琬来往过几封书信,说不准是什么时候开始,渐渐动了心。

彼时林琬还不知朱熙的身份,但朱熙却已经存了要娶她的念头。

只是天不遂人愿,此后再一见面,她已入宫成了他父皇的妃子。

后来在宫中相见,林琬才知道,那与她通信的小公子不是什么别家的少爷,而是当今尊贵无双的二皇子。

武英殿。

门外风雪相争,殿内炉里的火也快熄了,暖气散去,冷得冻人,和外边没什么区别。

朱熙虽残了腿,但一双手仍具有成年男子该有的力气。

结实修长的手臂强行抱着林琬,她压根儿挣脱不了;且她挣扎得越厉害,朱熙将她搂得越紧,几乎是将她牢牢压在了他身上。

平日两人相见,他从来是坐在轮椅上仰望她,温文尔雅没有攻击性,似乎天生矮她一截。无论她说什么他都温顺应下,恭恭敬敬唤她

母后，恪尽儿臣的本分，好像已经熄了对她的心思。

可林琬这时被他不顾礼法尊卑地抱着才知道，他哪里是断了念想，分明是藏得更深罢了。

林琬一惊，偏头躲他："你知不知道你在做什么？！"

朱熙笑了一声，毫不掩饰道："儿臣当然知道，作乱犯上，悖逆纲常。"

他见林琬发髻都散了，抬手拂过她的鬓角，看着她低声问："母后要治儿臣的罪吗？"

朱熙不知坐在这儿吹了多久的风，身体冰如冷石，就连吐息都带着股冰凉的寒气。

林琬被他身上的寒意冻了个激灵，她心如擂鼓，语气严厉，却也急得语无伦次："人伦不可违，这种话我今日便当没听见，王爷以后不要再提。松开！"

林琬面色恼怒，额角都出了汗，然而朱熙见她这模样却满眼都是笑意。

在人前时，她待他向来疏离，甚至冷淡得有些刻意，不愿看他，就连多说一句话都不肯，何时露出过这般生动的神色。

懊恼至极，却也拿他无可奈何，毫无反抗之力，却还在竭力维持着太后应有的端庄与威仪。

可惜太后的话打动不了他这个目无法纪的儿臣。

朱熙生在宫中，长在宫中，这宫里的丑事他自小便见惯了。

看似辉煌威严的皇宫里，处处是不受宠的妃嫔、无根的太监和寂寞的宫女，这些可怜人被囚禁在冰冷的深宫之中，如困鸟一般互相慰藉，朱熙都不知自己撞见过多少回。

他以圣贤之理教导朱昱，但自己对伦理纲常却早已变得麻木。

他韬光养晦，手刃血亲，三年前亲手将朱铭的脑袋提到了崇安帝面前，他骨子里就是个离经叛道之徒。

什么人伦，他根本不在乎。

他早已为她准备好了嫁衣，她本该是他的王妃。

朱熙低头靠近她，他以耳语问道："儿臣若松开了，母后是不是就要走了?"

她惯会逃跑。

朱熙将双手搭在扶手上,眉下那双漂亮的狐狸眼温柔地看着她:"走吧,母后若决心要走,儿臣是留不住的。儿臣这双腿,也追不上来。"

林琬心头被他这直白的话刺了一下,一时不敢看他盛满情意的眼睛。

人人都说朱昱生了双清透的狐狸眼,像极了她,可众人没发现,当朝摄政王同样长了双漂亮的狐狸眼。

林琬撑着扶手站起来,一时不察,左掌压在他的手背上也没注意到。

他座下的轮椅因她起身而往后滚了半圈,瞬间拉开了两人的距离。

林琬理平衣襟,又抬手摸了摸头上的金钗是否稳当,视线扫过掉在轮椅旁的袖炉,一言不发地进偏殿抱出了睡熟的朱昱。

她出来时,朱熙仍在原地没动,不过地上的袖炉已经被他捡了起来。他拂去袖炉上沾染的细尘,拿在手中,就这么静静地看着她抱着朱昱离开。

察觉到背后的目光,林琬停下脚步,回头看了他一眼。

此刻的朱熙和平时温文尔雅的模样大不相同,敛去了面上似有似无的温和笑意,沉默地坐在灯烛幽微的森冷宫殿中央,好似孤寂得天地间只剩下他一个人。

孤独与黑暗如同密不透风的黑布毫不留情地将他包裹其中,林琬有些不忍地收回视线,离开了武英殿。

隐隐的,她听见殿内传来了压抑剧烈的咳嗽声。

殿外,此前围在门口的禁军不知何时退到了宫道上,她的宫女提着灯站在那为首的将领旁,两人似正闲聊。

宫女见林琬抱着朱昱出来,忙撒下那禁军提灯跑了过来。

她敏锐地发现林琬头上的金钗换了个位置,但什么也没说,只是从林琬手里接过了熟睡的幼帝。

林琬并未急着回仁寿宫,她走到那禁军将领面前,问他:"武英殿里服侍的人呢?殿里灯烛炉火都已熄了,怎么不见人进去点上?"

她话音温柔,但字里行间却是在问罪。那禁军将领回答道:"回太后,之前有个小宫女心术不正,欲诱引王爷,被王爷叫人拖出去打死了,自此太阳一落山,殿中便不再容人伺候了。"

林琬没想到还发生过这事,她皱了下眉:"那也不能任由殿中冻得像个冰窖?若是楚王病了耽误国事该如何,到时候拿守在门口的你们治罪吗?"

男人哪里担得起此等重罪,他闻林琬语气严厉,头一垂,竟告起朱熙的状来:"太后,王爷已经染病了。他这段时间常宿在武英殿,连景和宫都不回,夜里也是一个人,冷冷清清地待一晚便去上朝。徐大人早上来时,殿中的炉子从来都是熄的。"

林琬知朱熙向来任性,可没想到他如今竟作践自己到这地步。

她心中生了怒气:"他有家不回待在武英殿做什么?他胡闹,你们难道不知道劝着些吗?"

男人摇了摇头道:"劝过,可王爷的脾性,微臣们实在劝不了。王爷说即便回了景和宫也是孤单一人,不如就宿在武英殿,说什么还离得近些,免得早晚多跑一趟。徐大人和微臣多劝了几句,还被罚了半个月的俸。"

他说到这儿,肉疼地咬了咬牙,言辞恳切道:"您是王爷的母后,这天下除了皇上,只有您的话能叫他听进去了。"

这禁军将领的话有一半都是徐文教的,而徐文教的这一半是从朱熙的举措里悟出来的。

朱熙折磨自己要母后的怜惜,徐文身为下属,自然要助他一臂之力。

但这其中曲折,林琬并不知情。

她有些头疼地看了看这茫茫大雪,若殿内熄了火炉睡上一夜,便是冻得半死都说不好。

她想起朱熙那冰凉的体温和一身单薄的衣裳,在原地站了片刻,最后有些无奈地对那禁军道:"王爷那儿本宫去说,你先派人送皇上回仁寿宫。"

禁军听她松口，立马松了口气："是。"

林琬回到殿中，朱熙仍坐在之前的地方半步没挪。

他双手捧着她的袖炉拢在宽大的袖口中，微微抬头看着她朝自己走过来，姿态竟有几分乖巧。

他的面色十分平静，像是知道她会回来。

他拿出袖炉给她："母后回来，是来取袖炉的吗？"

"……不是。"林琬道。于是他又把袖炉放进了袖中。

有了前车之鉴，她没有贸然靠太近，隔着几步距离停在了朱熙面前，她低声问道："你的人与我说，你夜里不回景和宫，而是宿在武英殿。"

朱熙似乎不太想谈这件事，望着她温婉的脸庞："谁与母后多嘴？"

林琬蹙眉："是还是不是？"

朱熙见躲不过，轻轻"嗯"了声，他解释道："儿臣腿脚不便，奔来跑去实在麻烦，反正孤身一人，宿在哪儿都是一样的。"

他这"孤身一人"几个字说得轻巧，落在林琬耳里却不是滋味，仿佛她是那令他孤身无依的罪魁祸首似的。

她侧过眼，避开他直勾勾的目光，不自觉放轻了语气："你既知自己腿脚不便，就更需要人服侍，非要一个人待在这寒冷的宫殿里，冻坏身体便开心了？"

朱熙听出她隐隐动了气，不由得轻笑了声，安慰道："怎会？偏殿里有炭火，母后不必担忧。"

方才去抱朱昱时林琬看过那火炉，炉子还烧着，但炭却不剩多少，哪里燃得了一夜，怕是四更天便熄透了。

"仅凭那几块碎炭？"林琬气他不顾及身体，说话的语气也急起来，"昱儿睡时你倒知道要将偏殿烧暖和，眼下自己却无所谓地在这冷殿里坐着，如何教人不要担忧？"

朱熙定定看着她："母后是在心疼儿臣吗？"

林琬一怔，朱熙单手推着轮椅缓缓朝她靠近，追问道："是吗？母后。"

他声音温和，却无端透着股逼迫追问之意，林琬下意识往后退了两步，两人靠近的距离立马又再次拉开，甚至比刚才还要远上半步。

朱熙见林琬面色防备，松开轮子停了下来，他道："母后怕什么？我说过，母后若决心要走，我这双腿是追不上来的。"

他说罢，忽而脸色一变，低着头猛地又咳嗽起来，手中的袖炉滚落到地上都顾不得，很快便咳得脖颈都红了。

林琬见他佝着腰，咳得竟有些喘不过气，想也没想便上前去替他抚背顺气，纤细的手掌抚过他背上单薄的衣衫，手指几乎能感受到他背上的骨骼肌肉。

他身上的衣裳实在太薄了。她搓了下他身上的料子厚度，皱着眉将身上的狐白裘脱下来披在了他身上。

"你这种咳法，今夜不能再宿在这儿，待会儿回了景和宫需得请太医看看……"

林琬话音一落，不料被朱熙攥住了手掌，用力之大，虎口处都捏得发白。

林琬还没狠心到在这时候甩开他，只好忍着疼任他握住，一时之间，满殿都只听得见他压抑的咳嗽声，仿佛要咳背过气去。

朱熙不知死活地作践了自己数日，终于得偿所愿地让自己染上了风寒，咳声止住，过了好一阵儿，他才慢慢缓过了劲。

他垂着脑袋看了看掌中林琬被他握得发红的手掌，又侧目看了眼肩头围着的一圈暖和的狐毛。

身上的狐裘被她的体温所浸染，有种格外好闻的香气。

他垂眸轻轻嗅了嗅，徐徐抬起头，望向了面色忧急而又不知所措的林琬。

她这一番照顾俨然已经超出了母后与儿臣该有的距离，朱熙勾起嘴角笑了笑，开口道："母后终究还是疼儿臣的。"

因咳过，他声音有点哑，林琬只当没听见这话，她欲盖弥彰道："我让人送你回景和宫……"说着就要从他掌中抽回手。

朱熙并未纠缠，直接松开了她。他弯腰捡起地上的袖炉，道："风雪太大，若要回景和宫必然得在路上吃一嘴的寒风，那样儿臣明日怕是当真起不来了,今夜就睡在这儿吧。"

他咳了一通,似乎终于察觉到这寒气的厉害,扯了扯肩头的白狐裘裹住自己,重新将袖炉拢进袖子里严实遮住。

他抬头看着林琬:"儿臣刚才咳狠了,眼下手上没多少力气,能劳母后推儿臣进偏殿吗?"

他态度转变得突然,林琬有些不适应,可看他这脸色苍白的模样,又实在不忍拒绝。

她推着他一边走一边道:"你既然要在武英殿歇息,身边便要留个人照顾。待会儿我找个小太监送些木炭来,别把人赶走了。"

朱熙道:"儿臣不喜欢太监,瘸了腿断了根,没什么两样,看着心烦。"

林琬有些无奈:"那便寻个安分的小宫女。"

轮椅滚进偏殿门,朱熙道:"儿臣也不喜欢宫女。"

林琬头一次知道他这样难伺候,她顺着他问:"那你喜欢什……"

她话没说完,忽然听见墙上油灯"啪"一声爆响,她脚下一顿,陡然明白过来什么,丢下轮椅转身就要走。

但不料脚下还没迈开步子,刚才还说着没力气的朱熙便猛地将轮椅转了个方向,手疾眼快地扯搂住她。

纤薄的背脊撞上胸膛,林琬惶然地跌坐在他身上,听见朱熙在她头顶闷笑。

窗外,皎皎月色照在人间,仁寿宫的宫女望着夜色中茫茫的漫天大雪,关上窗户,熄了灯烛不再等待。

因她知道,今夜这宫殿的主人已经不会回来了。

番外二

甘愿入笼

自从那日雪夜林琬留宿武英殿后,她便一直称病未出仁寿宫,已好几日未陪同朱昱上朝。

皇上年幼,太后而今又卧病不出,底下一帮子老臣比朱昱这个做儿子的还操心,生怕摄政王朱熙趁太后不在之际独揽大权,搅弄风云。

林琬垂帘听政时,臣子厌她后宫干政;林琬深居后宫不理朝事,他们纷纷又惶恐不安。

每日早朝,都有臣子向朱昱问及林琬的凤体是否已经痊愈,话里话外都催促着林琬早些临朝听政。

朱昱太小,不懂臣子们的思虑,他只知道这天底下待他最好的人是母后和妹妹,再往后便是朱熙这位如师如父的皇兄。

他并不担心朱熙篡权夺位,只担心身患腿疾的朱熙穿得暖不暖、睡得好不好、咳疾几时能愈。

在他眼里,朱熙宛如冬日青松,坚韧挺拔却又饱受苦寒,有时候看着比宫中流浪的野猫还要孱弱,整日咳了又咳,朱昱很担心他撑不过这个冬日。

这日下了朝,朱昱与朱熙一同往武英殿去。

林琬不在,朱昱比往日更黏朱熙些,小小一个人陪在朱熙的轮椅旁,与他并肩同行。

今日雪停,宫中四方的天上挂着一轮灿烂冬日,日光照落在人身上,虽不够暖身,但让人心中舒畅。

尚衣局的女官赶工加点,昨日将做好的两身冬衣大氅和两对护膝送到了景和宫。

朱熙得了新衣,今日便穿上了身。

雪白的熊皮大氅上绣了金丝蟒纹,颈边围了圈柔软暖和的白狐皮,衬得人温润贵气,格外惹眼。

昨日林琬同朱昱说过尚衣局已将做好的衣裳送去了景和宫，朱昱见朱熙今日便穿上了，忍不住频频侧目看他。

贴心送出去的东西被人需要，对于朱昱这样大的孩子来说，总是高兴的。

他太小，眼里藏不住事，朱熙注意到他的目光，冲他温和笑了笑："陛下看什么？"

朱昱摇头不言，在心里闷着高兴。

朱熙与他说过，身为帝王，当喜怒不形于色，他清楚记着。

徐文推着轮椅，配合着朱昱的步调缓缓走在宫道上。

朱熙见他不说，也不追问，拢了拢袖子，开口道："大臣这些日递了好些问太后安的折子，不知太后凤体是否安好，明日能否与陛下一同上早朝。"

他说到这儿稍微顿了一顿，又接着道："太后凤体抱恙，儿臣心中挂怀，但儿臣的景和宫离太后的仁寿宫甚远，实不便探望，还望陛下代儿臣转达问候。"

林琬要躲朱熙实在再轻易不过。她是太后，他是王爷，朝堂之外，若朱熙找不出个正经理由，实在难见一面。

只要林琬不出仁寿宫，朱熙便见不到她。

朱昱听朱熙关心林琬，回道："皇兄不必担忧母后，母后只是近来畏寒，染了咳疾，太医来看过，如今已经大好了。"

朱昱说着，侧首看着朱熙有些松散的衣领，伸出手替他紧了紧，反过来关怀起他："风雪虽停，但冬寒依旧，皇兄也要顾全自己。"

他说完，抿唇克制地笑了笑，习惯性板着的脸挤出两个小小的酒窝，他道："朕今日见皇兄穿得厚实，很是放心。"

他这模样可爱得叫人心暖，朱熙看着他，漂亮的狐狸眼微微眯起，亦低声笑起来。

朱熙道："要多谢陛下赏赐的大氅和护膝，今日一整日臣都不觉得冷。"

朱昱闻言有些疑惑："护膝？我只请母后找女官替皇兄做了冬氅，未让做什么护膝。"

朱熙一听，怔了一瞬，稍加思索后，立马便明白这护膝应当是林琬吩咐尚衣局做的。

他眼中笑意更盛，满得藏都藏不住。

他并未与朱昱解释，只道："那应当是微臣弄错了。"

林琬心中挂怀着他，这比什么都让朱熙快活。

他隔着衣裳抚上膝头，内里的护膝厚实温暖，常年疼痛的膝盖被这暖意熨帖得舒适。

他屈指用指尖在腿上轻轻敲着，好一会儿没有言语，心里不知在打什么算盘。

片刻后，他轻挑了眉头，抬手握住右手手腕，动作明显地揉了揉。

朱昱注意到他的动作，关怀道："皇兄的手怎么了？"

朱熙道："哦，没事，只是昨夜回景和宫的路上摔了一跤，手在地上杵了一下，有些疼。"

徐文听见这话，下意识看了朱熙一眼。

昨日是徐文亲自送他回的景和宫，一路平稳，连石子儿都没绊一下，哪来摔了这一说。

朱昱不知道朱熙心里的算盘，听他这么说，立马皱起眉头，问责道："皇兄身边伺候的人行事怎么如此大意？"

朱熙有腿疾，在他身边伺候的人，当更细心谨慎才是。此刻听他受伤，朱昱难免动怒。

徐文心里苦得骂祖宗，面上却不敢表现出来，背一弯，被迫担下这罪："陛下息怒，是微臣笨拙，昨夜没抓稳轮椅，不小心伤了王爷。"

朱昱皱眉看着他，正要发话，但朱熙自然不会当真让徐文背下这莫须有的罪名，开口劝道："微臣身体无碍。怒火伤身，陛下切莫动气。"

他语气温和道："这事怪不得他，昨夜宫道化了雪，武英殿到景和宫的路又远，加之天暗，这才出了岔子。"

徐文一听朱熙这话，不动声色地又看了他一眼，大抵猜到了他怀着的心思。

既然朱熙为徐文求情，朱昱便没再多说。

他沉默片刻，道："皇兄待他们仁厚，也要顾及自己才是。"

他稍加思索，提议道："不过既然景和宫离得太远，皇兄不如换个近处的宫殿居住，来往也方便。"

他有模有样地安排起来："昭阳宫如何？在武英殿与仁寿宫之间，下了课，皇兄可与朕结伴而归。"

朱熙目的达成，心里乐得开怀，实在忍不住，抬手捂着唇，低头装模作样咳了两声，然仔细一听，声音里全是笑意。

陛下赏赐宫殿，按礼应该再三推拒之后再受下，然而朱熙此刻高兴得连表面功夫都不装了，立马应下："如此，臣便多谢陛下了。"

朱熙动作快，不过三日，便从景和宫搬去了昭阳宫。

他搬得干净，连景和宫里他养着的那几条鱼都运来了。这一群鱼可是他的宝贵之物，朱熙用昭阳宫的水混着景和宫的水提前养了一日，等鱼儿们适应了昭阳宫的风水，才投进昭阳宫的池子里。

搬过来这日，朱熙别的未管，先端着鱼食碗在昭阳宫的深池子边喂他的鱼。

他才搬过来，昭阳宫里里外外正忙碌，只有这湖边安静些。

他忙里偷闲，让人在池子边支了帘帐，架了个烧得火旺的炭炉子，又搭了张桌案，在这湖边喂鱼烹茶。

闲情富余，兴致极盛。

今日休沐，不必上朝，朱熙给朱昱也放了日假，不过他身为摄政王，却不得休息。

一早，徐文便把今日要批的折子给他搬了过来。

朱熙暂且不想理事，徐文也不催促，窝在炉子边烤火。

朱熙看着池中争食的鱼，问身后烤火的徐文："欸，仁寿宫那边知道我搬来昭阳宫后，可有什么反应？"

他这两日已问过好些次仁寿宫的事，徐文眼下听他又问起，知道他是在等林琬的消息，默默在心里叹了口气，回道："回王爷，没什么动静，听说太后并没过问此事。"

朱熙已经好几日没见到林琬，思意盛极，如今住在离她更近的昭阳宫,总觉得咫尺便能见到她。

他实在想见她,想得心慌。

眼下他听得徐文这话,笑了声:"看来母后当真不管儿臣了。"

换作别的什么事,徐文都能为朱熙出谋划策,唯独朱熙与林琬之间,徐文一向不敢多话。

他默默烤着火,没吱声,然而没过一会儿,又听朱熙忽然道:"派人去仁寿宫请太后过来。"

他自己憋得不行了要见太后,又不给个明示。徐文有些头大:"王爷,这……以何名义啊?"

总不能无缘无故就把人请过来吧。

朱熙笑着道:"就说我掉入了池水中,冻得神志不清,快要死了。"

徐文听他这话,轻轻摇了摇头,只当他在说笑。徐文委婉劝道:"王爷,如此欺骗太后,或有些不妥。"

何止不妥,徐文可没胆子拿他要冻死的假消息去仁寿宫请人。

万一林琬事后怪罪,他十个脑袋也不够砍的。

朱熙道:"谁说要骗她?"

他说着,将手中空了的鱼食碗投入了池子中,沉闷的一声轻响,池中鱼四散而逃,眨眼散了个干净。

朱熙收回手,推着轮子往前滚去,徐文还没反应过来,就听见一声巨大的落水声。

"哗——"

池水飞溅,洒在岸边,瞬间湿了徐文的衣角。

徐文闻声,大惊失色,抬眼看去,只见朱熙已经连人带轮椅掉进了冰冷彻骨的深池里。

朱熙双腿不能动,湖中又没有可以抓握的地方,只能往水底沉下去。

不过他像是心甘情愿,湖水都没过头顶了,却不见丝毫挣扎。

徐文顿时脸都白了,腾一下站起来:"王爷!"

他高声疾呼:"来人!来人!王爷落水了!快来人!"

他声音颤得犹如乱弦,连衣裳都顾不得脱,跳进池水里就去捞人。

可徐文是个手无缚鸡之力的文官，在家里提桶水走两步能洒半桶，哪里会凫水。

不远处的侍卫听见徐文的呼救声，急忙冲来救人，跑近后，一看深池里安然下沉的朱熙和挣扎呛水的徐文，都不知道该先救谁。

"王爷！徐大人！"

侍卫神色焦急，半数人一同下水，将全身湿透的朱熙和徐文捞了上来。

朱熙湿着衣裳躺在地上，头发散乱，面色苍白，实属狼狈不堪，可薄唇边居然还带着笑。

他看向一旁跪在地上边咳边吐的徐文，声音温和："真是连累你了，害你差点同我一起被淹死。"

徐文冷得直打抖，心有余悸，缓了好一阵才断断续续开口："王爷，下回千万……咳咳……不要再如此莽撞行事了……咳咳咳……"

他像是害怕朱熙再胡来，顾不上自己，拧了拧衣裳从地上爬起来："您交代的事我这就去办，这就去办。"

他说着，临走之际，又不放心地回头叮嘱侍卫："别傻站着，快快去请太医，送王爷入房中，换身衣裳烘暖身子，免得染病。"

徐文如此唠叨，显然害怕极了朱熙待会儿一言不合又做出惊世骇俗的自伤举措。

他这身病骨头，哪里经得起三番两次的折腾。

徐文说罢，便拖着一身湿衣裳快步离开了。

侍卫看向躺在地上的朱熙，跪下来，欲伸手抱他入室内："王爷，失礼。"

然而朱熙看了眼侍卫伸来的手，却道："别动我，将轮椅捞上来。"

轮椅带铁，早沉了池底，哪里一时半会儿捞得上来。

侍卫犹豫道："可是您身上还湿着，这大冷的天——"

朱熙闭上眼："捞。"

侍卫没法子，只好找来打捞的器具，下水开捞。

宫人将炉子挪到朱熙身边，跪在一旁照拂他，纷纷被吓得不行。

等沾满污泥的轮椅从池中捞出，朱熙已冻得唇色发白，手脚有些发僵了。

侍卫不敢耽搁,舀起池水冲净轮椅,铺上毯子,扶着朱熙坐上轮椅,推着他回了内室。

张太医迈着老腿气喘吁吁地匆匆赶来时,朱熙已在浴池里泡上了。

池中热气腾腾,朱熙闭眼靠坐在池壁上,手搭在浴池子边,让太医诊脉。

老太医箕坐池边,手搭在朱熙腕间,低声道:"王爷今日寒气入体,这一遭又损了气血,待会儿我先为王爷扎上几针,再佐以火罐,通一通周身经脉。"

朱熙治腿疾多年,扎针拔罐的治病法子他早已经历过无数次,每回拔完身上都酸痛不已,遭罪得很。

张老太医收回腕枕,忽然听朱熙问:"我还能活多久?"

老太医不知他为何突然这样问,愣了一下,目光落在朱熙身上,快速打量了一圈。

他见朱熙身上并无外伤之症,这才谨慎道:"王爷可是哪里不适?"

朱熙笑笑:"并无不适,只是好奇。本王还能活多久?"

张太医抚了抚白须,思忖着道:"王爷若顾全着自己,少受寒冻,活个五六十岁应当没有问题。"

朱熙微微颔首,又问:"那若常受寒受冻呢?"

老太医听得这话,顿时露出了茫然又惶恐的神色:"王爷何出此言啊?"

朱熙看向太医,笑着安抚道:"张太医莫紧张,只是问问罢了。"

老太医又沉思了片刻,徐徐开口:"王爷幼时本就受过寒苦之痛,损了根基。但王爷如今尚直壮年,若是好好将养,自是福寿绵长。但如王爷所问,如果常年苦受寒冻,怕是撑不过四十。若此之上再饱受苦累,那或只能撑到三十五了。"

朱熙挑了下眉,似乎很满意这个答案:"很好。太后若问起,你便如此回话,说我只能活到三十五岁。"

298

朝中大臣约莫分两党，朱熙党、太后幼帝党。

那老太医以为朱熙是想以此削弱太后戒备，一时只觉政事之险，他不敢应下："王爷，此乃欺君之事啊……"

朱熙无所谓道："本王多糟践自己些，太医便算不得欺君了。"

他看着张太医，眯眼笑了笑："有劳太医，太后问起，可千万别说岔了。"

张老太医触及他含笑的视线，抬手擦了擦额头的汗，无奈只能躬身应下："是。"

太医为朱熙拔罐施针之后，便离开了。太医刚走片刻，林琬的凤驾便停在了昭阳宫外。

林琬不喜欢昭阳宫，从前住在昭阳宫的妃子嫉恨她得宠，处处在阴沟里给她使绊子。

那段时日，林琬的日子很不好过。

但没多久，后来那妃子的父亲便被朝官联名上奏，参其在科举事上行贿舞弊，锦衣卫几经审查，其父入狱，那妃子也因此受了牵连，被打入了冷宫，不久便因病离世了。

那时林琬还不知朱熙身份，虽然隐隐察觉背后有人相助，但不知是谁。

后来在宫中遇到朱熙，才知这背后种种都是他的手笔。

林琬想到这儿，轻轻叹了口气。恍然不觉，她都已从妃子熬成太后了。

昭阳宫中许久无人居住，蛛丝遍布，杂草横生，内侍省派了许多宫女太监除尘清旧。

宫人见林琬凤驾，纷纷跪地请安："见过太后。"

昭阳宫的宫人知道朱熙今日落水丢了半条命，此刻见林琬来看望他，无人察觉出不对。

朱熙算计得明白，便是要用这种叫人挑不出错的理由，林琬才能正大光明地踏入他的宫殿。

她也不得不来。

他乃帝师，是当今摄政王，他若倒下，朝中必乱。于公于私，林琬都必须要确保他的周全。

寝殿中,炭火烧得正旺,烘得室内温暖如春。

林琬随宫女入到寝殿,见殿内无人,问宫女:"王爷呢?"

宫女恭敬道:"回太后,王爷在内间歇息。"

宫女推开内殿的房门,停在门外,垂首道:"太后请。"

除了每日除尘扫洒,朱熙鲜少让人入内殿,大多时候,内殿都只有他一人。

林琬知道他心有傲骨,不愿让人看见他脆弱狼狈的一面,在门外同自己的侍女道:"在这儿等着吧。"

她说罢,孤身入了内。

为了便于朱熙的轮椅行动,内殿极其宽敞。

殿中央立着一扇展开的山水屏风,屏风之后,露出了床榻一角和半片垂落床侧的雪色衣角。

林琬脚步轻慢,房中人似乎并没察觉到她来了。

她绕过屏风,看见旁人口中落了水要冻死的朱熙靠坐床头,垂眸望着虚处出神,似在沉思。

他身着中衣,软被盖至腰侧,身上披着毛氅,整个人看着宛如一尊清透温润又孤寂的白玉塑像。

林琬拢着袖子,站在屏风旁看了他片刻,目光从他苍白的脸廓挪至他搭在被子外的修长手指上,又缓缓挪回了他眉眼间。

一股清风从外吹来,拂过桌上梅花,冷香浮动,朱熙眉心微皱,突然抬手捂唇,低头咳嗽起来。

咳了片刻,他似终于察觉到房中有人,扭头朝林琬看了过来。

若是以往林琬来看他,他必然会展眉露笑,然而此刻,他却只是很轻地扯了下唇角,露出一个有些虚弱的笑:"母后来了。"

他看了一圈,似想招呼林琬坐下。然而他一人用不到凳子,是以房中除了他的床榻,实在无处可以坐下歇息。

就连那轮椅,都被宫人带下去清洗修理了。

他轻拍了下床侧:"母后要不坐到这儿来?"

林琬没动,开口道:"宫人来报,说你落水了。"

朱熙不说话，只是静静看着她。

林琬等了片刻，没听见回答，问道："为何不开口？"

朱熙抬手指了指耳朵："耳朵灌了水，母后离得太远，儿臣听不见母后在说什么。"

他说着，撑着床，看着有些费力地往床内挪了挪，空出床边的位置，再度拍了下床榻："母后坐过来说话吧。"

他惯会用这些看似柔弱的可怜套路，林琬上过好多次当，今日狠着心没动。

朱熙也不急，抬手揉了揉左手手腕，仿佛方才挪那一下伤着了筋骨。

林琬察觉到他的动作，问他："手受伤了？"

朱熙低着头，一缕乌发垂落身前，他道："那天夜里摔了一跤，不小心伤着了，无妨。"

他话音落下，林琬忽然蹙了下眉，点破他的谎言："我听昱儿说，你伤的是右手。"

朱熙动作稍顿，随后面不改色地换了只手揉："谢母后关怀，两只手都伤了。"

林琬知自己又被他诓了，转身便走。

然而没走出两步，突然听身后幽幽传来一声笑："琬琬，我活不长了。"

话音一落，林琬顿时停下了脚步。她扭头看他，眉心紧蹙，少见地动了怒气："说什么胡话！"

朱熙靠在床头，含笑着看她："太医说我心脉虚浮，便是神医续命，也至多能活到三十五岁。"

他面上带着暖春般的笑意，可怎么听都不似在说笑。

林琬望着他的眼睛，想从他眼里看出诓骗的意味，可朱熙却只是笑，那笑中带着抹说不出的苦涩。

片刻后，林琬扭头冲门外道："来人！"

门外候着的宫女扬声回道："太后有何吩咐？"

林琬袖中拳轻握，平复着起伏的心绪："去太医院，请张太医。"

301

宫女见她神色肃然，不敢耽搁，出声应下，随后立马一溜烟跑没了影儿。

太医院中，资历最老、医术最高的便是张老太医，太后皇上身体抱恙，一般也都是请他去诊治。

张老太医从昭阳宫出来，刚回到太医院坐下饮了口茶，太后身边的宫女便匆匆来请。

他对此已有所料，连药箱都没放下，便又背着药箱跟着去了。

张太医来到昭阳宫，见到林琬，撩起官袍行跪拜之礼："微臣拜见太后。"

林琬微微抬手，示意他起身。

张太医站定，不动声色地往床头靠着的朱熙看了一眼，朝林琬垂首道："不知太后传微臣所为何事？"

林琬的心绪已经平复，她看着床上的朱熙，道："王爷身体不适，劳太医仔细看看。"

这话显然是不信朱熙的鬼话了。

"这……"张太医有些迟疑，"回太后，老臣今日已为王爷诊治过了。"

林琬看向他，道："那就劳烦老太医细细地再诊治一次。"

张太医听她语气严厉，颤颤巍巍应下："是。"

朱熙靠在床头，再度配合地挽着袖子探出手，让张太医替他诊脉。

诊罢不等张太医动作，他便自己熟门熟路地掀开被子，让张太医上手触诊双腿。

林琬神色冷淡，一直站在一旁静静看着。

老太医如芒在背，身上竟渐渐起了汗，只觉得给小皇帝诊治也未曾如此胆战心惊过。

朱熙身上方才施了针，针眼浸出点点血迹，浸透了身上雪白的里衣。

林琬的目光扫过他衣上的血色，有些不忍地别开了视线。她后知后觉地察觉到自己在此处看着有些失礼，想了想，退到了屏风后。

一番望闻问切之后，老太医收起药箱，起身绕过屏风行至林琬身前:"太后,微臣已为楚王诊治过了。王爷的身体,暂且并无大碍。"

宽袖下,林琬轻轻握起了拳头:"暂且是何意?"

张太医记着朱熙此前说过的话,心里实在发虚,低声道:"禀太后,王爷幼时受过寒冻,而今又遭寒累之苦,表面看上去虽无大碍,但实则气血亏损,长此以往,怕是福寿短暂。"

他说罢,偷偷看了眼林琬的脸色。按理朱熙命短,今后她携幼帝手揽大权,该面露喜色才是。

然而张太医却没从她脸上看出什么来,只见她面色如常,平静至极。

林琬沉默片刻,开口问道:"……短至几载?"

她声音有些沉,不过并不明显,张太医道:"难至不惑,三十有五便是极限了。"

三十有五,那便是没几年可活。

林琬听见这话,有些不忍地别过了头。

她咽了咽喉咙,吞下喉头酸涩,强自镇定下来,问太医:"可有延寿之法?"

张太医既不敢欺骗林琬,又不敢违背朱熙的交代,思忖了良久,才含糊其词道:"这全看王爷自身。若王爷心绪平稳安乐、远离寒苦,或能长寿长安。"

林琬听见这话,闭上眼润去眼中湿意,须臾后再睁开,眼中已有些发红。她道:"本宫知道了。今日有劳太医,请回吧。"

张太医垂首行礼:"微臣告退。"

殿内再度安静下来,林琬步出屏风后,看向榻上的朱熙。

她神色动容,不见方才的冷静。

林琬深深看着朱熙,忽然道:"明日起,朝政之事我同你一起处理。请父亲入宫,代你为昱儿授课……"

她话没说完,朱熙像是忍不住,忽然低头笑起来。

林琬心里百般不是滋味:"这时候你竟还笑得出来?"

朱熙拍了拍床侧:"过来说话吧,母后。我累了。"

这次林琬没再拒绝,轻叹了口气,在他身侧坐了下来。

朱熙从锦袖中摸到她紧握着的手，松开她的手指，放进了自己掌中。

他低声道："母后来之前，我同自己打了个赌，赌母后放不下我。"

林琬难得没有甩开他，他心头温热："儿臣赌对了。"

林琬没有接这话，她轻轻抽出手，将软被往上拉了拉，抬手替他系上裳氅，道："太医的话你也听见了，今后你受不得寒累，我会派些得力的宫女太监来昭阳宫伺候，别把他们又赶出去。"

朱熙靠在床上，微微仰着下巴，让她给自己系绳带，无所谓道："无妨，反正也活不了多长。我这一辈子母亲早去，父皇偏心，幸而有过母后的怜护，死了也值了。"

林琬手一顿，倏然抬眼看他，厉声道："你再将这话说一次。"

朱熙见她发怒，闷笑道："儿臣错了，不说了。"

林琬定了好片刻，缓缓抬起手抚上他的头发："你要活着。这深宫太苦，朱熙，你不能死。"

她声音有些哽咽，朱熙想抬起头，却被她按着脑袋。

朱熙忽然有些后悔吓她，但这念头只存在了一瞬，就被眼前人付与的温柔打消了。

他享受着这难得的温存，叹息着道："可活着若无人相伴，不如死了，你不知道我夜里一个人看着这空荡荡的寝宫有多孤独。"

有些事，错过便回不去了。

朱熙倏然收紧手臂："若我死了，你该为我守孝，日夜为我流泪，伏在我的棺材上，思我，痛我，念我。"

他说完，顿了一顿，又问："琬琬，我死后，你会为我落泪吗？"

林琬没有回答。

而朱熙并不需要她的答案，他笑得眯起狐狸眼："我知道你会。"

林琬没有躲开，朱熙心满意足地闭上眼靠在她的肩头，依赖道："陪我多待一会儿吧。"

"好。"林琬抬手拥着他，声音温柔，"我陪着你。"

炉火暖和，渐渐地，朱熙的呼吸变得绵长而匀称。

林琬低头看着他安然沉睡的面容，片刻之后，一滴温热的泪忽然从她眼中落了下来，滴在了他脸庞上。

她愣了一下，伸手轻轻替他擦去，闭上湿润的双眸。

你不能死。朱熙，我不会让你死。

她抬起头，小心翼翼地扶着朱熙躺下，替他盖上软被，放下床帐，悄声退了出去。

她起身后，床榻上的人也徐徐睁开了眼。

朱熙隔着半透的薄纱床帐，看着她离开的背影，抬手抚上了脸上未干的泪痕。

那处似乎还残留着那泪滴下时的触感，温热得叫人心头快活。

门外传来林琬吩咐宫人的含糊声音，苦涩的湿意传至舌尖，朱熙勾起唇瓣，满面如春笑意。

他知道。

她会的。

全文完

图书在版编目（CIP）数据

衔玉 / 长青长白著. -- 成都：四川文艺出版社，
2025.6. -- ISBN 978-7-5411-7238-0
Ⅰ. I247.5
中国国家版本馆CIP数据核字第2025Y49G17号

XIAN YU
衔玉
长青长白 著

出 品 人	冯　静
出版统筹	刘运东
特约监制	王兰颖
责任编辑	邓　敏
选题策划	刘心怡
特约编辑	刘心怡
封面设计	ⓚ青空·鬼哥 QQ:476454071
责任校对	段　敏

出版发行	四川文艺出版社（成都市锦江区三色路238号）
网　　址	www.scwys.com
电　　话	010-85526620

印　　刷	天津旭丰源印刷有限公司			
成品尺寸	145mm×210mm	开　本	32开	
印　张	9.75	字　数	190千字	
版　次	2025年6月第一版	印　次	2025年6月第一次印刷	
书　号	ISBN 978-7-5411-7238-0			
定　价	42.80元			

版权所有·侵权必究。如有质量问题，请与本公司图书销售中心联系更换。010-85526620